KB267379

에테시아, 그 바람이

에테시아, 그 바람이

초판 1쇄 찍은 날 § 2008년 10월 17일
초판 1쇄 펴낸 날 § 2008년 10월 27일

지은이 § 신해영
펴낸이 § 서경석

편집장 § 문혜영
편집책임 § 이종민

펴낸곳 § 도서출판 청어람
등록번호 § 제1081-1-89호
등록일자 § 1999. 5. 31
어람번호 § 제5-0212호

주소 § 경기도 부천시 원미구 심곡동 163-2 서경B/D 3F (우) 420-010
전화 § 032-656-4452 팩스 § 032-656-4453
http://www.chungeoram.com
E-mail § eoram99@chollian.net

ⓒ 신해영, 2008

ISBN 978-89-251-1515-3 03810

신해영 지음

에 테 시 아 ,
그 바 람 이

도서출판
청어람

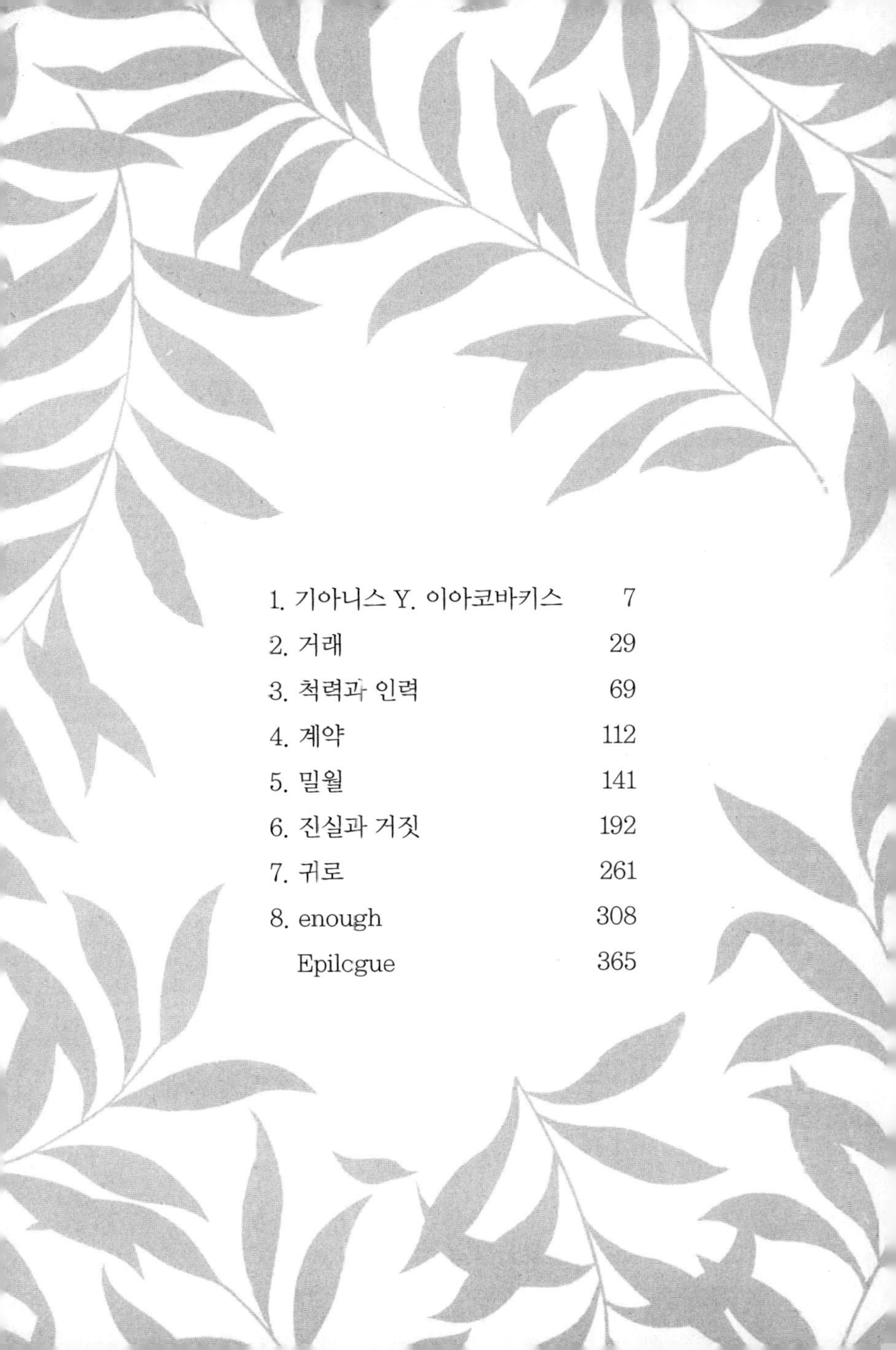

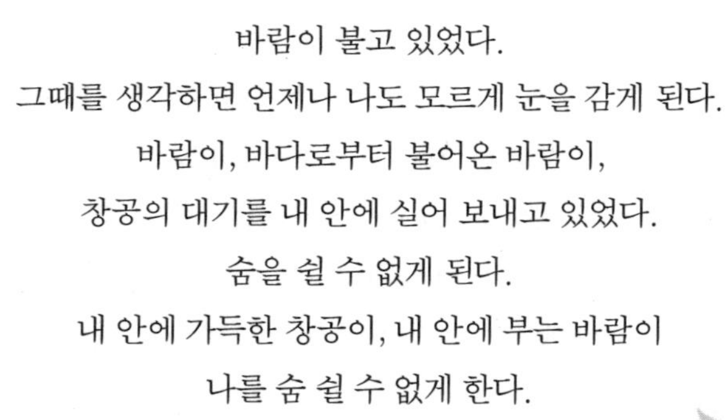
바람이 불고 있었다.
그때를 생각하면 언제나 나도 모르게 눈을 감게 된다.
바람이, 바다로부터 불어온 바람이,
창공의 대기를 내 안에 실어 보내고 있었다.
숨을 쉴 수 없게 된다.
내 안에 가득한 창공이, 내 안에 부는 바람이
나를 숨 쉴 수 없게 한다.

기아니스 Y. 이아코바키스

바람이 불고 있었다.

바닷바람이라는 것은 언제나 짭짜름한 소금기를 품고 부는 것이라 생각했다. 그도 당연한 것이 국내는 안 다녀본 곳이 없다지만 국제적으로는 완전 촌년이라 스물여덟 살의 첫 해외여행인 것이다. 그러나 이국의 바닷바람은 기억에 있는 한국 해안의 짭짜름한 바다 냄새가 그대로 느껴지는 바람과는 완전히 달랐다. 습기가 거의 없어 쾌청한, 부드럽게 피부를 할퀴고 서늘한 뒷맛을 남기고 사라지는 바람.

"일이야."

어느새 다가온 준희가 그녀에게 말을 걸었다. 크루즈의 난간에 몸을 완전히 기댄 채 흔들흔들 한가하게 하늘을 보고 있던 민영은 천천히 몸을 일으켜 검은 머리카락을 부드럽게 날리며 자신을 바라보고 서 있는 그에게 시선을 맞췄다.

생애 첫 해외여행이 업무차라 구질구질하다 여겼던 건 오산이었다. 일도 일 나름이라, 날 때부터 손에 쥔 금수저에 금밥그릇을 단 한 번도 놓친 적이 없었던 준희가 제안한 일이라 그녀의 재력이라면 도저히 꿈꾸지도 못할 호사를 누리고 있다. 사실 남매라는 사적인 관계가 아니었다면 마이너인 그리스어를 전공으로 택한 그녀가 누릴 수 없었을 최고의 호사였다. 남매인데, 라고 묻는다면 한 밥그릇에 담겨 있다고 해서 모두 쌀이 아니라고 대답할 수밖에 없는 일이다.

그러나 서준희가, 그러니까 일에 대해서는 철두철미하고 느슨한 구석이 없어 차세대 대한민국의 리더라 불리며 젊은 나이에 경제부 차관의 보좌관으로 활약 중인 그가 그녀에게 통역을 하지 않겠냐고 제안한 건 의외이긴 했다. 사적으로야 물론 다정한 오빠겠으나 단 한 번도 가족과 일에 접점을 만들지 않았던 그다. 게다가 심지어 부탁을 하면서 답잖게 복잡해 보이는 표정이었다.

그래서였을 것이다. 그녀가 학기 중인데도 불구하고 보름 일정의 이 크루즈에 탑승한 것은. 사람이 안 하던 행동을 하면 약해지기 마련이니까.

"그런데 호스트는 왜 보이질 않아?"

동그란 나선형의 계단을 따라 올라가며 물었다. 그녀가 삼 년째 다니고 있는 체육관의 수영장보다 훨씬 큰 풀장 주변으로 몇몇의 여자들이 비키니, 라기보다는 천 쪼가리 몇 개를 걸치고 비치 체어에서 선탠을 하고 있었다. 풀장은 세상 근심이 없는 사람들이 지르는 웃음 섞인 비명 소리에 시끄러웠다. 그러나 아마도 컨벤션 홀에서는 여전히 진지한 얼굴의 사람들이 회의 중일 것이며 레스토랑에서는 누군가 특급호텔 쉐퍼가 정성을 들여 만들어낸 요리를 즐기고 있을 것이다. 이곳은 모든 것이 복합적이고 경계가 모호하다.

그러나 뭐가 어떻든 간에 그녀가 기억하는 바가 맞다면 그 안에 이 크루즈의 주인은 없다.

"지금 만나러 가는 길."

"지금?"

그녀는 둘레둘레 주변을 보았다. 망망대해, 육지가 보이지 않기 시작한 건 삼 일이 넘어간다. 어제까지 없던 호스트가 지금 나타날 수 있는 방법은 무엇일까.

현재 민영이 탑승하고 있는 에브게니아(evgeneia, ευγένεια)는 승객 5000명, 승무원 1370명이 동시에 승선할 수 있는 길이 482m, 무게 17만여 톤의 세계 최대 규모의 크루즈다. 맹세코 어린 날 가봤던 부곡하와이보다 백배는 좋아 보이는 파도 풀과 작년 윔블던이 열렸던 테니스코트, 최첨단 시설의 피트니스 센터, 스파와 미용 서비스, 두 개의 컨벤션 홀과 일곱 개의 소회의

실, 세 개의 와인 바와 일식, 중식 레스토랑, 커다란 시푸드 뷔
페, 연회홀을 갖춘 움직이는 호텔, 그리고 현존하는 모든 크루
즈 중 최고급의 시설을 자랑한다.

인간이 바다에 띄울 수 있는 가장 장엄한 성채에 가까운 구조
물—

민영이 가볍게 한숨을 쉬고 저만치 서 있는 준희에게 다가가
려 할 때였다.

멀리서 엄청나게 빠른 메트로놈 소리가 들린다고 생각하고
고개를 돌리는 순간에는 이미 귀를 찢을 듯한 소음 안에 있었
다. 그녀는 마구 휘날리려 하는 머리를 잡으며 인상을 찌푸렸
다. 바닥의 먼지가 영화의 슬로모션처럼 날아오르는 걸 보면서
눈을 감기 직전, 그녀는 자신이 이 크루즈의 시설 중 하나를 빼
먹었다는 것을 기억해 냈다. 바로 자신이 서 있는 이곳, 헬기 착
륙장.

그리고.

손으로 바람을 막으며 눈을 감았던 그녀가, 소리가 그치고 바
람이 멈췄다는 것을 깨닫고 눈을 떴을 때였다. 그가 있었다. 반
듯한 어깨를 감싼 잘 어울리는 원 버튼의 슈트, 그는 약간 긴 듯
한 검은 머리카락이 갈색의 선글라스 위에서 흐트러져 있는 것
을 쓸어 올리는 중이었다. 슈트의 끝으로 하얗게 반짝이는 셔츠
가 보였다. 그 모습이 묘할 정도로 귀족적이라 민영은 숨을 들
이마셨다. 그리고 그 순간 그가 그녀를 봤다고 생각한 건, 착각

이었을까?

[안녕하십니까. 서준희입니다.]

어느새 준희의 얼굴은 그녀에게 보이는 언제나 다정한 오빠의 얼굴에서 대한민국 경제부 차관의 보좌관의 얼굴로 바뀌어 있었다. 침착하고 조용한.

그러나 민영은 그런 그의 변화를 전혀 알아채지 못했다. 그녀는 저만치 끝이 없을 것 같은 코발트블루의 하늘을 등지고 서 있는 남자에게 시선을 완전히 빼앗기고 있었다.

옆에 붙어 선 비서가 그에게 속삭이는 말을 무표정하게 듣고 있던 남자는 반쯤 기울였던 고개를 천천히 바로 하곤 그의 눈을 가리고 있던 짙은 호박색 선글라스를 벗었다. 나른할 정도로 느린 동작, 머리부터 발끝까지 아쉬울 것 없는 외모의 그에겐 명령하는 데 익숙한 사람 특유의 무심함이 넘쳐흘렀다. 그러나 조금 다르다. 작은 동작, 선글라스를 내리거나 머리를 쓸어 올리는 동작, 아니면 옆에 붙어 선 비서에게 뭔가를 지시하는 아주 작은 동작에서 푸른 예기(銳氣)가 서늘하게 머무른다. 그리고 그런 기묘한 불균형이 남자에게서 눈을 떼기 어렵게 만들고 있었다.

검고 깊은 눈. 이번엔 착각이 아니었다. 그 눈은 감추려는 기색도 없이 똑바로 그녀를 향해 있었다. 눈이 마주쳤다. 순간 공기의 파동이 미묘하게 달라졌다. 그것이 무엇인지 그녀는 몰랐지만 분명히 그랬다. 마치 끌리듯 그녀는 그 시선을 마주 보고 있었다. 그리고 아주 잠깐일 뿐이지만 발 아래의 크루즈도, 곁의 준희도 모두 사라진 채 남자와 그녀의 거리만이 뚜렷해졌다.

"민영아?"

준희의 낮은 목소리, 그제야 꿈에서 깬 듯 자신의 본분을 깨달은 민영은 통역을 하기 위해 빠르게 걸어 준희 곁에 섰다. 그러나 천천히 입을 열어 내뱉은 남자의 말은 그리스어긴 했으나 굳이 통역이 필요없는 말이었다.

[안녕하십니까, 기아니스 Y. 이아코바키스입니다.]

기아니스 Y. 이아코바키스.

선박 왕이자 한때 세계의 부의 1/10을 소유했다던 이아코바키스의 양자라고 한다. 양자라고 해서 이아코바키스가 부인과 자식이 없는 것은 아니다. 그럼에도 불구하고 이아코바키스가 소유하고 있는 대부분의 부동산, 선박, 채권의 실질적 오너는 기아니스 Y. 이아코바키스, 이 긴 이름의 남자이다.

재산이 책상다리하고 앉아서 간단히 셈할 수 있는 단계를 넘어선 사람들의 사고방식이란 그렇지 않은 사람들이 상상할 수 없는 것이라는 것을 깨달은 이후로, 민영은 그들의 세계에 대한 호기심이 급감한 상태라 더 깊은 내용은 모른다. 기아니스 Y. 이아코바키스가 한국계 입양아라는 것을 안 것도 이번 일을 맡으면서 서준희가 준 정보에 의한 것이었다. 툭하면 등장하는 TIME지의 표지를 보고 동양인이라는 건 알았지만 한국인이라는 것을 알았을 때는 조금 놀랐다. 그러나 그가 한국말은 단 한 마디도 못하며 '사업상'의 이야기를 할 때는 그리스어만을 사용하길 요구한다는 것을 들었을 때는 좀 더 놀랐다.

한국말을 한 마디도 못하는 한국인이라.

준희는 그가 한국인이라는 데 기대하고 있는 모양이었지만 막상 그를 대면한 지금, 민영의 생각은 달랐다.

눈빛, 저런 눈빛을 가진 남자는 조국이라든지 애국 같은 무형의 것에 흔들리지 않는다. 철저한 사업가, 계산 외에 그의 관심을 잡아끄는 것은 없을 것이다.

"현재 크루즈 시장은 유럽 4대 조선소가 독점하다시피 하고 있습니다. 작년까지만 해도 한국은 크루즈 전 단계라고 할 수 있었습니다만."

크루즈를 가로질러 삼층에 위치한 그의 업무실에 들어가자마자 서준희는 본론에 들어갔다. 기아니스란 남자가 시간 낭비하는 것을 지독하게 싫어한다는 사전조사에 의한 것이었다. 그도 의례적인 사교성 멘트에는 취향이 없는 듯, 뒤따라 붙던 비서가 내민 서류를 한장한장 넘기며 민영이 통역하는 서준희의 말을 듣고 있었다.

지독히도 말이 없는 남자다. 아니면 지독히도 무례하든지. 아까 첫 인사를 마지막으로 그는 단 한 마디도 내뱉지 않고 있었다.

"올해 삼백억 원이 넘는 연구 개발비를 투자한 끝에 크루즈선의 기반기술과 핵심부품 엔지니어링을 포함한 혁신적인 기술을 개발하는 데 성공했습니다."

서준희가 막 새로 개발해 낸 기술에 대해 설명하려고 할 때였다. 서류를 넘겨보던 남자가 탁 소리가 나게 서류를 접더니 뒤에 서 있던 비서에게 서류를 넘겼다. 그리고 조바심이 날 만큼 느린 동작으로 양옆의 팔걸이에 팔을 괴고 소리 나지 않게 깍지를 꼈다.

준희는 입을 다물었다. 그 역시 남자를 처음 보는 순간부터 쉽지는 않겠다고 생각하고 있던 참이었다. 그의 시선이 옆에서 아무것도 모른 채 앉아 있는 민영에게로 슬쩍 향했다. 그리고 아무렇지도 않게 다시 기아니스 Y. 이아코바키스, 아까부터 노골적인 거부감을 표시하는 남자에게로 향했다. 저 거부감은 태생에서 비롯된 걸 수도 있고, 눈에 보이는 자신의 속셈에 대한 불쾌감일 수도 있다. 언제나 그렇지만 정면돌파가 아닌 방법은 위험하다. 상대가 그걸 원하지 않는다면 오히려 역효과일 뿐이다. 하지만 이번의 경우는 다른 선택지가 없었다. 눈앞에 있는 남자에겐 다른 약점 같은 건 존재하지 않는 것 같았으니까.

십오 평 남짓한 사무실에 무겁게 침묵이 내려앉았다. 밖은 화창한데 커튼이 드리워진 사무실 내부는 오크 가구의 어두운 색깔 때문인지 한없이 무거워 보였다.

이윽고 그가 천천히 일어나 성큼성큼 걸어 창가로 갔다. 두껍게 깔린 카펫 때문에 구두 소리가 들릴 리 없건만 민영은 마치 뚜벅뚜벅하는 묵중한 소리가 들린 듯한 착각이 들었다.

남자가 커튼을 획 열어젖히자 창문을 통해 빛이 쏟아지듯 들어왔다. 그는 몸을 돌려 준희와 민영을 바라보았다.

[아시아에서 크루즈선의 시장 진입이 어려운 이유는, 아직까지 크루즈의 주요 이용객이 미 대륙과 유럽인이기 때문입니다. 기술을 넘어서 설계 단계부터 문화적 차이가 발생하게 되는 거죠.]

그의 등 뒤로 실내와는 대조적으로 빛나는 갑판 위의 사람들은 대부분 노란 머리나 갈색 머리, 드물게 검은 머리가 있긴 했지만 모두 뾰족한 코에 푸른 눈의 사람들이었다.

[우연으로.]

그는 천천히 덧붙였다.

[이 사무실에 많은 동양인이 있긴 하지만 그것이 크루즈 사업의 본질을 훼손하지는 않습니다.]

민영은 그가 '동양인' 이라고 말했다는 데 주목했다. 그녀가 기아니스에 관한 정보를 늦게 접한 것과는 별개로 그가 한국인이라는 건 온통 넘쳐 나고 있는 그에 관한 기사에서 단 한 번도 거르지 않고 언급되는 내용이라 모르는 사람이 없을 텐데도 자신을 한국인이라 지칭하지 않는다. 그의 비서는 검은 머리이긴 해도 녹색 눈의 그리스인, 남은 세 명은 모두 한국인인데 그는 구태여 '동양인' 이라는 단어를 사용했다.

"제가 드리고 싶은 말씀은."

그녀의 통역을 들은 서준희가 덧붙였다. 입을 열면서 그는 마음속으로 읽었던 보고서의 구절을 떠올렸다.

〈어쩌면 조국을 부정하고 있을 수도 있음.〉

태생일까, 아니면 역효과일까. 산은 하나일까, 두 개일까.

"저희가 이제 준비가 되었다는 뜻입니다. 그게 제가 이사님의 크루즈에 탑승한 유일한 이유입니다."

정말? 이라고 되묻는 것처럼 그의 몸이 움직였다. 긴 다리를 바닥에 댄 채 슬쩍 창가에 걸터앉자 역광이 그의 표정을 가렸다.

민영이 준희의 말을 통역한 것을 마지막으로 방은 침묵에 빠져들었다. 창가에 걸터앉아 빛을 등진 채 그들을 바라보고 있는 남자도 말이 없었고, 처음부터 그에게 속삭이는 것 외에는 입을 떼지 않았던 비서도 말이 없었다. 그리고 준희, 소파에 앉은 채 허리를 꼿꼿이 세우고 앉아 조용한 시선을 남자에게 고정한 준희도 말이 없었다.

[이번 여정은 깁니다. 부디 즐거운 시간 되시길.]

어딘지 무겁게 느껴지는 초침이 세 바퀴째를 막 돌았을 때야 남자는 입을 열었다. 지독히도 낮은 목소리였다.

그런 말은 통역하지 않아도 아는 법이라 준희는 몸을 일으키며 손을 내밀었다. 악수를 청한 것이지만 남자는 팔짱을 낀 채 꼼짝도 않고 그를 바라보고 있었다.

[악수는, 여정이 끝날 때쯤 하는 것이 나을 것 같습니다.]

민영의 통역에 준희가 천천히 손을 내렸다. 그리고 변함없는 표정으로 가볍게 머리를 숙이고 뒤돌아 나왔다.

준희를 따라 방을 나서던 민영은 참을 수 없는 충동에 문이 닫히기 직전 뒤돌아보았다. 닫히는 문 사이로 가만히 바깥을 바라보고 있는 그의 실루엣이 어째서인지 마음을 건드렸다.

"제기랄!"

아무 말도 없이 빠른 속도로 통로를 가로질러 갑판 위를 통과해 방으로 들어선 준희는 방으로 들어서자마자 넥타이를 느슨하게 늦추며 욕설을 내뱉었다. 손놀림이 거친 것으로 보아 상당히 불쾌했음에 틀림없다.

"진정해."

등 뒤로 믄을 닫으겨 민영은 민첩하게 객실 복도에는 아무도 없다는 것을 확인했다.

촤락, 그가 굳게 닫혀 있던 커튼을 열어젖히며 크게 숨을 내쉬었다. 창밖에는 햇살이 여전히 강하게 빛나고 있었다. 창문을 조금 열자 시원한 바람이 들어와 창에 붙어 선 그의 머리를 흐트러뜨리그, 문가에 선 민영의 코끝에 닿았다.

아까 있었던 그의 집무실에 비하면 훨씬 좁은 거실이긴 하지만 투룸이기 때문에 비용이 만만치 않을 거라고 생각했다. 방은 넓은 편이 아니지만 인테리어가 고급스럽다. 이 크루즈의 비용은 준희의 부담인지, 아니면 세금이 사용되는 건지 궁금해하며 민영은 거실 한 켠의 미니 바로 가서 생수를 꺼내 들었다.

“건방진 자식.”

준희가 으르렁거렸다. 그로서는 견디기 힘든 모욕이었을 것이다. 부족한 것 없는 집안에서 태어나 늘 남들보다 한발 앞서 엘리트 코스만 걸어온 그가 다른 사람 앞에서 고개를 숙일 일은 그렇게 많지 않다. 하물며 이리 노골적인 멸시라니.

“그래, 건방져.”

민영은 담담하게 동의하며 그에게도 생수를 내밀었다. 그러나 마음속으로는 건방지다는 말보다는 오만하다는 말이 더 어울리는 사내라고 생각했다. 사람을 압도하는 그 분위기. 그의 시선과 마주쳤을 때 마치 거대한 산에 부딪힌 듯 암담했었다. 하지만, 그게 다는 아니었다. 무엇이었을까? 그 기묘한 여백은—

준희는 단숨에 물을 마시고서는 화가 나 견딜 수 없다는 목소리로 속사포처럼 말했다.

“이번 일은 반드시 성사시켜야 해. 저 거만한 유럽 놈들에게 다시는 머리 숙이는 일이 없기 위해서라도 반드시.”

민영은 방금 그를 깔아뭉갠 것은 유럽인이 아니라 한국인이라는 것, 적어도 출신은 그렇다는 것을 지적할까 하다 그만 두었다. 중요한 건 그는 지금 거절당했다는 거다. 저 벽 같은 남자는 거절과 비슷한 단어를 단 한 마디도 언급하지 않았지만 손가락 하나, 움직이는 시선, 기묘한 울림을 가진 목소리, 모든 것을 이용해서 그들을 밀어냈다.

"어째서 그렇게 절실한 건데? 차관님 때문에? 재임 중 업적이 필요한 거야?"

"아니, 국가적 차원에서도. 이게 그렇게 중요한 일이 아니었다면 널 데리고 오지도 않았어. 어차피 지금 세계는 먹을 만한 부위가 얼마 남지 않은 피자 같은 거야. 총체적인 경제 침체는 이제 재난 수준이야. 어차피 죽는 사람이 나와. 난, 우리나라가 죽게 내버려 두고 싶지 않아. 그렇다면 듬성듬성 남아 있는 피자 조각을 먼저 집어 드는 게 임자인데 이 건에는 다케하시도 붙어 있어."

"다케하시?"

"응. 일본 쪽의 총리."

"흠. 그럼 경쟁자는 둘이야?"

"아니. 더 많지."

서준희가 조용히 그녀의 말을 끊으며 돌아섰다. 반듯한 어깨 위로 창문을 통해 들어온 지중해의 햇살이 빛났다.

민영은 준희의 뒷모습을 가만히 바라보았다.

서준희와 서민영은 뿌리부터 다른 사람이었다.

그가 바라는 것들, 조국, 정치, 경제, 발전, 복지, 교육……. 당장에는 보이지도, 손에 잡히지도 않는 것들을 그녀는 조금도 이해할 수 없었다. 하물며 그것을 위해 스스로의 생활이나 가족을 완전히 포기하는 것은 이해는커녕 납득도 가지 않는 부분이었다.

그녀의 꿈은 언제나 작은 것에서 시작해서 작은 것에서 끝났다.

적당한 집과 남편, 그리고 아이……. 욕심이라면 남편과 마음이 잘 맞았으면 좋겠다는 것과 아이가 건강하고 밝은 성격이었으면 좋겠다는 것 정도. 과욕을 부려본다면 집에 마당이 딸려 있으면 좋겠다는 것 정도다.

가족.

어째서 이런 차이가 나타나는 걸까.

그 이유가 무엇이든 그녀는 알고 싶은 생각이 별로 없었다. 아니, 이미 알고 있을지도 몰랐지만 그것이 중요한 것은 아닐 테니까.

다만 필연적으로 강이 바다에 끌리듯 그녀는 그가 좋았다. 그를 빛나게 하는 것—무엇이든—이 꺼지지 않길 바랐다.

민영은 가만히 그의 어깨에 손을 얹었다.

본디 쉽게 흥분하는 성격이 아니니 그만큼 이 일이 중요한 일인 것임에 틀림없다.

"정말이지, 곤란해."

그가 초조하게 중얼거렸다.

"잘될 거야."

아이를 달래는 듯한 민영의 말에 그가 흘깃 뒤를 돌아보곤 심호흡하듯 길게 한숨을 내쉬었다. 그리고 뒤돌아서 민영과 시선을 맞췄다. 잠깐 힘을 얻기라도 하려는 것처럼 민영의 얼굴을 바라보던 준희의 얼굴에 망설이는 기색이 떠올랐다고 생각했을 때, 그는 민영의 어깨를 잡으며 '응, 그래야지?' 하곤 싱긋 웃었다.

마치 태양 같구나, 식상한 비유지만 더 나은 것을 찾을 수 없어 민영은 그렇게 중얼거렸다. 자신감이 넘치는 검고 당당한 눈빛, 그늘 없는 성격, 비상한 두뇌, 지난 일에 집착하지 않고 다음을 생각할 수 있는 그는 타고난 협상가였고 전략가였다.

그러나 그 생각에 맞물려 방금 자신이 보았던 남자— 서준희와 정반대의 자리, 저울추의 저편에 서 있다고 해도 좋을 남자가 떠올랐다.

세상에 떨어진 그 순간부터 단 한 번도 유약한 적이 없었을 것 같은 단단한 몸, 그러나 서준희와는 다른 아우라, 심연의 어둠을 딛고 선 사내만이 가질 수 있는 잔인함. 리더로서 두 사람은 완전히 다른 타입일 것이다. 그리고 완전히 다른 이유로 둘 다 완벽한 리더가 될 것이다.

남자의 푸를 정도로 검은 눈이 떠오르자 민영은 가볍게 몸을 떨었다. 팔뚝으로 오소소 소름이 타고 올랐다. 정말이지 뭐였을까, 그 눈빛은.

국내에서 몇 차례 통역을 맡은 적이 있었지만 그런 상대는 없었다.

"그 사람 어때?"

준희가 창틀에 걸터앉으며 지나가는 어투로 물었다. 느슨하게 늦춘 넥타이 아래로 단추를 두어 개 푸는 손동작이 군더더기 하나 없이 깔끔했다.

"뭘 묻는 거야? 내가 뭘 안다고?"

"여자의 감?"

그의 말에 민영이 피식 웃었다.

"잘생겼어."

"여자들이란."

"그리고 여자를 싫어하나 봐."

"……왜?"

잠깐의 간격을 두고 준희가 물었다. 그 간격을 대수롭지 않게 받아들인 민영은 편하게 갈아입을 옷을 들고 자기 방으로 들어 갔다. 그리고 셔츠 안에 머리를 끼우며 큰 소리로 대답했다.

"날 안 쳐다봐."

문을 열고 나오자 준희가 기묘한 표정을 짓고 있었다.

"왜?"

"넌 뭘 옷 갈아입으러 들어가고 그러냐?"

생뚱맞은 말을 던지며 준희가 인상을 찡그렸다.

"그럼 여기서 갈아입어?"

"괜히 거리감 느껴지게. 어렸을 땐 목욕도 같이 했던 거 같은 데."

"그러니까 그게 몇 년 전이냐고."

준희의 눈동자가 생각하는 것처럼 왼쪽으로 향했다. 그리고 다시 그녀를 바라보았을 때는 전혀 엉뚱한 이야기를 하면서였다.

"널 전혀 안 봐?"

"응. 전혀."

그러는 걸 한두 번 본 것도 아니기에 민영은 묻는 말에 대답이나 했다. 머릿속에 뭐가 들었는지 도저히 알 수 없는 놈이다. 자기 생각하는 대로 말하기 때문에 곁에서 보기엔 두서없을 수밖에 없다.

"단 한 번도?"

"단 한 번도."

준희가 흐음, 하고 애매한 소리를 냈다.

"왜?"

"뭐가 왜야?"

"재차 확인하는 게 이상하잖아. 그 사람이 여자를 싫어하는 게 중요한 사실이야?"

그는 씩 웃었다.

"그거 알아? 0점 맞는 건 100점 맞는 것보다 더 어려워."

"무슨 소리야?"

"대개 하나도 안 보고 찍더라도 하나쯤은 맞는 법이지. 0점을 맞는다는 건, 답을 모두 알고 있어서 그 답을 피해갔다는 뜻이야. 눈이 한 번도 안 마주친다는 이야기는 그가 일부러― 고의로 널 보지 않았다는 뜻이고."

민영은 준희의 눈동자를 가만히 들여다보았다.

"그러니까 내 말이 그 말이잖아. 오늘 처음 본 날 싫어할 이유는 없으니까 여자를 싫어해."

"글쎄……."

준희는 애매하게 말끝을 흐리곤 몸을 일으켜 전화기를 집어들었다. 민영은 그가 맥주와 소다수를 주문하기 시작하는 소리를 들으며 테이블에 앉았다. 안경을 쓰고 쌓여 있는 서류를 들척이니 준희가 '읽어두면 좋을 것'이라고 한 것이 보였다.

한국은 크루즈 건조기술을 개발하려 해왔지만 세미 크루즈를 건조한 것 외에 몇 년째 실패하고 있었다. 단지 건조기술을 개발하는 것만이 문제가 아니었던 탓이다. 현재 유럽의 4대 조선소인 이탈리아의 핀칸티에리, 핀란드의 아커핀야즈, 독일의 메이어베르프트, 프랑스의 아틀란틱 외에 크루즈의 건조를 제대로 하고 있는 조선소는 없다. 일본이 한번 크루즈 시장에 진입했다가 뼈아픈 실패의 경험을 안고 물러선 적이 있긴 하다. 조선 산업은 전후방 산업 및 국민경제에 미치는 파급효과가 엄청나기 때문에 시장방어 역시 만만치 않기 때문이다. 그중에서도 특히 부가가치 창출이 이천 배에 이른다고 평가받는 크루즈 산업은 특히 소소한 시장을 모두 아시아에 내주고 있는 유럽이 필사적으로 방어하고 있는 시장인 것이다.

똑똑, 노크 소리와 함께 승무원이 맥주와 소다수, 간단한 안주를 얹은 웨건을 밀고 들어왔다. 자연스럽게 팁을 넘겨주는 준희를 보며, 역시 저 녀석도 어쩔 수 없이 귀족이라 생각했다.

"왜?"

그녀에게 소다수를 넘겨주며 그가 물었다.

"너랑 아까 그 남자, 공통점이 좀 있어."

"어디가?"

불쾌하다는 듯이 대답하며 그가 털썩 소파에 몸을 묻었다.

"일단, 잘났다는 거?"

민영은 일부러 배시시 웃었다. 그의 기분을 풀어주고자 함이었다.

"뭐야?"

그녀의 그런 태도를 눈치 챈 준희가 시큰둥하게 대꾸했다.

"게다가 그 남자만큼이나 너도 얼음이더라. 표정 하나 안 변하는 게 자랑스러웠어. 나랑 있을 때는 전혀 아니라서 몰랐는데, 그런 남자와 당당히 마주할 수 있다니 놀라워."

"그건 일이니까. 그런 놈하고 날 비교하지 마."

그래, 아마도 그 남자는 사생활까지도 서릿발처럼 차가울 것 같다. 서준희는 물론 그렇지 않다. 따뜻하고 자상하다. 그렇긴 해도 굳이 따지자면 서준희는 그녀보다는 기아니스 Y. 이아코바키스와 동류다.

"이왕 이 고급 크루즈에 탄 김에 나가서 햇살을 즐길까?"

방금까지 불탈 듯 화를 냈던 주제에 금세 여유를 찾는 저런 태도도 그렇다. 그들은 앞으로 나가는 것에밖에 관심이 없다.

뒤로 지나가 버린 일들을 돌아보기에 지나치게 바쁜 것이다. 서준희는 맥주 한 잔, 그리고 약간의 분노를 내 보이는 것만으로도 이미 자신의 페이스를 되찾고 있었다.

민영이 그를 가만히 보고 있노라니 준희가 왜 그러냐는 듯이 부드럽게 웃었다. 눈가에 잡힌 주름이 다정해 그녀는 마음이 따뜻해졌다. 그래서 그녀는 그가 내민 손이 이끄는 대로 밖으로 나갔다.

바람이 부드럽게 불고 있었다. 민영은 간질간질하는 느낌이 나쁘지 않아 그냥 머리카락이 날리는 대로 내버려 두고 있었다. 붙임성 좋은 서준희는 벌써 사람들 틈에 섞여 기분 좋게 한잔하고 있는 중이었다. 미인은 동서고금 통하는 법이라 그에게 관심 있는 여자들이 주변에서 눈을 반짝반짝 빛내고 있었다.

[혼자십니까?]

중저음의 그리스어. 그녀는 마구 날리는 머리를 잡으며 옆을 돌아보았다. 파도가 부서지는 소리가 갑자기 크게 들리는 것 같은 느낌이었다. 남자는 아까 기아니스 Y. 이아코바키스 옆에 서 있던 그리스 남자였다.

[네, 보시다시피. 일은 끝났고 일행은 개인 시간을 보내고 있어서요.]

그녀가 힐끗 사람들과 이야기 중인 준희 쪽을 바라보자 남자의 시선이 잠시 준희에게 머물렀다 돌아왔다.

바람이 세게 부는데도 반듯한 자세의 남자는 미동도 않고 그녀를 바라보고 있었다. 그 시간이 너무 길어 먼저 뭔가 말을 꺼내야 하는 건가, 라고 생각했을 때였다.

[이아코바키스님께서 뵙고 싶어하십니다.]

그대로 잠깐 바람을 맞고 있던 남자가 마침내 입을 열었다. 흔한 자기소개도 없이 너무나 간결한 용건. 생각해 보면 그녀는 그의 이름도 몰랐다. 남자는 자기를 소개하는 대신 천천히 다른 이름을 말했던 것이다. 마치 그 이름만이 중요하다는 것처럼.

바람이 등 뒤에서 불어오고 있었다. 당황한 민영은 저도 모르게 잠깐 준희 쪽을 바라봤는데 준희는 사업가로 보이는 어떤 남자와의 대화에 빠져 그녀를 등진 채였다.

[저를요?]

남자는 대답 대신 고개를 끄덕였다.

[어, 일행과 함께 가도 될까요?]

[레이디만을 청하셨습니다.]

민영은 잠시 생각했다. 하늘은 군청색, 바다도 군청색, 저 멀리 하늘과 바다가 맞닿은 곳에 하얗게 포말이 일어난 듯 구름이 머물러 있었다.

어차피 도망칠 곳은 없다.

그녀가 천천히 고개를 끄덕이자 남자가 몸을 돌려 먼저 걷기 시작했다. 준희에게 말하고 가야 하는 게 아닐까 고민했지만 어차피 배 안이라 자신이 어디 갔는지 알고 싶다면 금방 알게 될 거라는 생각에 민영은 그냥 발걸음을 옮겼다.

"So, your father loved her(그래서 당신의 아버지는 그녀를 사랑했던 건가요)?"

"I'm not sure, and I think even he himself didn't know what he really wanted to do. Every emotion is so vague until it(저도 잘 모릅니다. 아마 아버지도 정말 아버지가 원하는 걸 몰랐을 것 같아요. 언제나 감정 문제는 어느 정도 모호한 부분이 있지 않나요?)……."

그의 아버지의 러브스토리에 대해 이야기하던 준희의 눈이 조용히 민영의 뒷모습을 쫓고 있었다.

계단을 따라 올라가며 민영은 남자가 향한 곳이 아까 갔던 업무실이 아니라는 것을 깨닫고 당황했다. 컨벤션 홀을 비롯해 업무와 관련된 홀은 스타보드 쪽에, 그리고 객실을 포함한 룸이 포트 쪽에 있다는 건 이 배에 오르자마자 파악해 놓은 것이었다. 설마 그의 룸으로 가고 있는 건 아니겠지. 호스트인 그가 어디에 머무르는지 정확히 알 수는 없지만.

[이쪽입니다.]

두툼한 카펫이 깔린 복도를 지나 미로 같은 계단을 따라올라 캐빈(cabin, 승객용 객실)마저 통과해 브릿지(bridge, 선박운행 통제장소)로 짐작되는 장소를 지나 도착한 곳은 아나나 다를까, 그의 룸. 배 안이라는 것을 믿을 수 없을 만큼 커다란 오크색의 문이 그녀의 앞에 떡하니 버티고 있었다. 옆으로 돌아선 남자에게 눈으로 혼자 들어가야 하는 거냐 물었으나 그는 이미 그녀가 보이지 않는다는 듯이 행동하고 있었다.

손을 뻗어 문을 밀자 소리 없이 문이 열렸다.

바깥으로부터 이어진 진회색의 무늬 없는 카펫이 품격 있어 보이는 바로크 가구에 무게를 더하고 있었다. 그 침묵에 압도당해 잠시 문을 연 채 망설이던 그녀는 이윽고 한 걸음 방으로 들어서 등 뒤로 문을 닫았다.

문이 닫히자마자 뭔가 어긋났다는 기분이 들었다. 이곳으로 온 것이 부담스러운 면접이나 면담 같은 것과는 아주 다른 성질의 것이라는 것을 깨달은 것이다.

머릿속에 떠오르는 온갖 상상을 억누르려 노력하며 민영은 허리를 꼿꼿이 세웠다. 망상은 금물, 어떤 일이든 눈앞에 드러날 때까지 쓸데없는 일은 하지 않는 것이 좋다.

민영은 찬찬히 살피듯 룸 내부를 둘러보았다. 그들이 머무르는 룸도 꽤 좋은 룸에 속하는 것이었으나 이 룸과는 비교도 되지 않았다. 거실이 그들 룸 전체 크기와 맞먹는다.

편한 셔츠 차림이 어쩐지 방의 무게와 어울리지 않는다는 생각을 하고 있었을 때였다.

[언제까지 거기에 서 있을 셈이지?]

마음을 가다듬고 있었음에도 저음의 목소리가 왼쪽에서 들려

왔을 때 그녀는 깜짝 놀라 발을 헛디딜 뻔했다. 그녀는 그녀가 지금 신고 있는 신발이 입고 있는 차이나 카라의 검은 정장에 어울렸던 높은 굽의 구두가 아니라는 것에 감사했다. 그랬다면 다리를 크게 다쳤을 것이다.

남자는 기품 있게 조각되어 있는 문설주에 기대어 그녀를 바라보고 있었다. 반듯하고 곧은 선, 우습게도 그 순간 민영의 머리를 채운 것은 이 남자는 정말 태어나면서부터 귀족으로 태어났을지도 모르겠다는 생각이었다. 그의 눈빛을 보고, 조사된 서류를 보고 이미 그것이 아니라는 것을 확신한 이후에도 말이다.

적당히 각진 남자다운 선의 얼굴, 날렵한 콧날을 따라 유약한 부분이라고는 손톱만큼도 없어 보이는 목, 운동깨나 했음직한 어깨와 천 하나로는 가려지지 않는 탄탄한 허리가 하얀 셔츠 아래로 그대로 느껴졌다. 기다란 손가락 끝으로 탁자를 톡톡 두드리던 남자는 기다리기 지루하다는 듯 먼저 성큼성큼 다가왔다.

거리는 지나치리만큼 가까웠다.

민영은 거리만큼 느껴지는 위압감에 정신이 아찔해지는 것을 느꼈다. 가까이에서 본 남자는 그녀가 신고 있는 하이힐을 벗자 그녀보다 머리 하나 이상 컸다. 그러나 느껴지는 위압감은 단순히 그의 키에서만 비롯된 것은 아니었다.

천천히 살피듯 그녀를 훑는 눈빛—

[무슨 일로 부르셨죠?]

그 압력을 견디지 못한 그녀가 먼저 물었다. 천천히 그는 고개를 기울였다.

[서준희가 한국의 차기 대통령을 노리는 이준호의 심복이라는 건 알고 있어.]

무례하다 싶을 정도의 어투. 그의 위압감은 상대를 내려다보는 그의 아우라에서 비롯된 것이다.

그는 몸을 돌려 성큼성큼 걸어 페이즐리 무늬가 은은한 소파에 몸을 묻었다. 허리를 굽혀 주먹만한 호박색의 스탠딩 라이터로 불을 붙인 담배에서는 맡아보지 못한 향이 흘러나왔다.

민영은 그녀가 갖고 있는 모든 종류의 자제력을 동원한 끝에 아무렇지도 않은 걸음으로 걸어 그의 대각선 방향에 앉는데 성공했다.

[나에게 찾아올 것이라는 것도 알고 있었지.]

그는 담배 연기를 한 모금 마시며 말했다. 얼어붙을 듯한 시선을 그녀에게서 떼지 않은 채.

아까 준희와 함께 그를 보았을 때 대하기 어려웠던 것이 그가 아무 말도 하지 않아서라고 생각했던 것은 완벽한 오산이었다. 그리고 그가 여자를 싫어한다는 것도. 그는 '그녀'를 싫어한다.

억지로라도 자제심을 보였던 아까와는 달리 그는 화가 난 표정을 숨길 생각도 없어 보였다. 그러나 그가 그녀에게 화낼 이유가 어디 있단 말인가. 그들은 만난 지 두 시간도 되지 않았고, 그중에 사적인 대화는 전혀 없었다.

통역에 뭔가 실수가 있었던가? 아니, 본능적으로 알 수 있다.

그는 지금 그런 이유로 화를 내는 것이 아니다.

어쩔 줄 몰라 그녀는 뭔가 다른 말을 꺼내는 대신 무릎 위에 얌전히 두 손을 포갠 채 그의 말을 들었다.

[그러나 예상 못한 것도 하나 있군.]

그의 얼굴에 희미하게, 그러나 부정할 수 없이 뚜렷한 비웃음이 떠올랐다.

차분히 심호흡을 하는 동안 견딜 수 없을 것 같은 현기증은 많이 가라앉았지만 그에게서 선명한 적의를 느낀 그녀는 당황스러웠다.

왜? 왜 그녀에게?

살갗이 당기듯 아파왔다. 마치 여린 피부 아래로 흐르는 피에 작은 가시들이 소용돌이치는 것 같았다.

그가 천천히 그녀를 바라보다 손가락 사이의 담배를 테이블 위의 크리스털 재떨이에 티벼 끄곤 몸을 일으켰다. 얼떨결에 따라 몸을 일으킨 민영은 또다시 아찔한 현기증을 느꼈다. 그가 움직일 때마다 옅은 코롱 향이 일렁였다. 짙은 남자의 눈이 그녀를 바라보고 있었다.

느릿느릿 그가 손을 뻗어 그녀의 뺨을 어루만졌다. 그녀가 뭐라 반응하기도 전에 얼굴이 불에 덴 듯 확 달아올랐다. 거리가 지나치게 가까워 민영은 그의 얼굴을 똑바로 바라보기 위해 거의 고개를 꺾다시피 젖혀야만 했다.

문득 뺨에 와 닿은 그의 손이 지나치게 친밀하다는 걸 느낀 민영이 한 걸음 물러섰다.

그가 그녀를 가만히 내려다보더니 낮게 말했다.

[재미있군. 마음에 들어.]

[뭐가 말이죠?]

그도 한 걸음 물러서며 주머니에서 담배를 꺼내 물었다. 여전히 감상이라도 하는 듯한 느긋한 시선을 그녀의 얼굴에서 떼지 않은 채였지만 이제 거리는 제법 벌어졌다.

[정말 몰라서 묻는 건가?]

낮게 비웃는다는 느낌과 함께 시선은 떨어졌지만 웃고 있는 것치고는 지독히도 싸늘한 눈매였다. 기분 좋다기보다는 오히려 금방이라도 그녀의 목을 꺾어버리고 싶다는 살기가 남자의 몸에서는 피어오르고 있었다. 지독한 적의. 그러나 그뿐이었다면 그녀는 도망갔을 것이다.

그 안에서 일렁이는 묵직한 진동—

그것은 기묘한 위화감이었다. 아무런 접점도 없었던 남자에게서 느껴지는 감정으로서도, 몇 시간 전에 만난 남자에게 느끼는 감정으로서도.

허리를 굽혀 아까 그 스탠딩 라이터를 집어 든 그는 문득 생각난 것처럼 손짓을 해 그녀를 불렀다.

여전히 조금은 어리둥절한 채로, 그리고 조금은 취한 기분으로 서 있던 민영은 미간을 찌푸린 채 한 걸음 다가서 그가 가리키는 것을 보았다. 호박이었다. 둥근 마차 모양으로 보였던 스탠딩 라이터는 실제로는 그냥 호박 결정 그 자체에 장식을 한 것이었다. 그리고 그 안에는 이름 모를 벌레의 모습이 선명했다.

잔인하다. 그리고 눈을 뗄 수 없이 아름다웠다.

[이런 건…… 처음 봐요.]

[아름답지.]

그가 무뚝뚝하게 말했다. 무뚝뚝했으나 자연스러웠다. 다시 위화감이 스며들었다. 그는 다정한 구석이라고는 손끝만큼도 없었지만 자신의 말투를 꾸미거나 상대방의 반응을 살피지 않았다. 그것이 그의 지위로 인한 당당함이든 태생으로 인한 상처 때문이든 그건 중요한 것이 아니었다.

중요한 것은 그것이 지금 이 상황에서 그녀를 편하게 한다는 것. 이율배반적이게도 정신이 아찔할 정도의 긴장 속어서 그런 그의 태도는 기묘한 향스가 느껴졌다. 그것이 그녀에게 익숙한 메마른 건조함이라는 걸 안 것은 한참 후였다.

[이렇게 완전한 형태로 남으려면.]

달칵 그가 유리가 덮인 테이블 위에 스탠딩 라이터를 올려놓았다. 그리고 담배를 문 채로 성큼성큼 걸어 진열장으로 다가가 우아한 선을 그린 조각이 장식되어 있는 문을 열고 술병 하나를 꺼냈다.

[마실 텐가?]

[아니요.]

그가 낮게 웃었다. 길어진 눈꼬리에 어쩐지 마음이 철렁 내려앉았다. 심장이 뛰는 소리가 달라졌다. 숨이 벅찬 이유도, 달라졌다.

그녀가 입술을 다문 채 뻣뻣하게 서 있는 동안 그는 글라스 한 잔에 얼음을 반쯤 채우고 술병을 기울였다. 그걸로 끝일 줄 알았는데 한 잔을 더 꺼내 얼음 없이 술만 반쯤을 채운다.

[이리 와.]

그가 그녀 쪽을 바라보지도 않고 트레이를 든 채 아까 그가 나왔던 방 쪽으로 걸음을 옮겼다.

위험하다. 온몸의 신경세포 하나하나가 아우성을 치며 붉은색 위험 표시등을 올리고 있었다. 생각과는 다르다. 아니, 지금은 생각을 할 수가 없다. 마치 머리가 마비되기라도 한 것처럼 그녀는 순순히 그의 말을 따르고 있었다. 그는 국가의 사활까지는 아니더라도 국부의 사활 정도는 쥐고 있는 사내였으며 무엇보다도 준희에게 꼭 필요한 사람이었다. 이대로 몸을 돌려 방문을 나서는 건 불가능하다.

아니, 그게 다가 아니야.

그녀는 입술을 깨물며 그를 따라 어두운 방으로 들어갔다.

[완전한 형태로 남으려면, 깨닫지도 못했을 때…….]

어두운 조명의 방, 카펫의 색은 자줏빛으로 바뀌어 있었다. 민영은 그가 아까 보았던 호박 속에 갇힌 벌레 이야기를 하고 있다는 것을 깨달았다. 희미한 검푸른 빛의 조명이 그의 얼굴에 음영을 드리웠다.

[무슨 일이 일어나는지도 모르는 채 갇혀 버려야 하는 거다. 뻔히 알고는 안 돼.]

그가 호박 빛 액체를 내밀었다. 크리스털 잔 속에서 달칵달칵 얼음이 건조한 소리를 냈다. 천천히 그의 손에서 잔을 받아 들자 그가 남은 잔을 그대로 들이켰다. 그런 그를 가만히 타라보고 있자 잔을 비운 남자가 고개를 기울여 보였다. 그 오만한 표정이 어딘가 호승심을 자극해 그녀는 단숨에 잔을 비웠다. 그가 다시 낮게 웃곤 테이블 위의 트레이에 손을 뻗어 술병을 손에 쥐었다.

맙소사, 글렌피디잖아!

민영은 방금 자신은 입술을 적셨던 술이 글렌피디 1937이라는 걸 보고 경악했다. 술에 대해 잘은 몰라도 저것의 가격이 집 한 채를 가볍게 넘는다는 것은 안다. 갑자기 뱃속이 거북해지기 시작했다.

[더 마실 텐가?]

[아니, 그만.]

분명 싫다고 대답했는데 그는 그녀가 꽉 쥐고 있던 술잔에 술을 따르고 있었다. 또르르, 맑은 소리와 함께 얼음이 달각거리며 호박색으로 물든다.

[마셔.]

강압적인 말투에 욱하고 고개를 드니 그가 자신의 잔을 반쯤 채웠던 술을 한입에 털어 넣고 있었다. 글렌피디의 도수가 얼마나 되었더라. 기억이 나지 않았다.

정말로 머리가 마비된 것처럼 아무것도 생각나지 않았다. 자신이 왜 이러고 서서 멍하니 술잔을 내려다보고 있는지도. 한국을 떠나 그리스로, 그리하여 크루즈에 오르면서부터 계속 예감처럼 그녀를 사로잡았던 바람이 어디선가 불어오는 것 같았다. 정신이 아득해졌다.

[안 마실 건가?]

감각이 돌아온 건 차가운 목소리 때문이었다. 그러나 그녀가 그 말에 뭐라 반응하기도 전에 커다란 손이 술잔을 쥐고 있는 그녀의 손을 덮었다.

“아.”

순식간이었다, 그가 그녀의 손째로 잡은 술잔을 기울여 입에 머금은 것은. 그리고 다른 손으로 그녀의 목덜미를 끌어당기며 그대로 입술을 겹친 것은.

차가운 알코올의 향이 남자의 향과 뒤섞여 입 안으로 흘러들어 왔다. 채 넘어가지 못한 술이 그녀의 뺨을 억세게 쥐고 있는 그의 커다란 손등 위로 흘렀다. 툭, 그녀의 손에서 떨어진 크리스털 잔이 둔탁한 소리를 내며 카펫에 떨어지면서 쏟아져 나온 리쾨르가 카펫의 색을 진하게 물들였다.

[이게 무슨……!]

그러나 말을 채 끝마치지도 못했을 때, 거부의 언어는 용서하지 않겠다는 듯 그가 거칠게 그녀의 입술을 물어뜯으며 입을 막았다. 거침없이 입 안을 훑어 내리는 동작은 마치 처음부터 그의 소유인 것을 다루듯 당당했다. 통증과 함께 기묘한, 결코 통증과 동반될 수 없을 것 같았던 감각이 몸을 휩쓸었다.

맙소사.

뜨거운 안개가 몸 안으로 계속 밀려들어 오는 것만 같았다. 밀어내려 뻗었던 손이 저도 모르게 남자의 셔츠를 쥐며 마달렸다. 그것을 신호로 강하게 등을 쥐고 있던 손이 흘러내려 완곡한 엉덩이의 곡선 위에 닿았다.

흑, 하고 민영의 입에서 신음 소리가 새어나오는 것과 그의 힘에 밀려 하반신이 그의 몸에 바짝 밀착된 것은 거의 동시였다. 상반신이 휘청, 하고 흔들려 벽의 장식선반에 부딪혔다. 뭔지 확인할 수 없는 장식물이 우르르 바닥으로 쏟아진다고 생각했는데 남자의 다른 손이 등허리를 쓸어 올려 뒷머리 속으로 파고든다.

"으…… 응."

그녀가 낮게 신음 소리를 내자 아플 정도로 강했던 그의 손아귀의 힘이 조금 약해졌다. 동시에 정신이 들었다.

철썩!

"무슨 짓이야!"

남의 뺨을 때려본 적도 없는데 우연인지 필연인지 기가 막힐 정도로 그녀의 손은 정확히 남자의 뺨에 닿았다. 그의 고개가 획 돌아갈 정도로 강한 한방이었다. 금세 붉어지는 그의 뺨을 보며 민영은 당황했다.

그러나.

이게 무슨 짓인가. 아니, 그가 문제가 아니다. 분명, 아주 잠시였지만— 잠시겠지만 자신도 반응했다. 마치 그가 그러길 기다리기라도 했던 듯, 아주 잠깐 그를…… 맙소사, 그를 원했다.

[무례하게…….]

거의 기어들어 갈 듯한 작은 목소리. 그가 천천히 돌아서며 그녀의 눈을 가만히 굽어보았다. 기묘한 표정이었다.

[무례라.]

그는 천천히 또박또박 끊어서 그녀의 말을 반복했다. 이국의 향이 묻어나는 습윤한 공기. 시선이 붙들리기라도 한 듯 떨어지지 않았다.

[그 말은, 그러니까 내가 이렇게 나올 걸 예상하지 못했다는 뜻인가?]

그의 그리스 발음은 기묘했다. 물론 서투르다는 뜻이 아니다. 지독하게도 낮고 나른했다. 순식간에 어둠에 스며들어 마치 환청을 들은 것 같은 기묘한 여운을 남긴다.

그러니까 그 내용이 빈정거림일 때도 말이다.

[재미있기는 하군. 좋은 전략이야.]

그가 한 걸음 다가왔다. 아까 자리를 바꾼 덕에 그녀가 나갈 수 있는 유일한 퇴로는 그의 등 뒤에 있었다. 민영은 한 걸음 물러섰다.

　지금 위험한 걸까? 아니, 확실히 위험하다. 그러나 그것은 보통 이런 상황에 느낄 만한 위험과는 상당히 다른 감각이었다. 무언지 뚜렷하게 설명할 수는 없지만 분명히…….

　사실 그 순간 무엇보다도 가장 그녀를 어이없게 만드는 것은 아까 느꼈던 강렬한 느낌이었다. 지중해의 바람이 그녀를 미치게라도 한 것일까? 아주 잠깐이었지만, 불과 몇 시간 전에 만난 낯선 남자의 향기가 전혀 불쾌하지 않았다. 두렵지 않았다. 마주 닿은 체온은 무섭도록 뜨거웠다. 그녀는 그 열기를 숨 막힐 것처럼 생생하게 느낄 수 있었다. 조금 더 나아가 보고 싶은 열망이 몸 안 어딘가에서 희미하게 피어올랐다.

　[하지만 지나치게 속이 들여다보인다는 걸 알아야지.]

　잠깐 멍해 있던 그녀는 그가 자신을 비웃었다는 것을 까달았다.

　[그렇게 말하는 사람은 여자를 만날 때마다 상대가 전략적으로 자기에게 접근한다고 성각하고 지금처럼 구나 보죠?]

　[지금처럼?]

　[덤벼들었다가 스스로의 매력이 통하지 않는다는 걸 알고 비아냥거리는 거요.]

　민영은 자신이 낼 수 있는 가장 건조한 목소리로 말했다. 그리고 그것은 원하는 효과를 냈다.

　그녀가 무거워 보이는 오크색의 문을 열고 들어와 지든까지 단 한 번도 흔들리지 않고 유유자적했던 남자의 표정이 멈췄다. 거리를 좁히던 그가 멈춘 것이 예기치 못했던 그녀의 반응에 당황한 것인지, 아니면 한 줌도 안 될 것 같은 조금만 계집애의 허세에 기가 찬 것인지는 애매했다.

얼마나 시간이 지났을까, 방 안의 어둠이 눈에 익기는커녕 형용하기 어려운 아득함만이 짙어진다고 생각했을 때, 그늘이 짙게 드리워진 그의 얼굴에 표정이라 할 만한 것이 떠올랐다.

[큭.]

그의 어깨가 들썩였다.

[하하하하하하!]

그는 어깨를 젖히더니 무엇이 그리 기분 좋은지 껄껄대며 웃기 시작했다.

그것은 기묘한 기분이었다. 금방이라도 잡지에서 튀어나온 듯 머리부터 발끝까지 완벽한 남자가 검푸른 조명에 물들어 웃고 있었다. 일을 맡은 이후로 그녀가 심심풀이로 뒤적였던 잡지들에서 찬탄일색이었던 탄탄한 몸이 그녀의 바로 코앞에서 흔들리고 있었다.

그러나 그녀가 읽었던 기사에서는 그가 여자에게 이런 식으로 무례하게 군다는 것은 언급되어 있지 않았다.

[그렇군.]

이윽고 웃음을 멈춘 그가 어딘지 완전히 달라진 어투로 말했다. 실컷 웃더니 기분이 좋아진 듯 눈가가 조금은 상냥해진 것

같기도 했다. 그는 더 이상 위협적으로 그녀에게 다가오지 않았
다. 대신 고급스러운 문양이 새겨진 의자를 빼내어 등받이에 팔
을 얹을 수 있게 돌려 앉았다.

[자, 내가 무례를 사과해야 하나?]

의자의 등받이어 기댄 팔에 코를 묻으며 그의 눈빛이 심술궂
게 빛났다. 민영은 이를 악물었다.

[그래요.]

[그 다음엔?]

민영은 잠시 고긴했다. 디 알 수 없는 남자가 지금 무슨 소리
를 하는 걸까. 다짜고짜 사람을 불러놓고 키스하더니 이저는 무
얼 해야 하는지 묻는 걸까? 그의 태도가 너무 태연해서 뭐라고
거의 유머러스하다 여겨지기까지 했다.

그녀가 당황하고 있는 등안 그는 마치 가격이라도 매기려는
것처럼 천천히 그녀를 훑고 있었다. 어깨에서 단정하게 잘린 검
은 머리, 약간은 여윈 듯한 어깨에 비해 가슴은 풍만하다. 팔다
리는 길지만 여위어서 그다지 볼품은 없다.

[이렇게 하지.]

이윽고 그가 몸을 일으키며 입을 열었다.

[십 분 전까지 난 서준희의 제안에 대해서는 털끝만큼도 관심
이 없었어.]

그의 태도는 때려주고 싶을 만큼 여유로웠고, 잠에서 깬 고양
이처럼 나른했지만 어딘지 소름 끼칠 정도로 차가웠다.

[하지만 마음이 바뀌었어. 비아냥거리는 대신 딴 걸 해보지.]

그는 잠시 말을 멈추고 그녀의 눈동자를 들여다보았다. 그 눈동자에서 기묘한 장난기와 기묘한 잔인성— 공존할 수 없을 것 같은 두 개의 감정이 일렁이고 있었다.

[네가 오늘 밤 내 침실로 온다면, 서준희가 그토록 원하는 것을 줄 수도 있어.]

[뭐라고요?]

[서준희가 원하는 대로, 일본 대신 한국을 아시아 시장 파트너로 삼을 수도 있다는 거야. 혹시 아나?]

마침내 그의 목소리뿐 아니라 얼굴에까지 차가운 기색이 떠올랐다.

[그보다 더한 걸 줄 수 있을지.]

[뭐라고요?]

민영은 잠시 어안이 벙벙했다. 그녀가 방금 들은 이 터무니없을 정도로 고전적인 제안은 귀를 의심하고 싶을 정도로 인위적이었다. 금방이라도 연극무대에서 튀어나온 것만 같았다.

[이런 걸 원한 거 아니었나?]

빙글빙글, 그의 얼굴에 냉소가 어렸다.

그는 연극적으로 굴었지만 민영은 흔히 그 연극 속의 여자주인공들이 그러듯 주먹을 쥐고 달려들며 '나를 어떻게 보고!' 라고 외치는 대신 조용히 그의 눈을 바라보고 있었다.

[삼을 수 있다…… 는 걸로는 충분하지 않아요.]

나른하게 비웃고 있던 기아니스의 얼굴이 딱딱하게 굳었다. 잠깐의 간격, 그는 차갑게 내뱉었다.

[그래, 결정하겠다는 게 아냐. 도와주겠다는 것도 아니지. 다만 생각해 볼 뿐이야. 네 가치는 거기까지야.]

그는 씹어내듯 이야기하고 몸을 비켜섰다. 아까까지 그의 커다란 어깨가 가리고 있던 출구가, 삼 분 전까지 그녀가 그렇게 간절히 원했던 출구가 드러났다.

꺼지라는 말을 들은 건 아니지만 들은 것이나 다름없었다.

천천히 당당하게 걸어나가려 했는데 저도 모르게 걸음이 빨라져 있었다. 달려나가는 걸음 뒤로 남자의 시선이 집요하게 따라붙는 것을 느낄 수 있었다.

"어디 갔다 온 거야?"

객실에 돌아가자 준희가 혼자 앉아 카드를 뒤집다가 그녀를 맞았다.

"응, 좀……. 더 놀지 않고 일찍 들어왔네?"

"저녁 먹어야지. 너랑 같이 먹으려고 기다렸어."

시계를 보니 어느새 일곱 시가 지나고 있었다. 그러나 식욕 따위는 조금도 없었다. 얼른 자리에 눕고 싶은 마음뿐이었다.

"피곤해?"

준희가 그녀의 눈치를 살피듯 말하며 몸을 일으켰다. 그리고 그녀가 뭐라 대꾸할 틈도 없이 다가와 이마에 이마를 갖다 댔다. 옅은 다비도프의 향이 코끝에 느껴졌다. 그의 향수는 계절과 무관하게 언제나 다비도프였다. 첫사랑이 선물한 향수라고 하는데 진위 여부는 확인 불가능이다.

"열이 있는데."

그가 걱정스러운 듯 민영의 얼굴을 굽어보았다. 민영은 눈을 감았다. 맙소사, 방금 익숙한 다비도프 향을 그의 방에서 풍기던 이름 모를 향과 비교했다. 정말이지, 맙소사.

"그래, 저녁보다는 쉬는 게 낫겠어."

그녀가 가까이 다가선 그를 밀어내고 자신의 방에 들어가며 중얼거리듯 통고했다. 쫓아온 준희가 이불을 덮어주며 끝까지 그녀를 챙겼다.

"저녁, 이쪽으로 가져다 달라고 부탁할게."

"아냐. 넌 나가서 제대로 먹어. 나는 좀 자고 나면 괜찮을 거야."

준희의 다정함이 조금 성가시다고 생각하며 그녀는 이불을 머리끝까지 끌어올렸다. 하지만 이불 밖에서 잠시 머뭇거리는 것 같던 준희의 기척이 막 방문을 닫으려 할 때 민영은 이불을 걷어내며 그를 불렀다.

"준희야!"

"응?"

그가 고개를 갸우뚱하고 그녀를 바라보았다.

"왜 날 데려왔어?"

"왜?"

"그냥— 이상하잖아. 이런 일 한 번도 없었는데."

빙글빙글 웃던 준희의 얼굴이 비로소 조금 진지해졌다.

"왜일 것 같은데?"

"못됐어! 대답하기 곤란한 건 항상 질문으로 대답하고."

"너도 말하기 힘든 건 이야기 안 하잖아."

"못됐어, 너 정말—"

그녀가 인상을 찡그리자 준희는 가볍게 숨을 내쉬었다.

"너랑 함께라면 좀 더 쉽지 않을까 생각했어."

"왜?"

"네가 예쁘니까?"

"농담 말고!"

"너 예뻐. ……자세하게 말하긴 애매한데 좌우간 그래. 자, 무슨 일인데?"

그가 돌아와 침대 옆에 앉아 본격적으로 질문을 퍼부을 태세였으므로 민영은 귀찮다는 듯 손을 젓곤 다시 이불을 뒤집어써 버렸다.

그리고 잠시 준희의 시선, 방문이 닫히는 소리가 나고 다시 간격, 캐빈의 문이 닫히는 소리가 들렸다.

이불 속에서 무릎을 당겨 웅크린 채로 민영은 손톱을 물어뜯기 시작했다. 피곤했지만 신경이 마치 줄로 잡아당기는 듯 팽팽했다. 열이 있는 게 아니라 열병에 걸렸다 해도 지금은 잠이 올 리가 없다.

그녀는 천천히 손을 입술에 가져다 대었다. 아까 마치 처음부터 그러려고 마음먹었던 것처럼 뻔뻔하게 입술을 덮어왔던 남자의 뜨거움이 그대로 남아 있는 것만 같았다. 억세게 자신을 쥐던 손의 열기…….

다시 떠올리는 것만으로도 몸이 뜨거워졌다. 그녀는 문득 자신의 어깨에서 남자의 냄새가 난다는 것을 깨달았다. 몸을 일으켜 셔츠를 벗자 그곳에는 갈색 얼룩이 남아 있었다. 그 얼룩을 쓸면서 그녀는 그것이 글렌피디의 자국이라는 것을 깨달았다. 그리고 그 자국이 다시 그의 깊고 격렬했던 키스를 떠올리게 만들었다. 그녀는 눈을 감았다.

안다. 신데렐라를 동화라고 부르는 건 다 이유가 있는 거다.

가지고 싶은 것을 힘을 통해 얻는 데 익숙한 인종들에게 마음을 주는 것보다는 차라리 사자 우리에 맨몸으로 들어가는 쪽이 더 안전하다. 그 인종은 결코 왕자님은 되어주지 않을 테니까.

안다. 아마도 남자는 그녀와 완전히 다른 타입의 남자일 것이다.

그녀가 누군가를 만나서 마음을 주기까지 생각하는 모든 것들을 남자는 생각하지 않을 것이다. 무례하지만 정확하다. Easy come, easy go. 쉽게 얻고, 쉽게 보낸다.

안다. 이건 어쩌면 게임이다.

마음을 주지 않고 적당한 거리에서, 그러니까 그녀가 한 걸음 물러섰을 때 그도 한 걸음 물러섰던 것처럼, 적당한 거리에서 하는 게임.

그러나 여전히, 그녀는 알고 있다. 여기는 크루즈 위, 땅이 아닌 바다. 현실이지만 현실이 아닌 공간. 낯선 충동도 어쩌면 허용될 수 있는 곳인지도 모른다. 게다가 그녀는 손해 볼 게 전혀 없다.

아마도.

그녀는 눈을 떴다. 텅 빈 캐빈(cabin)의 공기는 어딘지 서늘했다.

그러나 어째서일까— 그 모든 것에도 불구하고 한 가지만 마음에 남는다.

가슴 깊이까지 스며들던 아름답고 아름다운 서늘한 눈.

민영이 객실의 문을 열고 나선 건 그로부터 두 시간 후였다. 준희가 카지노로 갔다면 일찍 돌아오지 않을지도 모르지만 혹시나 싶어 쪽지를 남겼다.

〈놀다 올게. 열은 내렸으니 너무 걱정하지 않아도 좋아.〉

어느새 내려앉은 차가운 밤기운에 얇은 블라우스에 재킷 하나만을 걸친 민영의 어깨가 절로 움츠러들었다. 여전히 풀 쪽은 시끄러웠다. 문득 민영은 도대체 저기서 그냥 즐기는 데 열중하는 것 같은 저 사람들은 무슨 용건으로 이 크루즈 위에 있는 건지 궁금해졌다. 컨벤션 홀에서는 계속해서 회의가 열리고 있었는데 그 회의들의 정체 역시 모호했다. 가끔 보드를 거니는 사람들은 대부분 보디가드를 대동하고 있거나 선글라스로 얼굴을 가리고 있었다. 물론 때때로 스스로를 감추려 하지 않는 유명인사도 있었다. 일본 총리 측의 사람으로 알고 있는 크리슈나 어쩌구가 그랬는데, 상당한 미남자라 잡지에서 보는 순간 이름을 외워버렸지만 성은 미처 외우지 못했다.

그녀는 조심스레 기억을 더듬으며 웨더 데크를 지나 카펫이 깔린 복도를 지나쳤다. 두 개의 계단을 거슬러 올라 오른쪽 복도로 접어들자 아까 보았던 거대한 문이 시야에 들어왔다.

민영은 무의식중에 주변을 돌아보았다. 누군가 혹여나 볼까 싶은 조심스러운 마음이었으나 실제로 그가 있는 방의 데크는 지옥처럼 조용했다. 문득 CCTV라도 있나 싶어 천장을 훑었다. 실크 톤의 고급벽지 외에는 눈에 띄는 것이 없다.

그 커다란 문 앞에서 민영은 한없이 작아지는 기분이었다. 이러는 것이 옳은지 아닌지 알 수 없다.

하지만, 그 검푸른 눈—

옅은 담배 향, 사로잡힌 듯한 기묘한 취기(醉氣)가 있었다.

그녀는 천천히 커다란 문을 밀어젖혔다.

문 안은 서늘했고 어둠이 깔려 있었다. 순간 사람이 없나 라고 생각한 것은 아까는 불이 켜져 있던 거실과 그의 침실 쪽의 불이 꺼져 있었기 때문이다. 방으로 향하는 벽 위에 붙은 앤티크 실내등만이 흐릿한 빛을 뿜어내고 있었다.

망설이던 민영은 천천히 몸을 움직여 아까 확인한 그의 침실 쪽으로 움직였다. 그가 이미 자고 있다면—그럴 리는 없을 것 같았지만—그냥 돌아가면 될 일이고, 그가 침실에 없다면 굳이 이곳에 계속 서 있는 것이 으미가 없을 것이다.

그러나 막상 침실로 들어섰을 때, 단단히 마음을 먹고 온 그녀도 약간 당황하지 않을 수 없었다. 욕실 쪽에서 희미한 불빛이 새어나오고 있었다. 우윳빛의 불투명한 유리벽을 통해 희미한 남자의 나신이 비추고 있었다.

어떻게 하나, 라고 망설이고 있을 때 물소리가 끊겼다.

소리 없이 유리문을 밀고 나온 남자는 놀란 듯 우뚝 멈췄다. 그의 뒤에서 뿌연 수증기가 오렌지 빛에 물들어 피어오르고 있었다.

민영은 희미한 빛에 또렷이 실루엣이 새겨진 남자의 나신에 눈을 두지 않기 위해 고개를 돌렸다. 잘빠진 슈트에 감춰져 있던 그의 몸은 그녀가 상상했던 그대로였다. 아니, 그보다 조금 더 균형 잡힌, 역광이 어깨와 팔, 허벅지를 따라 흐르는 근육에 선명한 선을 만들어주고 있었다.

역광 때문에 얼굴이 보이지 않았는데도 민영은 어쩐지 그가 찌푸리고 있다고 생각했다. 어딘지 불만스러운 것 같은 그의 시선이 살갗을 파고들었다. 그리고 그때, 그가 자신의 벗은 몸을 개의치 않고 성큼성큼 걸어 다가왔다. 마치 기다렸다는 듯이 아까 같은 검푸른 등이 켜졌다. 남자의 뜨거운 몸이 바로 그녀의 앞에 멈추자 옅은 목욕제의 향이 느껴졌다. 그녀는 천천히 고개를 치켜들었다.

기아니스는 그런 그녀를 가만히 굽어보았다. 그는 내내 기분이 좋지 않았다. 한둘은 아니었다, 그의 시선이 머무는 곳을 발견해 내고 이쪽으로 그를 공략하려고 한 것은.

그러나 그 누구도 서준희만큼 훌륭하진 않았다.

그럼에도 불구하고 서준희도 그의 취향이 어디에서 비롯된 것인지는 전혀 몰랐던 것임에 틀림없다. 그걸 알았다면 이런 미숙한 짓을 했을 리 없으니 말이다.

확실한 건, 불쾌하다는 거다.

올 줄 알았지만 오지 않을 수도 있다고 생각했나 보다. 당연히 이런 거라고 생각했지만 여자의 표정이 너무 당돌해서 어쩌면 아닐 거라고 생각했었나 보다.

여자가 무언가 말을 하려는 것처럼 입술을 달싹였지만 그는 기다려 주지 않았다. 그러기 위해 왔다면 그 기대를 충족시켜

주는 것이 옳지 않겠는가. 커다란 손이 허리에 강하게 감기는 것과 동시에 다른 한 손이 그녀의 머리를 부여잡고 입을 맞췄다.

키 차이는 극명했고 고개를 깊이 숙였던 남자는 그녀의 목이 꺾어지기 일보 직전이라는 걸 깨닫고 그녀의 허리를 들어올렸다. 거친 그의 동작에 민영은 저도 모르게 입술 사이로 신음 소리가 비집고 나왔다. 그가 입술을 그녀의 턱으로 미끄러뜨리며 속삭였다.

[이제 마음껏 무례해도 되는 건가?]

여전히 비웃는 듯한 말투였다. 이 방에 다시 들어오고 나서 들은 첫마디가 이따위라니, 민영은 짜증이 났다. 그러나 그녀가 뭐라고 말을 꺼내기 전에 그가 화장기가 없는 민영의 아랫입술을 깨물었다.

"아!"

그리고 그의 뜨거운 혀가 그대로 미끄러져 내려가며 그녀의 목덜미를 핥았다. 민영이 머리를 뒤로 젖혔다. 아직 습기가 남은 남자의 몸에서 피어오르는 열기가 아찔했다. 젖은 머리에서 떨어진 물방울이 그녀의 옷깃을 적셨다.

"잠깐만요."

그녀의 손이 그의 어깨를 밀었지만 그는 꿈쩍도 하지 않았다.

"잠깐, 놓으라고!"

그녀는 힘껏 그를 밀어냈다. 민영의 호흡은 흐트러져 있는데 그대로 한 걸음을 물러선 남자는 무표정했다. 선이 뚜렷한 그의 입술은 방금까지 그녀의 피부 위에서 미끄러졌던 것이라고 믿어지지 않을 만큼 굳게 닫혀 있었다.

[설마 거절하겠다는 말을 하려고 여기까지 온 거라곤 생각 안 했는데.]

그제야 민영은 자신이 한국말로 말했다는 걸 알았다. 바보같이, 긴장한 탓이었다. 그는 짜증스러워 보였다.

[아니면 이번에도 내가 이렇게 나올 걸 예상하지 못했다고 말할 셈인가?]

민영은 입술을 깨물었다.

쉽지 않다— 마음과 머리가 따로 노는 것은 어쩌면 당연한 일이지만 지금 이 순간, 정말이지 쉽지 않다.

머리는 이 무례한 남자에게 상관하지 말고 돌아서 나가라고, 이건 아니라고 말하는데 자신이 그러지 않을 거라는 걸 알았다. 이상하지만 자신이 그러고 싶지 않다는 걸 알았다. 그 깊고 푸른 눈, 아득하게 느껴지던 진동, 남자의 깊이— 그러니까, 어쩌면 그녀도 호박 속의 벌레처럼 제대로 생각하지 못한 채 이 자리에 서 있는 건지도 몰랐다. 이유도 모르는 채.

그가 한 걸음 다가서자 민영은 저도 모르게 한 걸음 물러섰다. 한심하다는 듯한 그의 시선이 그녀에게 쏟아졌다.

[돌아가.]

그는 흥미를 잃었다는 듯한 표정으로 그녀에게 등을 돌렸다.

[아니. 해요.]

낮게 읊조리는 그녀의 묵소리에 그가 우뚝 멈춰 섰다.

그녀는 주먹을 꽉 쥐었다. 여기서 돌아갈 수는 없다. 바보처럼 굴지는 않을 것이다.

그러니까 드러내지 않으면 된다. 그녀가 느끼는 건 아주 작은 인력이다. 그리고 아마 그도 그녀에게 그만큼의 인력을 느낀 것임에 틀림없다. 그러니 딱 그만큼만, 그만큼만인 것처럼 하면 될 일이다.

[준희의 일을 생각해 보겠다고 했죠?]

후회해 봤자 소용없는 일이 있다. 그녀의 생각에 기아니스 Y. 이아코바키스라는 남자가 그랬다. 지금 그녀가 이 방에서 나가면 그와 그녀는 다시는 만나지 않을 것이다. 그건 싫었다. 앞으로 일어나는 일이 무엇이든, 어떤 기분이 들든 그건 싫다.

천천히 고개를 돌린 남자의 시선, 그녀는 그 시선을 똑바로 마주 보았다.

[그래—]

그가 기묘하게 잠긴 독소리로 대답했다.

어두운 방은 산소가 희박한 듯 사람을 아득하게 만드는 뭔가가 있었다.

[그럼 좋아요.]

지나가고 나서 후회하는 것보다는 이 감정의 정체를 모르더라도 이 편이 낫다. 지금은, 지금이니까.

시간이 멈춘 것 같았다.

그리고 마치 영원히 움직이지 않을 것처럼 서 있던 그가 마침내 성큼성큼 그녀에게로 다가왔다. 거리만큼 강해지는 압력, 민영은 숨을 크게 들이마셨다.

욕실 문이 열려 있었다. 민영의 시선이 의미없이 열린 반투명의 유리문에 머물렀다. 그래서일까— 이렇게 습기가 많은 듯 아득한 느낌은.

그는 서두르지 않았다. 뒤통수를 부여잡았던 손이 느릿느릿 그가 입 맞추고 있는 목덜미께로 내려와 셔츠를 잡아뜯었다. 투툭, 애당초 단추를 하나하나 풀 생각은 없었던 듯 힘을 주자 감좋은 면 셔츠의 단추가 이성의 끈이 끊어지는 듯한 소리를 내며 뜯어져 나갔다. 그의 뜨거운 입술이 닿은 피부가 금세 습해졌다. 브래지어가 바닥에 떨어졌다.

민영이 손을 내밀어 가느다란 신음 소리를 흘리며 그의 머리를 끌어안았다.

옷 위로 남자의 손이 단단하게 그녀를 붙잡더니 그녀의 몸이 번쩍 공중으로 들어 올려졌다. 그는 그녀를 침대에 내려놓고 여유로운 손놀림으로 치마를 벗겨냈다.

등 뒤로 느껴지는 실크 시트의 느낌이 차가웠다. 잠시 그대로 위에서 그녀의 나신을 내려다보던 남자가 허리를 굽혔다.

"흡!"

얇은 피부에 닿은 갑작스러운 감각, 민영은 저도 모르게 고개를 젖히며 바르르 떨었다. 그의 입술이 그녀의 나신 위로 미끄러졌다.

그녀의 여윈 몸을 쓸면서 기아니스는 전에 없이 자신이 흥분하고 있다는 것을 깨닫고 있었다. 그것은 민영이 자신의 침실 한가운데에 서 있을 때부터 느끼던 감정이었다. 분명히 화가 났는데 이상하리만큼 강한 욕망이 그 뒤를 따랐다. 당장이라드 그녀의 숨을 들이마시고, 그 안으로 들어가고 싶다는 강한 욕망.

그의 입술이 아래로, 아래로, 뜨거운 입김이 골반을 스치고 바람이 허벅지 안쪽을 간질였다. 그가 그녀의 허벅지에 키스하자 참지 못하고 민영은 허리를 비틀었다.

"으응……."

몸을 비트는 그녀를 붙잡아 누르고 그는 그녀의 허벅지 안쪽 구석구석에 세심히 키스했다. 키스가 반복될수록 신음 소리도 커졌다. 달뜬 호흡, 얼굴의 붉은 기가 점점 번졌다.

[아직도 내 매력이 통하지 않나?]

그가 농담처럼 말을 던지자 그가 주는 나른한 감각에 정신을 놓고 있던 민영이 꿈꾸는 듯 눈꺼풀을 치켜떴다. 시선이 공중에서 엉켜들었다. 그녀의 다리를 붙들고 있는 그의 손은 뜨거웠고, 다른 쪽 허벅지에 올려놓은 손도 역시 그랬다. 그리고 지금 이 순간, 그가 던진 말은 어쩐지 상황과 몹시도 어울리지 않는 것같이 보였다.

[뭐라고요?]

그녀는 되물었다.

[글쎄, 이런 때 나는 하나 확인하고 싶군.]

그는 그녀의 발가락을 깨물었다. 샤워를 하고 바로 밤바람을 가로지른 터라 차갑게 식어 있었던 발가락에 그의 입술이 닿자 마치 불에 덴 듯 뜨거웠다. 그것은 또 기묘하게 관능적인 감각, 심장에서 가장 먼 곳에 남자가 새긴 낙인은 빠른 속도로 온몸을 헤집고 올라와 호흡을 흐트러뜨렸다. 바로 거기서부터, 그는 천천히 그녀의 다리를 핥아 올리기 시작했다. 복숭아 뼈를 부드럽게 감아 돌리고 비골의 선이 선명한 종아리에 입을 맞춘 다음 무릎 뒤의 여린 살에 깊이 키스했다.

느릿느릿, 자신은 하나도 급할 것 없다는 듯한 여유있는 동작으로 그녀의 다리를 정복해 올라오면서 그는 낮게 속삭이고 있었다.

[네가 내가 제안하지 않았더라도 내 방에 왔을 거라는 걸 말야.]

[설마.]

그녀는 숨을 몰아쉬며 대꾸했다. 몸이 나른해서인지 기분마저 풀리는 느낌이었다. 가슴께에서 계속해서 간질거리던 감각은 배로 내려간 지 오래였다. 이제 그만 그가 자신의 빈 곳을 채워주길 원했지만 그것을 담담히 인정하기에는 그는 별로 급할 것 없다는 듯이, 마치 배부른 고양이가 쥐를 갖고 노는 것처럼 굴고 있었다. 그럼에도 불구하고, 그의 손길은 믿을 수 없을 정도로 부드러웠고, 희뿌연 조명 아래 그녀의 허벅지에 키스하는 그의 어깨는 사진이라고 말한다 해도 믿을 정도로 몹시도 아름다웠다. 남자가 저리 아름다워도 좋은 것인가, 하는 생각이 들 정도로.

그는 낮게 웃었다. 웃을 때마다 뜨거운 숨결이 그녀를 간질였다. 그리고 그것은 일부러 이러는가 싶을 정도로 자극적이었다.

[그만둘까?]

그가 물었다. 그리고 그 말의 끝에 손가락을 그녀의 안으로 밀어 넣었다. 그녀가 진저리를 쳤다.

[그만두겠다고 하면…….]

그가 달래는 듯이 묻더니 배꼽 바로 아래부터 천천히 입술을 미끄러뜨리며 올라오기 시작했다. 그의 입술이 쓸고 지나간 자리에 차갑게 선이 그려지는 것이 느껴졌다. 소리를 내고 싶지 않았지만 그의 체온이 그녀의 피부에 느껴지는 순간부터 온몸의 신경이 아우성치고 있었다. 그의 손이 닿는 곳마다 체온은 무섭도록 올라갔다. 목에서 절로 소리가 끓어올랐다. 통증, 아니, 통증이 아니던가? 이름 붙이기 어려운 감각이 피부 곳곳에서 꽃처럼 개화(開花)했다. 그녀는 낮게 신음을 흘렸다.

머리로는 뭔가 대답을 해야 한다고 생각했는데 정작 말하기 위해 필요한 모든 기능들은 머릿속에서 날아가 버린 것 같았다.

[아무 일도 일어나지 않겠지. 너에게도, 서준희에게도…….]

그의 입술이 가슴에 닿았다. 잠시 그는 움직이지 않았다. 마치 멈춘 것처럼, 이제 끝난 것처럼. 그럴 리 없다는 걸 알면서도 민영의 단전에 보글보글 조바심이 들끓기 시작했다.

그의 양손이 가는 허리를 쥐었다. 애초부터 뜨거웠던 남자의 나신은 이제 마치 불덩이 같았다. 그리고 아마도, 그녀의 몸도. 민영이 길게 한숨을 내쉬었다.

[그만두지 않아요.]

그리고 대답과 거의 동시였다. 눈을 감았던 그녀가 눈을 뜨기 전에 그의 양손이 그녀의 엉덩이로 미끄러져 내려가는가 싶더니 아플 만큼 강하게 골반을 감쌌다. 동시에 몸이 덜컥 하고 흔들리며 마치 반쪽으로 쪼개지는 듯한 느낌이 온몸을 관통했다.

"아!"

그녀가 숨을 들이쉬자 허리가 크게 휘었다. 그녀의 몸은 너무나 가냘팠고, 그는 너무 거대했다. 양팔을 침대에 짚은 채 처음에는 느릿느릿, 마치 적응할 시간이라도 주는 것처럼 그는 천천히 움직였다. 그러나 속도가 점차 빨라졌다. 그에 맞춰 심장박동도, 호흡도 빨라졌다.

조금 더, 조금 더. 처음에 부드러웠던 그의 움직임이 점차 거칠어질수록 몸을 차오르는 어떤 느낌이 더 강해졌다. 몸이 주체할 수 없이 흔들리고 있었다. 숨을 금방이라도 놓쳐 버릴 것같이 움직임이 격렬해졌다고 느꼈을 때, 머릿속에서 뭔가가 터졌다. 그가 처음으로 신음 소리를 내뱉으며 그녀의 위로 무너졌다.

무거운 남자의 체중을 느끼며 민영은 눈을 감았다. 남자의 젖은 어깨에서 땀방울이 또르르 흘러내려 그녀의 귓가에 톡 소리를 내며 떨어졌다.

젠장, 기아니스는 속으로 욕설을 내뱉었다. 갖고 놀 셈이었는데 같이 놀아버리고 말았다. 별로 매력적이지 않은 가는 팔다리라고 생각했었는데 막상 침대에 들자 그것이 매혹적으로 그를 휘감았다. 별다른 기술을 구사하는 것 같지도 않은데 풍만하게 흔들리는 하얀 가슴과 대비된 검은 머리카락이 견딜 수 없게 자극적이었다. 견딜 수 없게? 방금 내가 견딜 수 없다는 단어를 사용했나?

눈을 뜨자 여자는 아직도 눈을 감은 채 호흡을 고르고 있었다. 이마가 땀으로 촉촉이 젖어 있었다.

그 순간, 시선을 느낀 민영이 눈을 떠 그를 바라보았다.

잠시 호흡만이 존재했다.

서로 봐줄 생각은 없다는 듯 마주친 시선, 두 사람의 늑골이 비슷한 속도로 올라갔다 내려왔다. 낮은 숨소리만이 방을 채웠다. 풍만한 가슴이 부풀었다 제자리로 돌아가기를 너덧 번, 호흡 속도가 점차 빨라지기 시작했다.

그가 양팔로 몸을 지탱한 채 고개만 숙여 혀끝으로 그녀의 가슴을 부드럽게 핥았다. 마치 고양이라도 되는 듯한 동작. 민영이 몸서리쳤다.

[무슨 짓이에요?]

몸을 빼려고 침대를 짚자 그가 낮게 웃더니 몸을 약간 들어 그녀의 몸을 뒤집었다.

설마, 농담이겠지. 그의 커다란 손에 의해 반항할 틈도 없이 몸이 돌려지면서 민영은 생각했다. 아니, 생각할 틈도 없었다. 뒷목에 마치 불처럼 뜨거운 입술이 닿았다. 그리고 그때에는 이미 그는 그녀의 안에 있었다.

그만, 이라는 생각이 백만 번 머리에 떠올랐다가 이백만 번 사라졌다. 우악스럽게 가슴을 쥐는 손이 아프다고 느낄 틈도 없었고, 자신 안으로 들어오는 남자의 움직임에 여유가 사라졌는데도 알아차리지 못했다. 그의 리듬에 맞춰 가슴이 흔들리고 있다는 것은 알 수 있었다. 한 손으로 가슴을 쥐고 손가락 끝으로 예민한 살을 자극하는 사이로 땀방울이 흘렀다. 남자의 몸에서 흐른 것인지 자신의 몸에서 흐른 것인지도 분간할 수 없었다. 머릿속에서 몇 번이고 우주가 지나갔다가, 바다가 깊어졌다가 포말이 되어 터졌다.

정신을 차렸을 때, 그들은 나란히 포개진 채 한 방향을 보고 누워 있었다. 그의 단단한 팔이 그녀를 품 안에 가둔 채였다.

민영은 조심스럽게 몸을 뺐다. 아니, 빼려고 했다. 허리를 움직이는 순간, 온몸의 관절이 아우성치기 시작했기 때문에 그녀는 숨을 몰아쉬며 침대 헤드에 몸을 기댔다. 이제 그녀의 허벅지 위에 올려진 그의 팔은 그를 선박 왕이라기보다는 운동선수처럼 보이게 했다. 파르스름하게 돋아 있는 힘줄이 강인해 보였고, 그 팔 끝의 건장한 어깨, 부드러운 선을 그은 근육들이 이어진 사내다운 목덜미와 애초에 단 한 번도 타협을 몰랐을 고집스러운 턱은 그가 어지간히도 융통성없다는 것을 말해주고 있었다. 그리고 보면 유약한 부븐도 있기는 하다. 가만히 그를 살피던 민영은 그의 속눈썹이 여자처럼 길고 가늘다는 것을 발견했다. 마치 만들어 붙이기라도 한 듯 신기할 정도로 가지런한 속눈썹이었다.

민영은 꿀꺽 침을 삼켰다. 아까 온몸을 휘젓던 욕구만큼이나 강렬한 욕구. 저 속눈썹에 손대보고 싶다는.

그녀는 천천히, 조심조심, 그가 깨지 않도록 손가락을 그의 눈가로 가져갔다. 심장이 벌컥벌컥 뛰기 시작했다. 어찌나 세게 뛰는 호흡이 어려워질 정도라 그녀는 차라리 숨을 멈춰 버렸다. 조금씩, 조금씩, ……이제 거의 닿았어.

[감상은 다 했나?]

민영은 숨을 헉 하고 몰아쉬었다. 그는 미동도 않은 채 낮게 속삭인 것이다. 잠겨서 한층 낮아진 목소리였다. 도대체 언지부터 깨어 있었던 걸까?

눈을 뜬 그는 바로 코앞에 와 있는 그녀의 손을 보고 의아한 표정을 지었다.

[눈이라도 파낼 셈이었던 거야?]

그는 농담이라 해도 무섭고 진담이라면 더 무서운 말을 내뱉더니 재미있다는 듯 조금 웃었다. 그리곤 손을 뻗어 그녀의 다리를 쭉 끌어당겼다. 침대 헤드에 기대 있던 민영은 머리를 쿵 부딪치고는 그가 이끄는 대로 침대로 쭉 미끄러졌다.

[뭐예요!]

머리를 감싸 쥐며 항변하자 남자는 또다시 낮게 웃었다. 자주 웃는데 웃는다는 느낌이 들지 않는 것도 기묘하다. 기묘하게 고요하다.

그가 몸을 돌려 그녀에게로 향했다. 단단한 몸이 어슴푸레한 조명에 그 선을 선명히 드러냈다. 착각이 아니었다. 남자의 몸이라는 것이 이렇게 아름다울 수도 있구나. 허리에 감긴 실크 시트조차도 아름다워 보였다.

생각해 보면 그가 부끄러움을 모르는 건 그 아름다움 때문인지도 몰랐다. 그는 벗은 몸을 부끄러워하지 않는 남자임에 틀림없다. 욕실에서 나왔을 때도, 옷을 다 입고 있는 그녀 앞에서 그의 표정에는 일말의 부끄러움도 없었다. 오히려 옷을 다 입고 있는 그녀 쪽이 벌거벗겨지기라도 한 듯 부끄러웠다.

의복은 기본적으로 허세이고 무기라는데 그는 그것이 없어도 전혀 상관없는 사람인 듯했다.

[무슨 생각을 하지?]

어느새 그가 한 팔로 턱을 괴고 그녀를 바라보고 있었다.

[나랑 있으면서 다른 생각을 하는 여자는 처음이로군.]

[당신 생각을 했어요.]

민영은 솔직히 말했다.

[아, 매력이 모자라는 내 생각을 해주다니 영광이군.]

[이봐요.]

민영은 기가 막혔다. 그러고 보면 이 남자, 그 정신없는 순간에도 그 이야기를 했었다.

[속이 생각보다는 밴댕이.]

[밴댕이?]

적당히 뜻이 통하도록 말했다고 생각했는데 못 알아들은 모양이었다. 그러나 그는 별로 궁금하다는 표정도 아니었다. 단어를 몰라도 그녀의 표정으로 충분히 하고 싶은 말을 깨달았기 때문이다. 사실 그의 표정에 거의 변화가 없었기 때문에 민영은 몰랐지만 그는 지금 즐거웠다. 그로서는 드물게 유쾌했다. 그래서 이 작은 여자가 어디까지 하나 보기로 했다. 조금 있다가는 분명히 불쾌해지겠지만, 지금은 즐거웠고 그 기분을 망치고 싶지 않았다.

기아니스는 무게감이 느껴지는 몸에 비해 지나치게 가벼운 동작으로 몸을 일으켰다. 그의 움직임에 기울었던 시트가 제자리로 돌아왔다. 흘러내린 실크 시트 아래로 그의 나신이 그대로 드러났다. 민영이 새침하게 시선을 돌리자 그가 하하하 기분 좋게 웃고는 그대로 성큼성큼 거실로 나갔다. 그가 빠져나간 자리가 어딘지 휑하다.

달그락달그락, 거실 쪽에서 들려오는 소리를 들으며 민영은 생각했다. 그녀의 기억이 맞다면 거실의 한 면은 바깥의 풍경을 그대로 볼 수 있는 유리였다. 처음 이 방에 왔을 때는 커튼이 쳐져 있었지만 두 번째 왔을 때는 커튼이 얌전하게 묶여 있었다. 설마 이 크루즈의 모든 사람이 한 번쯤 저 남자의 나신을 본 적이 있다거나 그런 건 아니겠지.

그러나 그가 들어왔을 때, 그녀의 은밀한 상상이 무색하게도 그는 가운을 걸치고 있었다.

[내 가운은?]

[그런 건 없어.]

그는 간단히 대답하고 트레이를 침대 위에 올려놓았다. 물과 우유, 커피, 술. 이번에는 까뮤 트래디션이었다. 어쨌든 몽땅 마실 것뿐이다.

민영은 말 없이 물을 마셨고, 그는 까뮤 트래디션을 스트레이트로 마셨다. 이번에는 술을 강요하지 않았다. 자신만 거푸 술을 들이킬 뿐이었다. 그녀가 우유를 한 잔 마시고, 커피포트에 손을 댈 때까지 그들은 한 마디도 하지 않았다. 민영이 커피를 막 잔에 따라 한 모금 마시려고 했을 때였다.

[큭.]

그가 또 웃기 시작했다. 원래 잘 웃는 남자인지, 아니면 자신이 뭔가 웃기는 행동을 한 건지 그녀는 알 수 없어 멀뚱멀뚱 그를 바라보았다. 뒤로 팔을 뻗어 침대를 짚고 낮게 쉿소리를 내며 웃는 남자의 몸에 걸쳐진 잘 어울리는 진한 자줏빛 가운 사이로 탄탄한 근육이 보였다. 문득, 그 근육을 만져 보고 귀를 갖다 대어 그 안에서 고동치는 심장의 소리를 듣고 싶다는 생각이 들었다.

천천히 그의 웃음소리가 잦아들고, 하— 하는 알 수 없는 한숨과 함께 방 안이 다시 침묵의 바다에 잠겼다. 바다, 그러고 보니 이 방의 검푸른 조명은 꼭 바다 같기도 하다. 그대로 가만히 천장을 노려보던 남자는 몸을 일으켜 뒤돌아보지 않고 침실을 나갔다.

민영은 커피를 다 마셨을 때쯤에야 그가 돌아오지 않을 것을 알았다. 그녀는 천천히 몸을 일으켰다. 욱신, 허리와 허벅지가 상처라도 입은 것처럼 통증을 호소했다. 천천히 허리를 펴자 전기가 오는 것처럼 찌르르 한 통증이 한 번, 그리고 조용해졌다. 그래도 조심조심 걸어 그가 아무렇게나 던져 버렸던 속옷을 집어 든 그녀는 잠시 망설이다가 그의 욕실로 들어갔다.

이대로 돌아가기에는 아무리 다른 방이라 해도 감이 좋은 준희가 눈치 챌 수도 있다는 판단에서였는데 제대로 된 판단이라는 것이 욕실 거울을 보는 순간 분명해졌다. 그녀는 거울에 비친 자신을 온몸에 붉은 자국이었다. 그가 이토록 거칠게 그녀를 다뤘다는 것이 믿어지지 않았다. 아니, 그보다 이 정도인데 자신이 전혀 통증을 느끼지 못했다는 것을 믿을 수 없었다.

열(熱). 마치 꿈속을 지나온 것 같은 기분이 든다. 현실 같지 않은, 현실이라면 할 수 없었던 미친 짓. 그러나 커피와 우유를 챙겨온 남자, 웃던 남자, 그녀를 바라보는 깊은 눈—

모두의 삶이 다 똑같을 수 없는 것처럼 보내는 시간도, 만족하는 시점도 다 다른 법이다.

쏴아아, 복잡해 보이는 샤워기의 조작법을 고민하다 대강 눌렀는데 뜨거운 물이 쏟아졌다.

뭐, 이걸로 됐어.

바닥을 두드리는 물소리가 커졌다. 금세 샤워부스에 몽글몽글 수증기가 차오르는 걸 보며 그녀는 물의 온도를 가늠해 보기 위해 손을 뻗었다. 그리고 깨달았다.

손바닥을 때리는 뜨거운 물이 그의 온도와 같다는 것을.

3

척력과 인력

그날 몸을 깨끗이 씻어내고 그가 뜯어버린 블라우스 위에 재킷을 걸치고 서둘러 객실로 돌아왔을 때 방은 텅 비어 있었다. 아마도 준희는 카지노에 있거나 금발의 미녀를 만났거나, 아니면 죽이 잘 갖는 술친구를 만났을 것이다.

방에 불을 켜고 쪼그리고 앉아 뜯어진 셔츠 단추를 꿰매다 보니 청승맞기도 하고, 방금까지의 열기가 거짓인 것 같기도 해서 쿡쿡 웃음이 나왔다. 바늘을 든 채 웃다가 생각하니 자신의 웃음이 어딘가 그와 닮아 있어 그가 웃었던 것도 이런 기묘한 부조화 때문인가 싶어졌다.

그리고 기아니스 Y. 이아코바키스, 완전히 낯선 이름을 가진 남자를 생각하는 순간 울림이 있었다.

그러나 사람과 사람이 만나는 건 어쩌면 순간의 반응인지도 몰랐다. 그에게는 그 순간 그 자리에 그녀가 있었고 그녀도 아마 그런 것뿐일 수도 있다. 순간적인 인력— 그것에 충실했으니 그걸로 좋다.

그래, 이걸로 됐어.

하나하나 정성 들여 꿰매다 보니 단추 하나가 모자랐다. 신경 써서 챙겨온다고 챙겨왔는데 하나를 놓쳤나 보다 싶어 혀를 찼다. 동시에 자신의 물건 하나가 그의 방에 남았다는 것이 묘하게 마음에 걸렸다. 단 하루이기로 한 거 아니었던가. 그럼에도 불구하고 기대감, 별것 아닌 단추 하나지만 어쩌면 돌아올지도 모른다는 기대감이 마음 한구석에서 몽글몽글 피어오르는 건 어쩔 수 없었다.

그러나 물론, 그런 일은 일어나지 않았다.

처음 그와 만난 이후, 더 이상의 '일'은 없었다. 그래서 그녀는 일시적 실업자가 된 상태로 한가롭게 크루즈 여행을 즐길 수 있었다. 전혀 그를 보지 못한 것은 아니었다. 그러나 우연히 스칠 때의 그는 언제나 누군가와 이야기를 하고 있었다. 눈조차 마주치지 않았다. 크루즈에 탑승한 대부분의 사람들이 그와 대화하기를 열망하고 있기라도 한 것처럼 군데군데 모습을 드러낸 그의 주변에는 항상 사람이 많았다.

그런 그를 스쳐 지날 때면 묘한 통증—그러니까 그것이 자존심에 난 상처이든 진짜 마음에 난 상처이든—이 느껴지기도 했지만 그뿐이었다. 적어도 후회를 남기지 않았다는 면에서 그녀는 차라리 후련했다. 사실 어떻게 생각하면 자신 역시 그가 그 이상의 관심을 표할 것이라고 기대한 적도 없긴 했다. 인력이 온 후에는 필연적으로 척력이 온다.

그러므로 그와 인종 자체가 다른 그녀로서는 처음에는 그에게 시선을 두지 않기 위해, 그 시선에 어떤 기대를 싣지 않기 위해 노력했을 뿐이다. 그리고 그 노력은 오래 필요하지 않았다. 자신이 이렇게 쉽게 포기하는 사람인가 싶어 놀랄 정도였다.

아, 잊어버린 것이 있다.

그날 밤, 구겨진 옷을 단정하게 펴서 옷걸이에 걸고 심심하게 위성 TV의 채널을 돌리며 어디 재미있는 영화라도 하지 않나 하고 있을 때 두어 번, 늦은 노크 소리가 들렸다. 준희가 노크 따위를 할 리가 없기에 순간 심장이 내려앉았지만 문을 열었을 때 서 있었던 건 표정 없던 그의 비서였다.

[무슨 일이시죠?]

그는 말 없이 쟁반을 내밀었다.

문이 닫히고, 잠시 어리둥절하여 쟁반을 내려다보던 그녀는 낮게 한숨을 내쉬었다. 그가 피임을 하지 않았던 것이 생각났다. 나름대로 그의 방에 갈 때는 그녀 역시 대비를 했건만, 비서가 내밀고 간 것은 필과 물이었다. 그 옆에 로스트비프 샌드위치와 따뜻한 우유가 함께 있었다는 것 정도가 위로일까.

그런 남자니까.

그건 의외로 단순한 대답이었다. 고민할 필요 없이, 그런 남자니까.

사람은 모두 다른데 같다고 우기는 것은 상당한 뻔뻔함이 필요한 일이다. 보통 사람이 아니다. 처음부터 알고 있었던 것이다. 그냥 곱게 자랐다거나 귀하게 큰 것과는 상당히 규모가 다른 이야기였다. 당연히 그의 섹스라이프도 문제가 될 것이다. 그의 비서가 그것을 '관리' 하는 것은 어쩌면 당연하고 현명한 일일지도 모른다.

그런 걸 다 알고 있으면서 특별하게 취급당하지 않았다고 분노하는 것은 옳지 않다. 그녀는 담담하게 샌드위치의 반을 먹고, 그 끝에 필을 삼켰다.

그러나 머리로 이해한 것과는 무관하게 마음에선 계속 바람이 불었다.

"Hey, are you alone(혼자인가요)?"

귓가에 들린 목소리가 그녀의 상념을 깨웠다. 고개를 돌리자 까칠하게 돋아난 수염이 마치 연출한 듯 자연스러운 남자가 싱긋 웃고 서 있었다. 진한 갈색의 짧은 머리카락이 그의 푸른 눈과 잘 어울리는 남자였다.

"No, and I can't speak English well(혼자 아니에요. 그리고 전 영어를 잘 하지 못해요)."

"then, french(그럼 프랑스어)?"

과연, 그녀는 자신이 다국적 크루즈 위에 타고 있다는 것을 실감했다. 영어에 이어 프랑스어라, 그녀는 고개를 저었다. 프랑스어는 그야말로 한 마디도 못했다. 봉쥬르~가 아침인사던가?

"Any way, Where are you from(뭐, 아무래도 좋지만. 어디에서 왔어요)?"

남자는 포기하지 않고 난간에 기대 바다를 보고 있는 그녀의 곁에 나란히 서서 질문을 던져 댔다. 민영은 짧은 영어로 성실하게 대답하기 위해 노력했지만 그가 얼른 가주기를 바랐다. 사실 요 며칠 여러 명의 남자들이 그녀에게 말을 걸어왔다. 헐벗은 미녀들이 풀에서 첨벙대고 있는 데 반해 옷을 꼭꼭 껴입은 민영이 신기해 보였는지 어쨌는지는 알 수 없지만, 분방하게 즐길 수 있는 타입이라면 또 모르되 그저 모든 것이 어중간하기만 한 그녀로서는 귀찮고 불편한 일이었다. 그녀에게 있어 분방함은 단 한 번이면 차고도 넘친다 것도 이유 중에 하나겠지만.

"Excuse me, she's with me(죄송합니다만, 제 일행이라서)."

점점 거리를 좁히는 남자와 민영의 사이에 긴 팔이 쑥 들어왔다. 준희였다.

"Oops, sorry(아, 죄송)."

남자가 과장된 몸짓으로 미안, 을 외치며 한 걸음 둘러섰다. 준희가 싱긋 웃고 민영의 허리에 팔을 두르며 그와 민영 사이에 자연스럽게 끼어들었다. 그에 남자가 또 뒷걸음질치고는

'wow' 하고 중얼거렸다. 그리고 미련없이 씩 웃어 보이고는 손을 흔들며 사라졌다. 굳이 외국인들의 장점이라고 하면 저런 점이다. 가볍게 다가오는 만큼, 가볍게 멀어진다.

"여기에 이렇게 멍하게 있지 말고 카지노라도 가는 게 어때?"

준희의 말속에는 '그렇게 멍하게 있으니 남자들이 자꾸 집적대잖아' 라는 타박이 들어 있었다. 요 며칠 그녀가 지금처럼 바다를 구경하는 동안 몇 명의 남자가 말을 걸어왔고 그때마다 어디서든 서준희가 바람처럼 나타나 그녀를 막아주곤 했다.

"너야말로 웬일로 이렇게 나만 지키고 있는 거야? 할 일이 없는 것도 아닐 테고, 인기가 떨어졌나?"

그녀가 농을 걸었지만 서준희의 표정은 진지했다.

"아님 이 칙칙한 옷이라도 벗어 던지고 선탠이라도 해. 여기서 이렇게 옷을 입고 있는 여자는 너뿐이라고."

그건 좀 다른 문제다. 그녀가 팔목까지 단추 꼭꼭 채운 셔츠와 긴 청바지를 입고 있는 이유는 아직도 군데군데 멍이 남아 있기 때문이니까. 보일 듯 아슬아슬한 목덜미의 붉은 자국은 거의 사라졌지만, 어이없게도 종아리의 멍은 보랏빛으로 물들고 말았다. 그리고 허벅지에도 약하게나마 붉은빛이 남아 있다. 배와 허리, 그리고 등줄기 부분은……

그녀는 머릿속에 떠오른 생각을 떨쳐 버리기라도 하듯 아직 자신의 허리에 팔을 두르고 있는 준희의 어깨에 손을 얹으며 후후 웃었다.

"누나가 걱정돼?"

그가 진저리가 난다는 듯 눈썹을 찡그리며 한 걸음 물러섰다.

"이 오빠는 항상 동생을 걱정하지."

그리고는 잠시 생각하는 듯 입맛을 다시다가 손을 내밀었다.

"제길, 내가 희생해 주지. 나랑 같이 카지노에 가자."

"싫어. 흥미 없어."

쌩하고 돌아서는 민영의 엉덩이를 그의 커다란 손이 말 안 듣는 아이의 궁둥이를 치듯 철썩하고 두들겼다.

"무슨 짓이야!"

화들짝 놀란 민영이 인상을 찡그렸다.

"시끄러! 내가 한번 희생해 준다면 잔말 말고 따라오라고."

좋은 녀석, 그리고 좋은 녀석인 것만큼 귀찮은 녀석.

민영은 제 할 말만 던지고 먼저 성큼성큼 앞서기 시작한 그를 옅게 웃으며 따랐다. 갬블은 할 줄도 모르고 별로 관심도 없지만 준희와 함께라면 그가 하는 것만 지켜봐도 즐거울 것이다.

문득 돌아보자 파도 소리 저 끝에서 바람이 불어오고 있었다.

라스베가스에 가본 적은 없지만 TV 드라마에서 본 카지노는 꼭 이렇게 휘황찬란했다. 커다란 샹들리에가 황금의 빛을 뿌려대고 있었고, 고급 카펫 위를 지나는 반짝이는 구두들과 하이힐은 자국도 남기지 않고 움직였다. 카펫 사이로 열십(十) 모양의 유리바닥 아래로 물이 흐르고 있었다. 바다가 그대로 보이는 것도 좋을 뻔했는데 돌돌 맑게 흐르는 것 같은 물 사이로 열대어들이 보이는 걸로 봐서 커다란 어항인 것 같기도 하다.

이게 바다 위에 건조된 카지노라니, 대단하다.

벌써 몇 번이나 드나든 듯 별로 어색하지 않게 준희는 내부를 훑었다.

"뭐 할 줄 알아? 룰렛? 포커? 블랙잭? 바카라?"

"슬롯머신."

준희가 재미없다는 듯이 고개를 기울이고 눈을 가늘게 떴다. 그러나 오늘 하루는 봉사하기로 단단히 마음먹은 듯 그는 어깨를 으쓱이곤 슬롯머신 쪽으로 갔다. 그녀가 기억하는 어린 시절부터 져본 적이 없어 승부욕도 강한 그는 기계를 상대하기보다 사람과 두뇌싸움을 즐길 수 있는 쪽을 즐길 것이라는 것은 쉽게 짐작이 가능하다. 그러나 그녀로서는 밀고 당기는 그런 싸움은 질색이었다. 누군가가 그녀를 통해 승리감을 느끼게 하고 싶은 마음도 없었지만 누군가를 이기고 싶은 마음도 없다.

언제나 작은 평화, 그녀가 원하는 것의 다다.

그녀가 머신을 고르는 동안 준희는 코인을 바꿔왔다.

"올라가서 돈 줄게."

"아, 어련하시겠어?"

나란히 앉아 바를 잡아당기고 있노라니 이게 뭐 하는 건가 싶기도 하다. 룰도 잘 몰라 돈이 왜 쏟아져 나오는지, 이번에는 왜 아무 일도 안 일어나는지, 앞에 있는 세 개의 버튼은 뭐고 돈을 얼마만큼 넣는 게 좋은 건지 도통 모르겠다.

힐끗 옆을 보니 재미없다는 표정을 지었던 주제에 준희는 꽤 열중하고 있었다. 곰곰이 생각에 잠기면 생기는 미간의 주름이 강하게 잡혀 있었다.

넌 뭘 해도 그렇게 재미있니.

그도 참 신기한 일이라고, 그렇게 사물을 대할 수 있다는 건 어떤 기분일지 민영은 상상해 보았다. 그러나 아무리 상상해 보아도 잘 알 수가 없었다. 어찌 생각하면 준희와 그녀는 뿌리부터가 달랐으니 당연한 일이다. 그래서 손안에서 무언가 빠져나가는 것이 들어오는 것보다 더 익숙한 민영에게 준희는 동경의 대상일 수밖에 없었다. 언제나 어둠은 빛에게 끌리는 법이니까.

그러나 어둠—

문득 어둠이라는 글자에서 연상되는 또 다른 남자, 그러나 그녀와는 완전히 다른 누군가를 떠올렸을 때였다.

[그런 식으로 해서 나를 부자가 되게 할 셈인가?]

소음. 크게 들리는 웃음소리, 한탄 소리, 좌르르 동전이 쏟아지는 소리 속에서 맥없이 바를 당기는데 선명하고 낮은 음성이 귓가에서 울렸다. 흠칫 놀라 뒤를 돌아보려고 했을 때 어깨에 단단한 손이 닿았다. 그리곤 당연하다는 듯 그녀의 팔을 쓸고 내려가 바를 쥔 손에 감겼다.

옆얼굴에 닿는 준희의 시선이 따가웠다.

그는 다른 손으로 코인을 툭툭툭 집어넣었다. 그사이에도 그가 아프도록 세게 쥔 손은 그대로, 겹쳐진 팔과 등 뒤로 그의 뜨거운 체온이 느껴졌다. 그가 그녀의 귓가에 속삭인다.

[이렇게 하는 거다.]

뜨거운 숨결이 귓가를 간질이자 민영은 낮게 떨었다. 온몸을 타고 흘러내린 전율을 그가 눈치 못 채기를 바랄 뿐, 억누르는 숨소리를 그가 모르길 바랄 뿐. ……옆에서 준희가 보고 있다. 속삭였던 그의 입술은 그가 바를 당기기 전 그녀의 귓불을 짧게 핥았다.

답답하리만큼 압박하던 그의 체중, 아프도록 느껴지던 뜨거움이 멀어졌다. 그녀가 뒤를 돌아보려는데 탁탁탁탁 뱅글뱅글 돌아가던 스크린이 건조한 소리를 내며 멈췄다. 삐이이, 긴 휘슬 소리와 함께 요란한 조명이 돌아갔다.

잭팟이었다.

카지노에서 음료가 공짜인 걸 몰랐다. 하기야, 풀에서도 탄산은 공짜라고 들은 것 같다. 그래도 사람들은 모두 색색의 우산과 과일로 장식된 칵테일만 마셨다. 그의 반듯한 뒷모습이 망막에 남아 계속 목이 타는 것만 같았다. 지나가는 서버를 불러 샴페인을 부탁했는데 그 서버가 돌아서기도 전에 다른 서버가 나타나 샴페인을 건네주었다. 어떻게 지불해야 하나 눈치만 보고 있는데 준희가 손을 뻗어 트레이 위의 다른 샴페인을 집어 들어 입으로 가져갔다.

"그 사람, 또 만난 적 있어?"

바를 잡아당기며 준희가 돌아보지도 않고 물었다. 어떻게 대답해야 하나 고민하다가 그냥 고개만 끄덕였다. 옆에도 눈이 달렸는지 이쪽을 쳐다보지도 않고는 그가 흠, 하고 콧소리를 냈다.

"그 사람에 대해 뭘 알아?"

또 한참이 지난 후 그가 문득 묻는다.

곰곰이 생각해 봤는데 아는 게 없었다. 의식하지 않을 땐 몰랐지만 일을 맡고 나서 그를 알게 된 이후 그가 놀랄 만큼 잡지에 자주 등장한다는 걸 깨달았다. 그러나 모두 같은 내용뿐이었다. 이름, 나이, 국적, 하는 일, 그리고 파파라치가 찍은 것 같은 사진들. 그러나 그 사진들에서조차 그는 단정했다. 뭔가 약간 부풀려진 것 같은 기사 내용은 대개 그가 얼마나 똑똑하고 잔인한지, 그의 신념이 얼마나 강하고 그 신념의 반대에 선 사람에게 무자비한지에 관한 것이었다. 물론 잡지의 성격에 따라 상상을 초월하는 그의 재산이라든지, 튼튼한 어깨와 적당히 붙은 근육, 잘빠진 다리와 그림에서 방금 빠져나온 듯한 그 조각 같은 외모를 더 오래 설명하는 것도 있었다.

그러나 그들이 써댄 것이 무엇이든, 실제로 본 그의 모습은 그들이 표현해 낸 것 이상이었다.

"아니, 몰라. 잡지에 난 정도."

촤르르르르, 준희의 머신에서 코인이 쏟아졌다. 잭팟은 아니지만 꽤 큰 걸 터뜨렸음에 틀림없다.

"이아코바키스, 그러니까 기아니스 Y. 이아코바키스의 양부는 약간 기인이었지. 그 정도의 재산을 모은 사람이니 당연한 거겠지만, 아마 그의 뇌를 열어볼 수만 있다면 두 눈을 뽑아주고 싶어할 사람이 많았을 거야."

준희는 손을 쉬지 않고 놀리며 입을 열었다. 잠깐 그런 그의 옆모습을 보던 민영은 몸을 일으켜 비어 있는 준희의 왼쪽 자리로 자리를 옮겼다.

"왜?"

"아까 잭팟이 터졌으니 저 자리는 이미 운을 다한 게 아닌가 싶어서. TV에서 봤어."

민영이 비킨 자리에 성큼 어떤 사내가 와 앉았다. 준희가 힐끔 그쪽을 보더니 아깝다는 듯이 입맛을 다셨다. 대개 도박을 하는 사람들은 미신을 잘 믿고, 자기 자리를 빼앗기는 것을 죽기보다 싫어하지만 민영은 예외인 것 같았다. 아니, 그녀는 원체 도박이랑 상관없는 사람인 걸 수도 있다.

대부분 도박을 좋아하는 사람들은 자신이 소유한 것의 가치보다 자신이 소유할 수 있는 것의 가치를 더 높게 평가한다. 그러므로 그녀처럼 자신에게 주어진 것을 소중히 여기고 그 안에서 만족하는 사람들은 결코 도박을 즐길 수 없는 것이다.

"본부인이 낳은 아들이 둘이나 있었지만 그는 계속해서 양자와 양녀를 들였어. 아마 일곱 명일 거야, 입양한 아이들이."

그는 말을 이었다.

"그리고 이아코바키스의 전 재산을 물려받은 건 친아들이 아닌 기아니스 Y. 이아코바키스, 저 남자야."

촤르르르르르, 그의 머신에서 다시 코인이 쏟아졌다. 그러나 아직도 잭팟은 아니다.

"뭘 했을지 궁금하지 않아?"

"무슨 소리야?"

"……위험한 남자라는 이야기를 하는 거야."

촤르르르르, 또다시 코인이 시끄럽다. 준희는 아무런 감흥도 없어 보였다.

"얼마나?"

바를 당기고, 스크린이 멈추고, 코인이 떨어지고 나서야 그녀가 물었다. 촤르르르르르, 금속이 부딪치는 소리와 함께 준희가 버킷에 코인을 쓸어 담고 몸을 일으켰다.

"입양된 아이 중 한 명이 죽었어. 사고사. 그리고 다시 사고, 이 사고로는 친아들 하나가 현재까지 병원에 있어. 그리고 이아코바키스는 기아니스를 자신의 후계자로 지명했다. 그림상으로 따지자면 친아들이 첫 번째 사고를 사주했고, 두 번째 사고는 보복이야. 그렇다면 여기서 질문, 두 번째 사고를 일으킨 건 누굴까?"

곧게 선 채로 준희가 민영을 내려다보았다. 화장기가 없는 말간 이마를 보자 심장 한쪽이 욱신거렸다.

"왜 나한테 그런 말을 하는 거야?"

민영이 아무런 의도도 담지 않은 어조로 물었다. 준희는 그런 그녀의 조용한 시선을 가만히 들여다보았다.

"그냥— 알아둬야 할 수도 있으니까."

"왜? 저 사람에게 관심을 갖지 말라는 뜻이야? 혹시 알아, 나한테 반해서 널 도와줄지?"

그녀가 장난을 치듯 말했지만 그의 표정은 변하지 않았다. 죽는 순간에도 농담을 할 거라 말하던 사람치고 그는 진지했다.

"그래, 확실히 그럴 수도 있겠지."

그가 말하는 방식이 그답지 않아 순간 민영은 어리둥절해졌다. 그러나 그는 잠시 입속으로 뭔가를 중얼거리더니 그녀의 어깨를 툭 치고 돌아섰다. 다른 테이블로 향하는 그를 물끄러미 바라보던 민영은 몸을 돌려 바를 잡았다.

그래, 확실히 그럴 수도 있겠지.

탁탁탁탁, 눈앞에서 돌아가던 스크린이 이윽고 멈췄다. 텅 빈 스크린을 가만히 바라보던 민영은 이윽고 몸을 일으켰다. 그녀가 천천히 카지노를 가로지는 모습을, 차가운 시선이 가만히 따라붙고 있었다.

남은 코인을 든 채 어떻게 해야 하나 고민하던 민영은 어색하

게 코인이 몇 개 남지 않은 버켓을 쥔 채 카지노의 휴게실 쪽 복
도로 접어들었다. 천장을 따라 두 줄의 조명이 옅은 금빛을 뿌
리며 달리고 있었다. 매달린 크리스털이 반짝반짝 보석처럼 빛
났다.

기역 자로 꺾어진 코너를 돌았다. 휴게실은 3m 정도 앞의 코
너를 한 번 더 돌아야 나타날 것이라 아무 생각 없이 한 걸음을
더 내디뎠을 때였다. 벽이 소리도 없이 열리더니 굳센 팔이 튀
어나와 그녀의 팔을 잡아챘다. 챙— 하며 코인 부딪치는 소리와
함께 그녀의 몸이 텅 빈 공간으로 끌려 들어갔다.

등 뒤로 문이 닫혔다.

✳

그 밤 이후, 기아니스는 내내 손가락 끝에 가시라도 박힌 것
처럼 계속 신경이 긁히고 있었다. 그가 날카롭다는 것을 알아챈
비서 알렉스는 일찌감치 그의 신경 범위 밖에서 숨죽이고 있었
으나 뭐 하나 얻어먹을 수 있을까 싶어 덤벼드는 날파리 떼들까
지야 어쩔 수 없어 그는 속이 부글부글 끓어오르고 있었다.

그것이 왜인지 그는 명확히 몰랐다. 다만 때때로 보이는 여자
의 파리한 얼굴, 별로 치장에 신경 쓰지 않는 듯 언제나 화장기
없이 말간 얼굴로 돌아다니는 여자를 볼 때면 짜증이 치길어 올
랐다. 그가 당연히 느껴야만 하는 경멸이나 멸시와는 아주 다른

성격의 감정, 그는 정말이지 뭔가 부수기라도 해야 할 것 같았다.

아까도 그랬다. 저능아 같은 메릭 G. 이아코바키스는 어김없이 그에게 우는 소리를 해댔고 그는 결국 메릭에게 완전히 일임하고자 했던 메이어베르프트 사와의 협상테이블에 직접 앉아야만 하는 사태에 직면했다. 애당초 그가 완벽히 해낼 것이라 기대하진 않았지만 능력이 없다면 적어도 능력있는 자를 부릴 수는 있기를 바랐다. 그런 그의 바람이 너무나 컸던 걸까?

수십 장에 달하는 보험 관련 서류를 읽다가 머리가 아파져 커튼을 걷고 밖을 내다보는데 여자가 있었다. 이 넓은 크루즈 위에서도 그녀는 배의 고물이 마주 보이는 저 자리가 상당히 마음에 드는지 난간에 자주 기대 바람을 맞으며 서 있곤 했다. 짧지만 숱이 많은 풍성한 머리카락을 바람이 휘감고 지나가는데도 별로 머리카락을 잡을 생각도 않고 그대로 서서 골똘히 무언가를 생각하고 있다.

그리고 그때 어떤 놈이 그녀에게 접근했다. 호오, 하고 그는 팔짱을 끼며 흥미롭게 창에 기댔다. 남자는 그의 기억에 있는 놈이었다. 윈스테드 가(家)의 막내로 런던에 은행 지점 하나를 맡고 있는 그는 적당히 매너 좋고, 적당히 인물 좋고, 적당히 붙임성 있는 그럴싸한 사내였다. 대개의 여자에게 그가 꽤 매력있다는 걸 알고 있다.

아니나 다를까, 적당한 거리를 두던 남자는 차츰 여자와의 거리를 좁혔고, 무언가 계속 질문을 던지자 여자는 잠시 생각하고 대답하고, 또 입을 다물었다가 다시 뭔가 대답했다. 그리그 보면 그다지 말이 많지는 않은 여자임에 틀림없다. 그는 그녀의 목소리를 기억해 보려고 했지만 낮게 흘리던 신음 소리 외의 목소리는 잘 기억나지 않았다. 그래, 앙칼지게 외치던 '매력이 없는……' 류의 말도 떠오른다. 그는 저도 모르게 후후 눈가에 주름을 잡으며 웃었다. 두 주먹을 꼭 쥐고 바들바들 떨고 있는 주제에, 한 줌도 안 될 것 같은 여자는 단 한 마디도 지지 않았다. 그렇다고 해도 철도 모르고 달려드는 겁 없는 애송이인가 하면 적당히 물러서고 적당히 침묵한다.

그래도 여자가 다시 그를 찾지 않았던 건 의외였다. 확실히 서준희가 들이밀었다기어는 뭔가 어설픈 구석이 있는 여자였다. 처음 보았을 때도 그랬고 다시 그 방에 왔을 때도 그랬다. 헬리콥터에서 너리자마자 그 얼굴을 보았을 때는 생각할 여지도 없다 싶어 기분이 나빴는데 여자의 행동은 이해가 안 가는 구석이 있었다.

일단 일이 벌어졌다면 서준희가 달려왔어야 한다. 서준희가 아니라면 여자타도 달려와 얻을 수 있는 걸 얻기 위해 시끄럽게 굴어야 하는데 저쪽은 지독하게도 조용했다. 물론 들어줄 생각도 아니긴 했다. 그러므로 오지 않는다면 그뿐, 그냥 내버려 두어야 하는데 신경에 거슬렸다.

어째서인지 알 수 없이, 계속 신경에 거슬린다.

여자에 대한 상념은 서준희의 등장으로 깨어졌다. 서준희는 남자와 여자 사이에 팔을 끼워 넣고, 예의 그 냉랭한 표정으로 그들 사이를 벌리고 있었다. 그라고 해서 윈스테드 가의 막내를 못 알아보는 건 아닐 텐데, 그런 것 치고 상당히 건방진 태도였다. 기아니스의 눈썹이 저도 모르는 사이 휘어졌다.

그가 낮게 콧소리를 내며 손으로 턱을 쓸었다. 서준희, 윈스테드 가도 무섭지 않다? 관계 정리를 못하는 애송이인 걸까, 아니면 믿는 구석이 있는 걸까?

머리를 지끈거리게 하던 두통이 말끔히 가셨다는 것을 그는 깨닫지 못하고 있었다.

그의 시선이 지하 데크 쪽으로 들어오는 두 사람을 조용히 쫓았다.

그가 업무실을 나서자 벽에 기대서 있던 알렉스가 몸을 일으켰다. 아까 그가 성질을 부리기 시작하자 조용히 자리를 피하더니 계속 주변을 맴돌고 있었나 보다. 간단한 눈짓 한 번, 그걸로도 충분했다. 알렉스는 빠른 속도로 복도를 가로지르는 기아니스의 뒤를 따랐다.

기아니스가 풀 쪽의 통로로 나오자 세컨 컨벤션 홀에서 열리고 있는 포럼에 참석하기 위해 크루즈에 탑승한 미 정부 측의 사람이 기다리기라도 한 듯 그에게 다가왔다. 쯧, 하고 낮게 혀를 차자 알렉스가 한 걸음 나서며 그 사람의 진로를 막았다. 지금은 더 머리가 아프고자 나온 게 아니었다. 그는 빠르게 걸음을 옮겼다.

햇볕이 타는 듯 뜨거웠다.

이럴 때 왜 옛날 생각이 나는 걸까. 그는 지하 데크 쪽 통로로 들어가기 위해 가볍게 허리를 숙이며 생각했다.

여름이었다. 아테네의 여름은 덥고 건조하다. 강렬한 태양이 바짝 메마른 입술을 금세라도 태울 것만 같았다. 하얀 태양, 아테네의 태양은 눈이 멀어버릴 것 같은 하얀색. 태양을 향해 손을 내밀면 그 속에 그대로 녹아버릴 것 같다는 착각이 들 정도로 뜨겁다. 그리고 그 빛 속에 마리아가 있었다.

마리아—

명암 대비로 인한 아찔한 현기증은 잠시, 그의 장신이 카지노의 화려한 불빛 아래로 들어섰다.

여자를 찾는 건 어렵지 않았다. 여자가 바카라나 블랙잭 따위를 할 것이라고는 상상할 수 없었다. 룰렛을 한번 훑은 그의 시선이 슬롯머신 쪽을 훑기 시작한 지 십여 분, 그는 식물처럼 앉아 맥없이 바를 당기는 여자를 발견할 수 있었다. 아무리 머신이라지만 저리 성의없이 다뤄지면 잭팟을 터뜨리고 싶어도 터뜨릴 수 없을 것이다.

아주 잠시, 카지노의 금빛 기둥에 기댄 채로 그는 망설였다.

저런 여자에게 왜 관심이 가는 걸까? 마리아를 닮은 것을 제외하고는 그다지 예쁜 것도 귀여운 것도 아닌 여자였다. 오히려 무슨 생각을 하는지 알 수 없이 기묘하게 방어적인 것이 마치 시들기 직전의 식물 같다. 고의로 마리아를 닮은 여자를 들이민 것이 서준희가 처음은 아니지만 이렇게 신경에 거슬린 건 처음이다. 아니, 사실 그게 문제는 아니다. 왜 이런 걸 신경 쓰고 있는 걸까? 과정이 어찌 되었든 그는 저 여자를 안았고, 만약 내킨다면 상대가 원하는 것을 주면 된다. 내키지 않는다면? 그만두면 된다. 하고 싶은 일을 하지 못한 적도 없다. 그러기 위해서 그는 여태까지 싸워왔으니까.

그는 단호하게 기둥에서 등을 뗐다. 그리고 카지노의 워칭룸(watching room)으로 들어가 통제구역을 통해 크루즈 안의 곳곳으로 미로처럼 뻗어 있는 통로로 들어갔다.

기다린 지 얼마 지나지 않아, 여자가 재미없다는 표정으로 복도로 들어섰다. 그가 손을 뻗자 벽이 빙글 돌며 문이 열렸다. 여자의 팔을 잡는 순간, 짜릿한 안도감이 온몸을 관통했다.

낮은 숨소리만 어둠 속을 울리고 있었다. 그것이 자신의 숨소리라는 것을 깨달은 민영은 숨을 가다듬기 위해 노력했다. 무슨 일이 일어난 거지.

놀란 마음을 진정시키자 심장의 고동 소리가 잦아들었고, 낮아지는 고동 소리와 함께 그녀는 자신의 허리를 안고 있는 강건한 팔과 이마에 닿은 손끝에서 느껴지는 향의 주인을 기억해 냈다.

기아니스 Y. 이아코바키스.

[볼일이 있다면 불렀으면 좋을 텐데.]

자신의 그리스어가 원하는 어감으로 전달되길 기도하며 그녀는 말했다. 큭, 낮게 웃는 소리. 역시 그였다. 심장이 다른 의미로 뛰기 시작했다. 앞뒤도 구분이 안 가는 캄캄한 어둠, 오직 느껴지는 건 밀착되어 있는 그의 체온뿐이었다. 그렇다고 생각했다. 그러나 그는 어둠 속에서 보이는 눈이라도 가진 걸까, 그의 손이 천천히 그녀의 이마에서부터 미끄러지기 시작했다.

[이아코바키스.]

낮게 이름을 불렀다. 손이 코끝에서 멈칫했다가 곧 모르는 척 내려왔다. 윗입술, 아랫입술, 그리고 턱. 뜨거운 손이 목으로 미끄러져 내려갔을 때는 몸이 빳빳하게 긴장하기 시작했다. 분명히 단단히 안고 있는 팔을 통해 그녀의 긴장이 전해졌을 텐데도 남자는 모르는 척 손끝을 미끄러뜨리는 데만 열중하고 있었다. 시각이 막힌 어둠 속에서 민영의 촉각은 극도로 예민해져 있었다. 마치 할 일이 없어진 시신경들이 몽땅 그의 손끝에 닿은 피부에 모인 듯, 금방이라도 불이 날 것처럼 피부가 뜨거워지기 시작했다.

그의 손이 셔츠의 단추가 잠긴 부분에 닿기 전에 딱 멈췄을 때, 민영은 그가 어둠 속에서도 볼 수 있는 눈을 가졌다고 믿어

버리기로 했다. 어쩌자고 단추를 두 개나 풀어놨는지 후회가 됐
다.

[이아……!]

[쉬이.]

[아……!]

[쉬이.]

그가 그녀의 목덜미에 입 맞추며 낮게 속삭였다. 동시에 셔츠
의 단추가 툭 풀렸다. 뜨거운 숨결이 쇄골에 닿았다가 차갑게
흘러내렸다. 민영은 자신의 가슴이 심하게 들썩인다는 것을 알
았다. 호흡이 가빴다.

상상도 못한 상황, 그의 손을 막아야 한다고 생각했는데 어둠
이 손을 옭아매기라도 한 것처럼 꼼짝도 할 수 없었다.

툭, 단추가 하나 더 풀리며 그의 뜨거운 손이 셔츠 속으로 쑥
들어왔다. 헐거워진 셔츠가 어깨 밑으로 흘러내리며 어깨가 공
기 중에 드러났다. 보호막 없이 바깥공기에 그대로 노출된 어깨
가 바르르 떨렸다. 그의 뜨거운 손이 그 어깨를 쓸고 등 뒤로 돌
았다. 커다란 손이었다. 등 한가운데를 바치고 있는 손은 그대
로 붙인 듯 단단하게 그녀의 작은 몸을 움켜쥐고 있었다.

손과 함께 쇄골을 따라 미끄러지던 입술이 빠르게 흘러내렸
다.

안 돼!

"안 돼!"

단숨에 가슴에 닿을 것 같았던 입술은 호선의 중간쯤 어딘가에서 멈춰 섰다. 뜨거운 입김이 가볍게 진동하는 피부에 스며들었다.

숨소리밖에 들리지 않았다.

툭, 그의 손이 셔츠 단추 하나를 또 풀어냈다.

"하지…… 흑."

어둠, 감각이 극도로 예민하다. 그의 손이 천천히 허리에서 등으로 타고 올랐다. 저도 모르게 고개를 조금 뒤로 젖히자 온몸을 타고 떨림이 흘렀다. 그 묵직한 진동을 그도 느꼈던 건지도 모르겠다. 멈췄던 입술이 다시 피부 위로 내려앉았다.

그의 긴 손가락 끝이 그녀의 여윈 어깨를 짚었다. 그녀의 손이 갈 곳을 찾지 못하고 허공을 헤매다 그의 머리를 밀어내는 대신 자꾸 소리가 새어나오려 하는 입을 막았다.

[그만.]

그러나 손가락 사이로 겨우 새어나온 목소리는 그녀가 생각해도 거부의 의사가 들어 있지 않았다. 희미하게 피어올랐던 이래도 되는 것인가 하는 생각은 흔적도 없이 증발되었다 처음 그라는 걸 느낀 순간부터, 확신한 순간부터, 아니, 기대했던 순간부터.

그를, 원했다.

.

.

그녀를, 원했다.

기아니스는 이제야 그동안 자신이 느꼈던 짜증의 이름이 갈
증이라는 것을 깨달았다. 그는 내내 그녀를 안고 싶었던 거다.
여자의 피부 아래 희미하게 느껴지는 고동, 옅은 호흡, 뜨거워
지는 체온까지. 그는 이걸 원했다.

여자는 희미하게 거부의 몸짓을 하며 몸을 뒤틀었지만 저도
모르게 내쉬는 한숨 사이로 가쁜 열기가 느껴졌다.

캄캄한 어둠, 보이지도 않을 텐데 여자는 그의 입술이 지나갈
때면 미약하게 항의하듯 몸을 비틀었다. 부끄러워한다. 여자는
온통 알 수가 없었다. 담담하게 자신의 방으로 찾아들 정도로
대담한가 하면, 침대에 눕혔을 땐 소녀처럼 부끄러워했다.

제기랄, 그가 속으로 욕설을 내뱉었다. 이마에서 코로, 뺨, 고
집스레 틀어막고 있는 입술 위의 손가락 하나하나에 입을 맞추
고 다시 목덜미, 가슴까지의 부드러운 곡선, 둥그스름한 가슴의
선……. 그는 천천히 그림을 그리듯 여자를 그렸다. 자신이 내
내 그녀를 생각했다는 걸 믿을 수가 없었다. 그러나 그녀를 손
에 넣은 지금 느끼는 만족감이 믿을 수 없는 것에 비하면 아무
것도 아닐 정도였다.

숨을 크게 들이쉬자 옅은 여자의 체취가 그를 가득 채웠다.

민영은 속절없이 양손으로 입만 꾹꾹 눌렀다. 어두운 방은 서
늘했는데도 이마에서 땀방울이 솟아나는 것이 느껴졌다.

더 이상 안 돼, 라고 생각했을 때, 이제 제발, 이제 제발, 이라고 머리끝까지 조바심이 차올랐을 때 그는 마치 그녀의 목소리가 들리기라도 한 듯 몸을 뗐다.

단단히 그녀를 누르고 있던 손이 사라지자 몸이 덜컥 흔들렸다. 민영이 숨을 거칠게 몰아쉬었다.

그리고 침묵, 어둠은 여전히 막막한 그대로였다.

후들거리는 다리를 진정시키기 위해 노력하며 몸을 추슬렀다. 손가락 끝은 차갑게 식어 있는데 입술을 비집고 새어나오는 숨결만은 데일 듯 뜨거웠다. 아무것도 보이지 않는데 살갗을 타고 팽팽한 긴장감이 흘렀다.

조용했다. 그녀의 심장 고동 소리가 들릴 정도였으니 그의 숨소리라도 들릴 법한데 그는 마치 없는 것처럼 아무런 기색도 없었다. 어둠 속에 혼자 남겨진 건가 하는 비정상적인 두려움이 왈칵 밀려들 정도였다. 그리고 그때 마치 그런 그녀의 불안을 알기라도 한 것처럼 조그맣게 부스럭거리는 소리가 들렸다.

그녀는 길게 숨을 내쉬었다.

바닥을 짚고 선 다리가 이상한 건지, 아니면 바닥이 이상한 건지 알 수 없다고 생각했다. 마치 중력이 기묘하게 왜곡된 것처럼 바닥을 짚고 선 감각이 낯설었다.

그리고 천천히 어둠 속에서 무언가 움직인다고 생각했다. 그것은 손이었다.

그의 커다란 손이 다가와 그녀의 허리께를 잡았다. 그의 몸이 가까워진 것을 느낄 수 있었다. 들리지 않던 호흡 소리가 이제 약하게 들린다. 아니, 느껴진다. 맞닿은 피부를 통해서.

그의 손이 천천히 그녀의 배를 쓸고 내려가 청바지의 끝자락을 잡았다. 긴 손가락 끝에서 버튼 풀리는 소리가 울렸다. 놀랄 것도 없었는데 놀라 들이마신 자신의 숨소리가 너무 크다고 민영은 생각했다. 그러나 저도 모르게 숨을 멈췄을 때 완벽한 정적 사이로 지퍼 내려가는 소리가 그 무엇보다도 또렷이 들렸다. 그녀는 저도 모르게 숨을 뱉어냈다.

반사적으로 바지를 잡으려 손을 갖다 댔는데 그보다 더 빠르게 그의 손이 그녀의 손을 붙잡아 벽에 눌렀다. 그 서슬에 다시 등 뒤로 부딪치는 차가운 벽, 그리고 몸을 단단히 죄어오는 압박에 그녀는 헉 하는 신음을 뱉어냈다. 남자의 단단한 다리가 그녀의 양 다리 사이로 비집고 들어왔다. 입술과 입술을 부딪치고 낯설고도 낯익은 감촉이 입술 사이를 비집고 들어온다. 거칠다. 금세 비릿한 피 맛이 혀끝에서 느껴졌다.

"욱."

밀어내려 어깨를 잡았는데 그 순간 몸이 공중으로 들리며 중심이 흐트러져 그대로 어깨를 안는 꼴이 되어버렸다. 뭔가를 생각할 틈도 없이 약한 천 조각이 찢어지는 소리와 함께 그가 거칠게 그녀 안으로 밀고 들어왔다.

어깨가 들썩거리는 것과 동시에 민영은 숨을 몰아쉬며 눈을 커다랗게 떴다. 그녀의 어깨를 단단히 누르고 있는 남자의 어깨, 허리를 쥔 손의 힘 때문에 살갗이 아파왔다. 그러나 그보다 더 그녀를 지배하고 있는 것은 주기적으로 치고 올라오는 다른 압박, 숨을 쉬기 어려워졌다. 남자가 몸을 위로 치켜 올릴 때마다 그녀는 숨을 들이마셨다. 내뱉을 순간을 찾지 못한 숨이 그녀의 안에서 차오르기 시작했다.

검은 어둠, 완벽한 격리, 벽 하나 밖으로 사람이 다닐 텐데 아무런 소리도 들리지 않았다.

자신의 손으로 입을 막는 대신 민영은 남자의 어깨에 팔을 두르고 얼굴을 묻었다. 그대로 튕겨져 나갈 듯 몸이 격렬하게 흔들렸다. 그리고 몸이 흔들릴 때마다 남자의 향 사이로 희미한 땀 냄새가 느껴졌다.

그의 움직임이 빨라지자 그녀도 그의 어깨에 묻었던 얼굴을 뗐다. 심장이 미친 듯이 뛰고 있었다. 머릿속에서 아득하게 현실이 멀어진다. 멈추지 마— 남자의 뜨거운 손이 목덜미에 감겼다. 뜨거움이 감염처럼 온몸으로 번졌다.

"으응."

안으로, 안으로 차오르던 호흡이 마침내 단전 부근에서 터졌다. 목 속에서 무언가 긁히는 듯한 높은 소리가 새어나왔다. 어떤 감각이 단전을 타고 가슴으로 치솟았다. 몸이 힘없이 뒤로 젖혀졌다. 머릿속에서 하얗게 빛이 터졌다.

거의 동시에, 남자도 절정을 맞았다. 소리도 내지 않고 격렬하게 밀어붙이던 남자의 호흡이 흐트러지며 입술을 비집고 긴 한숨이 새어나왔다. 동시에 그는 그녀의 목덜미에 얼굴을 묻었다. 차가운 땀방울이 그의 이마에서 흘러내려 쇄골을 적셨다. 그는 무의식중에 뜨거운 그녀의 쇄골 아래에 입을 맞췄다. 축 늘어진 인형처럼 그의 손 안에 몸을 의탁하던 그녀가 팔을 돌려 그의 머리를 감싸 안았다. 따뜻한 여자의 냄새. 움찔, 하고 그의 몸이 경직되었다. 그녀는 그의 머리를 안은 채 혼잣말처럼 속삭였다.

[이로써 생각을 해보는 것 이상을 하게 되는 건가요?]

잠깐의 간격, 불쾌감이 기아니스의 몸을 휘감았다. 방금까지 숨도 못 쉬고 헐떡였던 여자라고 믿어지지 않을 정도로 담담하고, 조용한 목소리. 갑작스레 통로로 당겨져 질척거리는 정사를 벌인 여자치고 숨이 막힐 만큼 고요하다. 불과 얼음. 전환이 빠르다. 그것이 신경에 거슬린다.

아니, 그보다 그를 불쾌하게 만든 건 자신이었다. 이 여자를 원했던 자신. 여자를 안았을 때 느꼈던 만족감. 그 만족감에 취해 그만 해야 하는 선을 알면서도 그러지 못했다. 두 번째로 그녀에게 손을 대는 건 옳은 일이 아니었다. 그가 옳지 않다는 걸 알면서도 하는 것은 흔히 있는 일은 아니었다. 정확히 말하면 일어난 적도 없고, 일어나서도 안 되는 일이었다.

여자는 마치 아무 일도 없었다는 듯 그의 머리를 부드럽게 어루만지고 있었다. 그저 다정한 연인처럼, 익숙하게 농익은 여자처럼. 여자의 여윈 손가락을 고려하면 상상하기 힘들 정도로 관능적인 손짓, 그것이 여자 자신도 모르는 본능에 내재되어 있는 관능이라는 것을, 그것을 고집어낸 것이 다름 아닌 자신이라는 것을 모르는 남자의 가슴에 뜨거운 갈증이 타올랐다.

[아니.]

그는 꼭 맞물려 있던 몸을 뗐다. 그리고 비로소 땅에 발을 디딘 여자가 옷을 찾기 위해 허리를 굽히는 걸 보며 흐트러졌던 옷매무새를 가다듬었다.

그가 몸을 떼자 잠시 난감하게 자신의 몸을 안은 채 서 있던 여자는 허리를 굽혀 찢겨진 속옷을 주워 들고 한숨을 쉬다가 그냥 청바지를 끌어 올려 입었다. 다시 허리를 펼 때 통증이 느껴지는 듯 희미하게 찡그리는 기색이 느껴졌다. 바닥에 떨어진 셔츠를 주워 여미는 여자는 곤란해 보였지만 화가 나거나 그에게 뭔가를 기대하는 표정은 아니었다.

그리고 그것이 다시, 화를 돋웠다.

기아니스는 손을 뻗어 그녀의 손목을 움켜쥐었다.

“······!”

이럴 생각은 아니었다.

그는 그대로 그녀의 손목을 움켜쥐고 익숙한 어둠, 벽의 일부를 쳤다. 기다렸다는 듯이 벽이 열리며 어두운 통로가 드러났다.

“이건!”

여자의 눈이 휘둥그레졌다.

이럴 생각은 아니었다.

[설마 크루즈의 곳곳에 이런 식의 비밀 통로와 감시 카메라, 창이 있나요?]

어두운 복도, 그는 정말 어두운 곳에서 보는 능력이라도 있는 것처럼 거침없이 걷고 있었지만 그녀는 몇 번이나 비틀거렸다. 군데군데, 감시창이 지나칠 때마다 사이버틱한 푸른빛이 새어 들어 오긴 했다. 복도 한쪽에 서 있던 사내가 그들을 보고 한쪽 벽에 붙어 섰다.

[그래, 서준희에게 보고하고 싶으면 해도 좋아.]

그가 입을 연 건, 어떻게 된 건지 알 수 없는 어두운 복도를 돌아 그의 침실로 통하는 통로로 나오자마자였다. 침실 한쪽에 커다랗게 걸려 있던 거울이 열리는 구조였다. 민영은 어쩐지 현실감이 없어 침실의 어두울 정도로 검푸른 조명은 통로에서 나왔을 때 시야확보를 위한 건가, 라는 식의 생각만 할 뿐이었다.

그가 손을 뻗어 셔츠를 앞으로 여미어 쥐고 있는 그녀의 손을 떼어냈다. 셔츠가 힘없이 벌어지며 누드 빛 브래지어 사이로 그가 남긴 열꽃과도 같은 상처가 드러났다. 어찌나 손을 세게 쥐었는지 저릿한 통증이 느껴졌다.

[대개 눈앞에서 하지 못하는 말들이 더 재미있지. 게다가 뒤에서 하는 행동도 재미있고.]

[우리 방도 보나요?]

[그래.]

그는 무뚝뚝하게 대답하곤 손을 돌려 브래지어의 후크를 풀었다. 헐거워진 브래지어의 느낌이 어쩐지 수치스러워 민영은 가늘게 떨며 팔을 감싸 안았다. 이미 몸을 섞은 남자지만 나신보다는 오히려 이런 흐트러진 모습 쪽이 더 수치스러운 것 같았다. 그렇다고 브래지어를 직접 풀어내는 데까지는 생각이 미치지 않았다. 아니, 사실 정작 부끄러운 건 흐트러진 옷차림새의 뒤에 올 자극을 그녀가 예감하고 있다는 것일지도 몰랐다.

그가 한 걸음 물러섰다. 그제야 민영은 그가 타이가 없긴 하지만 단정한 하얀 셔츠에 재킷을 걸친, 거의 흐트러지지 않은 차림이라는 것을 알아차렸다. 흘러내린 셔츠를 다시 여기려는데 그가 무뚝뚝하게 말했다.

[벗어.]

말하면서 재킷을 벗어 던지고 툭툭 자신의 셔츠 단추를 풀기 시작한다.

[……왜죠?]

검푸른 조명 아래 유연하게 셔츠를 벗던 동작이 멈추었다. 그는 약간 인상을 찌푸렸다. 그리고 그녀 쪽으로 시선을 돌렸다. 표정이 없는 여자였다. 그만큼 감정도 없는 것일까. 그는 그녀가 끝까지 무표정을 유지하는 데 짜증이 나려고 하고 있었다. 아니, 분명히 그녀의 목소리를 듣고 그녀를 돌아보기 전까지는 그랬다. 그러나 어이가 없어 그녀를 돌아보았을 때 마주친 눈빛, 그저 지금 무슨 일이 일어나더라도 어쩔 수 없다는 듯한 기대라곤 묻어 있지 않은 표정, 그녀는 말간 눈을 담담히 뜬 채 그를 바라보고 있다.

[그날로 끝— 아니었어요?]

어깨에 닿을락말락하는 머리카락이 하얀 살과 대비돼 그녀를 어리게 보이게 만들고 있었다.

제기랄, 기아니스는 입속으로 욕설을 내뱉었다.

그가 셔츠를 벗어 던졌다. 적당하게 균형 잡인 근육의 어깨가 보였다. 시선을 돌려 버린 그의 얼굴을, 그리고 탄탄한 그의 어깨, 팔, 배 근육을 가만히 바라보던 민영이 낮게 한숨을 내쉬고 바지의 단추를 끌렀다. 한쪽 다리를 빼고 남은 다리 한쪽마저 빼내자 하얀 다리가 드러났다. 문득 자신이 속옷을 입고 있지 않다는 것을 깨닫고 민영이 길게 한숨을 쉬었다.

지금 자신이 약간이나마 떨고 있다는 걸 알아 한심했다. 조금 아까 슬롯머신 앞에서 그와 마주쳤을 때 어쩌면 예감했는데도.

그녀는 그의 시야에서 완전히 벗어난 것은 아니었다.

그녀는 언제나 사랑없이 몸만 섞는 사람들을 이해하지 못할 것 같다 생각했다. 그러나 이제야 깨닫는다. 사랑이 없는 것이 아니다. 사랑이라 생각되는 것이 분명히 있다. 그러니까 정의는 달라도 상대에게 끌린다는, 그 이유없는 충동은 분명히 있다.

그녀가 천천히 움직이는 걸 팔짱을 낀 채 바라보던 그는 천천히 거리를 좁히더니 그녀의 턱을 쥐고 치켜들었다. 그의 손에 비해 너무나 작은 턱, 무례한 그의 행동에 그녀가 입술을 깨물며 시선을 돌렸다. 그는 고집스럽게 손에 힘을 주어 자신을 바라보도록 만들었다. 천천히 그녀의 눈에 분노가 차올랐다. 그는 차라리 그것이 마음에 들었다. 그가 그녀의 턱을 쥔 채 느릿느릿 고개를 기울여 입을 맞췄다. 그리고 입술을 떼고 그녀의 눈을 바라보았다.

거리는 가까웠다. 서로의 숨결을 느낄 수 있는 거리. 호흡이 천천히 거칠어지기 시작했다.

턱을 쥐었던 남자의 손이 순식간에 그녀의 셔츠를 벗겨내며 등을 강하게 쓸어 당겼다. 덤으로 팔을 속박했을 때는 힘없이 매달려 있던 브래지어가 카펫 위로 떨어진 다음이었다. 그녀는 나신이었다. 아직 지난 정사의 느낌이 남아 있는 맨 살에 벗지 않은 그의 바지가 스쳤다. 부드럽고, 은밀한 느낌. 비스듬히 겹쳐진 입술 사이로 비집고 들어온 그의 혀가 그녀의 입 안을 거칠게 휘저었다.

"으응."

어깨를 어루만져 뒤통수로 파고드는 손은 커다랗고 뜨거웠다. 그러나 그보다 더 뜨거운 것은 그의 입술, 뜨거운 입술이 입술에서 뺨으로, 눈으로 올라가 이마에 낙인을 찍고 코끝으로 미끄러져 내렸다. 정신없이 입술을 미끄러뜨리던 남자는 그녀를 번쩍 안아 들고 침대에 눕히더니 거침없이 그녀의 위로 올라왔다. 그의 마음속에 스며들었었던 약한 부분을 몰아내기라도 하듯 그는 일부러 거칠게 굴었다. 여린 살결이 이미 발갛게 부풀고 있었는데도 사정을 보아주지 않았다. 커다란 손으로 무지막지하게 가슴을 쥐고 허리를 쓸어내려 골반을 눌렀다.

그의 입술이 지나간 자리에 붉은 열꽃이 피어났다.

이러려던 건 아니었다.

그는 스스로에 대한 불쾌감을 그녀의 여린 몸에 쏟아 부었다. 자제가 되지 않는 마음, 처음 그녀에게 자신의 방으로 오라 했을 때는 완벽하게 통제할 수 있을 것이라는 자신감이 있었다.

그런데.

손으로 쥐고 있는 허리는 가녀릴 정도로 가늘었다. 실크처럼 부드러운 살결을 미끄러지던 입술이 배꼽 주위를 맴돌자 민영이 살짝 허리를 비틀며 한쪽 다리를 세웠다.

그가 떨리는 그녀의 골반을 단단하게 속박했기 때문에 그 구속감이 촉진제 역할을 해주고 있었다. 그녀의 안 어디서쯤 우주가 바늘 끝처럼 멀어지기 시작했다. 그의 손이 닿는 곳, 그리고 그의 입술이 스치는 곳, 그녀는 몸부림치고 싶어 미칠 지경이었고, 또 그것이 저지당해서 미칠 지경이었다. 보글보글, 몸 안 어딘가가 끓어올랐다.

"으응, 그만."

그의 머리에 손을 파묻었다. 밀어낼 요량으로 한 행동이었는데 그는 반대로 받아들인 듯 좀 더 거칠어졌다.

"으응."

자신의 입에서 나오는 소리라곤 믿어지지 않는 소리, 그가 꽉 쥔 골반 대신 허리를 들썩이며 그녀는 헐떡였다.

땀에 젖은 그녀의 이마어 손을 가져다 대는 그의 목덜미에서 또르르 땀방울이 흘러 그녀의 가슴께로 떨어졌다. 잠시 그대로 그녀의 눈동자를 들여다보던 남자가 민영의 눈을 쓸어 감겼다. 순순히 감은 눈, 사라락거리는 소리가 들리더니 강한 손이 발목을 쥐었다. 그는 그녀의 한쪽 다리를 들어 자신의 허리에 감았다. 다리 사이로 그의 강한 육체가 느껴졌다. 그녀가 손을 뻗어 기아니스의 목을 끌어안았을 때 이미 그는 그녀 안에 있었다.

"흡!"

그가 허리를 강하게 움직일 때마다 몸이 파닥거렸다. 그에게 매달린 그녀의 손을 떼어낸 남자가 고개를 숙여 가슴을 찾아 덥석 입에 베어 물었다. 그녀는 몸서리쳤다. 그의 단단한 팔이 그대로 흘러내려 등 뒤로 돌더니 그녀의 몸을 들어 올렸다. 몸과 몸 사이, 물 한 방울 스며들 틈도 없이 단단히 맞물린 채였다.

간지러운 무언가가 단전 근처까지 솟아올랐다. 민영은 비명소리를 내지 않기 위해 기아니스의 단단한 어깨를 둘었다. 처음에는 그저 슬쩍이었을 뿐인데 그가 밀어 올리는 동작이 격렬해지면 격렬해질수록 참을 수가 없어 힘이 더해졌다. 악문 이 사이로 신음이 흘러나왔다. 강한 힘, 속절없이 흔들리지 않기 위해 지탱할 곳을 찾던 그녀는 필사적으로 그를 끌어안았다.

그녀가 몇 번이고 절정을 맞는 동안 그는 멈추지 않았다. 그가 그녀 안에 있는 채로 그녀는 몇 번이고 절정을 맞고, 몸이 쓰러지고, 다시 끓어올라 절정을 맞았다.

그리하여 그가 몸을 뺐을 때는 손가락 하나 까딱할 수 없다고 생각했을 때였다.

몸을 단단히 받치고 있던 그의 몸이 사라지자 민영은 헝겊 인형처럼 침대 위에 축 늘어지고 말았다. 머릿속에서 계속 하얗게 현기증이 일어나는데도 그녀는 몸을 돌려 나신을 가렸다.

그가 옆에 걸터앉아 그녀의 머리를 쓰다듬었다. 눈을 감은 채 그녀는 그의 손길이 무척이나 따뜻하다고 생각했다.

이상한 남자였다. 차가운가 하면 다정하고, 다정하다고 생각하면 얼음같이 차갑다.

머리를 쓰다듬던 손이 귀를 어루만졌다. 마치 처음 보는 장난감을 쥔 아이처럼 그는 그녀의 귓바퀴를 따라 손을 흘러내리기도 하고, 귓불을 손에 쥐기도 했다.

"으응."

그의 손길이 따뜻한 듯 짓궂은 바람에 그녀는 싫다는 듯 몸을 비틀며 그의 손에서 멀어졌다. 그가 큭 하고 귀엽다는 듯 웃었다. 그는 손을 뗐다. 그러나 그녀가 원하는 것처럼 내버려 두진 않았다. 그가 허리를 굽히더니 그녀의 귓가에 뜨거운 숨을 불어 넣었다.

"하지…… 마."

괴롭다는 듯 고개를 젓는데 그가 천천히 귀를 혀로 핥아 내렸다. 따뜻하고 짜릿한 느낌이 귀 뒤에서 목덜미로 흘러내린다.

귓불을 따뜻한 입술로 다정하게 물었다가 혀끝으로 슬쩍 밀어 냈다. 몸이 부드럽게 이완된다. 낮게 웃는 것 같은 목소리가 귓 가에 울렸다.

그의 손이 반쯤 엎드려 가슴을 가린 그녀의 겨드랑이 손으로 파고들었다.

"힘들어. 싫어."

말을 내뱉으면서도 그녀는 자신이 정말 싫은지, 확신할 수 없 었다. 손가락 하나 까딱 못할 것 같은 기분은 진실, 그리그 숨을 쉬는 것이 괴로울 정도로 힘든 것도 사실. 그러나 겨드랑이 속 으로 파고들었던 그의 손이 가슴을 움켜쥐고 부드럽게 쓰다듬 자 저도 모르게 낮게 신음 소리를 낸다.

그는 가슴을 움켜쥔 채로 귀를 찬찬히 핥아 내리고 목덜미에 입을 맞췄다. 그녀를 뒤에서 완전히 안은 자세였다. 등 뒤로 밀 착된 강건한 가슴이 느껴졌다.

이상할 정도로 몸과 몸이 맞닿은 부분이 녹아들듯 뜨겁다. 하 지만 더 이상한 것은 그였다.

이제야 민영은 흐릿하게나마 계속 신경을 건드리던 위화감의 정체를 알 스 있을 것 같았다. 그래, 기아니스 Y. 이오코바키스, 이 남자는 확실히 이상했다. 그녀를 싫어하는 것 같았고 화를 내는 것 같기도 했다.

그리고 아주 가끔은…….

아주 가끔은, 마치— 마치— 정말 그녀를 원하는 것 같을 때가 있다.

설마.

그러나 그녀가 무슨 생각을 하는지 몰랐던 기아니스는 뱀파이어의 기분을 맘껏 만끽 중이었다. 그는 그녀의 체취가 몹시도 마음에 들었다. 딱히 향이라고 할 만한 것이 느껴지는 것은 아닌데 묘하게 파우더리한 느낌이 있었다. 품에 쏙 들어온 그녀는 충족감으로 나른해져 눈도 뜨지 못했지만 상관없었다. 가슴을 쥐었던 손을 천천히 내려 배를 쓰다듬자 바르르 떠는 것이 느껴졌다. 기대감, 그의 손이 천천히 아래로 내려갈수록 가녀린 허리가 바짝 긴장한다. 그는 그녀의 어깨를 슬쩍 물며 골반을 쓰다듬고 엉덩이 곡선을 따라 손을 내렸다.

"으응."

그녀가 거의 들리지 않을 정도로 한숨에 섞인 비음을 흘렸다.

기아니스는 서두르지 않았다. 천천히 손을 내려 그녀의 허벅지를 쓰다듬고, 다시 올라와 손끝으로 천천히 둔부의 선을 쓸었다. 느릿느릿, 아까보다 훨씬 느긋해진 리듬으로 그는 그녀를 안았다.

"으음."

그녀가 만족스러운 듯, 기분 좋은 신음을 흘렸다. 여전히 눈도 뜨지 못하면서 미소가 떠오르는 게 웃겨서 기아니스는 손으로 올라간 입꼬리를 쓰다듬었다. 그리고 문득 깨달았다. 아까까지 온몸을 휘젓던 짜증이 흔적도 없이 녹아 있다. 아니, 아까까지가 아니다. 요 며칠간 뭔가를 부수지 않고서는 해갈될 수 없을 것 같았던 갈증이 사라져 있다.

이제 부정할 수 없다.

잠시 인상을 찌푸렸던 기아니스는, 그대로 그녀가 잠들어 버릴지도 모른다는 걸 깨달았다.

그건 안 되지.

그는 허리를 조금씩 움직였다.

반쯤 잠에 취한 여자의 반응은 훨씬 더 솔직했다. 다리와 다리가 엉키는 동안, 여자는 그의 몸에 자신의 몸을 바짝 붙이기 위해 허리를 뒤틀었다. 몇 번이고 참을성 있게 천천히 느릿느릿, 그녀의 골반께를 잡고 움직이던 기아니스는 그녀의 흐느낌이 짙어졌을 무렵 그녀의 안에 있는 채로 자세를 바꿨다.

"아."

민영은 허리를 들썩이며 가쁜 숨을 내뱉었다.

몇 번이었는지 모른다. 그는 지치지도 않는 것 같았다. 그녀가 녹초가 될 때까지 놓아주지 않을 셈, 아니, 녹초가 되어도 놓아주지 않을 생각인지도 몰랐다.

몇 번이고 몇 번이고 그녀를 안고 온몸에 입 맞추고 자신의 흔적을 새겼다.

그리하여 그가 원하는 대로 몸을 열고 그를 받아들였던 민영의 기억은 끊겼다 이어졌다, 다시 끊겼다 이어지고, 그렇게 마침내 암전.

눈을 떴을 때는 시간이 얼마나 지났는지 알 수가 없었다. 깜빡깜빡, 그녀가 흔들리는 기억 속을 유영하는 동안 기아니스는 가만히 그녀를 내려다보고 있었다.

[내가 잤나요?]

그는 대답하지 않았다. 몸을 돌려보려는데 저릿저릿 온몸의 혈관이 아우성치는 것 같았다.

이게 무슨 일이람.

낮게 한숨을 쉬려고 했는데 그도 힘들어 민영은 그저 가만히 눈을 감았다. 다시 잠들고 싶었다. 가물가물 정신이 기분 좋게 혼미했다. 그러나. 눈을 감아도 찬찬히 따라붙는 그의 시선. 이마, 코, 입술을 지나 웅크리고 있는 어깨, 시트에 가려진 굴곡.

기아니스가 일어섰다. 그의 무게가 사라지자 매트리스가 조금 올라왔다. 그녀가 눈을 살짝 떴다. 성큼성큼 욕실로 들어서는 그의 뒷모습이 보인다. 잘 발달된 근육이 날개처럼 허리까지 자리 잡고 있었다. 그리고 잘록한 허리 아래의 탄탄한 엉덩이. 민영은 감탄했지만 그보다 더 급한 것은 졸음이었다. 눈이 풀로 붙인 듯 뜨기가 어려웠다. 아니, 온몸이 무겁다. 저런 완벽한 예술품을 앞에 놓고도 졸리다니, 역시 사람은 짐승이야.

그가 욕실로 들어서고 잠시 후 물소리가 들렸다.

샤워하는 걸까.

민영은 눈을 감은 채 생각했다. 이렇게 무방비한 상태, 정확히 말하자면 편안한 상태인 것이 마음에 들지 않았다. 이 남자 앞에서 이렇게 약한 모습을 보이고 싶지 않았다. 그러니까 객관적으로 남자가 그녀보다 훨씬 강한 사람이기에 더욱 그랬다. 동등하기 위해서 적어도 그 정도는 지켜야 할 것 같았다. 그러나 지금 온몸 어디에도 긴장감 한 조각 남아 있지 않다. 자고 싶다.

그럼에도 불구하고 그녀는 눈을 뜨기 위해 몸을 바르작거렸다. 자신의 꼴이 어떤지도 확인해야 할 것 같았고, 무엇보다 도대체 지금이 몇 시인지 도대체 시간이 얼마나 지난 건지 알 수가 없었다. 몇 번 몸을 뒤척여 보려던 그녀는 이내 포기하고 몸을 축 늘어뜨렸다. 포기하면 편하다는 말처럼 금세 몸이 편해졌다. 조금만 움직이려고 하면 힘 준 부위에서 경련이 일어났다. 모든 근육들이 저장되어 있는 에너지를 다 쓴 것처럼. 그녀는 지금 당장 잠들 수도 있을 것 같았다.

그리고 어쩌면 잠들었을지도 모르겠다.

무언가 머릿속에서 많은 생각을 하고 있었는데 그의 뜨거운 손이 어깨에 닿는 순간 퍼뜩 눈을 뜨자 무슨 생각을 했는지 알 수 없게 되어버렸다. 힘들게 눈을 치켜뜨자 그의 검은 눈이 그녀를 바라보고 있었다.

"뭐……."

몸이 번쩍 허공으로 들렸다. 깜짝 놀라 발버둥을 치려고 했는데 허벅지 근육이 당기듯 아팠다. 결국 몸에 힘을 빼고 얌전히 그의 품에 안겨 버렸다. 또다시 편해졌다. 민영은 눈을 감았다.

될 대로 되라지, 아무것도 상관없다는 느낌이었다. 그건 아마도 충족감, 자꾸 몸이 바다 속을 유영하는 것처럼 무겁기만 하다.

습한 공기, 욕실에서는 수증기가 모락모락 피어오르고 있었다.

그가 그녀를 안은 채로 커다란 마블코팅의 욕조로 들어갔다. 그녀는 힘없이 눈을 떴다가 세상 제일 무거운 눈꺼풀을 이기지 못하고 도로 눈을 감았다.

"수영할 수도 있겠네."

[뭐?]

[수영할 수 있을 것 같아요.]

그는 대답하지 않았지만 그가 그 말이 욕조가 크다는 뜻이라는 걸 이해하지 못했다는 것을 알 수 있었다. 눈을 뜨지도 않았는데 어쩐지 그냥 그가 이해하지 못했다고, 그래도 별로 신경 쓰지 않는다는 걸 알 수 있었던 것이다.

아무래도 좋았다. 그녀는 그의 가슴에 기댄 채 눈을 감았다. 딱딱한 가슴이라 불편할 거라 생각했는데 뜨거운 공기 때문인지, 적당히 나른한 물의 온도 때문인지, 아니면 어깨를 안은 팔, 귓가에 울리는 고동 때문인지 몹시도 포근했다.

그건 착각이었다. 그럴 리가 없는데 마치 자신이 처음부터 이 품 안에 속해 있었다는 것 같은 잔인한 착각—

뭐 하는 짓인지, 기아니스는 욕조에 등을 기댄 채 혀를 찼다.

그의 품에 안긴 여자는 아기마냥 쌔근쌔근 잠들어 있었고, 그는 이제 본격적으로 한심한 기분에 빠져들고 있었다. 이 작은 여자가 이리 지칠 정도로 몰아붙인 주제에 안고 탕에 들어오는 순간부터 그는 또다시 흥분해 있었다.

이럴 생각은 전혀 아니었는데.

자동으로 물의 온도가 맞춰지는 욕조의 센서가 몇 번이나 반짝이며 식어가는 물을 되돌렸다.

제기랄, 서준희.

수증기 사이로 그의 긴 한숨이 섞여들었다.

4

계약

잠이 깨자마자 나른하게 기분 좋은 향이 느껴졌다. 피부에 닿는 느낌이 개운했다. 민영은 으응, 하고 저도 모르게 웃으며 시트를 휘감아 몸을 움츠렸다. 푹신한 베개에 머리를 폭 파묻자 침대가 늪이라도 되는 것처럼 몸을 빨아들였다.

[일어났나?]

갑작스러운 남자의 목소리에 그녀가 눈을 번쩍 뜨며 몸을 일으켰다.

"아윽."

허리께에 두드려 맞은 듯한 통증이 일어 민영은 비명을 지르고 말았다.

[내가 왜……..]

그제야 그녀의 기억이 이어졌다. 그녀는 희미하게 욕실에 들어간 것도 기억하고 있었고, 부드럽게 몸을 닦아주고 머리를 감겨주던 손도 기억하고 있었다. 그의 품에 안긴 채 욕실 밖으로 나와 그가 드라이로 머리를 말려주는데 드라이 소리가 참 작다고 생각한 것도 기억난다. 그러나 정확한 기억은 아니었다.

그녀가 기억을 더듬는 동안 남자는 오크색 장식 선반에 기댄 채 손끝으로 톡톡 치고 있었다. 생각에 잠긴 옆선이 날씬하다.

[이렇게 하지.]

민영이 눈살을 찌푸렸다. 어쩐지 오늘의 남자는 어제와 달라 보였다. 그리고 처음 만난 날과도 달라 보였다. 반듯한 자세, 사람을 압도하는 기는 여전했지만 무언가 희미하게 망설이는 기색이 느껴졌다.

남자답지 않게 말을 꺼내고도 주저하는 것도 그렇다.

대개의 문명이 상대에게 자신의 의견을 이야기하고 기다린 다음 토론, 합의를 도출하는 대화의 시퀀스를 구축했다면 그의 대화는 자신의 요구를 말하는 데서 끝났다. 원래 그랬는지, 지위가 그를 그렇게 만들었는지는 중요치 않다. 그의 화법은 불쾌할 정도로 직설적이었고 전혀 거칠지 않은데도 폭력적으로 느껴졌다.

그러나 지금은 그렇지 않았다. 그는 지금 고요했다. 그래서 민영은 지금, 무엇인지 몰라도 그의 안에서 무언가가 방향을 틀었다는 것을 느낄 수 있었다. 마치 깊은 지중해의 바다에 남지 않은 선을 그리고 선회한 거대한 크루즈처럼 그의 안에서 무언가 바뀌었다.

[언제 배에서 내리지?]

그가 다시 물었다.

[칠 일 후. 크루즈가 니스 항에 입항할 때.]

톡톡 테이블을 두드리던 손이 굽어져 남자답게 단단한 턱을 쓸었다. 설명이 없는 남자였다.

[칠 일.]

그는 그녀의 말을 되풀이했다. 느릿느릿, 저음의 목소리가 발음하는 그리스어는 숨 막힐 만큼 섹시했다.

[서준희한테 가서 전해, 점심을 같이 하고 싶어한다고.]

그는 다짜고짜 앞뒤 말을 다 자르고 그녀에게 명령했다. 잠시 의아하게 눈썹을 찌푸렸던 민영은 시트를 끌어당기며 고개를 끄덕였다. 굳이 이유를 꼬치꼬치 물어야 할 이유가 없는 것이다.

그런 그녀를 그는 한참을 내려다보았다. 치켜 당긴 시트 위로 드러난 가는 어깨에 도드라진 뼈가 마치 어린아이 같다. 그는 속으로 쯧 혀를 한번 차고 돌아섰다.

[아!]

그녀가 그를 불렀다. 그는 돌지 않은 채로 고개만 비스듬히 돌렸다.

[당신 비서에게 오지 않아도 된다고 해줘요. 나 안전한 날이
니까.]

그가 돌아섰다. 언뜻 무표정한 얼굴 사이로 의아함이 스쳐 지
나간다.

[당신 비서, 오지 않아도 된다고.]

민영이 천천히 다시 반복했다.

실크 스트라이프가 들어간 하얀 셔츠 위의 커프스가 고급스
러웠다. 다리가 긴 편인 남자의 감색 바지 정장 아래로 구두가
매끈하게 반짝였다. 누가 그랬더라, 사람의 지위를 보려면 그
사람의 구두를 보라고.

깔끔한 선을 그은 셔츠 아래로 어제 그녀가 필사적으로 끌어
안았던 어깨와 팔이 감춰져 있을 것이다. 민영은 얼굴이 붉어질
것 같아 고개를 숙였다.

그는 한참을 그대로 민영의 얼굴에 시선을 두다가 고개를 돌
렸다. 그리고 이번에는 망설이지 않고 나가 버렸다.

문 뒤로 그가 사라질 때까지 그의 뒷모습을 보고 있던 민영이
몸을 돌리자 사이드 테이블 위에 어제 찢어버린 옷 대신 새 옷
이 얌전히 개켜진 채 놓여 있었다.

복도를 따라 내려가는 걸음은 빨랐지만 기아니스와 알렉스의

거리는 멀어지지도, 가까워지지도 않은 채 일정한 간격을 유지하고 있었다.

[메릭 쪽이 문제가 많습니다.]

[그 바보가 머리를 쓰는 것 같나?]

[아마도.]

기아니스가 눈살을 찌푸리며 피식 웃었다. 그 머리는 써야 할 때 써준다면 정말 좋을 텐데 도무지 어떻게 구제할 수가 없다.

[밝아.]

[하지만.]

상반 접속사를 내뱉었던 알렉스는 입을 다물었다. 그가 아는 것을 기아니스가 모를 리가 없는 것이다.

[봐줄 필요 없어. 우리는 충분히 기다려 줬으니까.]

그가 비웃듯 뱉어내고 코너를 돌았다. 레스토랑이 있는 세컨 데크로 접어들자 식사하기 위해 어슬렁거리던 사람들이 그를 발견하고 인사를 해왔다. 예의에 어긋나지 않을 정도로만 아는 체를 하고 그는 빠르게 그들을 스쳐 지나갔다.

그리고 문득.

[그 여자한테 갔었나?]

알렉스는 내내 저기압이던 기아니스의 말에 아아, 그건가 싶어졌다.

[네.]

[그렇군.]

그는 간단히 대답했다. 알렉스는 고개만 숙여 보였다.

기아니스에게 사생활이라고 불릴 만한 것이 없는 것은 하루 이틀의 일이 아니었다. 정확히 말하자면 그 스스로가 사생활이라고 불릴 만한 것을 안 만든다는 것이 맞겠지만. 그러므로 알렉스가 민영에게 간 사실 때문에 지금 기분이 좋지 않은 것은 의외였다. 그러나 그것이 비합리적이라는 것을 아는 이상 알렉스에게 화를 내지는 않을 것이다.

지독히도 합리적이고 지독히도 공정한 기아니스 Y. 이아코바키스, 그것이 알렉스가 아는 자신의 고용주의 현주소였다.

긴 다리를 십분 활용해 빠른 속도로 걷고 있었지만 카펫이 쿠션 역할을 해 구두 소리조차 나지 않았다. 그가 질풍처럼 사람들을 지나친 자리에는 저도 모르게 시선을 빼앗긴 사람들과 싸늘한 냉기만이 남아 있을 뿐이었다.

그가 약속 장소로 정한 프렌치 레스토랑으로 들어서자 기다리고 있던 매니저가 자세를 바로 한 채 깊게 허리를 굽혔다. 손가락을 슬쩍 들어 보인 기아니스는 망설이는 법 없이 창가 자리에 있는 서준희와 서민영에게 다가갔다.

[먼저 청하고 기다리게 만들었군요.]

그의 목소리에 창밖을 보고 있던 준희와 민영이 마치 쌍둥이 새처럼 나란히 고개를 돌렸다. 서준희가 먼저 몸을 일으켜 악수를 청했다.

"아닙니다. 방금 왔을 뿐인데요."

천천히 서준희의 손을 쥔 기아니스의 시선이 딴 의미 없는 듯 민영에게로 미끄러졌다. 민영은 머리를 약간 숙여 그의 넥타이핀을 바라보고 있었지만, 아까 고개를 돌려 서 있는 그를 보는 순간부터 온몸이 뜨거워지고 있다는 걸 알고 있었다. 그녀는 아무도 모를 정도로 조용히 숨을 내뱉었다.

악수를 나눈 그들이 자리에 앉자 알렉스가 고개를 숙여 보이고 물러갔다.

[한국의 크루즈 건조기술에 관한 리포트는 검토해 보았습니다.]

전채가 지나갈 무렵, 그가 가볍게 입을 닦으며 말했다. 하얀 냅킨을 쥔 가늘고 긴 손가락이 창가에 스며든 햇빛에 반짝반짝 빛나는 것 같았다.

[제가 오해가 있었던 것 같아 사과드립니다.]

통역을 하며 민영은 조금 어리둥절해졌다. 며칠 전과는 전혀 다른 태도, 그러나 준희의 태도는 유연했다.

"아뇨. 제가 너무 성급하게 말씀드린 것 같아서 죄송할 뿐입니다."

큭, 그녀만 알아챌 수 있을 정도로 그의 눈빛에 푸른색이 스쳐 지나갔다. 비웃음, 혹은 조롱. 어젯밤과는 또 다른 남자의 온몸에서는 호전적인 기가 뻗쳐 나오고 있었다.

일부러 날씨가 맑은 곳으로만 항해 코스를 잡은 건지 창밖에는 그녀가 기억하는 모든 날보다 더 청량한 하늘이 펼쳐져 있었다. 그리고 그 하늘을 배경으로 쾌활하게 웃는 기아니스의 얼굴은 마치 현실이 아닌 것 같았다.

생각해 보면 늘 그를 마주한 건 흐린 조명의 방 안이었다.

[크루즈 산업이 국가 간의 문제가 되어버리는 것은 핵심이 포괄 여행상품이 될 수밖에 없기 때문입니다. 여행 코스와 정박항의 컨디션이 크루즈 내의 시설만큼 중요하다고 할 수 있죠.]

믿어지지 않지만, 오늘의 그는 느슨하고 기분 좋은 사업 상대인 것처럼 보였다.

"네, 문제는 영해를 항해하게 될 경우 해운법의 규제를 받게 된다는 거죠. 한국은 첫 사업지로서 대한민국의 영해를 가로지르는 것을 구상하고 있지는 않습니다."

[그러나 장기적으로는 분명히 원하게 되겠죠.]

그가 조용히 말을 받았다. 시선과 시선이 엉켰다.

기본적으로 크루즈 산업의 장점은 선박 건조 자체의 의미 외에도 관광강국으로의 도약 가능성을 연다는 데 있다. 항단시설과 입출항시의 사용 허가 등으로 해당 국가와의 교류가 증대되기 마련이라 국가정책상 경제 활성화에 기여할 수 있는 통로가 되는 것이다. 게다가 지방 항구가 발전하게 되면 관광뿐 다니라 운송 부문에서의 혁신도 가능, 그 효과란 이루 설명할 수가 없다.

[레이디가 거의 식사를 하지 못하는군요.]

기아니스가 둔득 생각난 것처럼 말했다. 그녀와는 눈도 마주치지 않은 채였다. 그야 먹을 만하면 말을 주고받으니 처음 전채 때를 제외하고 그들이 크루즈에 대해 이야기하기 시작하고부터 민영은 자신이 뭘 먹는지 마는지 모를 지경이었지만.

단 한 번도 그녀를 보지 않는다 생각했던 그가 자신을 보고 있었다는 것을 깨닫자마자 얼굴이 달아올랐다.

"왜?"

민영이 통역을 하지 않고 얼굴만 빨개지자 준희가 보챘다.

"내가, 거의 못 먹는다고."

그제야 민영의 접시가 거의 그대로라는 것을 눈치 챈 준희가 아 하고 당황한 표정을 지었다. 그는 집중하면 주변이 거의 보이지 않는 타입이었다.

그가 고개를 숙인 민영의 말간 얼굴을 보며 웃더니 입을 열었다.

[알렉스와 자세한 이야기를 하시면 될 듯합니다. 그가 한국어를 할 줄 압니다.]

민영의 통역을 들은 준희가 기아니스를 정면으로 바라보았다. 그 시선을 받아낸 기아니스가 고개를 끄덕였다.

[감사합니다.]

준희가 그리스어로 말했다. 서늘한 시선이 테이블 위에서 부딪쳤다. 그가 희미하게 미소 짓고는 창밖을 바라보았다.

그와 함께 레스토랑을 나서는데 아무도 지불하는 사람이 없어 민영은 과연, 이라고 생각했다. 생각해 보면 이 남자는 이 크루즈의 소유주, 지나치는 매 순간 사람들의 눈이 따라붙는다. 그렇게 생각하고 나니 기묘한 괴리감이 느껴졌다. 지금 눈앞에서 단정한 슈트 차림으로 서 있는 저 남자가 그 밤의 남자라니, 그리고 이곳에서 그를 바라보는 그 누구도 그 밤을 모른다니—그의 비서는 알겠지만—믿어지지 않는다.

[그럼 이만.]

그가 의례적으로 손을 내밀었다. 서준희가 그 손을 굳게 잡았다. 고개를 약간 숙여 보인 민영이 막 돌아서려는데, 강한 손이 그녀의 팔에 감겼다.

[그럼 이제 서민영 씨를 빌려도 될까요?]

제대로 된 크리티컬 히트. 서준희의 얼굴에 복잡한 기색이 스쳐 지나갔다. 그의 시선이 자신보다 5㎝쯤 큰 기아니스의 눈에 머무르다가 잡힌 팔을 불편하게 틀고 당황하여 서 있는 민영에게 머물렀다.

"서민영?"

그가 조용히 민영의 이름을 불렀다. 민영은 귓불이 확 달아올랐다. 그녀는 감히 준희와 눈을 맞출 생각도 하지 못한 채 고개를 숙였다.

[안 됩니까?]

그가 되풀이했다. 그녀가 분한 표정으로 그를 올려다보았다. 그의 시선은 서준희에게 고정되어 있었다.

"민영아, 내가 알아야 할 일이 있어?"

[이게 무슨 짓이에요?]

준희가 낮게 민영에게 물었고, 민영은 기아니스에게 항변했다.

[안 된다고 해도 데려가겠지만.]

그가 자신의 말이 던진 파장에 만족한 듯 낮게 웃고는 그녀의 팔을 움켜쥔 채 성큼성큼 걷기 시작했다. 강한 힘, 그녀의 몸이 속절없이 딸려 끌려가자 준희가 손을 내뻗었다. 그러나 그 시도는 어느새 그들 사이를 막아선 알렉스에 의해 저지되었다.

알렉스와 서준희가 뭔가 격한 대화를 나누는 장면을 끝으로 그녀는 기아니스에게 이끌려 코너를 돌았다.

[이게 무슨 짓이에요?]

다짜고짜 헬기로 밀어 넣는 그에게 강력하게 항의해 보았지만 그는 아랑곳하지 않고 손을 뻗어 간단하게 안전벨트를 채워 버렸다. 그리곤 헤드폰을 씌워주었다.

메트로놈처럼 규칙적인 진동, 천천히 헬기의 로터가 도는 걸 느끼며 민영은 소리 질렀다.

[이게 무슨 짓이냐고!]

화가 머리끝까지 뻗쳤다. 거칠어지는 그녀의 말투에 그가 몸을 굽혀 헤드폰을 들고 그녀의 귀에 속삭였다.

[그럼 내가 어쩔 거라고 생각한 거지? 어차피 이곳에 칠 일

동안 갇혀 있어야 하는 거 아니었나? 그 시간을 내가 사는 것뿐이야.]

어쩔 거라고 생각했냐고? 생각하지 않았다.

아니, 생각했다 하더라도 이건 단 한 번도 생각해 보지 않은 상황이었다. 예를 들어 아침에 그가 크루즈에서 며칠을 더 보낼 거냐 물었을 때 남은 시간을 그와 함께 보낼 수도 있을 거라고는 상상했다. 그러나 이런 식이 될 거라고는 생각하지 않았다. 전혀.

헤드폰 사이로 그의 뜨거운 숨결이 닿았다. 로터가 일으킨 바람에 대비되어 불처럼 뜨거웠다. 민영은 그 숨결에 섞인 그의 향만으로도 가슴이 뛰기 시작한다는 것을 깨달았다.

그러나.

[말도 안 돼!]

민영은 헤드폰을 벗어 내동댕이치며 소리쳤다.

[귀가 아플 거다.]

그가 한가하게 시트에 기대 비웃듯 내뱉었다. 그 여유만만한 태도가 보기 싫어 민영은 욱하고 안전벨트에 손을 가져다 댔다. 그리고 막 풀려고 하는데 기우뚱, 기체가 흔들리며 헬기가 양력을 받아 날아올랐다.

"꺄아아악!"

그녀가 필사적으로 지탱할 곳을 찾아 손을 휘저었다. 소음이 실제적인 물리력을 가진 것처럼 귀를 때렸다.

그가 낮게 한숨을 쉬더니 흔들리는 와중에도 묘하게 균형감
각을 발휘하여 몸을 뻗더니 바닥에 굴러다니는 그녀의 헤드폰
을 손에 쥐고 그녀의 옆자리에 털썩 주저앉았다. 그리고 헤드폰
을 다시 씌워주고 그녀의 어깨에 팔을 둘렀다.

저도 모르게 목 앞으로 돌아온 그의 팔을 힘껏 잡으니 그의
품에 쏙 들어간 꼴이 되고 말았다. 분한 마음이 치솟지만 그의
품에서 갑작스런 속도감이나 허공에 떠 있다는 불안감이 많이
사라지는 건 어쩔 수 없다.

"말도 안 돼."

낮게 중얼거려 보면서도 도저히 믿을 수가 없었다. 현실감이
사라진다. 지금 자신이 뭔지도 모를 쇳덩이 안에 갇혀 허공에
떠 있는 것이 사실일까. 이건 어쩌면 꿈일지도 몰라. 그래, 바
람. 바람 때문이다. 한국과는 다른 습도가 없이 쾌청한 바람이
꿈을 가져다주는 거야. 크루즈에 타고 나서부터 온통 알 수 없
는 일뿐이다.

지나친 소음 때문일까, 감각이 멀어지고 졸음이 쏟아졌다. 그
녀를 안고 있는 그의 팔은 그저 따뜻하기만 해 민영은 눈을 감
았다. 이건 정말, 말도 안 돼.

덜컹, 하고 엄청난 하강감이 느껴져 눈을 떴다. 설마 잠이 들
었던 건가? 좌우로 틀며 하늘을 가르는 것도 상당히 불안했지만
마치 바이킹을 탈 때처럼 뱃속이 텅 빈 듯 간질거리기 시작했

다. 그는 미동도 않은 듯 손을 돌려 그녀를 품에 안은 자세 그대
로였지만 다시 그 팔을 잡을 용기는 나지 않았다. 그저 불안하
게 움직이던 손을 마주 잡았을 뿐.

얼핏 옆을 보니 그는 익숙한 듯 처음 만났을 때 끼고 있던 갈
색 선글라스를 낀 채 좁은 창밖을 내다보고 있었다. 그 옆모습
이 오만하고 읽기 힘든 그의 성정(性情)과 어울리지 않게 외로워
보여, 그냥 자기 기분일 뿐일 거라 생각하면서도 민영은 가슴
어딘가에 물이 스미는 것 같았다.

기체가 기우뚱, 앞으로 기울어지더니 천천히 수평을 되찾았
다. 기체가 착륙하는 동안 안전벨트를 맨 것도 아니면서 어떻게
해서인지 균형감을 유지한 채 그는 그녀를 단단히 잡고 있었다.

헬기가 완전히 착륙하고 규칙적이던 로터 소리가 조금씩 느
려졌다. 그녀를 단단하게 잡고 있던 손이 풀렸다. 잠시 그대로
있던 민영은 입술을 깨물며 안전벨트를 풀었다.

로터 소리가 잦아든다 했더니 조종석 문이 열리고 조종사가
내리는 모습이 좁은 창 사이로 보였다. 그리고 기아니스 쪽의
문이 열렸다. 강한 바람이 불어 들어왔다.

"……!"

손으로 피어오르는 먼지를 막으며 눈을 감았다. 바람을 먹어
부풀어 오른 옷이 깃발처럼 펄럭펄럭 나부꼈다. 그가 몸을 일으
켜 헬기 밖으로 나갈 때도 그녀는 무릎에 두 손을 얹은 채 가만
히 앉아 있었다.

[이게 무슨 짓이에요?]

[본 그대로.]

그가 꼿꼿한 자세로 헬기 밖에서 무뚝뚝하게 대답했다. 헬기 안은 어둑했고, 다리를 모은 채 입술을 깨물고 있는 그녀의 표정은 잘 보이지 않았지만 목소리에는 분노가 묻어 있었다. 자신의 의지와 상관없이 휘둘린 자의 분노.

[내 의사는 묻지도 않고 어떻게 이럴 수가 있죠?]

그가 주머니에서 담배를 꺼내 입에 물었다. 그리고 생각이라도 하듯 고개를 돌렸는데 그 옆모습은 어딘지 서늘한 바람이 느껴지는 것이었다.

"무슨 생각 해요?"

그녀의 물음에 그의 시선이 그녀 쪽으로 돌아왔다.

"왜?"

"그냥, 표정이……."

그의 표정이 어딘지 마음 아팠노라고 이야기할 수는 없었다. 무엇보다 그녀는 화가 풀린 상태가 아니었다. 그러나 할 수 있는 일은 아무것도 없긴 했다.

민영이 앞으로 몸을 숙여 내리려는 태도를 취하자 담배에 불을 붙이던 그가 손을 내밀었다. 그녀는 그의 손을 무시하고 혼자 힘으로 바닥을 짚었다. 어질, 중력체감이 흐트러진 듯 현기증이 엄습했다. 그녀는 눈을 감으며 한 손으로 기체를 짚었다.

하나, 둘, 셋. 손끝에 닿는 차가운 기체의 느낌, 바람에 머리카락이 마구 날린다고 생각하며 그녀는 셋까지 세고 천천히 눈을 떴다.

"맙소사!"

그녀가 입을 쩍 벌리며 바람 때문에 휘날려 엉망으로 헝클어진 머리카락을 쓸어 올렸다. 보는 것은 온통 투명하게 푸른 바다뿐, 크루즈의 헬기장보다 약간 작은 규모의 헬기장은 망망대해 한가운데 있었다. 드문드문 소금물에도 녹슬지 않은 새로운 재질인지 알 수 없는 구조물들이 솟아 있긴 했지만, 그 외에 보이는 것은 온통 바다, 사면에 수평선이 길게 펼쳐져 있었다.

한편, 그녀가 입을 벌린 채 주변을 돌아보는 걸 바라보는 기아니스의 심중은 복잡했다.

그는 단 한 번도 그의 결정이나 행동에 변명을 해본 적이 없었다. 그러나 이 작은 여자는 끊임없이 그에게 설명을 요구했다. 아까 서준희의 당황한 표정을 보는 건 즐거웠지만, 여자가 히스테리를 부리는 건 그의 취향이 아니었다.

[싫은가?]

[당연히 싫죠.]

여자가 앙칼지게 대답했다.

[크루즈 위에서 칠 일을 보내는 건 괜찮고? 아니면 나에게 관심이 없다고 말할 셈인가?]

담담하게 말하는 그의 입술에서 파란 담배 연기가 뚜렷한 선을 그으며 하늘에 섞였다. 민영은 약간 혼란스러워졌다. 그는 팔짱을 낀 채 한 손으로는 담배를 쥐고 가만히 그녀를 바라보고 있었다.

어쩐지 그의 말을 듣고 있으면 반박할 말이 잘 떠오르지 않긴 한다. 확실히 그에게 관심없다고 말할 수 없다. 그를 생각하지 않았다고 말할 수도 없다.

[그러나 이건.]

[난 생각해 보겠다고 했지.]

그가 낮게 한숨을 쉬더니 설명하기 시작했다.

[그리고 오늘 내가 왜 서준희를 만났을 거라고 생각하나?]

아, 민영은 입술을 깨물었다.

[난 네가 이렇게 나오는 이유를 전혀 모르겠군.]

그는 말을 끊었다.

[그러니까 내가 당신과 자는 대신 준희는 원하는 걸 얻는 건가요?]

비아냥거린 것이었는데 돌아온 반응은 불쾌하다기보다 한심하다는 쪽이었다.

[동양 여자들의 특성인가, 아님 네 버릇인가? 말끝마다 준희, 준희, 준희, 준희. 네가 원하는 것에 대해 이야기하는 쪽이 더 나을 거다.]

민영의 얼굴이 부끄러움과는 다른 종류의 수치심으로 달아올랐다.

알고 있다. 그녀도 그녀가 그런 방식으로 도망치려 하고 있다는 것을 모르지 않았다. 그러나 그녀는, 그러니까 적어도 그녀와 같은 정상인들은 아무런 약속도 없고 미래가 보이지 않는 관계가 당연하지 않다. 만에 하나 천에 하나 아주 잠깐 일탈이라면 또 모르겠지만 그게 길어진다면……. 선로를 이탈한 기차가 제자리로 돌아가기란 이탈한 시간만큼 어려운 법이다.

남자와 같은 타입들은 어떤지 몰라도 적어도 그녀는 그랬다. 그녀에게 있어서 연애란 어느 정도의 신뢰를 동반한 것이어야 했다.

그러나 이 남자는…….

[그럼 크루즈로 돌아가겠어?]

그녀의 침묵이 길어지자 그가 인상을 찡그리며 물었다.

[내가 돌아가면?]

[당연히 아까 얘기했던 사항은 무효로 돌아가지. 아쉬운 건 내 쪽이 아니야.]

그는 웃지도 않고 당연하다는 듯 인상을 찌푸렸다.

[섹스할 상대가 부족한 건가요?]

부러 내뱉은 말은 형편없을 정도로 과장되어 있어 그 말이 스스로의 귀에 들리는 순간 부끄러워졌다.

[여자가 부족하진 않아.]

[그런데 왜 나게 이러죠?]

그는 이제 확실히 지루해졌다. 마지막으로 연기를 뱉어내고 담배를 튕겨내며 그는 그녀에게 한 걸음 다가섰다.

[뭘 듣고 싶은 거지? 네가 마음에 든다는 말을 듣고 싶은 건가? 확실히 그래— 한걸음 양보하고 싶을 정도로 넌 나쁘지 않다. 하지만 그뿐이야. 넌 나와 시간을 보내고, 그 대가로 과분한 걸 줄 거다. 하지만 다른 걸 원한다면 지금 당장 크루즈로 돌아가는 편이 나아.]

[난 그런 여자 아니에요.]

[어설픈 요조숙녀 놀이는 창녀보다 더 관심없어.]

그는 냉정하게 뱉어냈다. 그 표정이 어찌나 싸늘한지 민영은 마치 바늘 수십 개가 심장을 찌르는 것 같은 착각을 느꼈다.

[하지만— 이런 이야기는 없었잖아요.]

[하루랑 일주일이랑 많이 다른가? 그때 난 생각해 보겠다 했고 지금은 원하는 걸 주겠다고 말하는 거야. 난 전혀 다르다는 생각이 안 드는데.]

[일종의 계약이군요.]

[그래, 그뿐이야.]

그뿐이야.

그것은 기묘한 모순이었다. 그의 제안, 그저 계약일 뿐— 그러니까 그들이 느꼈던 인력에 대한 계약, 그것은 불쾌한 것이기도 했지만 어찌 생각하면 타당한 것이기도 했다.

그녀도 알고 있지 않은가. 남자처럼 직설적이지 않을 뿐 일반적인 남자와 여자가 만나서 사랑에 빠지는 과정 역시 계약이다. 끌리는 동안에는 너에게 충실하겠다는, 무언의 계약.

그럴싸하게 치장하느냐, 아니면 솔직하고 적나라하게 밝히느냐의 차이.

그렇다고 치면 과잉반응할 필요 없이 지금을 즐기면 되는 건지도 모르겠다.

그럼에도 불구하고 그녀는 그가 그처럼 자신만만할 수 있다는 것에 자존심이 상했다. 그리고 동시에 자신이 크루즈로 돌아가겠다고 해도 그가 상처받지 않을 것이라는 것에도 자존심이 상했다. 그런 자신이 바보 같다는 걸 알았지만 민영은 그런 자신의 감정을 얼굴에 드러내지는 않았다는 것에 만족했다.

그녀는 차분한 목소리로 말했다.

[당신은 확실히 많은 걸 줄 수 있죠.]

[그건 그래.]

그가 낮게 웃었다.

[그게 불만인가?]

[아뇨.]

그는 어떤 의미에서 지독하게도 공정했다. 자신이 원하는 것이 있으니 그녀가 원하는 것을 준다. 사랑이라든지 정 같은 감정이 끼어드는 것을 원초적으로 차단하고 있는 것이다.

그러므로 동시에 선명한 것, 그들의 관계는 그가 원하고 그녀 역시 원할 때만 성립된다. 그녀가 원하지 않는다면 잡아들 사람이 아니고 그가 원하지 않는데 그녀를 곁에 둘 사람이 아니다.

민영은 천천히 바다를 등지고 서 있는 남자를 살펴보았다.

　　그녀보다 머리 하나 이상 큰 키, 반듯하고 넓은 어깨, 바람에 휘날려 헝클어진 머리조차 그의 귀족적임을 조금도 해하진 못했다. 확실히 그의 제안이 그녀에게 손해일 것은 전혀 없다.

　　[준희에게 전화하게 해줘요.]

　　[……그래.]

　　그가 딱 소리를 내며 손가락을 튕기자 어디선가 기다리고 있었는지 사람들이 뛰어나왔다.

　　[일단 내려가지.]

　　그가 손으로 그녀의 어깨를 감싸며 말했다.

　　[여긴 어디죠?]

　　[잠시 주유하러 들른 것뿐이야.]

　　그의 힘에 밀려가며 그녀는 뒤를 돌아보았다. 검회색 헬기의 뒤로 군청색 바다색이 멀어질수록 하늘색과 섞이고 있었다. 바람이 불어 바다가 흔들리고 있었다.

　　짙은 남색의 작업복을 입은 사내들이 그들을 엔진실—전화통화가 가능한 유일한 곳—로 안내하자 그는 먼저 수화기를 집어 들고 다이얼을 돌렸다. 몇 차례의 벨, 그는 낮은 목소리로 이것저것을 묻기 시작했는데 비겁하게도 그리스어가 아니었다. 낯선 언어, 그의 목소리가 생경하게 느껴졌다. 그의 입술이 저런 발음을 뱉어낼 것이라고 생각해 본 적이 없다.

　　[받아.]

그는 수화기를 그녀에게 내밀었다.

[스페인어?]

[러시아어.]

그가 간단하게 말하고 다시 불붙였던 담배를 입가로 가져갔다. 길고 가는 귀족적인 손가락 사이의 하얀 담배가 믿어지지 않을 만큼 우아해 보여 민영은 가슴이 저릿해졌다.

믿기지 않는 일이지만 관계가 명확해진 순간, 그러니까 그 관계의 한계를 그가 그어준 순간 잔뜩 움츠러들었던 마음이 거리낌 없이 내달리기 시작했다. 거기까지는 달려도 되는 거다. 지금은, 그를 좋아해도 되는 거다.

그녀는, 그를 좋아한다.

그녀는 천천히 손을 뻗어 수화기를 받아 쥐었다.

—여보세요?

수화기를 귀에 가져다대자 이미 연결되어 있었던 듯 준희의 목소리가 들려왔다.

"응, 준희야."

—어떻게 된 거야?

인상을 찡그리고 있음에 분명한 목소리였다. 하지만 걱정했던 것만큼 심하지 화를 내고 있지는 않는 것 같은 목소리였다.

"난 괜찮아. 걱정할 것 같아서 전화했어."

—당연히 괜찮을 거라는 건 알아. 내가 묻는 건…….

"준희야."

그녀가 준희의 이름을 부르고 망설였다.

"걱정 안 해도 돼. 이걸로 부족해?"

전화기 저편이 조용해졌다.

준희가 이 문제에 대해서 어떻게 생각할까 그녀는 짐작하기 어려웠다. 하지만 설명할 말이 없다는 쪽이 맞다. 아니, 설명할 거리가 아니라는 쪽이 맞다.

그럼에도 불구하고 설명하고 싶다는 것도 맞다. 설명할 수 없어도, 설명하고 싶다.

그녀는 수화기를 쥔 오른손 대신 왼손으로 입을 막았다.

—아니, 충분해.

마침내 수화기 저편에서 대답이 돌아왔다. 소리가 나지 않도록 조심해서 숨을 뱉어내자 손가락 사이로 뜨거운 입김이 어렸다.

—언제 와?

"칠 일 후."

—와서 얘기해.

"그래."

순간 전화가 끊긴 건가 싶을 정도로 묘한 침묵이 선을 타고 흘렀다.

—민영아.

"다시 전화할 수 있으면 할게."

그녀는 대화를 그만 끝내기로 했다. 저 멀리 검푸른 바다를 바라보고 있는 그의 등이 보인다.

―민영아.

"안녕."

그녀는 서둘러 전화를 끊었다. 눈물이 날 것 같아 크게 숨을 들이마셨다. 전화를 끊는 소리를 들었을 텐데도 그는 뒤돌아보지 않았다. 창가에 기댄 채 규칙적으로 담배 연기를 들이마시고 내뱉었다. 마치 눈이 검은 우리알처럼 표정이 없었다.

민영이 그의 곁으로 다가갔다.

[그 녀석이 너의 뭐지?]

[남매예요. 설마 몰랐던 거예요?]

[내가 묻는 건.]

그가 몸을 돌렸다. 바다에서는 해가 길다던데 그의 뒤로 기울어진 태양이 수평선 근처에서 바다를 붉게 물들이고 있었다. 빛을 등진 그의 표정은 잘 보이지 않았다.

[오빠가 왜 그렇게까지 네게 절실하냐는 거다. 네가 입양아이기 때문에?]

순간 사방이 적막해졌다.

민영은 그의 목을 졸라 버리고 싶을 정도의 살의를 느꼈다.

그가 천천히 손을 움직여 담배 연기를 한 모금 들이마셨다. 담배 끝에서 붉게 연소된 빛이 노을빛에 섞여들었다.

*

크루즈 안, 준희가 입술을 깨물고 있었다. 알렉스가 그의 손에서 수화기를 받아 내려놓았다.

잠시 눈이 마주치고 거의 습관인 것처럼 유연한 동작으로 고개를 까닥여 보인 준희가 뒤돌아서 방을 막 나가려고 할 때였다.

"입양아라서 별로 애정이 없는 건가요?"

외국인의 입에서 나오는 것이라 믿어지지 않을 정도의 선명한 한국어. 준희의 몸이 딱 멈춰 섰다.

"업무적인 관심인가요?"

"아뇨, 순수하게 제 개인적인 관심입니다만."

알렉스가 책상에 기대 늘씬한 다리를 뻗으며 빙긋 웃었다.

"사실 자기 여동생을 이용하는 경우는 정말 드문 경우라서."

"이용이라— 대개 그런 단어를 사용하는 쪽은 이용 '당한다'고 주장하는 쪽이라고 생각했는데요."

알렉스의 눈썹이 꿈틀거렸다.

준희는 천천히 돌아서 그의 얼굴을 똑바로 마주 보았다. 낮게 고여 있는 듯 평온했던 공기가 서서히 물결치기 시작했다.

"힘이 없으면 당하거나 아니면 그 힘을 갖거나죠. 내가 아는 어떤 남자도 별로 정의로운 길을 걷지는 않은 걸로 압니다만."

"위험한 말씀을 하시는군요."

아마도 어떤 남자의 고용인인 알렉스가 부드럽게 준희의 말을 끊었다.

"없는 데서는 나랏님 욕도 한다지 않습니까."

준희가 가볍게 눈을 찡긋해 분위기를 바꿨다. 그리곤 미소를 지우지 않은 채 조용히 덧붙였다.

"제 쪽은 '이용당하겠다'고 결정하는 것도 스스로의 판단이라고 생각하는 쪽이라서 말입니다. 이용했다, 이용당했다를 결정하는 건 남이 아니라 스스로죠."

그는 잠시 더 할 말이 없냐는 듯 고개를 갸우뚱해 보였다. 그리고 알렉스가 아무 말도 없자 날렵한 동작으로 돌아서서 성큼성큼 걸어나갔다.

[원하는 걸 주지.]

한참을 그대로 굳어버리기라도 한 듯 조각처럼 서 있는 그녀를 보며 그가 말했다.

[네가 왜 브라더콤플렉스가 있는지도 묻지 않겠어. 관심없는 일이니까.]

그가 다시 담배를 입가로 가져갔다. 지독한 저음, 창밖에서 주기적인 파도 소리가 들려왔지만 그가 말을 할 때는 파도마저 숨을 죽이는 것처럼 조용해졌다.

[네가 서준희 때문에 내게 몸을 던졌다고 해도 상관 안 해.]

그는 말을 끊었다. 두 손을 꼭 쥔 채 그를 노려보고 있는 그녀는 금세 쓰러질 것같이 창백했다.

[아니라도 상관 안 하고.]

제기랄, 그는 손으로 욕설을 내뱉었다. 멍청한 짓이었다, 자신의 카드를 내보인 것은.

그러나.

알렉스의 보고에 따르면 서민영이 서준희의 집에 입양된 것은 일곱 살 때, 다섯 살 때 한 번 파양된 이후 꼭 이 년 만이었다. 그게 아니라도 서준희의 성정(性情)으로 판단한다면 그가 일을 우선시한다는 건 충분히 납득 가는 일이다. 그러나 서민영 쪽은 좀 이상하다.

무감각하다 싶을 정도로 표정 없는 얼굴이 준희와 함께 있을 때면 좀 달랐다. 그리고 방금, 그와 통화를 할 때도 또 그랬다. 마크처럼 늘상 따라붙는, 어떻게 되어도 상관없다라는 말투가 사라졌다. 절실하게 이해시키고 싶어했다.

그래—

그게 거슬렸다. 오해를 받든 말든 상관없다는 듯 설명하려는 의지도 별로 보이지 않던 여자가 서준희에게는 설명하고 싶어했다. 설명할 것이 없는 상황이라는 걸 알면서도 그러고 싶어했다.

그러나 설혹 그렇다 치더라도 그게 왜 거슬리는 거지?

왜…….

[나에 대해 또 뭘 알고 있죠?]

조용하게 묻는 민영의 목소리에 기아니스의 생각이 끊겼다.

[네가 싫은 건 모르는 걸로 하지.]

그가 대답했다.

그 대답 끝, 여자가 빠른 속도로 그에게 다가왔다. 단단히 화가 나 있었다. 작은 키, 그에게 바짝 붙은 민영은 손을 그의 가슴에 대고 경고하듯 차갑게 말했다.

[다시는 내 뒷조사 같은 거, 하지 마요.]

그리고 한 걸음 물러섰다. 냉랭한 눈빛, 기아니스는 담담하게 그 눈빛을 받아냈다. 그녀가 몸을 획 돌려 걸어나가기 시작했다.

[어디 가지?]

[바람 쐬러. 그리고 말하는데.]

문을 나서기 직전, 그녀는 몸을 획 돌려 그를 노려보며 덧붙였다.

[나와 관계된 일을 뒤에서 몰래 하는 거, 진짜 싫어요.]

[알았다.]

순순히 대답하는 데야 별수가 없을 것이다. 분한 표정으로 민영이 복도의 어둠 속으로 사라졌다. 그리고 엔진실에는 침묵이 내려앉았다.

혼자 남은 기아니스의 입꼬리가 비스듬히 올라갔다. 그는 창틀에 걸터앉아 거의 필터까지 탄 담배를 마지막으로 빨았다. 그리고 천천히 손을 내리다, 웃음이 터졌다.

[하하하하하!]

정말이지, 의외의 여자.

마리아, 저 아이는 당신을 하나도 안 닮았는데 말야……. 그런데 왜 네 생각이 나지?

#5
밀월

헬기가 도착한 곳은 바위 언덕 근처, 나지막한 언덕 위에 세워진 거대한 석조 저택이었다. 아까보다 조금 익숙하게 헬기에서 내린 민영의 입이 쩍 벌어졌다.

[여기가 당신의 집인가요?]

[아니, 여긴 니스의 별장이야.]

그가 무뚝뚝하게 대꾸하고는 앞서 걷기 시작했다. 바람이 강하게 불고 있었다. 그들이 방금 내린 헬기의 뒤 절벽 아래에는 해안이 펼쳐져 있었다. 그녀가 잠시 그 해안선에 시선을 빼앗기고 있자 그가 멈추고 뒤돌아 손짓했다. 천천히 그에게 다가가며 그녀는 고개를 뒤로 젖혀 눈앞에 드러나는 거대한 저택을 올려다보았다. 어디가 끝인지 알 수가 없는 저택은 담벼락도 없었다.

그녀는 얼떨떨한 채 계단을 내려가 마치 공원이라도 되는 듯 넓은 정원으로 들어갔다. 품격이 느껴지지만 요란스럽지 않은 잘 정돈된 정원이었다. 조명에 반짝반짝 빛나는 파랗게 싱싱한 잔디와 깔끔하게 선을 그린 꽃나무들이 가꾸는 사람이 얼마나 신경을 쓰고 있는지 알려주고 있었다.

그를 따라 들어간 저택, 몇몇의 고용인들이 상냥한 얼굴로 인사하는 것을 그는 무안할 정도로 차가운 태도로 그냥 지나쳤다.

조용한 정원과는 달리 저택 내부는 사치스러울 정도로 화려했다. 보석처럼 빛나는 샹들리에 아래에는 거대한 그랜드 피아노가 있었고, 벽을 가로지른 기둥과 바닥재는 대리석이었다. 베이지 베이스의 고급스러운 벽지에는 어디선가 본 듯한 문양이 그려져 있었다. 아마도 그리스식인 듯하다고, 민영은 생각했다.

[이리 와.]

멍하니 서서 화려한 실내장식에 마음을 빼앗기고 있는데 그의 목소리가 들렸다. 커다란 호를 그리고 있는 계단 앞에서 그가 그녀를 바라보고 서 있었다.

그의 뒤를 따라 계단을 올라가며 민영은 물었다.

[피아노 쳐요?]

그의 시선이 흘깃 그녀의 얼굴에 머물렀다가 다시 앞으로 돌아갔다.

[왜?]

[그랜드 피아노가 있길래.]

[예전에 쳤었어.]

[언제요?]

[어렸을 때. 하지만 저 피아노는 이 저택과 함께 산 거야. 내가 쳤던 게 아냐.]

[아.]

발 아래의 카펫은 올올이 풍성해 발이 파묻히는 것 같은 기분이 들 정도였다.

[주로 무슨 일을 하죠?]

그는 돌아보지 않았다. 걸음이 늦어지는 법도 없었다. 긴 다리가 유연하게 움직여 카펫을 밟는다.

[나에게 도전하는 인간들을 밟는 일.]

그가 차갑게 말했다. 희미하게 호전적인 남자의 냄새가 피어올랐다. 말쑥한 슈트 아래 감추고 있는 그의 본성은 아마도 잔인한 전사(戰士), 그는 머리부터 발끝까지 한 조각의 예외도 없는 사내였다.

[다리가 많이 아프겠군요.]

나름 농을 걸어보았는데 기아니스는 대꾸하지 않았다.

[상당히 부자인가 봐요.]

다시 말을 걸었다. 그러자 그가 슬쩍 뒤를 돌아보았다. 그의 눈빛을 보고 나서야 그녀는 자신이 조금 들떴을지도 모르겠다고 생각했다. 그의 지루하리만큼 평온한 눈빛을 마주하자 그녀 자신의 설렘의 명암(明暗)이 명확히 보인 것이다.

[몰라서 묻는 건가? 나에 대해서는 알 만큼 안다고 생각했는데.]

안다는 건 굉장히 모호한 것이라는 걸 남자를 만나고 나서 깨달았다고 생각했다. 물론 그녀는 기아니스라는 남자에 대해 잡지와 준희의 보고서에서 넘칠 만큼의 정보를 얻었다. 그러나 그것으로 그에 대해 안다고 할 수 있을까? 막상 만난 그는 그녀의 생각과는 전혀 다른 사람이었는데.

그녀가 더 이상 말을 걸지 않고 그도 아무런 말을 하지 않은 상태로 카펫이 깔려 있는 계단을 올라 이층으로 갔다. 장식은 대개 무게감 있는 앤티크 양식이었는데 군데군데 모던한 그림이 걸려 있었다. 앤티크 콘솔 위의 청자는 아마도 청나라 시대의 것인 듯했다. 다국적, 다문화, 그리스식 이름을 가진 동양인 주인. 이 모든 것이 희한하게도 집의 밸런스를 맞춰주고 있었다.

모퉁이를 돌아 기아니스는 폭이 넓은 양쪽으로 여는 문을 밀어 젖혔다. 크루즈에서의 그의 방과 비슷한, 그러나 훨씬 큰 거실이 나타났다.

[이쪽으로 가면 내 서재 겸 집무실이야. 그리고 이쪽이 침실.]

그는 넥타이를 느슨하게 늦추고 단추를 하나 풀었다. 고급 테일러드 재킷을 벗어 소파에 걸쳐 놓고는 성큼성큼 진열장으로 다가가 끄부와제 에스피릿을 꺼내 들었다.

[마실 건가?]

그녀는 조용히 고개를 저었다. 잠시 그녀를 바라보던 기아니스는 스트레이트르 한 잔을 들이킨 후 또 한 잔을 따랐다. 그리고 술잔을 한 손으로 든 채 담배를 물고 테이블 위의 스텐딩 라이터를 들어 불을 붙였다.

[크루즈에 있는 것과 똑같네.]

그녀가 지적했다.

잠시 자신이 들고 있는 호박색의 스탠딩 라이터를 들여다본 그는 테이블 위에 라이터를 내려놓고 담배를 손가락 사이에 끼웠다. 선이 깨끗한 입술 사이로 하얀 연기가 흘러나왔다.

정원이 그대로 보이는 통유리를 배경으로 선 그의 신체는 완벽한 균형을 이루고 있어 담배를 입술로 가져가는 동작마저 마치 미술품처럼 아름다웠다. 민영은 저도 모르게 웃음이 나왔다. 미술품이 담배를 피우고 있다. 그러자 그 담배까지도 미술품의 일부인 양 완벽해졌다.

[생각이 바뀌었어요.]

[응?]

민영이 그가 들고 있는 술잔을 바라보자 그가 아, 하고 담배를 물고 빈 잔에 온더락을 만들었다.

한 발자국 다가가 그가 내민 온더락을 받아 들기 위해 손을 내미는데 정원으로부터 새어들어 온 희미한 빛이 그와 그녀 사이를 채웠다. 묘한 압력이 느껴졌다.

잔을 받아 드는 순간 손가락과 손가락이 스쳤다.

저항하기 어려운 남자의 매력, 그의 손에서 벗어나기 위해 잔을 가슴께로 바짝 잡아당겼다.

그가 다시 담배를 깊이 들이마셨다. 어두운 거실, 빨갛게 타오르는 담배의 끝을 보고 있노라니 몽롱한 게 기분이 나른해진다. 자기도 모르게 눈을 가늘게 뜨자 그가 손을 뻗어 뺨을 쓸었다. 뜨거운 손일 것이라 생각했는데 자신의 뺨이 더 뜨거웠다. 고개를 조금 치켜들자 늪처럼 깊은 눈과 마주쳤다.

딱 그 깊이.

민영은 생각했다. 그녀를 사로잡는 것은 그 깊이. 그 안에 보이는, 아마도 그가 죽어도 내보이기 싫을 텅 빈 서늘함 같은 것—

상처와 상처가 맞부딪쳐 선명해진다.

[책을 좋아하나?]

그가 무심하게 질문하며 몸을 돌렸다. 민영은 어딘지 서운한 느낌이 들었다. 방금 뭔가가 손에 잡힐 듯 가까웠는데 그가 밀어냈다. 말을 돌려 버린 것이다. 그러나 그녀는 아무렇지도 않게 대답했다.

[네.]

[어떤 종류?]

그가 천천히 허리를 굽혀 테이블 위의 크리스털 재떨이에 재를 떨고 소파 사이를 지나 서재 쪽으로 향했다. 그 유연한 동작을 가만히 바라보다가 그녀는 그의 뒤를 따랐다.

[소설.]

[소설.]

그녀의 대답을 그는 무감동하게 반복했다.

[소설이 많은지는 알 수 없군. 내가 보는 책들을 제외하고는 대부분 별장과 함께 넘겨받은 것이라.]

그가 덧붙이고 그녀가 서재로 들어올 수 있도록 길을 비켜주었다.

그의 단단한 몸과 스쳐 들어간 서재에서는 낡은 종이 냄새, 그리고 희미한 나무 냄새가 나고 있었다. 천장이 높은 방이었다. 그리고 그 천장 끝까지는 아니었지만, 거의 끝까지 책이 가득 들어차 있었다. 언젠가 TV에서 해준 영화에 보면 사다리를 타고 올라가 책을 꺼내보더니 정말 그래야 할 판이었다. 일일이 꽂아 넣는 것도 일이었겠다 하는 한가한 생각을 하며 민영은 방을 둘러보았다.

고급 마호가니 데스크는 커다랬고, 푹신해 보이는 진갈색의 가죽의자도 그랬다. 서류는 쌓여 있었지만 흐트러짐 하나 없이 단정해 생활의 느낌이 거의 없다.

[왜 서재를 집무실로 써요?]

그녀가 술잔을 데스크 위에 올려놓고 그 옆의 책장을 들여다보며 물었다.

[내 방하고 연결되어 있는 방은 이것뿐인데 그렇다고 책을 다 옮기긴 귀찮으니까.]

[흐음.]

책장이 누렇게 바래 있는 책을 꺼내자 어쩔 수 없이 먼지 냄새가 조금 피어올랐다.

[책을 단 한 번도 꺼내지 않았나 보군요.]

[난 독서가는 아니야.]

그가 말하면서 자신의 책상 위에 걸터앉았다.

이렇게 책이 많은데 책을 읽지 않는다니 뭔가 좀 안타깝다고 생각하며 민영은 책 위에 쌓인 먼지를 후 불어냈다.

[어떤 책을 좋아하지?]

[소설이라니까.]

[아니, 내용. 사랑 이야기인가?]

[음, 그보다는 성장 소설 쪽에 더 가까운가? 뭔가 힘들고 어려운 관문을 넘고 넘어 마침내 행복을 쟁취하는 이야기.]

민영은 어쩐지 현실감이 점점 멀어지는 기분이었다. 자신과는 접점이 전혀 없던 남자를 만나고, 같은 침대에 들고, 헬기를 타고 바다를 가로질러, 궁전에 가까운 별장에 도착했다. 엄청난 일, 그러더니 이제는 태연하고 평범하게 독서 취향에 대해 이야기하고 있다.

[그래도 타고난 재능이 있는 주인공 이야기는 안 좋아해요.]

[왜?]

[아무것도 아닌 주인공, 이라고 표현되지만 사실은 엄청난 잠재력이 있다. 이런 얘기 웃기거든요. 결국 아무 노력도 하지 않고 그냥 주인공이기 때문에 가지고 있는 잠재력으로 모든 걸 이뤄내잖아요.]

그가 심술궂게 물었다.

[자기에게는 그런 게 없으니까?]

민영은 입술을 굳게 다물고 그를 노려보는 시늉을 하다가 어깨를 으쓱했다.

[그래요. ……어렸을 때는 내 안에 나도 모르는 굉장한 잠재력이 있을 거라고 믿은 적도 있어요. 그래서 언젠가는 행복해질 거라고. 또 언젠가는…….]

그녀는 말을 끊었다. 잠시 망설이는 것처럼 입술을 달싹이던 민영은 시선을 내리깐 채 말을 이었다.

[언젠가 나타날 내 친부모는 굉장한 사람일 거라고, 생각한 적도 있어요. 준희의 부모님은 좋은 분들이었지만…… 난 그런 생각을 하고 있었죠.]

당신도 그랬나요? 라고 묻고 싶었지만 생각해 보면 그가 자신의 양부모보다 친부모가 더 대단하다고 생각할 수 있었을 리가 없다.

[대개의 아이들은 그렇지.]

그는 별 감흥 없이 대답하곤 담배를 재떨이에 비벼 끄며 하얀 연기를 내뱉었다.

[그래서 그 대단한 부모님을 따라가서 서준희와 대등한 위치
에 서게 되면 그와 사랑에 빠지는 건가?]

놀리는 것같이 나른한, 하지만 심술이 묻어 있는 목소리였다.
그러나 목소리에 악의는 없었다.

그를 향해 눈을 흘기고 민영은 빼 든 책을 펼쳐 보았다. 모비
딕. 차라락 책장을 넘겨 맨 끝을 보니 놀랍게도 1855년 본이다.
눈이 커다래진다. 백오십 년도 전의 책.

[이거, 굉장히 오래된 책인 거 알아요?]

눈을 동그랗게 뜨고 그를 바라보았지만 그는 별로 흥미있어
하는 것 같지 않았다. 책을 들고 책상 위에 앉아 술잔만 기울이
는 그에게 다가가자 그가 관심없다는 듯이 흘깃 책을 내려다보
고 아아, 애매한 소리를 내뱉었다.

[모비딕.]

[이건 뭔지 알아요?]

[그래. 아마도 네가 좋아할 만한 책이군.]

[뭐가?]

그가 싱긋 웃으며 새 담배에 불을 붙였다.

[에이햅(ahab)은 재능 같은 건 없잖아. 무서울 정도로 집요한
복수심이 있을 뿐이지.]

뭐야, 독서가는 아니라더니 모비딕은 읽었잖아.

민영이 입술을 삐죽이며 대답했다.

[그래요.]

담배 연기가 그와 그녀 사이를 가로막았다. 심술난 것 같은 그녀의 대답 때문이었을까? 뿌연 연기 뒤편의 그가 희미하게 웃고 있었기 때문에 책을 든 채 민영은 멍하니 그의 얼굴에 시선을 빼앗기고 말았다. 약간 긴 듯한 머리, 남자답다고 생각한 턱선이 지금은 어쩐지 부드러워 보였다.

그래서일까, 이 말랑말랑한 것 같은 기분은. ……아니면, 날선 모서리를 나긋하게 만드는 것만 같은 이 책 냄새 때문에

민영은 저도 모르게 몸을 뻗어 그에게 키스했다.

정확히 말하자면 키스라기보다는 입술이 약간 스쳤을 뿐이었지만, 기아니스가 당황하기엔 충분한 행동이었다. 그가 놀라 몸을 뒤로 빼다가 그녀의 술잔을 손으로 쳤다. 반짝이는 크리스털 잔이 쓰러지며 얼음과 함께 리쿼르가 쏟아졌다. 하얀 서류들 사이로 호박색 얼룩이 번진다.

[앗, 이런! ……아얏!]

화들짝 놀란 민영이 손을 뻗어 서류를 치우려고 하다가 서류의 날카로운 모서리에 손을 베었다. 따끔 하는 오싹한 통증과 함께 빨갛게 피가 맺혔다.

[하지 마. 괜찮아.]

손을 입으로 가져가는 그녀를 막으려 뻗어나온 그의 팔이 그녀의 가슴에 닿았다. 그리고 동시에 놀란 눈으로 서로를 쳐다보았다. 몸과 몸이 엉겼던 것은 어두운 방, 지금 서재는 공중을 천천히 부유하는 먼지입자가 보일 정도로 밝다. 민영의 얼굴이 달

아올랐다.

그런 그녀의 이마 위로 그의 시선이 멈췄다.

책상 위에 느긋이 걸터앉아 있던 그가 손을 뻗어 그녀의 손을 잡아 입술에 가져다 댔다. 처음에는 입술 끝에. 뜨거운 입김이 상처를 훑고 지나가 짜릿한 통증이 손가락을 타고 흐른다. 그리고 느릿느릿, 숨이 막힐 만큼 느린 동작으로 손끝이 입술 사이로 사라진다. 뜨겁고, 뜨겁고, 뜨거운 그의 체온.

민영의 호흡이 가빠졌다.

그의 부드러운 혀가 손가락을 감는 것이 느껴졌다. 상처 위로 저릿한 압박감, 그리고 통증이 사라졌다. 오직 녹아들듯 따뜻한 감각만이 손가락을 감싸고 있다. 좀 더 깊게, 그의 입술이 그녀의 손가락을 삼켰다.

아득해졌다.

[서류가…….]

자신의 목소리가 멀리서 들리는 것 같았다.

[그렇군.]

그가 무심하게 대답하고 손가락을 더 깊이 빨아들인다. 온 신경이 손으로 달리는 듯, 다리가 무감각해졌다. 금방이라도 주저앉을 것 같아 민영은 필사적으로 허리에 힘을 주고 있었다. 그의 손 안에서 손목이 바들바들 떨고 있다.

기아니스는 그녀의 손바닥에 키스하고, 팔딱거리며 뛰는 손목에 키스했다. 검은색 새틴 재킷을 젖히자 그녀가 낮게 신음했다. 재킷을 벗기며 입술로 동그란 손목의 단추를 풀어냈다. 그의 입술이 스칠 떠마다 온몸을 타고 오르는 뜨거운 감각에 그녀는 차라리 숨을 덤췄다. 언제나 차분한 것 같은 그의 앞에서 먼저 호흡을 놓치고 마는 것이 싫다.

쏟아진 리퀴르의 향이 아지랑이처럼 피어오르고 있었다

허리에 팔이 감기고 몸과 몸이 가까워졌다. 뜨거운 입술이 귓가에 와 닿았다. 은은하게 공기 중을 떠도는 알코올 향에 그의 강한 체취가 섞였다. 귀 뒤로 미끄러진 입술이 움푹하게 패인 여린 살을 핥고 흘러내려 목덜미를 스쳤다. 크게 숨을 들이마시자 목이 절로 젖혀졌다.

눈이 저절로 감겼다. 그리고 그때, 입술을 묻은 채 그의 움직임이 멈췄다.

"……?"

허리에 단단히 감겼던 그의 손이 풀렸다. 한 걸음 물러서기 위해 그의 어깨를 밀자 그는 순순히 그녀를 놔주었다.

[침실로 가. 곧 갈게.]

그가 낮게 말하며 담배를 찾는 것처럼 재킷을 더듬었다. 그녀가 서류 위에 올려놓은 담뱃갑을 집어 그에게 내밀었다. 그가 그녀의 손이 쥔 남청색의 담뱃갑을 보고, 그녀의 눈을 보았다.

깊고 어두운 눈 사이로 희미한 감정이 일렁였다.

"ευχαριστω."

어쩐지 가슴이 철렁 내려앉았다. 그가 천천히 그녀의 손에서 담뱃갑을 받아 들어 담배를 꺼내 물었다. 그 움직임 하나하나를 눈에 새기기라도 하듯 보던 민영은 귀 끝까지 빨개져서 뒤돌아섰다.

ευχαριστώ, 고맙다고 말했다. 저 오만하고 안하무인인, 차가운 남자가.

그녀가 서재를 빠져나가자마자, 거실과 통하는 문의 반대쪽, 복도와 통하는 서재 문이 열리고 알렉스가 들어왔다. 기아니스가 긴 담배 연기를 뿜어냈다.

＊

민영은 무게감이 느껴지는 소파에 앉아 호박 속의 벌레를 들여다보고 있었다. 너무나 생생해 죽어 있다는 것이 믿어지지 않는 검은 몸체. 투명한 호박 빛 사이로 잔털마저 선명했다.

[이렇게 완전한 형태로 남으려면, 깨닫지도 못했을 때, 무슨 일이 일어나는지도 모르는 채 갇혀 버려야 하는 거다.]

무슨 일이 일어나는지도 모르고, 갇혀 버린다.

입을 손으로 가리고 뜨거운 숨을 내쉬었다. 내내 술에 취해 있는 상태인 것 같은 기분이다. 아아, 이건 바람 때문이야. 익숙하지 않은 이국의 바람이 나를 내가 아니게 만드는 거야.

서재 쪽에서 두런두런 낮게 속삭이는 소리가 들렸다. 낯선 목소리가 섞여 있다. 누군가와 함께 있는 걸까. 그녀는 몸을 일으켜 스탠딩 라이터를 집어 든 채 침실로 들어갔다.

사이드 테이블 위에 라이터를 올려놓고 나니 할 일이 없어졌다. 아까부터 답답하게 죄어오던 정장을 벗어 던지고 싶었지만 갈아입을 옷이 마땅치가 않았다. 사적인 식사지만 통역으로 참석하는 것이기에 정장을 입은 것은 실수였다. 준희의 취향에 맞춘 굽 높은 명품 구두 때문에 발목이 지끈거렸다.

재킷을 벗어 티 테이블의 의자에 걸었다. 드레스 룸이 보였지만 남의 방의 드레스 룸을 맘대로 쓴다는 것이 마음에 걸렸다. 침대에 걸터앉아 구두를 벗고 아픈 발을 주무르다 손끝에 닿는 실크 스타킹—역시 준희의 취향인—의 올이 나갈까 걱정돼 스타킹도 벗었다. 그리고 재킷 아래에 숨기고 나니 우스운 생각이 들었다. 이곳은 그의 집, 그의 크루즈에 일어나는 모든 일을 알고 있는 그가 그의 집에서 일어나는 일을 모를 리가 있을까?

그렇다 해도 신었던 스타킹을 침대 한복판에 널어놓을 수는 없는 일이다.

가만히 앉아 스탠딩 라이터를 이리저리 굴리며 구경을 했다. 이름 모를 벌레는 그녀의 새끼손가락보다 조금 작았고, 더듬이는 강하고 잔인해 보였다. 그러면서도 한없이 약해 보이는 다리. 어딘지 연민을 자아내는 반들거리는 몸뚱이.

금방 오겠다던 그는 이야기가 길어지는지 시간이 지나도 돌아올 생각을 하지 않았다.

샤워할까, 문득 드는 생각. 그러나 마음대로 욕실을 써도 되나.

민영은 몸을 일으켜 거실 쪽을 내다보았다. 아무 소리도 들리지 않고, 아무 기척도 느껴지지 않았다. 크루즈와 같은 검푸른 조명, 서재 외에 그가 머무는 곳은 대부분 어둡다. 그는 빛을 별로 좋아하지 않는 것 같다.

민영은 천천히 그의 방을 가로질러 불투명한 유리로 막혀 있는 욕실 문을 열었다. 확인해 보니 안에서도 잠글 수 있게 되어 있었다. 그녀는 다시 거실 쪽을 바라보고, 낮게 한숨을 쉰 다음 욕실 문을 열고 들어갔다.

그리하여 기아니스가 방으로 돌아왔을 때, 민영은 젖은 머리를 말리지도 못하고 잠든 후였다.

셔츠의 단추를 풀면서 그는 이불도 제대로 덮지 못하고 몸을 웅크린 채 잠든 그녀를 바라보았다. 샤워를 했는지 뽀얀 목덜미에 물기가 남아 있었다. 흐린 실내등이 비춘 까만 머리의 물기가 침대 시트를 적시고 있다. 그의 가운은 그녀에겐 너무 커 마치 타월지의 커다란 보자기처럼 느껴졌다.

그가 침대에 걸터앉자 그의 무게 때문에 침대가 기울었다. 꼭 감은 눈의 눈썹이 바르르 떨렸지만 그녀는 눈을 뜨진 않았다. 고른 숨소리.

그는 손을 뻗어 하얀 뺨에 손끝을 갖다 댔다. 보드라운 살결, 아기 같은 솜털이 느껴졌다. 익숙한 자신의 바디소프 향이 그녀에게서 나고 있었다. 손가락을 그대로 미끄러뜨려 턱을 쓰다듬고 가는 목을 따라 선을 그렸다. 여윈 어깨, 쇄골을 쓰다듬자 귀찮다는 듯이 몸을 비튼다. 뜨거운 물로 샤워를 했을 텐데 젖은 머리 때문인지 몸이 차갑게 식어 있었다. 아까, 입 안에서 바르작대던 그녀의 손가락의 감촉이 떠오르자 기아니스의 뺨기 흐릿하게 흔들렸다. 가운 아래의 마른 다리, 아무리 생각해도 신기하다. 가슴 외의 부분에는 살이라곤 붙어 있지 않다.

그의 손이 가운 속으로 파고들어 가자 그녀가 눈을 떴다.

[아, 내가……]

그녀가 몸을 일으키자 넉넉했던 가운이 한쪽 어깨로 흘러내렸다. 화들짝 놀라 가운을 끌어 올려 어깨를 가리는 모습을 보고 기아니스가 낮게 웃었다. 몇 번이고 몸을 섞어놓고도 여자는 아직도 부끄러워한다.

아니, 오히려 점점 부끄러워한다.

그가 허리를 굽혀 가운을 파고들어 가슴에 입을 맞췄다. 폭신한 느낌, 부드러운 능선을 따라 올라가자 여자가 으응, 하는 신음을 뱉으며 몸을 뒤로 빼려고 했다.

놓칠 수는 없지.

그가 그녀의 등 뒤로 팔을 돌려 자신에게로 끌어당겼다.

여자의 가슴 끝이 그의 입 안으로 사라졌다. 아직 수분이 남아 있는 가슴은 달콤했다. 그는 여자를 양팔로 안은 채 가슴으로 파고들었다. 튕기는 것 같은 탄력 있는 감촉이 혀끝에서 녹아내렸다. 몇 번이고 혀로 밀어내면, 밀어낸 만큼 되돌아온다.

가슴에서 입을 떼지 않은 채 손을 쓸어 올려 또렷이 솟아 있는 견갑골을 쓰다듬고, 물기가 남아 있는 머리카락 끝을 쓰다듬었다. 귓가를 어루만지자, 여자가 그의 어깨에 손을 얹었다. 가는 손가락이 마치 피아노를 치는 것처럼 그의 어깨 위에 놓여졌다.

[같이 욕조에 들어갈까?]

가볍게 하얀 살결에 입을 맞추고 말하자 눈을 감고 그의 혀의 감촉을 즐기던 여자가 금세 진저리를 치며 눈을 커다랗게 뜨고 고개를 저었다. 그의 눈꼬리가 길어졌다. 웃고 있다.

손으로 등을 쓸어내려 가운 아래로 파고드니 여자가 놀란 표정으로 그의 손을 막았다. 간단히 그 손을 뿌리치고 길게 드리워진 가운 아래로 파고드니 여자가 가운 아래 아무것도 안 입었다는 것을 알게 되었다.

[오면 갈아입을 옷을 준비해 달래려고 했어요. 어쩐지 하루 종일 입은 옷을 다시 입는다는 것이 내키지 않아서.]

수치로 붉어지며 그녀가 몸을 떼려고 했다. 그러나 동그란 엉덩이를 쓰다듬는 것이 생각보다 기분이 좋아 그는 그녀를 꽉 잡고 놔주지 않았다.

[놔줘요.]

그는 그 말을 무시했다. 엉덩이를 쓰다듬고, 허리로 이어지는 움푹한 공간을 손으로 지그시 누르자 하아, 하는 뜨거운 입김이 여자의 입술을 비집고 새어나왔다. 손을 앞으로 돌리며 다른 손으로 여자가 쓸데없이 꼭 묶어놓은 가운의 매듭을 풀었다.

[싫어.]

기아니스는 그녀의 팔을 붙잡아 누르고 똑바로 내려다보았다. 그녀도 피하는 법 없이 당돌하게 그를 올려다보았다. 지지 않겠다고 다짐하는 것 같은 그녀의 표정이 웃겨 그는 또다시 조금 웃었다.

[같이 욕조에 들어갈까?]

그는 물어보고 대답을 기다리지 않고 그냥 자신의 입으로 입을 막아버렸다. 고개를 몇 번 흔들며 반항하던 움직임이 깊은 키스가 이어지자 잠잠해지고 가슴이 격렬하게 부풀었다 가라앉는 것을 반복하기 시작했다.

[싫어요.]

그러나 그가 입을 떼는 순간, 그녀는 긴 키스 끝의 호흡을 내뱉으면서 거부의 단어를 발음했다.

기아니스는 서두르지 않고 여자의 입술 선을 따라 한 번, 두 번 부드럽게 키스하고, 턱에도, 그리고 목에도 입을 맞췄다. 그리고 다시 물었다.

[같이 욕조에 들어갈까?]

그리고 다시 키스.

긴 키스.

[싫어.]

푸하, 하고 숨을 몰아쉬면서도 그녀는 여전히 고개를 젓고 있었다. 그가 단단히 틀어쥔 손을 바르작거리고 있었지만 어림도 없는 이야기였다.

그는 그녀의 두 손을 모아 한 손으로 쥐고 다른 한 손으로 그녀의 턱을 만지작거리다가 어깨를 짚었다. 그리고 입술을 쇄골 아래의 녹을 듯 연한 살결에 내리눌렀다. 뜨거운 숨결이 말간 피부에 부딪혔다. 그리고 쇄골의 선을 따라, 키스. 손가락이 마치 예민한 악기를 연주하는 것처럼 가슴의 선을 지나 허리를 쓰다듬었다.

지독하리만큼 부드러운 움직임. 손이 지나간 자리를 입술이 답습하고, 입술의 온기가 남은 자리를 손가락이 쓸어내린다.

[싫어?]

차오르는 숨을 삼키려 차라리 숨을 멈춰 버렸던 민영은 대답도 하지 못했다. 꼭 감은 두 눈에 눈물이 맺히는가 싶더니 분하다는 표정으로 고개를 끄덕였다. 허락. 기아니스는 꼭 잡고 있던 손을 놓아주곤 그녀의 이마에 입을 내리눌렀다.

[좋아.]

벌떡 일어나 기분 좋게 욕실로 향하는 남자의 뒷모습을 민영이 어이없이 쳐다보았다.

아까 샤워할 때 깨달은 거지만 이 집의 욕조는 크루즈 그의 방의 욕조와 비교할 수도 없다. 그때 그 욕조를 크다고 생각했던 것이 부끄러워질 만큼. 반쯤 졸고 있었던 터라 잘 기억나지 않지만 수영을 해도 좋을 만한 넓이라고 생각했는데.

그녀를 안은 채 그는 느긋하게 욕조 벽에 등을 기댄 상태였다. 가슴께까지 차오른 물에서 보글보글 거품이 끓고 있다. 입욕제에서 나는 향은 라벤더, 발끝에 가슬가슬거리는 입자가 자꾸 부딪쳤다.

[아까부터 궁금한 건데…….]

그가 나른하게 몸을 이완한 채 고개를 끄덕였다. 눈을 감은 긴 속눈썹이 뿌연 욕실의 공기 속에 촉촉이 젖어 있었다.

[왜 입욕제가 녹지 않고 발에 자꾸 걸리는 거죠? 원래 이런 건가요?]

그가 난감한 듯 눈을 떴다. 그리고 팔을 굽혀 이마를 짚었다.

[나도 몰라. 뭔가 잘못한 거 같아. 내가 목욕 준비를 해본 적이 없어서.]

[그럼 누가? 여자가?]

그가 눈썹을 찡그렸다.

[여자랑 목욕해 본 적 없어.]

[에에?]

그녀의 목소리가 넓은 욕실을 울렸다. 첨벙첨벙, 물소리. 그녀가 그의 가슴에서 등을 떼고 몸을 돌려 그를 마주 보자 욕조의 물이 흔들렸다.

[거짓말.]

[내가 왜?]

사실 그렇다. 그는 거짓말을 할 이유가 없다.

눈을 동그랗게 뜨고 그를 바라보자 그가 큭 하고 웃곤 손을 뻗어 뺨에 붙은 머리카락을 떼어 귀 뒤로 넘겨주었다. 그리고 다시 그녀를 잡아당겨 자신의 다리 사이에 가뒀다.

[그리고 보니 딱 한 번 한 적이 있군.]

그녀의 목덜미에 입술을 묻으며 그가 속삭였다. 뜨거운 욕실 안에서도 그의 체온은 그보다 더 뜨거웠다. 그의 살과 맞닿은 모든 부분에서 미칠 것 같은 열기가 요동쳤다. 민영은 뜨거운 수증기 때문에 그녀의 숨결이 얼마나 뜨거운지 그가 모를 것에 감사했다. 그녀가 얼마나 그의 손길에 예민한지 알리고 싶지 않았다.

몇 주 전만 해도 완벽한 타인이었던 두 사람이 이렇게 알몸과 알몸으로 엉켜 있는데 자연스럽다는 건 이상한 일이었다.

[마리아라고, 굉장히 아름다운 여자였어.]

[연인?]

그는 대답하지 않았다. 대답 대신 손을 앞으로 돌려 그녀의 가슴을 쥐었다. 이미 단단해져 있던 가슴이 그의 손에 잡히자 온몸이 바짝 긴장한다. 그 뒤에 뭐가 올지 지난 며칠 동안 온몸 에 각인처럼 새겨졌던 탓이다.

동시에 마음속을 무언가 긁고 지나갔다. 그가 한 말, 미-리아라고, 굉장히 아름다운 여자였어.

손을 매몰차게 떼어냈다. 기분 나빠할 것이라고 생각했는데 그는 낮게 웃더니 그녀의 콤을 바짝 돌려 눈을 들여다보았다.

[기분 나쁜가?]

정곡, 민영이 입술을 깨물었다. 다른 의미로 얼굴이 붉어졌다.

너무나 태연스럽게 묻는 태도에 울컥 짜증이 밀려왔다. 획 돌아봤는데 그의 표정은 애대했다. 놀리는 것 같기도 하고…… 관찰하는 것 같기도 했다.

양팔을 꼭 잡고 있는 그의 팔에서 벗어나 무릎으로 그에게서 멀어지려 했는데 그가 팔을 세게 쥐어 몸을 돌렸다. 물이 넘실 크게 파도쳤다.

거리는 팔 하나 뻗으면 닿을 정도, 뜨거운 공기가 어딘지 숨이 막혔다. 그의 손이 천천히 물 밖으로 빠져나와 뺨에 닿았다. 물방울이 중력에 순응하여 뚝뚝 떨어졌다. 숨결을 앗아가는 나른한 긴장.

매끈한 손가락 끝이 뺨을 스치고 입술을 매만졌다. 부력이 커지는 것처럼 몸의 균형을 잡기가 어려워졌다. 심장의 열기가 짙어진다. 민영이 낮게 숨을 뱉어냈다. 그의 손가락이 턱을 쓸고 흘러내리자 저도 모르게 조금 고개를 치켜들었다. 눈을 감고 싶지 않은데, 자꾸만 눈이 감겼다.

반짝이는 피부 위로 커다란 손이 흘러내렸다. 부드러운 감촉, 입욕제 때문에 미끈하게 흘러내리는 감각이 다른 때와는 다른 흥분을 불러일으켰다. 민영이 숨을 들이쉬며 몸을 비틀어 그의 손을 빠져나가려고 했지만 물의 저항력 때문에 빠르게 움직일 수가 없었다. 아니, 그가 먼저 민첩하게 움직여 이미 한 걸음 내딛고 있는 민영의 허리를 감아 당겼다. 욕조의 물이 커다랗게 흔들리며 욕조 밖으로 넘쳤다. 뿌연 욕실 안, 물소리가 커다랗게 울렸다.

별 어려움 없이, 기아니스는 민영의 허리를 잡아채 자신의 위에 올렸다. 눈이 마주쳤다. 붉어진 뺨과 가쁜 호흡은 욕실의 뜨거운 온도 때문이라고 민영은 생각했다. 생각하려고 했다.

눈이 마주치자 그의 눈빛에 희미한 미소가 떠올랐다. 그의 입술이 그녀의 가슴을 삼키는 것과 동시에 그가 그녀를 자신의 위에 앉혔다. 뜨거운 감각, 중력과는 또 다른 압력, 몸으로 들어오는 그는 그녀의 온몸을 가득 채우고 있는 것 같았다. 공기와의 경계 부근에서 잔잔히 물결치는 물이 온몸의 감각을 일깨웠다. 공기 중의 수증기조차 관능적인 듯 목덜미를, 어깨선을 간질였다. 그의 입술이 그녀의 가슴께를 더듬었다. 더 흥분할 수 없어 발갛게 달아오른 피부, 그가 남겼던 흔적이 짙어졌다. 더 이상 견디지 못한 민영이 천천히 허리를 움직이자 그의 입술을 비집고 낮은 신음이 흘러나왔다. 그리고 그 역시 천천히 움직이기 시작했다. 물결이 출렁이기 시작했다. 그리고 점점 높이, 높이,

높이, 높이……

모든 이름이 머릿속에서 사라졌다.

물이 격렬하게 흔들렸다. 열기가 짙어졌다. 젖은 머리카락이 손과 손 사이에 엉켜든다. 몸을 타고 흐르는 물방울, 다른 온도, 다른 호흡, 다른 감각……

팔과 팔, 다리와 다리가 엉겨드는 사이로 뜨거운 물이 스며들었다가 체온을 높이고 밀려났다. 그녀가 꽉 쥐고 있는 차가웠던 마블 타일이 그녀의 체온만큼, 그보다 더 높은 온도로 뜨거워졌다.

아득하게 천장이 흔들렸다.

✳

다시 눈을 뜬 건 두런두런, 낮은 목소리 때문이었다.

낯선 어둠에 눈을 깜빡이던 민영은 자신이 그의 방에 있다는 것, 그리고 어제의 격렬했던 관계를 기억해 내고 얼굴을 붉혔다.

욕조에서 이어진 정사는 그가 그녀의 몸에 묻은 물기를 닦아 내 주다 다시 촉발되었다. 그는 침대에 채 도달하지 못하고, 티 테이블 위에서 그녀를 쓰러뜨렸다. 그리고 다시 침대에서, 몇 번이나 그가 그녀를 안았는지 그녀는 세는 것을 포기했다.

모든 것은 숨 막히는 폭풍 같았고 시간을 멈춘 바람 같았다.

거실에서 희미하게 이제는 좀 익숙해질 것 같은 남자의 담배 향이 흘러들어 왔다.

[런던 쪽은 가격을 알지만 일본 장은 두 시간 후 개장합니다.]

[가격에 상관없이 사들여.]

[지나치면 반발할지도 모릅니다.]

[반발할 머리라도 된다면 환영할 일이겠지. 아마 깨닫는 건 모든 일이 끝난 이후일 거다. 의회와의 접촉은?]

[문제없습니다.]

[그럼 됐어—]

신랄할 정도로 차가운 목소리.

가물가물하니 다시 잠에 빠져들려던 민영의 정신은 곧이어 나온 이름에 화들짝 깨어버렸다.

[서준희는…….]

[일단 내버려 둬.]

[네?]

말을 끊는 냉정한 목소리에 의아한 반문이 돌아왔다. 민영은 바짝 긴장해 귀를 기울였다.

[내버려 둬.]

불만 어린 침묵이 지나갔다.

방 안에는 시계도 없는지 똑딱이는 소리도 들리지 않아 민영은 시간이 얼마나 지났는지 알 수가 없었다. 그래서인지 몰라도 몹시도 긴 시간, 거실 쪽에서는 아무런 소리도 들리지 않았다.

문득 손바닥이 축축하게 젖어 있다는 것을 깨닫고 민영은 손바닥을 시트에 문질러 닦았다. 목이 타 마른 입술을 핥는데 목소리가 들린다.

[다케하시 쪽의 조건이 훨씬 좋습니다. 환경도 일본 쪽이 더 낫고요.]

[하지만 재미있지 않은가.]

그의 목소리에서 웃음이 느껴진다. 기분 좋아서 웃는 것은 아니었다. 잔인한 유희, 완벽한 여유에서 나오는 한가로움.

[일을 꾸미는 게 꽤 봐줄 만하지 않아?]

[이아코바키스님!]

[알아, 알아. 걱정할 필요 없어.]

그의 목소리는 나른할 정도로 느릿느릿했다. 그리고 낮은 속삭임, 잘 들리지 않아 민영은 이마를 찌푸렸다. 몸을 앞으로 당기며 귀를 기울였지만 윙윙거리는 소리뿐, 아무것도 들리지 않았다.

그리고 종이가 스치는 것 같은 소리와 함께 달칵이는 소리, 그가 새로 담배에 불을 붙였다는 것을 알았다. 문소리가 났다. 그리고 가볍게 옷깃 스치는 소리, 진열장을 열고 술을 꺼내는 소리. 민영은 몸을 일으켰다. 동시에 기아니스가 침실로 들어왔다.

그는 시트로 몸을 가린 채 반쯤 몸을 일으킨 그녀를 잠시 바라보고 다가와 침대에 걸터앉았다.

[일찍 일어나는군.]

[몇 시죠?]

[여섯 시.]

그는 손을 뻗어 그녀의 턱을 툭 건드렸다. 마치 사랑스러운 연인을 쓰다듬듯 머리부터 발끝까지 자연스러운 태도였다.

그가 몸을 일으켜 등을 돌리며 입을 열었다.

[아침은 어떻게 먹지? 이 집에서는…….]

[주로 무슨 일을 하죠?]

[나에게 도전하는 인간들을 밟는 일.]

[준희는, 당신에게 도전한 사람인가요?]

움직임이 딱 멈췄다. 천천히 몸을 돌린 그의 검푸른 눈에는 표정이 없었다. 그리고 느슨하게 이완되었던 여유만만한 태도도. 나른하기도 하고 무심하기도 한 눈빛. 팽팽하게 당겨진 공기 사이로 희미한 호전성이 흘렀다.

[그래.]

[그래서 화가 났나요?]

[아마도.]

그녀가 그를 물끄러미 바라보았다. 굳은 얼굴, 남자다운 턱선이 딱딱하게 굳어 있었다. 짜증나는 일을 떠올린 걸까?

[그러나 일단은 그냥 내버려 둘 거야.]

[일단은?]

[그래.]

"……위험한 남자라는 이야기를 하는 거야."

[해칠 수도 있나요?]

가만히 그녀를 굽어보다가 그가 차갑게 내뱉었다.

[그래.]

[어떻게 하면?]

[네가 지금처럼 마음에 들지 않는 질문을 계속하면.]

그가 한 걸음 다가왔다. 그저 그뿐인데, 향기가 짙어졌다. 달콤하지만은 않은 향, 위험하다.

[죽이기라도 하나요?]

그녀의 말에 그는 마치 빈사 먹이를 앞에 놓은 맹수처럼 나른하게 허리를 폈다.

[사람을 죽이는 방법에는 여러 가지가 있지.]

그리고 그녀에게 다가와 입 맞췄다. 그의 말의 냉기와는 대조적으로 그의 입술은 무척이나 따뜻했다. 그래서 다음에 이어지는 말은 거의 따뜻하게 들릴 정도였다. 그 말의 의미가 헷갈릴 정도로.

그가 싱긋 웃었다. 그런 그를 가만히 바라보았다. 자신이 무슨 이야기를 했는지 모르는 사람처럼 그는 태연했다.

잠깐의 침묵 후 그는 부드럽게, 마치 그저 사랑 외에는 아무것도 생각하는 것이 없는 연인이 연인에게 건네는 밀어(蜜語)처럼 속삭였다.

[아침은 뭘 먹겠어?]

의외였다, 그의 집에 여자 옷이 단 한 벌도 없다는 것은.

그는 당연하다는 표정을 짓고는 곧 난감하다는 표정으로 바꾸었다. 다짜고짜 끌고 온지라 입고 있는 건 척 봐도 불편해 보이는 노말 슈트뿐.

[고용인 중 누군가에게 빌리면 안 돼요?]

[농담하는 거야?]

그는 인상을 찌푸렸다.

[나가지.]

그가 몸을 일으키며 말했다. 민영이 어이없는 표정으로 그의 헐렁한 가운으로 싸맨 팔을 활짝 펼쳐 보였다. 이대로 나가자고?

그의 얼굴에 심술궂은 미소가 떠올랐다. 불길한 기분이 들었다. 아주, 불길했다.

"꺄아아아아아악!"

몸이 허공에 번쩍 들린 채로 민영은 비명을 질렀다.

[더하라고, 더 소리 질러봐.]

그가 기분 좋다는 듯 껄껄 웃고는 그런 그녀를 어깨에 짊어진 채 성큼성큼 계단을 내려갔다. 한 계단, 한 계단 내려갈 때마다 몸이 덜컥였다.

"이게 무슨 짓이야! 너 정말!"

못 알아들을 거라 생각해서 마구 욕하며 그녀는 속절없이 그에게 끌려갔다. 정말 제멋대로인 남자.

놀란 표정으로 뛰어나오는 고용인들의 모습이 보였다. 자신의 몰골을 생각하니 얼굴이 확 달아올라 그녀는 그의 등을 다구 두드렸다.

[내려놔!]

그는 들은 척도 하지 않았다.

눈을 둥그렇게 뜨고 달려온 알렉스를 향해 손가락을 튕기자 그가 잽싸게 뛰어나간다. 그리고 그가 그의 뒤를 따라 느긋이 발걸음을 옮긴다. 아무리 몸부림쳐도 끄떡도 안 하면서.

계단을 내려서자 바로 앞에 리무진이 주차되어 있었다. 그가 몸을 굽혀 그녀를 밀어 넣고 자신도 몸을 실었다.

[이게 무슨 짓이에요?]

흐트러진 가운을 여미며 그녀가 항의했다. 힐끗 앞을 보았지만 운전석과는 차단되어 있는 상태였다.

[넌 참 질문이 많아.]

그는 무심하게 대답하고 한가하게 시트에 몸을 묻었다.

이런 짓을 하는데 질문하지 않는 여자가 어디 있겠는가. 도대체 이런 차림으로 어디를 간단 말인가.

황망한 민영이 열린 입을 다물지 못하는 사이 차가 긴 드라이브 웨이를 지나 화려한 장식의 정문을 통과하고 있었다.

낯선 풍경, 그리고 이 풍경을 소유한 남자— 그녀와 다르다고 생각했는데 어느샌가 그와 이야기하는 것이 어색하지 않았다. 그의 이런 제멋대로인 화법도, 행동도 사실 그렇게 싫지 않다. 익숙해진다.

좋지 않아—

민영은 작게 한숨을 쉬었다.

아마도 그는 그녀에 대해서, 그리고 그들의 관계에 대해서 그녀와 생각이 다를 것이다. 그녀가 조용히 손을 들어 말간 창에 손가락을 가져다 댔다.

창밖으로 이국의 해안, 고전적인 외등이 점점이 지나간다.

미칠 것 같았다. 한참을 달리고 달린 차가 선 곳은 번화가의 고급 상점가. 어깨를 끌어당기는 기아니스의 손길을 뿌리치자 그는 잠깐 인상을 찌푸리더니 먼저 내려 버렸다. 그리곤 마치 육식동물처럼 유연하게 움직여 Close(문 닫았음)이라 써 있는 유리문을 열고 들어가 버렸다.

어쩔 줄 몰라 멍하니 앉아 있는데 문이 다시 열리고 알렉스의 모습이 보였다. 그가 가볍게 한숨을 내쉬고 재킷을 벗었다.

[걸치십시오.]

민영이 얼떨결에 그가 내민 재킷을 받았다. 그러나 어쩔 줄

몰라 손에 쥔 채 가만히 있노라니 그가 그녀의 손에서 재킷을
뺏어 들어 어깨를 감싼다.

[고개, 숙이십시오.]

그가 말하는 것과 동시에 그의 팔이 어깨에 감겼다. 깜짝 놀
라 고개를 들려고 하는데 그의 팔이 그녀의 어깨를 강하게 눌렀
다. 그리고 순식간에 사람들이 지나는 길을 지나 상점으로 들어
섰다.

어깨를 감싸고 있던 수트가 떨어져 나갔다. 가운 하나만을 걸
치고 있는 데 반해 기온은 전혀 춥지 않아 민영은 멍한 기분이
되었다. 한 걸음 걷자 카펫의 도톰한 감촉이 발끝에 느껴져 그
제야 그녀는 자신이 신발도 안 신고 있다는 것을 깨달았다.

그곳은 온통 별세계였다.

옅은 화장을 한 금발머리에 푸른 눈의 여자가 다가와 그녀에
게 손을 내밀었다. 작지만 반듯한 자세의 여자였다.

시작은 속옷이었다. 자꾸 흘러내리는 가운을 올리려 노력하
며 여자가 보여주는 속옷들을 골라 어지간한 방 크기만한 탈의
실로 들어갔는데 여자가 따라 들어왔다. 그리고 놀람을 표시할
틈도 없이 기아니스도 불쑥 들어왔다.

[맘에 드나?]

[사이즈가 맞으려면 입어봐야 해요.]

여자의 말에 기아니스는 잠시 생각하는 것처럼 흠, 하고 콧소
리를 내더니 손으로 허리 모양을 그려 보였다.

[이 정도?]

그러더니 시선이 그녀의 가슴에 머문다.

[그리고, 이 정도?]

동그랗게 손을 말아 쥐는 그의 태도에 민영은 경악했고, 여자는 뭐가 좋은지 수줍게 입을 손으로 가리고 웃었다. 팔팔 뛰는 그녀가 그의 등을 떠밀자 밀려 나가며 그가 말했다.

[난 잠깐 들를 데가 있어. 알렉스를 두고 갈 테니 옷을 다 사고 봐.]

[어디 가는데요?]

그녀가 눈이 동그래져서 물었다.

[일.]

아아, 바쁜 사람이라는 걸 깜빡했다. TV 드라마 속의 재벌들은 일이라곤 당최 하지 않는 것 같은데 눈앞의 남자는 거의 하루 종일 손에서 서류를 놓지 않았다.

그 정도로 바쁜 사람이라면 당연한 일이겠지만 막상 그가 가야 한다고 말하자 어쩐지 마음 한구석이 섭섭했다. 그래서 무심코 그를 말끄러미 올려다보니 그가 고개를 갸우뚱한다.

[왜?]

[아니에요.]

그는 가만히 그녀의 눈동자를 들여다보다가 손을 뻗어 뺨을 감쌌다. 옆에서 여자가 보고 있는 것도 아랑곳하지 않는 태도였다.

[한두 시간이면 될 거야. 점심 먹자.]

[정말 그렇게 돼요?]

[응.]

대답하면서도 기아니스는 별로 자신이 없었다. 물론 한두 시
간이면 될 수도 있그, 그가 원하지 않는다면 일을 미룰 수도 있
다. 하지만 기억하는 한 그는 일을 미룬 적이 한 번도 없었다.

[응.]

그는 다시 한 번 반복해서 대답했다. 그리곤 빙긋 웃었는데
그 웃음에 누구보다도 놀란 것은 그 자신이었다. 그 웃음이 '안
심시키기 위한' 것이라는 것을 알았기 때문이다.

서민영을 두고 가며, 안심시키기 위해 웃었다. 그 전제는 그
는 그녀가 지금 상황을 어떻게 받아들일지 신경 쓰고 있다는 것
이었다.

약간 복잡한 표정으로 민영을 바라보던 기아니스는 손끝으로
그녀의 뺨을 툭 건드리곤 뒤돌아섰다. 미리 지시를 받은 알렉스
를 스쳐 지나갈 때 잠깐 시선이 마주쳤다. 그러나 그뿐, 기아니
스는 그대로 리무진이 대기 중인 거리로 나섰다.

오전의 햇살이 거리에 쏟아지고 있었다.

[여기에, 자주 오나요?]

민영이 계속 망설이던 질문을 한 것은 세 개째의 드레스의 지
퍼를 올리면서였다. 날씬하게 몸매의 선을 드러내는 칵테일 드

레스였다. 처음에는 도대체 이런 옷을 어디다 쓰나 싶었지만 생각해 보면 또 입어볼 기회도 없는 거다 싶어 그녀는 거울 앞에 자신의 맵시를 비춰보았다.

[음, 이아코바키스님 말씀인가요?]

아까부터 계속 피팅을 맞춰주던 여자가 물었다.

[네.]

[여긴 우먼 어패럴이라서.]

여자가 희미하게 웃었다. 그 말투에서 민영은 설사 기아니스가 매일매일 다른 여자를 데리고 이곳에 온다 하더라도 여자는 입도 떼지 않을 것이라는 걸 알았다. 그러니까 프로페셔널, 이라는 단어가 굉장히 광범위하게 적용된다는 것이다.

[어느 쪽이 마음에 드세요?]

여자의 질문에 둘 다 별로 차이가 없었지만 그녀는 한쪽을 손가락으로 가리켰다.

그걸로 끝은 아니었다. 진심으로 정신이 하나도 없었다. 알렉스는 가만히 보고만 있었고, 몇몇 여자들이 부지런히 드나들면서 옷을 갖다 날랐다. 언제까지 계속될지 알 수가 없어 잠자코 있던 민영은 결국 항복선언을 하고 말았다.

[그만!]

그녀가 알렉스를 돌아보며 말했다.

[난 그냥 간단히 입을 옷만 있으면 돼요. 이렇게 많이는 필요 없다고요.]

[전 지시대로 하는 수밖에 없으니까요.]

서류를 들여다보고 있던 알렉스가 아무런 감정도 실리지 않은 목소리로 대답했다.

그러시겠지, 하고 민영은 가볍게 한숨을 내쉬었다.

[그럼 이제 구두를 골라보시는 건 어떨까요?]

옆에서 눈치를 살피던 여자가 끼어들며 방긋 웃었다.

[적당히 골라주세요.]

귀찮다는 듯 대강 말했던 민영이 문득 알렉스를 돌아보며 물었다.

[이거 다 내가 갖는 건가요?]

[그렇지 않을까요? 놔두고 가셔도 쓸데가 없다고 생각하는데.]

[음, 다른 여자들한테도 그랬어요?]

[다른 여자들의 경우에는…….]

무심코 입을 열었던 알렉스가 후음 하고 입을 다물며 고개를 기울였다. 그 태도가 마치 시도 좋은데, 라고 말하는 것 같아서 민영은 미소 지었다.

그가 어서 일을 끝마치라고 말하는 것처럼 눈을 꿈뻑였다.

민영은 빙긋 웃고 뒤돌아서 여자들이 가져온 구두를 고르기 시작했다.

칠 일이 아니라 한 달이 지나도 다 입지 못할 만큼의 양을 알렉스는 계산했다. 심지어 그 안에는 생전 입을 일 없을 것 같은 칵테일 드레스와 스퀘어 오픈 토 하이힐도 있었다. 거부해 봤자 소용도 없을 것 같아 민영은 깔끔하게 포기했다. 알렉스는 어차피 지시 받은 대로, 라고 말할 테고 기아니스는— 그는 어차피 정말로 하고 싶은 대로 하는 남자인 것이다. 그래 봤자 상점에서 그녀가 입고 나온 건 날씬한 라인의 플랫슈즈와 블랙 진, 이대로 녹아버리는 것이 아닌가 싶을 정도로 부드러운 푸른색이 감도는 니트였다.

그러나 처음 옷차림이 헝클어진 머리에 이불보라도 되는 것 같은 남자 가운이었다는 것을 고려하면 분위기는 엄청나게 달라져 있었다. 여자들이 능숙한 손놀림으로 간단한 메이크업과 헤어드레싱을 해주었는데 그렇게 크게 손대지 않았음에도 금세 세련된 모습으로 바뀌어 민영은 마치 공주라도 된 기분이 되었다. 대기 중인 다른 차 문을 알렉스가 열어주자 그런 기분은 한층 더 짙어졌다.

[이제 어디로 가죠?]

탄탄한 리무진의 좌석에 앉자 알렉스는 뭔가 좀 마실 거냐고 물었고 그녀는 소다수를 달라고 했다. 좋아한다기보다 준희가 그것을 주문하므로 자주 마셨던 건데 알렉스가 막상 뭘 마시겠냐고 묻자 생각나는 건 그뿐이었다.

[호텔 파라포라(parafora)로 갑니다.]

[그곳에 기아니스가 있나요?]

알렉스는 손목시계를 흘깃 쳐다보았다.

고풍스러운 짙은 벽돌빛의 건물이 나타났다. 차가 부드럽게 정
차하자마자 그 앞에 다른 리무진이 멈춰 섰다. 가슴이 두근거렸
다. 차 문이 열리면서 기아니스가 나오더니 고개를 부드럽게 돌
려 그녀 쪽을 바라보았다.

남자가 천천히 담배를 꺼내 불을 붙이는 동안 민영은 차 안에
서 내렸다.

첫 번째 담배 연기를 뱉어내며 기아니스가 희미하게 웃었다.

[예쁜데.]

생각해 보니 예쁘다고 칭찬한 건 처음인 것 같았다. 어색했지
만 좋았다. 수줍게 웃자 그것이 귀엽다는 듯 기아니스드 웃었
다.

낮게 웃는 목소리가 낯설었다. 생각해 보면 처음 만났을 때부
터 그는 자주 웃었던 것 같은데 이제야 제대로 웃는다는 기분이
드는 건 이상한 일이었다.

[옷은 많이 샀어?]

그녀와 함께 높지 않은 프렌치풍 계단을 오르며 그가 물었다.

[다 입지 못할 만큼요.]

[몇 벌을 샀든, 사실 옷 입고 있을 이유가 별로 없잖아.]

그 말의 색스러움을 탓하려고 고개를 돌렸던 민영은 순간 불
어온 바람 사이로 담배를 든 손 사이로 빨갛게 타올랐던 불빛이
일렁거리는 것을, 그의 반듯한 이마를 비추는 것을 보며 숨을
죽였다. 타이가 없는 셔츠 차림, 짙은 감색의 테일러드 저킷 사

이로 보이는 하얀 드레스 셔츠가 소름 끼칠 만큼 설레었다. 머리부터 발끝까지 단 한 군데도 빠짐없는 완벽한 균형.

자신에게 꽂힌 시선을 느꼈는지 그가 고개를 들었다. 눈이 마주쳤다. 그의 입술 사이로 하얀 담배 연기가 유혹적으로 흘러나왔다. 민영은 참지 못하고 까치발을 해 그의 입술에 살짝 키스했다. 입술 끝에서 쌉싸래한 담배 향이 느껴졌다. 혀로 입술을 쓸며 몸을 떼려는데, 뒤통수에 단단한 손이 파고들었다. 입술과 입술이 다시 겹쳐졌다. 그의 손이 닿은 귀 끝, 산소를 태우는 담배의 열기가 뜨겁다.

툭하는 소리와 함께 담배가 대리석 계단으로 떨어졌지만 그는 아랑곳하지 않았다. 세상에서 오직 중요한 것이 그녀밖에 없다는 듯, 그는 그녀의 뺨을 감싸 쥐고 그녀의 입술을 구했다. 그러나 처음 손이 파고들어 올 때의 격렬함, 우악스러울 정도로 거칠었어야 했던 그의 키스는 한숨이 나올 만큼 부드러워졌다. 부서지기 쉬운 무언가를 다루는 것처럼 조심조심, 그것이 너무 경건한 느낌이라 민영은 어리둥절했다.

몸을 조금 뒤로 하고 그의 눈동자를 들여다보자 그도 조용히 그녀를 마주 보았다.

간격, 그가 빙긋 웃었다.

사람들의 시선이 느껴졌다. 타인들은 그렇다 치고 바로 뒤에는 알렉스와 운전수, 그리고 기아니스의 차에서 나온 듯한 양복 차림의 남자들이 서 있었다. 순간적인 무안함에 민영의 얼굴이 붉어졌지만 어떤 표정을 드러낸 건 민영뿐이었다. 남은 사람들은 태연하게 그들 뒤에 서 있을 뿐이다.

[들어가지.]

그가 상냥하게 말하고 그녀의 손을 쥐었다.

호텔 파라포라(parafora)의 프렌치 레스토랑, 홀에 있는 사람들을 지나 높은 천장의 해안이 내다보이는 커다란 창문, 높은 천장 아래 테이블 하나가 세팅되어 있는 룸에 들어가서도 민영은 내내 어리둥절했다. 기아니스는 원래 불필요한 말은 한 마디도 하지 않는 성격이고 내내 별로 말은 없었지만 뭔가가 달랐다. 이상했다.

담배에 불을 붙이려다가 그녀와 눈이 마주치자 멈칫하더니 담배를 도로 집어넣었을 때 그 이상함은 분명해졌고, 전채로 캐비아(caviar)와 에스카르고(Escargot)가 나왔을 때 냅킨을 집으려고 그녀가 몸을 반쯤 일으키자 그도 일어섰을 때 정점을 찍었다.

[왜 그래요?]

놀라서 눈을 동그랗게 뜨고 그를 바라보자 그가 아, 하고 아무렇지도 않게 냅킨을 집어 그녀에게 건네주었다.

[진짜, 왜 그래요?]

캐비아를 한입 먹으려다가 내려놓으며 그녀가 묻자 기아니스가 뭘 묻냐는 듯 고개를 기울였다.

캐비아는 입 안에서 녹을 만큼 맛있었지만 에스카르고는 거의 손대지 못했다. 집게도, 포크도 몽땅 이상했다. 그리고 수프, 그는 콩소메(consomme)를 택했지만 그녀는 포타주(Potages)를 택했다. 포타주를 맛본 민영이 내키지 않게 입맛을 다시자 그가 콩소메를 다시 주문하겠냐고 물었다. 그녀는 고개를 저었다. 그리고 빵, 새우, 마침내 다리가 긴 글라스에 소르베가 나왔을 때 그녀의 인내심은 한계에 닿았고 다시 한 번 물었다.

[정말 왜 그래요?]

[뭘 묻는 거야?]

[왜 그렇게 다정하게 굴어요?]

[응?]

그는 정말 모르겠다는 듯이 고개를 기울였다.

그의 식사 매너는 거의 완벽했다. 접시를 더럽히는 법 없이 깨끗하게 비웠고, 느리거나 빠른 그녀의 페이스에 맞춰 한 팀을 끝냈다. 자세 한 번 흐트러뜨리는 법 없이 단정하게, 그리고 그녀가 손을 뻗으면 소금이라든지 후추, 필요한 걸 미리 알고 있다는 듯이 건네주었다.

[니스에 와서 갑자기 다정하게 굴잖아요. 옷도 사주고 점심도 먹고……. 아니, 다 좋은데 대하는 태도가.]

[태도가?]

그가 그녀에게 시선을 둔 채 약간 고개를 숙였다. 마치 다음 말을 기다리는 것 같은 태도였지만 민영은 그가 그녀가 하고 싶은 말을 이미 안다는데 오늘 산 옷을 몽땅 걸 수도 있을 것 같았다.

[꼭 날 공주님 대하듯 하잖아요. 그러지 마요.]

[왜?]

[난 돌아가야 하는데 이런 거에 익숙해지고 싶지 않아요.]

흠, 하고 그가 입술을 다물었다. 그리고 잠시 생각하는 듯 그녀를 바라보다가 입을 열었다.

[일단 난 특별히 더 다정하게 군 적 없어. 내 태도가 달라졌다면 너도 좀 달라진 거겠지. 처음부터 똑같이 같은 사람이 있나? 일관성을 유지하기 위해 내 기분이 달라졌는데 같은 태도를 취해야 한다는 건 어불성설(語不成說)이지 않아?]

그는 그녀가 이해하는지 알아보기라도 하려는 것처럼 일단 말을 끊었다.

[둘째, 익숙해지고 싶지 않다는 '이런 거'가 뭔지 정확히 알려주면 안 하도록 노력해 보지.]

그의 말이 끝났을 때 민영은 멍하게 입을 벌리고 있었다. 어찌나 논리적인지 뭐라 대꾸할 말을 찾기가 힘들다.

[그러니까 전보다 내가 즘 더 좋아졌으니까 좀 더 잘해주는 것뿐이다, 이거죠?]

[그런 것 같군.]

그가 동의했다.

단순하고 정확한데 어쩐지 심술이 나는 기분을 민영은 경험 중이었다. 게다가 '이런 거가 뭔지 정확히 알려주면 안 하도록 노력해' 보겠단다.

민영은 입술을 굳게 다물고 그를 흘깃 쳐다보았다. 그의 부드러운 태도, 사려 깊은 매너, 여유만만하도록 당당한 표정이 불만스러웠다. 그러나 확실히 싫은 기분은 아니었다. 오히려 간질간질 심장께가 녹는 것처럼 간지럽다. 그리하여 육류가 서브된 다음, 그녀는 본격적으로 심술을 부리기 시작했다.

[……!]

그의 표정이 기묘하게 변했다. 민영이 의기양양한 표정으로, 그러나 별일없다는 듯 적당하게 익혀 나온 양고기를 잘라 입에 넣었다.

테이블 아래, 어느새 슈즈를 벗은 그녀의 발이 그의 단단한 종아리를 슬쩍 훑어 올라가고 있었다.

테이블 위, 그가 아무렇지도 않게 오일과 식초를 이용한 산뜻한 프렌치드레싱의 샐러드를 한입 먹고 자기 몫의 고기를 한 조각 잘라 입에 넣었다.

테이블 아래, 민영의 발이 그의 무릎을 살살 간질이다 감기라도 하려는 듯 무릎 뒤로 슬쩍 미끄러졌다가 그의 무릎 사이로 파고들었다.

테이블 위, 남자가 미간을 찡그렸다. 바르게 반듯한 자세는 여전했지만 조금씩 호흡이 흐트러지고 있었다.

"……!"

테이블 아래, 미동도 않는 남자의 다리를 마음껏 희롱하던 작은 발이 그의 긴 다리에 붙들렸다. 그의 다리가 그녀의 가는 다리를 감더니 슬슬 쓸어 올렸다.

동시에 남자가 아무렇지도 않게 샐러드를 자신의 접시로 덜었다.

'이 남자! 어쩜 이렇게 태연한 얼굴로!'

자기가 방금 한 짓은 까맣게 잊고 승부욕이 발동된 민영은 대담하게도 그의 다리를 벗어나 허벅지 사이로 다리를 미끄러뜨렸다.

여기까지는 무척 재미있었다. 상대하고 있는 사람이 누군지도 깜빡 잊을 정도로 민영은 즐거웠다. 그러나 그 즐거움은 기아니스가 천천히 나이프와 포크를 내려놓았을 때, 그리고 더할 나위 없이 우아하고 침착한 동작으로 냅킨을 집어 입술을 닦고 일어섰을 때 끝났다.

그는 룸을 가로질러 홀로부터 들어오는 문을 걸었다. 그리고 뒤돌아 잠시 그녀를 바라보았다.

심장이 덜컥 떨어져 내렸다.

그는 무표정했다. 숨 막힐 것같이 조용하게 바라볼 뿐, 얼굴에 그 어떤 표정도 떠올리지 않았다. 민영은 갑자기 룸 안의 공기가 몹시도 희박해진 것 같은 착각이 들었다. 단순히 눈이 마주친 것뿐인데 온몸의 신경이 아우성을 쳤다. 혈관을 타고 뜨거움이 온몸으로 퍼져 나가고 있었다.

내가 무슨 짓을 한 건가. 그러니까 아까부터 너무 들떴던 거다.

그는 느릿느릿 걸어 지중해의 햇살이 가득 들어오고 있는 창가로 다가가 커튼을 쳤다. 그러나 고급스런 플란넬 원단의 커튼은 시야를 약간 가릴 뿐, 햇살이 그대로 얇은 천을 통해 쏟아지고 있었다. 그가 아무 내색도 없이 돌더니 그녀의 어깨를 짚었다. 민영은 악착같이 꼭 쥐고 있던 나이프를 놓쳤다. 쨍강, 하는 연약한 소리와 함께 나이프가 바닥으로 떨어졌다.

귓가에 뜨거운 숨결이 느껴진다.

어깨에 닿은 손은 단단하고, 커다랗다.

그가 헤어미스트의 희미한 향이 남아 있는 그녀의 머리카락에 입을 맞추며 손을 천천히 올렸다. 목을 감싸고, 턱을, 귓가를……. 그의 손끝에서 희미하게 담배 향이 났다.

민영이 크게 숨을 들이마셨다. 거의 동시에, 그의 입술이 그녀의 귀를 부드럽게 핥았다. 아주 천천히, 느릿느릿, 마치 녹을 것처럼. 마치 연약하고 섬세한 작은 동물을 어르는 것처럼 그의 입술이 미끄러졌다.

숨을 뱉어내지 못해 민영은 그대로 숨을 멈췄다. 그리고 그의 입술이 천천히 그녀의 목덜미로, 손이 앞으로 돌아 부드러운 니트 위의 봉긋한 가슴 선에 덮인다.

기대감, 그리고 불안감이 동시에 그녀의 몸속에 끓어올랐다. 설마, 여기서?

[미, 미안해요. 식사 마저 해요.]

그의 손을 막으며 그녀는 필사적으로 사과했다.

그러나 그는 안 들리는 것처럼 그대로 그녀의 목덜미를 입술로 가볍게 물었다. 입술 사이로 뜨거운 혀가 느껴졌다. 민영은 신음 소리를 흘리지 않기 위해 입술을 깨물었다. 그녀의 몸이 긴장하는 것을 느끼곤 그가 의자를 부드럽게 돌렸다. 아이를 달래듯 손이 겨드랑이 사이로 파고들어 가슴을 꼭 죄기라도 하듯 눌렀다. 그의 손은 크고 강건했고, 그녀의 몸은 작고 연약했다. 그의 엄지가 옷 위로 그녀의 가슴을 부드럽게 누르자 민영은 목을 뒤로 젖혔다. 호흡 수가 높아지기 시작했다.

한쪽 무릎을 꿇은 그는, 마치 여왕을 알현하는 기사 같다. 깊고 푸른 눈의 어둠이 짙어졌다. 그것은 매력적이라기보다는 매혹적인 색, 그가 천천히 고개를 기울여 그녀의 목에 키스하고, 입술을 미끄러뜨렸다. 어느새 니트 안으로 들어와 있는 손이 브래지어를 올리고 긴장으로 굳어 있는 가슴을 부드럽게 어루만졌다.

민영이 흐느꼈다.

그의 손이 등 뒤로 돌아왔다. 등의 뼈를 하나하나, 손으로 짚듯 매만지는 동안 입술이 가슴을 삼켰다. 허리를 꼿꼿이 세우고 호흡을 놓치지 않으려 애를 썼지만 불가능했다.

결국 민영은 팔을 뻗어 그의 머리를 안았다. 그걸 신호로 기아니스의 호흡도 흐트러졌다. 어쩌면 진작 그랬어야 하는 건지도 몰랐다. 그의 손이 허리로 미끄러져 내렸다. 곡선을 따라 스쳐 내려간 손이 망설이지 않고 블랙진의 투 버튼을 풀어냈다. 그리고 그녀의 허리를 들었다. 몸이 공중으로 뜨는가 싶었는데 다음 순간 진이 바닥에 툭 소리를 내면서 떨어졌다. 그는 그녀의 허리를 잡아 일으켰다.

잠시 시선이 마주쳤다. 그는 애원하는 듯한 그녀의 시선을 무시했다. 그러나 그녀 자신의 시선이 어떤 의미였는지 민영 스스로도 정확치 않았다. 온몸의 혈관에서 보글보글 바람이, 욕구가, 기대감이 끓고 있었다.

그의 손길이 닿는 모든 곳의 신경이 바짝 일어나 흔들렸다.

그가 손을 뻗어 그녀의 테이블 세팅을 밀어냈다. 본차이나의 하얀 도자기들이 쨍강쨍강 비명을 지르며 밀려났다. 그는 그녀의 몸을 돌려 팔을 상 위에 짚게 했다.

그리고.

"아!"

그가 그녀의 목덜미에 키스하고, 허리를 움직였다. 그가 움직일 때마다 몸이 흔들리며, 테이블도 흔들렸다. 그 위의 식기들도 파도에 휩쓸린 것처럼 소리를 지른다.

민영이 휘청, 하고 다리를 꺾었다. 그가 손을 그녀의 배로 넣어 그녀의 몸을 단단히 지탱했다. 그의 손 안에서 완전히 몸을 그에게 의지한 채 그녀는 숨을 몰아쉬었다. 그의 리듬에 맞춰 몸이 흔들렸다. 심장이 벌컥벌컥 피를 쏟아내는 속도도 그의 리듬과 같았다.

그의 움직임이 빨라지자 단전 부근에서 부글거리던 힘이 가슴으로 치고 올라왔다. 그의 입에서 신음이 새어나왔다. 민영이 흐느끼며 숨을 몰아쉬었다. 속도가 점점 올라갔다. 민영은 숨 쉬는 것을 잊었다. 가슴까지 올라왔던 감각이 그녀의 호흡을 틀어막았다. 제발, 제발, 민영의 흐느낌이 강해졌다. 입술을 꼭 깨물었지만 소용이 없다. 제발, 제발. 무언가 강하게 치고 올라와 시야에서 하얗게 번지더니 마침내 머릿속에서 폭발했다.

"아아!"

저도 모르게 길게 소리를 지른 민영의 몸이 부르르 떨렸다. 저도 모르게 공중에 떠 있던 다리에 힘을 주며 상체를 비틀자 그가 참지 못하고 신음을 토해내며 그녀의 위로 엎드리며 거칠게 숨을 몰아쉬었다. 겹쳐진 몸과 몸, 온 신경이, 혈관이, 근육이 팔딱거리고 있었다. 맙소사, 정말 맙소사. 이마를 타고 흘러내린 땀방울이 푸른색 니트 의로 떨어져 스며들었다.

그의 손이 그녀의 배를 천천히 쓸었다. 등에 기댄 머리 아래로 여자의 심장 고동 소리가 들린다.

기억하는 한, 일보다 다른 생각에 정신을 빼앗겼던 적은 한 번도 없었다. 일을 대강 미뤄두고 나온 적도 한 번도 없었다.

그는 뜨거운 숨으로 그녀의 목덜미에 키스했다.

인정해야 할 것 같다. 지금 그는, 이 작은 여자에게 정신없이 빠져 있다.

#6
진실과 거짓

어둠이 깔린 니스의 별장, 검게 물든 개인 해변을 배경으로 만들어진 푸른 조명의 풀 안에 두 사람이 가볍게 흔들리고 있었다. 투명해야 했을 물은 푸른 조명 아래에서 빛나는 파란색으로 보였다.

인공 파도를 약하게 켜놔 부드럽게 흔들리는 얕은 풀 안에서 두 사람은 풀장가에 기대 몸을 담그고 있었다. 그들의 뒤로 고전적인 장식이 되어 있는 빈 칵테일 잔과 구겨진 맥주 두어 캔이 굴러다니고 있었다.

따뜻한 지중해의 대기 속, 멀리서 쏴아아 하는 파도 소리가 반복적으로 들렸다.

한가하고, 평화롭다.

[처음 준희를 본 건 내가 일곱 살 때였는데 왕자님인 줄 알았어요.]

그녀를 뒤에서 안은 채 목덜미에 입술을 묻고 있던 기아니스가 낮게 웃는 것이 느껴졌다. 따뜻한 체온, 등 뒤로 맞닿은 그의 가슴은 단단했고 조용히, 하지만 힘있게 고동치고 있었다.

까만 하늘에는 별들이 보석처럼 빛나고 있었다.

[그때 내가 읽고 있던 거 소공녀였는데 난 그게 내 이야기라고 생각했어요. 난 어딘가의 부잣집 딸인데 문제가 생겨서 고아원에 있는 것뿐이라고요. 그랬는데 준희가 나타난 거예요. 소공녀에서 켈리스퍼드 씨처럼요.]

[그래.]

[사실 고아원은 전혀 나쁘지 않았어요. 지금 생각해도 꽤 지내기가 좋은 곳이었죠. 그런데도 난 언제나 거기가 싫었어요. 왜 그랬는지 몰랐는데 그 이유를 안 건, 내가 좀 자라고 난 뒤였어요.]

그는 왜 그랬냐고 묻는 대신 손으로 푸르게 투명한 물을 떠 그녀의 어깨를 적셨다. 차가운 물의 느낌, 그 위에 그의 커다란 손이 덮여졌다.

[그때 난 내내 기다리고 있었거든요, 부모님이 나타나기를. 기다리는지 몰랐어요. 하지만 마음속으로 내내 난 얘들과 다르다, 부모님이 날 데리러 올 거다, 그럼 모든 게 달라질 거야. 이

렇게 생각했던 거예요. 그러니 하루하루가 지옥이죠. 이뤄지지 않는 걸 기대하는 게 어떤 건지 알아요?]

[글쎄…….]

[이기적이고 욕심 많은 애였다고 생각해요.]

[아이니까, 다 그렇지 않아?]

[글쎄요.]

그녀는 작게 콧소리를 내고 기지개를 켜듯 손을 쫙 펼쳤다.

[준희네 가서도 마찬가지였나 봐요. 사실 준희 부모님도, 준희도 정말 드라마에나 나올 법한 분들이시거든요.]

몸이 나른하게 가라앉아 민영은 눈을 감고 그의 가슴에 길게 기댔다. 가슴께에서 찰랑거리는 물빛에 조명이 비춰 파랗게 빛난다. 마치 꿈인 것만 같다.

[잘생기고, 아름답고……. 내 부모님이었으면 정말 소원이 없을 것 같은 딱 그런 분들이었어요. 두 분이 어찌나 기가 막히게 어울리던지. ……준희도 그랬죠. 어렸을 때는 지금처럼 키가 크지 않았는데 정말 날개만 안 달렸지 꼭 천사처럼 생긴 거예요. 뭔가 이상의 가족이 내 앞에 덩그러니 나타난 거죠.]

[그래.]

[난 준희한테 매달렸어요.]

[널 데려가라고?]

[아뇨, 그런 건 아니지만.]

민영이 겸연쩍다는 듯 음, 하고 억지로 밝게 웃었다.

[그러니까 그런 거 있잖아요. 주변을 맴돌고 잘 보이려고 애쓰고, 내가 좋은 애라는 걸 납득시키려고…….]

기아니스의 손이 그녀의 말을 막으려는 것처럼 여윈 그녀의 어깨를 토닥였다. 그것이 마치 알아, 알아 라고 말하는 것 같아 민영은 눈물이 나올 것 같았다.

한참 눈에 힘을 주고 눈물을 참던 민영이 고개를 끄덕였다.

[준희가 갈 때마다 내가 펑펑 우니까 준희는 난감해했어요. 그걸 알면서도 난 숨길 생각을 안 했어요. 어렸는데도 알았나 봐요, 불쌍하게 보이면 준희가 날 도와줄 거라고.]

그녀는 잠깐 말을 끊었다.

[……부끄러운 일이죠.]

마치 남을 논평하듯 목소리가 조금 차가워졌다.

기아니스는 민영이 말하는 방식에서 그녀가 입은 상처의 깊이를 짐작했다. 사람을 진정 미치게 하는 건 전쟁터가 아니라 텅 빈 방이다. 그 안에서 사람은 스스로를 지나치게 명혼하게 바라보게 되고, 그걸로 인해 다시 상처를 받게 되는 것이다.

[신기하죠? 준희는 어떻게 그렇게 다정할까요?]

[그 녀석이?]

기아니스의 말투가 퉁명스럽다는 걸 느낀 민영이 키득거렸다.

[아닐 때도 있지만……. 신기한 게 그거예요. 너무 다정하고 너무 차갑죠. 늘 옳은 말만 하고 꼭 감정 같은 건 없는 것처럼

논리적인데 너무 따뜻한 거예요. 당신과는 많이 달라요.]

[나?]

[준희는 많이 차갑고 또 많이 따뜻하고…… 그 격차가 너무 커서 정신을 차릴 수가 없어요. 하지만 당신은…….]

민영이 고개를 돌려 기아니스의 얼굴을 바라보았다.

[음, 당신은…….]

그녀는 말을 고르느라 열심히 생각했다.

[단단해요.]

[단단?]

그녀는 고개를 돌려 다시 앞을 바라보았다.

[응. 미지근한 건 절대로 아니고, 그렇다고 준희처럼 변덕스러운 것도 아니죠. 뭔가 한결같고 단단하게 벽처럼 완고하고 융통성 없는데 어딘지 따뜻하게. 굳이 따지면 온열벽 정도?]

그녀의 말이 끝났는데도 그는 아무 말도 없었다. 그래서 불안해진 민영이 뒤를 돌아볼까 싶어졌을 때 그의 가슴이 들썩이기 시작했다.

그는 웃고 있었다.

[왜 웃어요?]

안심했으면서도 민영이 이해하지 못하겠다는 듯 묻자 기아니스가 그녀의 뺨 위를 손으로 툭 건드리고는 대답했다.

[그렇군. 그게 네가 보는 나군.]

흐음, 하고 입술을 삐죽이며 민영은 그의 탄탄한 어깨에 머리를 기댔다. 그의 웃는 모습에 마음이 설렌다.

그 이야기도 할 걸 그랬다. 점점 온도가 높아지는 벽이라고……. 처음 얼음 조각 같던 남자는 갈수록 따뜻해지고 있었다. 말을 많이 하는 것도 아니고, 행동이 다정한 것도 아닌데 그랬다. 그가 그녀를 만지는 방식, 말을 건네는 목소리, 모두가 몹시도 따뜻했다.

한참을 그의 품에서 느리게 뛰는 그의 심장 소리를 듣는데 그가 물었다.

[그래서 어떻게 되었지?]

그는 풀 밖으로 손을 뻗어 담배를 집었다. 여전히 한 손으로는 민영의 몸을 안은 채 다른 손으로 담배를 물고 불을 붙였다. 귓가에서 매캐한 담배 냄새와 함께 연기가 피어오르는 것이 느껴졌다.

[결국 준희의 부모님은 날 입양하기로 했어요. 원장 수녀님이 그 이야기를 전해주실 때 생각했어요. 이제 아무것도 바라지 않겠어. 이제 충분해. 이제 됐어.]

민영이 입을 다물었다. 그러자 바람 소리 같은 파도 소리가 높아졌다. 찰랑찰랑 울리는 물소리가 마치 마음의 흔들림 같다.

[그래서 난 정말 충분할 줄 알았어요.]

[아니었나?]

[내내 기다리더라고요. 그 완벽한 집에서도 난 약간 떠돌고 있었어요. 그제야 알게 된 거예요. 이건 다른 사람의 문제가 아

니라 내 문제라고.]

　[네 문제?]

　민영이 고개를 끄덕였다.

　기아니스는 담배 연기를 다시 한 번 깊게 들이마셨다. 니코틴의 자극이 폐부 깊숙이 찌르듯 스며들었다.

　마지막 보고로 알 수 있는 것은 여자는 입양아, 한 번의 파양 경험이 있다는 것이다. 입양 절차가 복잡하지 않았단 것을 보면 친권을 가진 부모가 친권을 포기한 상태임에 틀림없다.

　그러나.

　이런 우연이 가능할까? 서준희와 서민영은 동갑이다. 물론 서준희가 아무리 천재였더라 해도 일곱 살 때 이미 이 모든 걸 예측했을 리 없으니 모든 것은 완벽한 우연이라는 건데…….

　그렇게 찾았는데 찾을 수 없었던 여자가 서준희 곁에 있었고 이렇게 그의 품 안으로 날아들었다— 라.

　기아니스는 여자의 머리를 쓰다듬었다. 조그마한 어깨, 하얀 피부가 젖은 검은 끈에 대비돼 눈부실 정도로 빛났다.

　[한 번 파양된 적이 있어요. 딸을 잃었던 부부였는데 나를 데려가 놓고도 끊임없이 딸과 헷갈려 했어요. 나는 오이를 싫어하는데 자꾸 오이를 먹으라고 해서 먹고 다 토했던 적도 있었어요.]

　작은 어깨. 담담하게 말하는 여자의 목소리에서 상처의 크기는 느껴지지 않았다. 건조하게 작성되어 있는 서류는 시간이 여

자의 마음에 얼마만큼의 생채기를 긁고 지나갔는지를 설명해
주지 않는다. 그것은 서류를 백 장 보아도 알 수 없는 것이었다.

[그리고 그때 파양되어 시설로 돌아왔을 때 처음으로 엄마,
친엄마가 그리스로 갔다는 이야기를 들었어요.]

담배를 빨기 위해 고개를 비틀었던 기아니스의 몸이 정지했
다. 그러나 그것은 찰나, 민영이 뭔가를 느끼기 전에 자연스럽
게 손가락 사이의 담배가 입술에 물렸다.

[난 다섯 살 때의 다른 기억들은 그렇게 선명하지 않거든요?
그리고 사실 그것도 그래요. 어떻게 들었는지, 어디서 들었는지
전혀 기억이 안 나. 그런데 누군가가 그렇게 말한 것만 선명한
거예요. 웃기죠?]

[흠.]

[내가 그걸 내내 생각하고 있었다는 걸 깨달은 건 대학교 들
어가서였어요. 전공을 결정하는데 내가 그리스어로 정하더라고
요. 그걸 늘 마음에 두고 있었다는 거죠.]

여자는 마치 남의 이야기를 하듯 담담한 목소리였다. 목소리
가 조금 잠겨 있는 걸 제의하고 그녀의 말에서 그녀의 감정을
느낄 수 있는 것은 없었다. 상처가 너무 깊으면 내보이는 것이
두려워진다는 것을 기아니스가 몰랐다면 아마도 이 일련의 사
건들로 민영이 전혀 상처를 받지 않았다고 생각했을 것이다.
그녀가 예민하다기보다는 둔감한 성격이라고 생각했을 것이
다.

[그때 생각했어요. 그만 하자. 충분하다 해놓고 계속하는 건 그만 하자. 안 되는 일은 안 된다는 걸 알면서 내내 기대하고 바라는 건 그만 하자. 뭐, 그런 거죠.]

[그리스로 간 게 확실하다면 찾을 수도 있겠지……. 친모의 이름을 아나?]

잠깐 망설이긴 했지만 그는 결국 물었다.

[전혀요. 물어보고 싶었던 적도 있었지만 결국 묻지 못했어요.]

기아니스는 다시 한 번 담배 연기를 들이마셨다.

[찾고 싶어?]

그의 질문에 그녀가 그의 품 안에서 꼼지락거렸다.

[아니라고 하면 거짓말이고, 하지만 막상 만나서 어떻게 되는 건지 이제는 잘 상상이 안 간다고 해야 하나. 포기하겠다고 마음먹었다고 했잖아요. 안 되는 일을 발 동동 구르면서 바라는 거 그만 할래요. 나 그거 너무 오래했어요. 그냥 되는 거, 나한테 허용된 것에 감사하고 만족하면서 살래.]

[마음 상하지 않고?]

[마음 상하지 않고.]

[……그런 말도 있지.]

그가 그녀의 몸을 돌려 당겨 안았다. 그의 허벅지 위에 앉아 마주 보자 어쩐지 좀 부끄러워졌다. 그가 태연하게 입술을 어깨 위에 누르는 것이 몹시도 의식되어 민영은 어깨를 조금 움츠렸다.

[모든 인간은 뿌리를 알고 싶어한다고.]

[음, 당신도 그래요?]

무심코 묻고 나니 자신이 실수한 게 아닌가 싶어졌다. 하지만 동시에 그녀가 이것저것 떠드는 동안 그는 스스로에 대해 단 한 마디도 안 했다는 것도 깨달았다.

[난 별로.]

남자의 입술이 잠깐 멈췄다가 다시 미끄러졌다. 그는 부드러운 곡선을 그리고 있는 가슴의 계곡에 입을 맞췄다. 우윳빛 살결이 물에 젖어 반짝반짝 빛났다.

[연애는?]

그가 내뱉은 담배 연기가 까만 대기를 긋는 모습을 가만히 바라보고 있다가 남자가 물었다.

[연애?]

갑자기 목소리에 심통이 붙었다.

[그래, 연애는 공정하지도 않고, 안 되는 일도 되게 하는 거 아닌가?]

[대학교 때 처음 남자 친구를 사귀었는데 발굴에 미친 놈이었죠. 그놈도 그리스로 날았을걸요? 도대체 그리스에 뭐가 있길래 다들 그리스로 가는 건지.]

잠깐의 간격, 그가 큭큭거리며 웃기 시작하자 물이 흔들렸다.

[왜 웃어요?]

　발끈한 민영이 몸을 비트는 걸 그가 꼭 잡아당겨 안았다. 그리곤 이마 위에 입술을 내리눌렀다. 춥다고 생각하지 않았었는데 그의 입술이 너무나 뜨거워 그가 입술을 떼자 서늘한 한기가 느껴졌다.

　민영은 밉지 않게 눈을 흘기고 몸을 획 돌려 다시 그의 가슴에 기댔다. 그는 별다른 반응을 보이지 않고 다시 그녀를 안아주었다. 고개를 돌리고 담배 연기를 한 모금 더 들이마시는 것이 느껴졌다.

　[그리스, 흥— 이래저래 나랑 안 맞아요.]

　[나도 그리스 인이야.]

　그가 간단하게 대답하고 다시 어깨에 입을 맞췄다. 어깨에서 담배 연기가 퍼져 나가는 느낌이 났다.

　[그러니까 하는 말이에요.]

　심술궂게 말하자 낮게 웃는 듯 진동이 느껴졌다.

　[그 녀석에게는 너보다 발굴이 더 중요했던가 보군.]

　[다들 그렇죠.]

　모두에게 중요한 다른 것이 있다. 그러니까 기대하지 않는다. 기대를 갖지 않고 적당한 거리에서 서로의 간격을 유지한다면 상처 주지 않을 수도 있고, 상처받지 않을 수도 있다.

　그렇게 생각했었다.

　[그래서 준희가 더 특별한 거예요.]

　덧붙인 그녀의 말에 기아니스의 눈썹이 휘어졌다.

[왜?]

[준희는 아무 이유 없이 날 걱정해 주거든요.]

[그건 네가 그 녀석 가족이니까 그런 거지.]

그녀가 정말 몰라서 그러냐는 듯 그를 불만스럽게 쳐다보았다.

[진짜 가족이라켠 당연한 거겠지만 이 경우는 아니에요.]

그는 물끄러미 그녀를 바라보았다.

[그럼 그 녀석은 가짜 가족인가?]

그녀의 몸이 덜컹 멈췄다. 파란 물방울이 반짝 튀었다.

[하지만 이유 없이 널 받아들여 준 서준희와는 이제 결혼 못 하는데?]

잠깐의 간격, 그가 아무렇지도 않게 말을 돌렸다.

[준희랑은 그런 게 아니어요.]

[그런 게 아니다.]

그가 느릿느릿 그녀의 말을 반복하고 새 담배에 불을 붙였다. 달칵, 하는 라이터의 소리가 유난히도 크게 들렸다.

[잘 모르겠어요.]

[잘 모르겠다.]

마치 말 따라 하기 놀이라도 하듯 기아니스는 그녀의 말을 따라 하고 있었다. 어떤 감정을 섞지도 않았다. 그의 말투에 비웃거나 놀리는 듯한 기색이 조금이라도 묻어 있었다면 그녀는 여기까지 이야기할 수도 없었을 것이다. 그러나 그는 그냥

담담히, 정말이지 그냥 담담하게 그녀의 이야기를 듣고 있었
다.

　[그래요. 정말 잘 모르겠어.]

　그녀가 작게 덧붙였다.

　[내가 좀 과하게 준희를 신경 쓴다고 생각해요?]

　[그럴 수도 있지.]

　[예전 남자 친구가 그러더라고요. 내가 그런다고. 그 녀석은
내가 입양되었다는 걸 몰랐는데…… 이상했나 보더라고요.]

　그리고 침묵.

　침묵.

　침묵.

　파도가 요람처럼 흔들리고 있었다. 생각에 잠긴 기아니스의
손이 무생물처럼 푸른 물속에서 유영하고 있었다.

　그는 담배를 끄고 하늘을 향해 길게 담배 연기를 내뱉었다.
검은 공기 속에서 담배 연기는 하얀색이었다 푸르게 어둠에 섞
여들었다.

　유아기의 분리불안의 증례 중 하나가 특정 사물과 인물에 대
한 집착이다. 여자의 경우는 무척이나 마일드한 경우일 수도 있
다. 그저 한 사람에게 특별히 너그러울 뿐이니까.

　하늘을 보자 별이 쏟아질 듯 많았다.

　누구나, 혼자가 되길 두려워하는 시간이 있다. 누구라도 곁에
있어주길 바라게 되는데 하물며 이상의 왕자라면 집착하지 않

는 쪽이 더 이상하다.

[별로 안 이상해.]

그가 몸을 젖혀 시선을 하늘에 둔 채로 대답했다. 흐음, 하고 작은 콧소리가 들렸다. 그녀가 그의 품 안에서 몸을 움츠리는 것이 느껴졌다.

[당신 얘기 해봐요.]

그대로 잠깐 그의 심장 소리라도 듣고 있는 걸까 생각하고 있을 때 그녀가 불쑥 말을 꺼냈다.

[뭘?]

그는 고개를 숙여 꼭꼭 잡아당겨서 동그랗게 묶은 그녀의 머리카락 아래, 뽀얗게 드러난 살결에 키스했다.

[그냥, 그동안 있었던 이야기.]

[난 할 이야기 없어.]

[할 얘기가 왜 없어요? 그리스 오기 전이나…….]

[글쎄.]

[그럼 당신에게 중요하고 계속 생각나는 거나…… 뭐, 그런 거.]

천천히 미끄러지던 입술이 딱 멈췄다.

마리아.

[그리스에 왔을 땐 어땠…….]

민영은 말을 끝내지도 못했다. 뒤돌아보지 않아도 알 수 있었다. 한없이 따뜻하던 공기가 갑자기 싸늘하게 식어버렸다. 그녀의 심장이 벌컥벌컥 뛰기 시작했다.

아까까지의 안온했던 공기는 어디로 가버린 걸까, 갑자기 기온이 하강한 것처럼 추웠다. 그녀는 자신의 팔을 감싸 안았다.

[기아…….]

그의 이름을 부르려는데 그의 입술이 다시 그녀의 목덜미에 파묻혔다. 뜨거운 입술 사이로 얇은 피부가 흡입되었다가 발갛게 부풀었다. 입술이 볼록 튀어나온 어깨뼈를 핥고, 손으로는 팔을 쓸어 올린다. 팔을 따라 올라온 손이 젖어서 살갗에 달라붙어 있는 브래지어의 끈을 내리려는데…….

그녀가 인상을 찌푸리며 몸을 뺐다. 그리고 돌아보자 그녀를 순순히 놓아준 남자도 인상을 찌푸리고 있었다.

[뭐예요?]

[뭐가?]

그가 퉁명스럽게 물었다.

[방금, 화냈잖아요.]

[아니야.]

[아니라니, 방금 분명히…….]

[그만—]

그의 언성이 조금 높아졌다.

[네가 말했다고 해서 나도 말해야 한다는 건가?]

말문이 막힌 민영의 시선이 막막하게 그에게 가 부딪쳤다. 풀의 조명이 자신을 바라보는 남자의 얼굴에 음영을 드리웠다. 깊은 눈매.

[그게 아니잖아요.]

마치 금방이라도 울음을 터뜨릴 것 같은 자신의 목소리가 마음에 들지 않았다. 분하지만 그의 말이 틀리지 않다. 그녀가 그녀의 이야기를 하고 싶어진 건 그를 좋아하게 되었기 때문이지, 그가 강요한 것이 아니니까. 그러니까 그가 이야기를 하고 싶지 않다고 해도 그를 탓할 수는 없다.

바보 같다―

민영이 등을 돌려서 물살을 헤치고 걷기 시작했다.

[그쪽은 깊어.]

뒤에서 짜증이 묻어 있는 목소리가 그녀를 따라왔다. 민영은 아랑곳하지 않았다.

그 때문이 아니었다. 자신이 싫었다. 아니란 걸 알면서, 아니란 걸 알면서도 마음을 다치는 자신이 싫었다. 자신이 마음을 열었다고 해서 그가 마음을 열어야 한다는 것은 아니다. 그가 선을 긋고 있다고 해서 상처받을 이유는 하나도 없다. 그는 그래야 하는 사람, 처음부터 알았던 사실이다.

그의 마음 깊은 곳으로 들어가고 싶어해서는 안 된다.

그러나 차이를 되새기는 횟수만큼 그 차이를 잊는다. 어쩐지 그가 가깝게 느껴지고, 그의 마음을 들여다볼 수 있다고 생각한다. 그것이 위험하다는 걸 알면서도.

상처받을 텐데. 또 기다리게 될 텐데.

그녀의 팔에 억센 손이 휘감겼다.

[이러지 마.]

민영이 그의 팔을 뿌리쳤다. 제 뜻대로 되지 않아 몸부림을 치는 걸 강인한 손이 잡아 눌렀다. 고개를 마구 젓자 커다란 손이 우악스럽게 턱을 잡아 고정시켜 눈을 맞춘다.

그가 인상을 찡그린 채 그녀를 내려다보았다. 난감해하는 표정, 여자가 이렇게 금방이라도 울 것 같은 표정을 지으면 어쩔 줄 몰라서, 그래 본 적이 없어 기아니스는 신경질이 하늘로 뻗칠 것 같았다.

제기랄, 그는 속으로 욕설을 내뱉었다.

간격을 유지하는 게, 쉽지 않다. 언제나처럼 유연하게 구는 것이, 쉽지 않다. 아픈 곳을 찔렸다고 흔들린 건, 화를 낸 건 어른스럽지 못한 태도였다.

제기랄.

그가 팔을 붙잡고 있던 손을 떼 뺨을 감싸고 엄지손가락으로 눈 밑을 쓸었다. 뜨겁다. 그가 잡았던 팔에는 벌겋게 손자국이 남아 있었다.

그가 천천히 허리를 굽혀 그녀의 눈가에 입을 맞췄다. 다시 몸을 트는 것을 단단히 틀어잡고는 코끝에, 뺨에, 다시 이마에…… 그녀가 잠잠해질 때까지 조용히, 참을성 있게 입술을 내리눌렀다.

젖은 눈썹을 따라 다정하게 손을 쓸어내렸다. 조그마한 눈썹이 가슴이 저릿할 정도로 사랑스럽다. 그리고 꼭 묶은 머리 뒤로 손을 돌려 끈을 풀어내자 젖어서 구불구불해진 머리카락이 흘러내렸다. 그는 그녀의 머리끝을 가볍게 쓰다듬어 어깨 뒤로 넘겨주었다.

분노와 노여움으로 가득 차 있던 눈빛에 다른 것이 스쳤다.

출렁이는 물의 결에 따라 푸른 조명이 반짝반짝 빛났다. 그 조명 아래 하얀 살결 위로 물방울이 또르르 흘러내렸다.

손끝으로 목덜미부터 쓸어내려 손가락 끝에 어깨에 걸린 끈을 걸었다. 끈이 양쪽으로 흘러내리자, 가슴의 계곡이 더 깊게 보였다. 가늘고 동그란 어깨, 허리에 팔을 감아 그녀의 몸을 들어 올리며 어깨에 입술을 묻자 민영이 자신의 다리를 그의 허리에 감았다. 그는 여자를 안은 채 천천히 물의 더 깊은 곳으로 움직였다.

그가 움직일 때마다 물살이 그녀의 등허리를 간질이고 지나 갔다. 발가락 끝을 간질이고 지나가는 물의 흐름이 느껴졌다.

[싫어.]

그녀가 속삭였다.

대답 대신 기아니스는 그녀의 목덜미에 입을 맞췄다. 뜨거운 입술, 옅은 물 냄새에 섞여 서로의 체취가 감아들었다.

[그런 게 아냐.]

네가 생각하는 것처럼, 네가 소중하지 않아서 말하고 싶지 않은 게 아냐. 다만, 어떻게 해야 좋을지 아직 몰라서.

이런 적이 없어서—

그는 모든 언어 대신 그녀에게 키스를 퍼부었다.

뜨거운 숨소리가 습하게 짙어지고 있었다.

이국의 푸른 물은 마치 우주 같았다. 그 안에서 유영하는 듯한 감각, 파란색 물이 살결에 부딪쳐 하얗게 부서져 내렸다.

얕은 풀, 민영은 바닥에 등을 댄 채 하늘을 바라보았다. 별이 하늘을 가득 채우고 있다. 그건 마치 또 다른 우주. 우주와 우주가 맞닿아 있었다.

몸이 반쯤 잠긴 채였다. 물에 젖은 하얀 나신이 푸른 조명을 받아 반짝반짝 빛난다. 기아니스는 그녀와 몸을 겹친 채 그녀의 배에 머리를 기대고 있었다. 무의식중에 민영은 손끝으로 그의 머리카락을 한올한올 쓸어내렸다.

[내가 아테네에 간 건, 여덟 살이었어.]

그가 눈을 감은 채 입을 열었다.

민영의 몸이 잠시 움찔, 흔들렸다가 다시 조용해졌다. 아무 일도 없었다는 듯 손이 그의 머리카락을 만지작거렸다. 그는 눈을 감고 있었다.

[내 부모님은 날 호적에 올리지도 않고 삼 년간 데리고 있었다고 해. 그리스로 가게 된 건, 아버지 이아코바키스가 머리 좋은 아이를 원했고, 내 머리가 좋았기 때문이었어.]

그는 잠시 말을 멈췄다.

[굉장히 뜨거운 날이었어. 모든 게 낯설고 두려웠지.]

저 멀리서 파도가 울고 있었다.

[그리고 마리아가 있었다.]

마리아, 마리아, 나의 마리아.

기아니스의 생각이 기억하지 않으려던 기억으로 침전했다.

[마리아는 가정교사였어. 하지만 실제로는 아홉 명의 아이를 돌보는 보모 역할이었다는 쪽이 옳아.]

마리아는 가정교사, 이아코바키스의 아이들을 돌보는 역할이었다. 기아니스는 두 명의 동양인 여자 아이들에 이어 이아코바키스가 입양한 세 번째 아이였고, 이아코바키스의 첫 아들인 게리 G. 이아코바키스보다 열두 살 어렸다.

게리 G. 이아코바키스는 욕심 많았으며 분에 넘치는 부를 상속받은 자들이 흔히 그러듯 응석받이였다. 모든 것이 자기 것이어야 했기에 모두를 질투했다. 일곱 살이나 어린 자신의 친동생 메릭 G. 이아코바키스도 질투의 대상 외에는 아무것도 아니었다. 하물며 피 한 방울 섞이지 않은 각기 다른 나라에서 온 형제자매들이야 그에게는 경멸의 대상일 뿐.

그는 마리아에게도 한없이 거만했다. 나이 차이가 많이 나지 않는다고는 해도 연상의 그녀에게 그는 어이가 없을 정도로 함부로 굴어 그나마 귀염성 있게 마리아를 따랐던 메릭도 형이 나타나면 슬금슬금 마리아의 손을 놓고 뒷걸음질칠 정도였다.

마리아는 비쩍 마른 볼품없는 여자였다. 너무 말랐고 눈만 커다래 나이보다 훨씬 어려 보였다. 커다란 눈에서는 금방이라도 눈물이 쏟아질 것 같은데 우는 모습은 본 적이 없었던 것 같다. 언제나 웃으며 기아니스를 안아주었다.

여덟 살, 사랑을 받아본 적이 없어 파르라니 날이 서 있던 기아니스가 아무리 밀어내도 그녀는 꿈쩍도 하지 않았다. 아무리 상처가 될 말을 퍼부어도 어린 그의 말 따위는 상관도 없다는 듯이 그녀는 항상 똑같이 다정했다. 유일한 구원이었다.

그러나 그 구원은 오래가지 않았다.

기아니스가 열세 살 되던 해, 기아니스는 자신을 데리러 온 차를 마리아와 두 살 많았던 누이에게로 보냈다. 게리가 심술을 부려 두 사람이 타고 나갔던 차를 불러들였다는 걸 알고 한 일이었다. 그리고 그것이 마리아에게 처음으로 애정을 표현한 것이기도 했다.

사랑받아 보지 않은 아이는 사랑할 줄 모른다. 그가 자신의 사랑을 솔직하게 표현하기까지 오 년의 사랑을 받아야 했고, 그건 온전히 마리아에게서 온 것이었다.

그리고 단 한 번, 애정 표현은 마리아를 죽게 만들었다.

차는 폭발했다.

경악은 잠깐, 그는 그 사고에 게리 G. 이아코바키스—기아니스가 자신에게 위협이라고 느끼고 바짝 신경을 곤두세우던—가 개입

되어 있다는 것을 의심하지 않았다.

그리고 스물여섯 살, 십삼 년을 기다려 기아니스는 게리의 교통사고를 주도했다. 게리는 그 사고로 전신마비가 되어 터키의 요양병원에 처박혔다. 죽일 생각이었지만 기아니스는 그것으로도 만족했다.

그 사고 직후 이아코바키스는 모든 이권과 부동산, 선박, 채권, 호텔 등의 소유가 기아니스의 것이 될 것이라고 유언장을 고쳤다.

그제야 기아니스는 깨달았다. 게리를 죽이고 싶었던 건 그 누구보다도 이아코바키스였다는 것을.

마리아는 이아코바키스의 연인이었다.

흔한 이야기. 사이가 안 좋았던 정부인과 멀어진 사이 가까워진 동양 여자, 가을녘의 마지막 빛. 얼마나 사랑했는지 모른다. 얼마나 행복했는지도 모른다. 사랑이란 것이, 어디서 오는지도 모른다. 행복이란 것이 얼마나 스러지기 쉬운지도 모른다.

여자가 고국에 두고 왔다는 성별도 모르는 아이를 찾기 위해 그는 여러 명의 아이를 입양했다. 오로지 여자를 행복하게 해주고 싶어서. 그것이 정부인과 친아들들의 마음에 어떤 불을 지폈는지도 모르는 채 그렇게 한다. 오로지 여자를 행복하게 해주고 싶어서.

그리고 그 여자를 잃는다.

그런 세계였다.

넘칠 듯 반짝이는 풍요로운 부, 그 안의 마음들은 바싹 마른 사막처럼 버석거렸다.

오로지 여자가 웃는 얼굴을 보기 위해 관심도 없던 나라의 아이들을 데려와 사랑을 퍼부었던 이아코바키스, 그리고 마리아가 사망했을 때 그는 빛을 잃었다. 힘겹게 십삼 년을 더 버텨 낸 그는 기아니스가 스물여섯 살이 되던 해 그의 빛을 따라 갔다.

그리고 기아니스 Y. 이아코바키스, 그가 혼자 남았다.

단 하나의 빛나는 기억, 시간이 지날수록 아스라하니 형체는 사라지는데 빛만 더해가던 마리아의 기억뿐, 그는 그렇게 혼자 남았다.

그의 아버지였던 이아코바키스가 원한 대로 그는 똑똑했으며 적을 차례로 제거하고 필요한 것을 차례로 손에 넣었다.

사람들은 그에게 뭐든지 줄 것 같았다. 뭐든지 가질 수 있을 것 같았다. 그러나 무얼 가지고 싶은지 알 수 없었다.

마리아, 마리아, 마리아.

[나는 아마 마리아를 사랑했어. 내게 가족이라고 할 수 있는 게 있었던 적이 있다면…… 아마 그녀였겠지.]

그가 죽게 했지만.

마리아에게는 한국에 두고 온 아이가 있다고 했다. 일찌감치부터 찾고 있었다.

그러나.

찾아서, 찾아서, 찾아서 어쩔 셈이었을까.

[아버지를 존경했다. 어떤 이유에서든 나에게 존재 이유를 준 사람이었으니까.]

[좋은 아버지, 좋은 어머니를 만났네요.]

그가 눈을 감은 채 피식 웃었다.

[그럴까.]

그와 맞닿은 피부가 뜨거워졌다. 그의 체온은 몹시도 뜨거웠다.

[하지만 어떻게 해야 할지는 모르겠어.]

[뭘?]

네가 마리아의 딸이라면, 내가 어떻게 해야 할까?

그는 대답 대신 그녀의 몸을 타고 올라왔다. 가슴과 가슴, 배와 배, 다리와 다리가 겹쳐졌다. 물결이 찰랑이는 풀의 바닥에 손을 지탱하고 그가 그녀를 내려다보았다.

[한국 이름…… 뭐예요?]

그가 고개를 오른쪽으로 돌려 시선을 피했다. 민영은 작은 손을 올려 그의 뺨을 감싸 자신을 가만히 보게 만들었다. 시선과 시선이 마주친 사이로 대기가 그윽해진다.

[연호.]

"연호."

그녀가 상반신을 반쯤 들어 자신을 내려다보는 그의 입술에 입을 맞췄다. 싸늘하게 식었던 입술 끝에 뜨거운 그의 숨결이 와 닿았다. 가는 팔이 그의 목에 감기자, 그가 허리를 굽혀 입을 마주 맞춰왔다. 따뜻하고, 따뜻하고, 따뜻하다.

그가 왼쪽 뺨을 그녀의 오른쪽 뺨에 가져다 대고 가만히 숨을 쉬었다. 들썩이는 그의 어깨, 마주 닿은 나신과 나신이 눈부시다. 팔과 팔, 다리와 다리가 엉겨들며 서로의 어깨에 입을 맞추고 서로의 온기를 들이마신다. 서로의 심장 고동 소리를 듣는다. 가슴과 가슴이 맞닿은 부분에서 기분 좋은 열기가 일어난다. 뺨에 닿은 손가락 끝이 저릿하게 안타깝다.

처음으로 서로의 안에 닿다.
몸이 아닌 마음이.

＊

알렉스는 서류를 넘기면서 낮게 흥얼거리는 기아니스를 보고 한쪽 눈을 찡그렸다. 새벽 다섯 시, 아직 주변은 온통 어둠뿐인데 환하게 밝혀진 유일한 방인 서재 소파에 기대 있는 기아니스는 온통 기분이 좋아 보였다.

[메릭 쪽은 해결되었나?]

[네. 주식을 모두 사들였습니다만, 아직 눈치 채고 있는 것 같

진 않습니다.]

기아니스가 그럴 줄 알았다는 듯이 낮게 콧소리를 내고 고개를 기울였다. 그의 손끝에서 미색의 서류철들이 빠르게 넘겨졌다.

[마담은?]

[아직은.]

게리와 메릭의 친모이자 이아코바키스의 정부인이었던 라리아나 G. 이아코바키스는 무서운 여자다. 멍청한 아들들에 비해 똑똑하기 때문에 기아니스가 약점을 내보이지 않는다면 엎드린 채 나타나지 않겠지만, 만약 그렇지 않다면 어떻게 될까? 알렉스는 입술을 깨물었다.

기아니스는, 그의 주인은 자신이 지금 어떤 표정을 짓고 있는지 모르는 걸까.

[마담 쪽의 주식도 사들여. 단, 이쪽은 좀 신중하게.]

[네?]

예상외의 발언에 몸을 기울인 알렉스가 되물었으나 기아니스는 자세도 흐트러뜨리지 않은 채 서류만 넘겼다. 알렉스의 등줄기를 타고 전율이 흘렀다. 뭔가, 지금 무슨 생각을 하는지 모를 사내가 설마 라리아나 G. 이아코바키스, 미국 굴지의 무기회사의 소유주이자 미 정계에도 상당한 영향력을 자랑하는 고든 가(家)의 딸을 상대로도 싸울 생각인 건가.

[이아…….]

[그리고.]

기아니스는 그의 말을 끊었다.

[서준희 쪽은?]

알렉스는 품에 안고 있던 서류를 뒤적거려 두툼한 보고서 하나를 그에게 내밀었다. 차락차락, 말 없이 서류 넘기는 소리만이 서재를 채웠다.

[도크가 모자라?]

[네. 서준희 쪽은 숨기려고 하는 것 같습니다만. 게다가.]

알렉스는 말을 끊었다.

[LNG선이나 컨테이너선은 좋습니다. 더할 나위 없이 좋습니다. 문제는 크루즈선 쪽이 보통 캐리어선과는 완전히 다른 성격을 띠고 있다는 데 있습니다.]

[문제가 있으니 술수를 부렸겠지.]

[네?]

그가 윤기가 흐르는 짙은 감색 가죽 소파의 느티나무 결이 그대로 살아 있는 팔걸이에 비스듬히 기대며 말을 이었다. 단정하게 반듯한 어깨, 서류를 보느라 고개를 약간 숙인 그의 선이 마치 빚어낸 듯 눈부시다.

[모자를 수는 있어. 문제는 모자라는 부분을 채우는 방식이지. 서준희는 꽤 잘해내지 않는가.]

[이아코바키스님!]

기아니스의 입가에 미소가 떠오른다.

용서할 수 없다— 고 생각했었다. 그러나 지금 그는 어쨌든 서준희가 쓴 각본에 맞춰 춤을 추고 있다. 자신이 도저히 거부하지 못할 거라고 그는 생각했던 걸까? 실패하면 시도하지 않는 것보다 더 나쁠 것이라는 걸 모르지 않을 텐데, 그는 그녀를 데리고 크루즈에 탑승했다.

민영에게 선명한 마리아의 그림자. 어떻게 알았든, 무슨 생각을 했든 노린 것은 확연하다. 그리고 멋지게 성공해 냈다. 그가 쳐놓은 덫 안으로 그는 걸어 들어갔다. 그리고 지금, 그는 빠져나올 생각이 전혀 없다.

성공한 쿠테타는 처벌 받지 않는다. 성공한 술수는 보상받아야 한다. 그가 아니었다면 그녀를 만나지 못했을 것이다.

안 그래도 아세아 태평양 지역이 크루즈 시장에 뛰어들 때가 되긴 했다고 생각했다. 일본 쪽이 파트너로 적합하다고 생각했지만, 이렇게 된 것 한국이라고 해서 굳이 나쁠 것도 없다. 그 위에, 서준희의 수완과 강단이 이 정도라면 해볼 만하다.

그래, 손해 볼 건 없어.

손으로 턱을 괴며 그는 생각했다. 그러나 그도 확신할 수 없었다. 지금 자신의 판단이 정말 냉정한 판단일까?

[조사는?]

[수녀님의 거취를 확인했는데 이 년 전 사망했다고 합니다. 그 외의 직원들을 탐문 중인데 시설에 유기되는 아이가 한두 명이 아니기 때문에 기억하고 있는 사람이 없습니다. 서류의 행방

은 여전히 오리무중이지만 사람을 몇 명 더 붙였습니다. 친자
확인 검사 쪽은 아시다시피 폭발 사고였기 때문에 유해가…….]

　[진전된 건 없다는 건가?]

　[아뇨.]

　알렉스가 얇은 서류를 그에게 내밀었다.

　[마리아와 이아코바키스님의 접점을 찾았습니다. 처음 만났
을 것이라고 예상되는 곳부터 역으로 추적하고 있습니다.]

　[나쁘지 않군.]

　[그녀에게는 알리지 않으실 겁니까?]

　알렉스의 질문에 기아니스의 눈동자가 서늘하게 움직였다.
순간 알렉스는 자신이 실수했다는 걸 알았다. 그가 상관할 문제
가 아닌 것이다.

　그러나 기아니스가 모르는 걸 알렉스는 알고 있었다. 그러니
까 서민영을 만나기 전의 기아니스와 지금 서민영을 만나고 난
다음의 기아니스가 얼마나 다른 표정을 짓고 있는지 같은 것 말
이다. 그리고 그것이 왜 문제가 되는지도.

　그 둘은 비슷한 상처를 가지고 있는 사람들이었고, 상처와 상
처가 만나서 치유가 된다는 건 일종의 판타지일 뿐이다. 상처는
다른 사람의 상처를 긁어내린다. 하물며 삼십 년을 완벽히 다른
환경에서 다른 사고방식을 가지고 살아온 사람들이다.

　[왜 그래야 한다고 생각하지?]

　알렉스는 대답하지 않았다. 기아니스의 질문이 불쾌감의 표

시일 뿐 대답을 요하는 것이 아니라고 판단했기 때문이다.

사실 서민영은 뒤에서 이런 식으로 자신을 조사할 것이라고 상상도 못할 것임에 틀림없다. 설혹 짐작하더라도 인적사항 정도겠지, 라고 생각하지 양면으로—마리아 쪽은 진작부터 추적하고 있었던 것이지만—밟아 올라가고 있다고는 생각하지 못한다. 그러니까 기아니스에게 자신의 부모님과 관련된 사항을 요구하지 못하는 것이다. 그것이 기본 사고방식의 차이이다.

본디도 별로 요구가 많은 여자는 아닌 것 같지만.

기아니스의 날카로운 시선이 알렉스를 훑었다. 하루 이틀 함께 일한 것이 아니니 그의 성향을 모를 리도 없고, 선을 넘었다는 것은 그만큼 알렉스가 평정을 잃었다는 뜻일 것이다.

서민영이 왜 문제가 되지?

마리아의 딸이라면, 원래 찾으면 잘해주려고 생각하고 있었다. 원하는 건 다 가질 수 있도록 해줄 생각이었으니 그대로 밀고 나가면 될 것이다.

마리아의 딸이 아니라면, 그리고 만약 불유쾌한 목적으로 그에게 접근한 것이라면.

그는 커다란 손으로 입을 덮었다.

그래도 상관없다.

이용하고 싶다면 이용당해 주겠다. 휘두르고 싶다면 휘둘러 줄 수도 있어.

그를 똑바로 올려다보던 눈동자에 어리던 풍부한 감정이 생각났다. 그의 손 안에서 변화하는 모습도, 생각보다 좀 더 재잘거리는 타입이었을 수도 있다. 좀 더 투정이 심하고, 좀 더 어리광을 부리는 타입이었을 수도 있다.

생각이 여자에게로 미치자, 따뜻하게 등을 쓸던 여자의 손길이 생각나 기아니스는 깊은 숨을 내뱉었다. 금세 온몸이 이완되는 것 같았다. 날이 선 듯 호전적이었던 마음이 편안하게 풀어진다. 물 냄새가, 한밤의 에테시아에 섞여들던 야릇한 향이 서재까지 침범하는 것 같다.

그래, 얼마든지.

[그래서 우리가 한국과 일한다면 예상되는 메이어베르프트 사의 반응은?]

그가 소파의 등받이에 깊숙이 기대며 눈을 감았다. 긴 속눈썹이 티 없는 피부에 긴 그림자를 드리웠다. 그런 그의 모습을 한참 동안 바라보던 알렉스가 자세를 바로 하고 무감정한 목소리로 보고를 시작했다.

민영은 정신없이 잠에 빠져들었다. 그녀를 품에 안고 잠들었던 기아니스가 몸을 일으켜 나가는 걸 느꼈지만 손가락 하나도 꼼짝할 수 없었다. 요 며칠 일어난 모든 일들이 그녀에게는 꿈 같았고, 거짓말 같았다.

기아니스 Y. 이아코바키스.

잠에 취해 그녀는 미소 짓고 있었다.

차갑고 냉랭했던 남자가 조금씩 마음을 여는 게 보인다. 그녀의 뺨을 다정하게 쓸고 찡그린 콧잔등에 키스한다. 마주 닿은 손과 손 사이의 팔딱이는 맥박을 공유하고, 손가락과 손가락이 교차된다.

따뜻하다.

그녀는 중얼거리며 몸을 굽혔다.

따뜻해.

반짝이는 은색 실크 시트가 그녀의 몸에 감긴 채 스르르 미끄러지듯 움직였다. 어깨를 웅크린 그녀를 중심으로 커다란 시트가 마치 꽃이 핀 것처럼 주름이 잡혔다.

검고 깊은 눈에 스며든 외로움, 우뚝 서서 바람을 다 맞고 있는 남자의 그림자는 흐릿했지만 길었다. 그리고 그녀가 그 안으로 한 발 걸어 들어갔다.

그래서 그에게 가고 싶었던 거야.

민영이 몸을 더욱 웅크려 둥그렇게 말았다. 그의 침대는 기억나지 않는 엄마 뱃속에 있는 것처럼 편했다.

가물가물 머릿속이 흐려졌다.

멀기만 한 사람이었는데 손에 잡힐 듯, 가까워졌다.

사랑해. 어쩌면 정말로 사랑해.

조용하게 방 안의 공기가 일렁거리는가 싶더니 남자의 향이 가까이 느껴졌다. 매트릭스가 기울었다. 따뜻한 손이 뺨을 쓰다듬더니 시트를 끌어당겨 어깨까지 덮어준다.

사랑해―

사랑하게 되면 너무 사랑한다. 더 이상 사랑이 아닐 정도로 사랑하게 된다. 놓지 못할까 봐, 그것이 두려워서 마음을 다 주지 않으려 했다.

그러나 지금, 마음을 다 주고도 돌아설 수 있을 것 같은 기분이 들었다.

사랑해, 충분히.

담뱃불을 붙이는지 달칵거리는 스탠딩 라이터의 소리, 낯설었던, 그리고 이제는 익숙한 담배 향이 퍼졌다. 후, 하는 낮은 숨소리.

민영은 미소 지으며 깊은 잠 속으로 침잠했다.

[그리스요?]

테라스에서의 점심식사 후 내내 서류를 들여다보고 있던 기아니스는 알렉스가 그의 귀에 몇 마디 속삭이자 서류를 던지고 일어섰다.

민영이 어리둥절한 채로 그를 올려다보았다.

[그래, 아테네의 본가(本家)로 가야 해.]

[아.]

민영의 눈동자에 스친 기묘한 색을 본 다음에야 기아니스는 그리스가 그녀에게 미칠 영향에 대해 깨달았다.

[가고 싶지 않다면······.]

[아니, 그건 아니지만.]

망설이는 듯 목소리 끝이 흐려졌다. 그리곤 몸을 일으켰다.

[하지만 이제 며칠 남지 않았는데.]

벽에 달력이 걸려 있는 것도 아닌데 그녀의 시선이 불안하게 벽을 훑었다.

[무슨 시간?]

[니스로 돌아와야 하는 시간이요.]

그의 표정이 마치 잊고 있었던 것처럼 멈췄다. 상대가 기아니스 Y. 이아코바키스가 아니라면 민영은 정말 그가 자신이 돌아가야 한다는 걸 까맣게 잊어버리고 있었다고 생각했을 것이다.

그의 시선이 무심하게 서 있는 알렉스에 가 닿았다.

[준비하지.]

그의 말에 알렉스가 고개를 숙이고 나가자 기아니스는 음, 하고 주먹을 아랫입술에 가져다 댔다.

[일단 그리스로 가서 이야기하자. 그쪽에선, 네 어머니를 찾아볼 수도 있을 거야.]

민영의 눈이 둥그레져 그를 향했다. 자신의 말이 그녀에게 어떤 영향을 미칠지 정확히 알고 이야기한 기아니스는 그녀의 시선을 피했다. 그리고 민영이 뭔가를 물으려고 입을 달싹였을 때, 두 번 절도 있는 노크 소리가 들렸다. 준비가 되었다는 신호. 기아니스는 손을 뻗어 민영을 잡아 일으켰다.

[이리 와.]

놀란 눈으로 그를 바라보는 그녀의 손을 잡아끌면서 기아니스는 저도 모르게 빈손으로 스스로의 가슴을 눌렀다. 어쩐지 미약한 통증이 있다.

사람을 움직이는 법을 깨달은 건 아주 어렸을 때부터였다. 사람의 주의를 끌기 위해 그 사람의 민감한 부분을 건드리는 것은 기초 중의 기초였다.

그런데.

어째서인지 죄책감이 든다. 어째서인지.

그는 민영의 손을 잡은 손에 힘을 주었다.

그로부터 삼십 분 후, 이아코바키스 가(家)의 전용기 중 한대가 지중해를 가른다.

민영은 IL96—300 기종의 소파만큼 푹신한 의자에 기대어 거대한 하늘빛 초원 사이 드문드문 양 떼처럼 모여 있는 하얀 구름을 보았다. 저물어가는 태양이 하얀 구름을 막 붉게 물들이기 시작한 시간이었다. 부서지는 지중해의 햇살, 기내에는 재즈가 흐르고 있는데 그녀의 바로 앞에 앉은 기아니스는 여전히 서류를 든 채였다. 달달한 리듬의 기타, 청명한 물빛을 닮은 비트는 그의 귀에 가 닿는 것 같지 않았다.

시트에 느슨히 기대어 서류에서 눈을 떼지 않은 채 입술을 가만히 쓸고 있는 기아니스의 뒤에는 알렉스가 선 채로 약간 허리를 굽히고 다른 손으로는 케이블 위의 노트북을 두드리고 있었다.

[어째서 알렉스는 앉지 않죠?]

알렉스에게 말을 걸었지만 고개를 든 건 기아니스였다. 힐끗 뒤를 돌아본 그가 낮게 알렉스의 이름을 불렀다. 그제야 알렉스는 고개를 가볍게 숙이고 다른 쪽의 시트에 가서 앉았다.

민영은 그런 그의 옆모습을 가만히 바라보았다. 처음 보았을 때부터 지독히도 말이 없는 남자였다. 기아니스도 말이 없지만 그 정도는 아니다. 알렉스는 정말 그림자 같다. 기아니스의 옆에 그림자처럼 서 있다.

[알렉스는 언제 만났어요?]

그녀가 묻자 기아니스는 글쎄, 하며 대강 넘겨 버리고 말았다. 여전히 서류를 코에 묻은 채였다.

바쁜 남자들, 민영은 고개를 젓고는 다시 시트에 기대 버렸다. 그리고 기아니스를 가만히 바라보았다.

참 신기하다고 생각했다. 머리부터 발끝까지 이리 허점 하나 보이지 않는 건 쉬운 일이 아닐 텐데 그는 정말 그랬다.

[그렇게 쳐다봐도 실제로 내가 닿지 않는다는 건 아는 거지?]

보지 말란 말을 참 어렵게 하는 남자였다. 피식 웃은 민영은 턱을 괸 채 시선을 창밖으로 돌렸다.

그리스—

이런 식으로 그리스에 가게 될 줄 몰랐다. 사람의 인생에서 예상할 수 없는 일이 일어나는 횟수가 정해진다면 아마 그녀는 요 며칠 사이 그 횟수를 다 써버리고 있는 것 같았다.

친어머니.

아까 문득 기아니스가 던진 말이 서늘하게 그녀에게 스며들었다.

정말 찾을 수도 있는 걸까? 그렇다. 그 정도 되는 사람이라면 찾을 수 있을지도 모른다. 자신이 그를 만나면서 단 한 번도 그런 생각을 하지 않았다는 것을 스스로도 믿을 수 없었으니까.

하지만 찾고 싶은가? 찾아서, 뭘 어쩔 수 있을까?

저도 모르게 그녀는 신음을 내뱉었다. 심장이 마치 누가 움켜쥐기라도 한 것처럼 답답해져 왔다.

불안하다.

비행기는 막 로니언(Ionian) 해(海)를 건너고 있었다. 구름이 걷히고 파란 바다, 그 위에 정지된 것처럼 하얗게 일어나 있는 하얀 파도가 보였다. 그녀의 시선이 불안정하게 바다를 훑었다.

[알렉스.]

낮은 저음이 아무렇지도 않게 자신의 비서의 이름을 불렀다. 눈도 마주치지 않았는데 마우스의 스크롤을 내리던 알렉스는 아무런 질문도 하지 않고도 노트북을 접고 일어났다. 그리곤 성큼성큼 진자주색의 카펫이 깔린 기내를 가로질러 나가 문을 닫았다.

어리둥절해진 민영이 그가 사라진 문을 바라보다 기아니스 쪽으로 다시 고개를 돌렸을 때는 약간 피곤한 표정의 남자가 양 미간 사이를 손끝으로 누르고 있었다.

[이리 와.]

그가 손짓했다.

[네?]

[이리 와.]

그가 다시 한 번 반복하며 그녀에게 손짓했다.

그 의도를 알 수 없어 그녀는 약간 쭈뼛거리며 그에게로 다가 갔다. 그의 커다란 손이 손목에 감기더니 몸이 획 돌아갔다. 그 는 별 어려움 없이 그녀를 안아 무릎에 앉혔다.

[뭐예요?]

그가 눈을 감은 채 그녀의 목덜미에 코를 묻고 깊이 숨을 들 이쉬었다.

[불안해?]

[네?]

[내가 아까— 이야기한 것 때문에 불안해?]

그는 조금 더 길게 설명했다. 그대로 딱딱하게 굳어 있던 민 영은 조금 몸을 빼 그의 얼굴을 똑바로 마주 보았다. 서늘하게 그림자진 눈동자가 그녀를 담고 있었다.

[알았어요?]

[응.]

그가 조용히 대답했다. 그런 그를 잠깐 바라보던 민영은 그의 어깨에 머리를 기댔다.

[그냥 어— 잘 모르겠어요. 만나고 싶은 것 같기도 하고, 아닌 것 같기도 하고.]

[…….]

[만나고 싶은 것 같기도 하고, 무서운 것 같기도 하고.]

[무서워?]

그의 물음에 민영은 음, 하고 콧소리를 냈다.

[그냥 내가 어떤 사람인지 정면으로 마주 보는 느낌 같은 거요. 그런 거 없어요?]

[난 부모를 찾고 싶다고 생각한 적이 없어서.]

[왜?]

그의 인상이 조금 찡그려졌다. 민영은 그가 이런 이야기를 좋아하지 않는다는 걸 알았다. 그만둬도 상관없다고 생각했는데 의외로 그는 계속 말을 이었다.

[지난 일은 지난 일이야. 날 버린 사람은 관심없어.]

[이유가 있을 수도 있잖아요.]

[어떤 이유든.]

그는 냉정하게 말을 끊었다. 정말 바늘 하나 박힐 데 없을 것 같은 단호한 말투였다. 하지만 그의 손은 다정하게 그녀의 머리를 쓸어내리고 있었다.

[선택하는 건 자신이지. 어떤 이유로 선택을 했는지가 그 선

택을 정당화하진 않아. 신경 쓸 필요 없어. 네가 싫은 일은 단
하나도 하지 않을 테니까.]

[정말?]

[그래.]

어깨에 그의 무게가 느껴진다 했더니 입술이 쇄골에 슬쩍 키
스했다. 뜨겁다기보다는 다정한 키스였다. 그녀는 모든 여자가
그렇듯 유전자에 각인되어 있는 농밀함으로 팔을 둘러 그의 머
리카락을 쓰다듬었다.

[왜 나한테 이렇게 잘해줘요?]

[네가 서준희한테 집착했던 것처럼 나도 너에게 집착하나 보
지.]

[어, 정말?]

민영이 그의 머리를 슬쩍 밀어내며 장난스럽게 말했다.

[응.]

[그럼 큰일이에요. 사실 난 준희에게 어마어마어마하게 집착
했었거든요.]

[정말?]

[응. 대학교 들어가기 전까지는 준희한테 전해달라고 러브레
터를 주는 애들이 정말 미웠는걸?]

그녀가 밀어내든 말든 그녀의 목덜미에 키스를 퍼붓던 기아
니스가 불쾌하다는 듯 몸을 떼고 그녀를 바라보았다.

[그건 진짜 질투인데?]

[흠, 당신은 그런 적 진짜 없어요?]

[없어.]

부정의 말이 끝나기도 전에 기아니스는 문득 헬기에서 잠시 내렸을 때 민영의 태도, 서준희에게는 이해받고 싶어하던 그녀의 태도가 무척이나 거슬렸던 것을 기억해 냈다. 그러나 그의 망설임은 이어지는 민영의 물음에 묻혀 버렸다.

[마리아?]

그는 잠시 민영을 바라보다가 부드럽게 대답했다.

[……제대로 집착하기도 전에 죽어버렸어. 사고, 가 있었거든.]

[오, 난 큰일난 거네.]

[큰일난 거지.]

그의 손이 그녀의 여린 뺨을 쓸어내리더니 귓불을 톡톡 두드렸다. 그리고 자신의 손이 닿았던 곳을 그대로 입술로 답습했다. 몇 번이고 뜨거운 키스가 내려앉았다. 눈을 감은 민영이 그 뜨거운 감각을 받아들이는 동안 기아니스의 손이 치마 속으로 쏙 들어왔다.

[으악!]

그녀가 필사적으로 치마를 눌렀다. 그러나 치마는 이미 허벅지 위로 말려 올라가 있었다.

[괜찮아.]

실크 스타킹을 더듬어 올라가던 그의 손이 팬티와 스타킹 사이의 맨살에 닿자 바로 그 부위로부터 화끈 하고 불길이 일어났다. 그 감각이 그대로 단전으로 모여들며 호흡이 거칠어지기 시작했다.

"자, 잠깐."

그녀는 당황한 나머지 한국말로 말해 버렸다는 걸 깨닫고 그리스어로 다시 말했다.

[여기선 안 돼요.]

[왜?]

그가 순진하게 물었다. 민영은 기가 막혔다. 그리고 그녀가 기막혀 하는 동안 그는 자신이 할 일을 착실히 해냈다. 맨살의 말랑거리는 감촉을 충분히 즐기던 그의 손가락이 엉덩이 쪽으로 돌았다. 그의 손 위로 치마가 흘러내려 덮였다.

[제발.]

가쁜 숨을 몰아쉬면서 그녀는 무슨 의미인지 분명하지 않은 애원의 소리를 내뱉었다.

들리지 않는 것처럼 그가 심플한 검은 재킷 사이에 코를 묻었다. 희미한 파우더 냄새, 손가락으로 엉덩이를 쓸자 여자의 몸이 바르르 떨었다.

의식할 새 없이 블라우스 단추가 풀렸다. 그는 깊게 패인 그녀의 가슴을 손으로 쥐며 계곡에 코를 묻고 숨을 들이마셨다. 아찔할 정도로 황홀한 향, 여자의 손이 그의 목덜미를 스치고 머릿속으로 파고들었다. 그는 다시 그녀의 목덜미에 입을 묻었다. 기묘한 감각, 목덜미에서 그가 쥔 가슴까지, 찌르르한 선이 그려졌다. 민영이 내뱉은 뜨거운 호흡이 공기 중에 흩어졌다.

부드럽게 비행기가 선회하자 옅은 진동감이 일어났다. 공기가 농밀해진다.

두 사람 뒤의 창밖으로 황금빛 노을이 장관이다.

✱

아테네에 도착한 것은 밤이 깊었을 때였다.

니스의 별장 정원은 커다란 정문을 지나 드라이브 웨이로 들어서면 양쪽으로 서 있는 가로수가 근사했었다. 그러나 본가(本家)라고 불린 저택의 정원은 밤이라 그렇게 보이는지 몰라도 웅장할 뿐 살풍경했다.

차창에 손을 댄 채 건물을 구경하던 그녀는 차가 현관에 서고 나서야 퍼뜩 정신을 차렸다.

저택은 투박할 정도로 단순한 디자인, 회백색의 석조건물로 커다란 기둥이 곳곳에 버티고 서 있다. 천장이 몹시도 높아 그녀는 저도 모르게 위를 올려다보았다.

[이리 와.]

그가 손을 내밀었다. 그녀가 웃으며 그 손을 잡자 어쩐지 굳어 있던 그의 표정이 조금 풀어졌다.

[오셨…… 습니까?]

범상하게 인사하던 늙은 집사의 표정이 기묘하게 흐트러졌
다. 벌써 발견하고는 아까부터 쑥덕이던 사람들이 기아니스의
매서운 눈빛을 받고 입을 다물었다.

"……?"

의아하게 그의 손에 끌려 계단을 올라가며 뒤를 돌아보니 알
렉스가 사람들에게 뭐라고 지시를 내리고 있었다. 기묘한 표정
의 늙은 집사가 위를 올려다보다 민영과 눈이 마주치고는 시선
을 피했다.

[뭔가 이상해요.]

[뭐가?]

벽에는 이아코바키스의 조상들로 추측되는 초상화가 줄줄이
걸려 있었다. 무심히 스쳐 지나가며 그가 물었다.

[그냥, 날 보는 눈길이.]

그는 잠시, 아주 잠시 망설였다. 그러나 민영이 눈치 챌 정도
로는 아니었다.

[내가, 여자를 데려온 게 처음이라 그래.]

그답지 않게 변명하는 듯한 말투였지만 아주 거짓인 것도 아
니었다. 실제로 그가 본가(本家)에 여자를 데려온 적은 한 번도
없었던 것이다. 물론 고용인들이 놀라는 것은 단지 그래서만은
아닐 것이다.

[처음이라고요?]

[그래—]

그는 피곤해 보이는 얼굴로 복잡한 조각이 새겨진 커다란 문을 밀었다.

고급스러운 그리스식 몰딩 아래로 짙은 색상의 대리석의 벽, 바닥에는 짙은 암적색의 카펫에 아라베스크 문양이 수놓아져 있었다. 그는 그녀의 손을 놓고 진열장의 문을 열었다. 신경질적인 손놀림으로 술병을 고르던 그의 손이 매켈란 라리크, 리미티드 에디션을 집어냈다.

[여기서 몇 살까지 자랐는데요?]

민영이 묻자 스트레이트로 이미 한 잔을 털어 넣은 그가 가만히 그녀를 쳐다보았다.

[열여덟 살, 대학은 영국에서 다녔으니까.]

[그리고 나서 처음이에요?]

[아니. 아버지는 계속 여기서 머무시다가 돌아가셨으니까.]

그리고 게리에게 사고가 났을 당시도 여기서 머무르고 있을 때였다. 여기까지 생각했을 때 쾅, 하는 폭발음이 들린 것 같았다. 그러나 이 집에 올 때마다 동반되는 익숙한 환청에 놀라는 대신 그는 글라스에 다시 술을 채웠다. 그리고 그 술잔을 털어 넣다가 그녀가 자신을 묘한 표정으로 보고 있다는 걸 알았다.

[왜?]

[기분이 안 좋아 보여서.]

[여기는…….]

그가 말을 끊고 턱을 쓸었다. 한 잔을 더 따른 그가 술잔을 손에 쥔 채 그녀에게 다가왔다. 그의 손가락 끝이 슬쩍 민영의 뺨을 스쳤다.

[여기는 잘 오지 않아.]

[왜요?]

[싫은 기억을 떠올리게 해서.]

이아코바키스 가(家)의 누구도 이 저택에 머물지 않는다. 한때 아홉 명의 아이들이 바글거렸던 집은 폐허처럼 조용하다. 오래된 고용인들만이 기억들을 지키고 있을 뿐.

그가 고개를 비틀어 그녀의 뺨에 키스했다. 따뜻한 숨결, 그녀의 향기가 코끝을 간질였다.

여기에 데려오지 않는 편이 나았을까. 그러나 오지 않을 수도 없었다. 놓고 오는 것도 가능하지 않았다.

[내일은 아크로폴리스에 나가보자.]

[응.]

대답하자 그가 부드럽게 웃고 그녀의 코를 톡 건드린 손을 어깨로 미끄러뜨렸다.

[이아코바키스님.]

무거운 목소리에 기아니스는 손을 민영의 어깨에 얹은 채로 뒤를 돌아보았다. 문간에 반듯하게 서 있는 알렉스는 언제나처럼 표정이 없었지만 그와 눈이 마주치자 기아니스는 민영에게서 손을 떼고 돌아섰다.

[잠깐만 있어. 곧 돌아오지.]

차가워진 목소리, 그가 성큼성큼 방을 가로질렀다. 알렉스는 기아니스와 스쳐 나가면서 민영에게 목례했다. 당황하여 꾸벅 마주 인사한 민영은 낮게 두런거리는 소리와 함께 멀어지는 남자들의 발자국 소리를 들었다.

텅 빈 커다란 방에 남겨져 민영은 알 수 없는 불길함을 느꼈다. 뒤돌아보는 법 없이 가는 남자를 모르지 않는데, 그래도 반드시 돌아와 줬다는 걸 아는데도 어째서인지 가벼운 키스만을 남기고 나가는 남자의 뒷모습에 가슴이 철렁 내려앉았다.

집이 너무 커서 그런 걸까. 이 집에 비하면 니스의 별장은 아기자기한 맛이 있을 정도였다. 이 저택은 증축을 한 것 같긴 하지만 내부는 거의 손대지 않아 오래된 집다운 무게가 있다. 오래된 집은 스스로 생명체가 되어버린다던데 그 말이 진짜인 듯이 대저택은 어딘지 불길한 숨을 내뿜는 것만 같았다.

그녀는 크게 심호흡을 한 다음 방 안을 둘러보았다. 아까 그가 술을 꺼냈던 진열장 외에도 커다란 젖은 풀 빛깔의 소파, 얕은 계단을 두 개 내려가면 도자기가 올려져 있는 오래된 콘솔이 있고, 다른 방으로 통하는 문이 있다. 그 문이 있는 벽의 몰딩을 따라 쭉 돌면 벽난로가 있고, 그 벽난로 위에는 스퀘어로 된 우드블록이 있는데 거기에 고흐의 별이 빛나는 밤이 걸려 있었다.

그리고.

고개를 갸웃거린 민영이 조심스럽게 걸어 벽난로 쪽으로 다가갔다. 맨틀피스(mantlepiece)는 장식용 선반으로 사용하는 듯 몇 개의 사진이 놓여 있었다. 이 방의 모든 가구가 그렇지만 사진 역시 나긋하게 닳아 식별이 어려웠다. 그리고 막 그녀가 손을 뻗어 사진을 집어 들려 했을 때였다.

똑똑.

문이 열려 있는데도 들리는 노크 소리에 민영이 고개를 돌렸다. 낯선 남자였다. 고용인인 걸까? 그녀는 눈을 가늘게 떴다.

아까 알렉스가 서 있던 그 자리에 훨씬 흐트러진 태도로 서 있는 남자는 키가 컸고 꽤 미남형, 아니, 호남형이었다. 이목구비가 반듯하다기보다는 시원스럽게 생겼고, 검은 머리에 검은 눈동자였지만 외국인이었다. 아마도 그리스인, 그리스인 특유의 강한 느낌이 얼굴선에 남아 있다.

[마리아?]

그가 입을 열었을 때야 민영은 고용인이라기에는 그의 태도가 서슴없다는 것을 깨달았다. 그는 인상을 찌푸리고 있었그 머리가 아프다는 듯 커다란 손으로 슬쩍 짚고 있었지만 공손하다거나 예의 바르진 않았다.

[아니, 그럴 리가.]

민영이 뭐라고 대답하기 전에 남자는 인상을 찌푸리며 자신의 말을 번복했다. 그리고 방으로 들어오며 머리가 아프다는 듯 이마를 감싸 쥐었다.

[약 좀 없어? 기아니스는? 루바스는 못 봤어?]

[어, 방금 나갔어요.]

루바스가 누군 걸까?

[누가 나갔다는 거야? 기아니스? 루바스?]

[기아니스…… 요.]

[그래? 어딜 간대?]

그는 여전히 인상을 찌푸리고 있었다. 짙은 속눈썹이 어딘지 아이처럼 휘어졌다. 잘생긴 얼굴이었다. 어린애스러운 짜증이 얼굴이 배어 있었으나 그것은 그의 매력을 조금도 감소시키지 못했다.

[뭔가 처리…… 할 게 있다고 한 것 같아요.]

그를 어떻게 대해야 할지 몰라 민영은 허둥대며 대답했다.

[아, 처리. 그거 우리 모친을 말하는 걸 거야. 우리 모친이 기아니스를 주식거래위원회에 고발하겠다고 길길이 날뛰고 있거든. ……그런데 넌 누구야?]

고발?

무례할 정도로 직설적인 태도, 그러나 상대의 마음을 그다지 상하게 하지 않는다.

[서민영.]

[서민영?]

그는 기묘한 표정으로 민영을 쳐다보더니 천천히 다가왔다. 한 걸음, 한 걸음, 그가 다가올 때마다 그림자가 민영의 허리로, 가슴으로, 이마로 드리워졌다.

[어디서 들었지? 분명 들어봤는데…….]

그가 그녀를 유심히 굽어본다. 동공이 커 보이는 검은 눈동자
가 낯설다. 약한 술 냄새가 코를 스쳤다.

[그나저나 열심히 찾더니 드디어 찾은 건가? 아니면 그냥 비
슷해서 데리고 있는 거?]

[네?]

그의 말을 알아듣지 못해 민영의 미간이 좁아졌다. 건성으로
말한 그는 머리가 아프다는 듯이 손으로 관자놀이를 눌렀다.

[두통약, 없어?]

[없어요.]

[제길!]

남자는 두통약이 없다는 것에 화가 난다는 듯 큰 소리로 욕설
을 내뱉었다. 그에 깜짝 놀란 민영이 어깨를 움츠리자 흠, 하고
그녀 쪽을 돌아보았다. 그러더니 믿을 수 없다는 듯 다시 눈을
가늘게 떴다.

[진짜 닮았는데…….]

혼잣말하듯이 중얼거린 남자의 손이 민영의 작은 턱을 쥐었
다. 깜짝 놀란 민영이 남자의 손을 뿌리치고 한 걸음 뒤로 물러
섰다. 그가 코웃음 쳤다.

[해치지 않아. 그리고 모르나 본데 대개의 경우 기아니스보다
는 내가 더 여자에게 인기가 많아.]

관심없어, 라고 생각한다. 하지만 그럴 수도 있다는 건 알겠
다. 기아니스는 대하기가 어렵고 사람을 불편하게 만들지만 이

남자는 그렇지는 않다. 둘 다 위험하다는 느낌을 주지만, 위험의 종류가 다르다.

[아!]

민영을 곰곰이 바라보던 그의 눈이 생각난 듯 커다래졌다. 생각해 낸 자신이 대견하다는 듯 그는 손가락을 튕기기까지 했다.

[서민영— 생각났어. 알렉스가 뒤지고 다닌다는 여자였군.]

[네?]

[강력 후보라던데 바보 자식, 그냥 물으면 되는 걸 왜 찾으려고 지구 반 바퀴를 돌고 있는 거야? 이봐, 대답해 봐.]

두통이 점점 심해지는지 그는 약간 인상을 쓴 채로 재촉했다.

[뭘요?]

[넌 누구야? 왜 여기에 있어?]

똑똑—

아까보다 조금 더 힘있는 노크 소리, 날카로운 소리에 머리가 울리는 듯 남자가 더 이상 구겨질 수 없을 만큼 인상을 구겼다. 방문에 기댄 채 서 있는 건 알렉스, 그의 그림자가 짙은 암적색 카펫에 길게 드리워져 있었다.

[여기 들어오시는 걸 이아코바키스님이 좋아하실 것 같지 않습니다만.]

[흥, 들어오지도 못하나?]

알렉스가 천천히 방문에서 몸을 떼고 방으로 걸어 들어왔다. 그리고 지독하리만큼 느리게, 위압적으로 말했다.

[뭐, 그렇다고 생각합니다.]

남자의 얼굴이 심하게 구겨졌다. 마치 장난을 치다가 심하게 혼난 아이처럼 분한 표정이 얼굴에 떠올랐다.

[안 나가실 겁니까?]

알렉스가 표정 없이 되풀이하고 나서야 그는 방문 쪽으로 걸음을 옮겼다. 그러나 걸음을 옮기기 직전 불만스럽게 입을 내밀며, 그의 시선이 민영을 훑었다.

[루바스 못 봤어? 혹시 두통약 없어?]

알렉스와 엇갈려 지나며 그는 태연한 목소리로 물었다.

[집사님은 아래층에 계십니다. 어머니와 이아코바키스님이 대화 중이십니다.]

[알아.]

그가 싱긋 웃었다.

[누구죠?]

남자가 복도를 따라 사라지자 고개를 숙여 보이고 한 걸음 들어선 알렉스는 무심히 방을 가로질러 스퀘어 우드블록에 걸려 있는 그림을 떼어냈다. 고흐의 별이 빛나는 밤 뒤로 커다란 금고가 나타났다.

[메릭 G. 이아코바키스, 이아코바키스님의 형제입니다.]

알렉스는 무심한 태도로 다이얼을 돌렸다. 익숙한 손놀림 아래에서 철컥, 쇳소리가 나고 다시 돌돌돌 톱니 돌아가는 소리가 났다. 구식 금고였다.

[친자(親子)죠.]

그는 덧붙였다. 철컹 하는 금속성의 소리와 함께 금고가 입을 벌렸다. 그는 가볍게 손가락으로 훑어 필요한 서류를 집어냈다.

[날 조사했다는 건 무슨 소리예요?]

알렉스는 서류를 찾는 것처럼 고개를 숙이고 대답하지 않았다.

[기아니스가 시킨 건가요? 마리아가 누군지 알아요?]

[네.]

두 개의 질문, 한 개의 대답. 아무렇지도 않게 대답했지만 그의 머릿속은 복잡했다. 마리아, 메릭이 뭐라고 지껄였을까?

메릭이 이곳에 있었던 것은 완벽한 시행착오였다. 아무리 그라고 해도 마담과 메릭의 행방까지 모두 파악하기는 어려운 일이었다. 메릭, 멍청이가 자신의 지분을 모두 팔아버렸다는 걸 안 마담이 저택에 쳐들어온 거야 당연한 일이지만 이곳에 메릭의 목덜미를 잡아끌고 왔을 줄은 몰랐다. 바보와 바람둥이를 지독히도 싫어하는 마담이라 그 두 가지를 모두 갖춘 메릭과는 같은 공기를 마실 수 없을 것같이 굴더니 그래도 자식이라고 챙기는 걸 보면 마담도 나이가 든 것임에 틀림없다.

[누구죠?]

[이아코바키스님의 가정교사였습니다.]

[그건 알아요. 그런데?]

알렉스가 자세를 바로 하고 민영을 바라보았다. 소파에 한 손을 짚고 기대서 있는 여자와 눈이 마주쳤다. 작고 마른 여자, 확실히 마리아를 닮았다. 특히 옛집에 그녀가 서 있게 되자 마치 유령이라도 본 것 같은 섬뜩함이 일었다.

[내가 마리아를 닮았어요?]

갑작스러운 말, 서류로 돌아갔던 그의 시선이 흔들리며 그의 손아귀에서 서류들이 파라락 마른 소리를 내며 흩어져 바닥으로 떨어졌다. 그는 당황했지만 적어도 표정으론 당황한 기색을 내보이지 않았다 아무렇지도 않은 척 놓쳐 버린 몇 장의 서류를 주우러 다시 허리를 굽혔을 뿐이다.

그러나 민영은 그의 무언의 언어를 확실히 이해했다.

[내가 마리아와 닮아서. 그가 처음에 나한테 그런…… 그런 거예요?]

목소리 끝이 약하게 갈라져 나왔다. 폐가 마치 공기를 내놓지 않으려는 것처럼 비틀렸다.

[계속 찾았다는 건— 아니, 죽었다고 했는데……. 도대체…….]

민영이 말을 더듬거리다가 흘러내린 앞머리를 쓸어 올렸다. 처음부터, 지금까지 그의 행동—

어떻게 해야 하나, 입술을 짓씹던 알렉스가 낮게 입을 열었다. 귀를 기울이지 않으면 거의 들리지 않을 정도로 낮은 목소리였다.

[찾는 건 마리아의 아이입니다. 딸인지 아들인지도 모르지만— 딸일 거라고 추측하고 있습니다.]

[그럼 죽었다는 건…….]

[사실입니다. 폭발 사고였습니다.]

허리를 굽히고 한 장, 또 한 장, 서류를 집어 드는데 등에서 식은땀이 나는 것 같았다. 그는 도저히 지금 허리를 펴 민영의 얼굴을 마주 볼 수 없을 것 같았다.

그러나 어느 쪽이 더 충격일까?

마리아의 그림자를 보고 기아니스가 그녀를 곁에 두었다는 것과 그녀가 실제로 마리아의 딸일 수 있다는 것.

애당초 그녀에게 관심있었던 게 아니었다는 것과 그녀의 어머니일 수도 있는 사람이 죽었다는 것.

갑자기 방 안의 습도가 높아진 듯, 공기가 무거워진다.

[처음만이었을 겁니다.]

말하면서도 섣부른 간섭이었다고 생각했다. 아니나 다를까, 분노는 엉뚱하게 알렉스에게로 쏟아졌다.

[말도 안 되는 소리 하지 말아요. 나, 난 적어도 그런 줄은 몰랐어요. 말도 안 되는 일이긴 했지만 적어도 날 보고…… 날 보고 그런 거라고.]

전의 양모는 그녀가 오이를 먹지 못한다는 것을 몰랐다. 때때로 그녀를 다른 이름으로 부르곤 했다. 그녀에게, 그녀가 딸과 같은 곳에 점이 있어서 데려왔노라고, 말했었다.

민영은 이를 악물고 있었고, 거친 호흡 외에 지나치리만큼 조용했지만 마음이 울부짖고 있었다.

그럴 리가 없지, 그럴 리가 없지. 그냥 나를 원했을 리가 없지. 나일 리가 없지. 알고 있었던 거잖아. 소리 지르지 마, 서민영. 소리 지르지 마. 상처 입지도 마. 알고 있었던 거잖아. 누군가의 대역인 건, 익숙하잖아.

부글부글 끓어오르던 뭔가가 막 목구멍을 지나쳐 터져 나오려고 할 때였다.

[알렉시스 콘스탄티노스.]

낮은 목소리, 자신을 풀 네임으로 부른 목소리에 알렉스가 천천히 고개를 돌렸다.

순식간에 방의 온도가 내려갔다. 바다처럼 고요한 적막, 검은 눈동자와 눈이 마주쳤다.

알렉스가 고개를 숙여 보이고 자연스럽게 한 걸음 물러서며 서류를 테이블 위에 올렸다. 여전히 바닥에는 챙기지 못한 서류가 떨어져 있었는데 그건 마치 혼란스러운 민영의 마음 같아 보였다.

잠시 민영에게 시선을 둔 기아니스가 방으로 한 걸음 들어서며 가볍게 손을 들어 손가락을 튕기자 그는 다시 고개를 숙여 보이고 그대로 기아니스를 스쳐 문밖으로 나갔다. 그의 등 뒤로 문이 닫혔다.

잠시 민영에게 시선이 머물렀다.

간격, 그가 지독하게도 느린 발걸음으로 들어와 테이블 위에 알렉스가 두고 간 서류를 손가락으로 훑었다. 나른할 정도로 유연한 동작, 그것은 마치 이빨을 숨긴 육식동물의 사나움 같다. 아직도 금고문은 열린 채, 흉물스럽게도 검은 입을 벌리고 있었다.

그가 주먹을 쥐고 느릿느릿 테이블을 두드리는 소리가 방 안에 울렸다.

똑, 똑, 똑.

소리와 소리의 간격 사이에 숨 막힐 듯한 서로의 감정이 스며든다.

[알고 싶으면 나에게 물어.]

지독하게도 낮은 목소리는 마치 들렸다는 것이 거짓말처럼 방 안의 공기를 조금도 흐트러뜨리지 않았다. 그를 노려보고 서 있던 민영은 발밑의 카펫이 물렁해지는 것 같은 착각을 느꼈다.

[내가 마리아를 닮아서 나와…… 나와 잔 거예요?]

[……마리아는 나보다 이십 년도 더 연상이야.]

[그게 문제는 아니죠.]

그는 가볍게 한숨을 내쉬며 이마를 짚었다.

[내가 마리아와 닮은 건 맞는 거죠?]

그의 눈이 깊어졌다. 그는 처음으로, 어떻게 대답해야 좋을지 결정하지 못한 상태였다.

사실을 말하거나 거짓을 말하거나.

　대부분의 경우 거짓말을 할 필요가 없었기에 그는 거짓말에
능숙하지 않았다. 그러나 필요하다면 거짓말을 하는 것 자체에
부담을 느끼는 타입도 아니었다.
　그러나 지금, 그는 정말이지 어떻게 대답해야 좋을지 알 수가
없었다. 이 작은 여자를 속이는 것쯤이야 일도 아닐 테지
만…….

[나와 관계된 일을 뒤에서 몰래 하는 거, 진짜 싫어요.]

죄책감.
[그게 중요한 건 아니잖아.]
[그럼 뭐가 중요한데?]
민영이 날카롭게 그의 말을 잘랐다. 그는 한숨을 내쉬었다.
[그건 문제가 안 돼.]
[나한텐 돼요.]
그가 인상을 찡그렸다.
[이렇게 말해볼까? 넌 내 방에 왜 왔지? 그 잘난 크루즈 산업
때문에? 아니면 서준희 때문에? 아니면 내가 입양아라니까 동
질감이라도 느꼈나? 서준희 때문에 그 잘난 몸을 던질 바에야
별로 나쁘지 않은 상대라고 생각…….]
　철썩!
　작은 손이 기아니스의 뺨을 후려쳤지만 그는 꿈쩍도 안 했다.

"아니야!"

소리를 지르며 민영은 몸을 틀었다. 기아니스의 억센 손이 그녀의 팔을 움켜쥐었다. 그리고 동시에 다른 손이 그녀의 턱을 움켜쥐고 시선을 맞췄다.

[들어! 난 이유가 뭐든 전혀 신경 쓰지 않는다는 뜻이었어. 너도 신경 쓸 필요는 없다는 거야!]

그녀는 그의 손에서 빠져나가기 위해 몸을 뺐지만 어차피 힘으로는 당할 수 없는 것이었다. 그리고 그녀가 몸부림칠수록 그의 검은 눈동자의 분노가 짙어졌다. 숨결의 온도가 올라간다.

[왜 신경 쓸 필요가 없어!]

버둥거리면서 그녀가 소리를 질렀다.

[네가 날 가지고 놀았다는데 왜 신경 쓸 필요가 없어! 원나잇 스탠드? 하! 그런 건 괜찮아. 아니, 괜찮은 적은 없었지만 너라면 좋다고 생각했어. 잠깐의 인력이라도 끌렸으니까, 그러니까 그런 거면 괜찮아. 하지만 넌 나를 나로 본 적이 없잖아!]

[그런 게 아냐.]

[아니면!]

[서준……!]

맞받아쳐 소리를 지르려던 기아니스의 말이 멈췄다. 그는 인상을 쓰며 뜨거운 호흡을 내뱉었다. 서준희의 이야기는 할 수 없었다. 99%의 확신이 있다고 해도 할 수 없었다. 상처 줄 수 있다는 걸 알면서 이야기를 하는 건 비열하다. 그러고 싶지 않

다. 그 여자에게는 그러고 싶지 않다. 머리가 어질할 지경이었
다. 날뛰는 여자를 꼭 잡고 있는 것 외엔 머릿속에 별로 남아 있
는 생각이 없었다. 폐에 뜨거운 공기가 가득 찬 것처럼 호흡이
어렵다.

[아까 메릭이라는 사람이, 알렉스가 날 뒤지고 다닌다고 했어
요. 그건 뭐죠? 비슷해서 데리고 있다는 건 알아들었어. 하지만
계속 찾고 있었다는 것과 날 조사한다는 건 뭐죠?]

빌어먹을, 메릭!

[네가 마리아의 딸일 수도 있다고 생각해서 조사했어.]

[계속 찾고 있었다는 건?]

[마리아의 딸을 찾기 시작한 건 오 년쯤 되는 일이야.]

그의 말을 끝으로 거짓말 같은 정적이 흘렀다. 마치 방 안에
서 소리라곤 나본 적이 없다는 듯 공기조차 숨을 죽인 것 같은
정적.

민영이 날뛰는 것을 멈추자 기아니스도 그녀를 붙잡고 있던
손에 힘을 풀었다. 그녀가 한 걸음 뒤로 물러서 거리를 만들었
지만 그는 꿈쩍도 하지 않았다. 서로에게 붙박힌 듯 움직이지
않는 시선, 그 시선 사이로 서로의 심연(深淵)이 엉겨든다.

분노가 색(色)을 바꿨다.

[그러니까 쭉 마리아의 딸을 찾고 있었는데 내가 마리아와 닮
았고, 그래서 데리고 있는 김에 혹시나 내가 마리아의 딸일 가
능성에 대비해서 내 뒷조사도 하고 있었다는 거죠?]

인정할 수도, 인정하지 않을 수도 없는 말이었다.

[그런 거라면 어째서 나에게 그리스에 가면 내 친어머니를 찾아볼 수도 있다는 이야기를 한 걸까요?]

그녀의 목소리는 조용했지만 단어 하나하나, 억양이 올라가고 내려갈 때마다 사람을, 아니, 기아니스를 미치게 하는 적의를 담고 있었다.

[그만 해― 그런 게 아니었어. 내가 뭐라고 말하면 믿을 거야?]

[전혀 믿을 수 없겠는데……. 내가 왜 당신을 믿어야 하지?]

그가 고개를 저으며 그녀의 어깨를 잡고 눈동자를 들여다보았다. 사납게 노려보고 있는데도 그 커다란 눈에 눈물이 그렁그렁 차올라 아무 말도 할 수 없었다. 그리고 그녀가 냉정하게 그의 손을 쳐냈으므로 더더욱 할 말이 없어졌다.

머리가 터질 것 같다.

[왜 이러는 거야.]

[난 누군가의 대역 따위는 질색이야.]

[그런 게 아니라고 했어.]

[내가 어떻게 알아? 날 처음 안은 것도 마리아 때문이었는데 그 다음은 아니란 걸 내가 왜 믿어야 해? 내내 내 뒤에서 하는 짓과 내 앞에서 하는 짓이 달랐는데 내가 왜 네 말을 믿어야 하냐고!]

기아니스는 마음에 있는 말을 내뱉는 대신 벽을 쳤다. 쾅―

고급스런 마블링의 대리석이 흔들렸다.

[그랬다고 쳐! 그게 무슨 상관이야? 언제부터 내가 어떤 사람인지가 너한테 중요했던 거지?]

그의 목소리가 서릿발보다 더 날카로워졌다.

[난 처음부터 중요했어.]

그녀가 이를 악물고 대답했다. 그리고 몸을 획 돌렸다. 기아니스가 번개처럼 손을 뻗어 그녀의 팔을 잡았다. 마치 종잇장처럼 그녀의 몸이 휘청거리며 그를 향해 돌려졌다.

"놔!"

[그만 해!]

"놔! 네가 보기엔 내가 별거 아닐지 모르겠지만 이제 싫어! 난 이제 누군가의 대역 같은 건 싫어!"

대역 따위, 엿이나 먹으라고 해!

기아니스가 거칠게 그녀의 팔을 옭아매 잡아끌었다. 필사적으로 몸부림을 치던 민영의 팔이 기아니스의 뺨을 재차 후려쳤다.

빡!

이번에는 고개가 돌아갈 정도로 제대로 맞았다. 기아니스는 아프도록 쥐고 있던 그녀의 손을 놓았다. 씨근덕거리던 민영은 단 일 초도 망설이지 않고 돌아서 문 쪽으로 향했다. 그녀의 손이 막 청동 장식의 손잡이를 잡아당겼을 때 커다란 손이 도로 문을 밀어 닫았다.

쾅—!

문이 부서질 듯한 소리를 내며 닫혔다. 남자의 강건한 팔이 민영의 어깨를 쥐고 돌려 자신을 마주 보게 했다. 으스러질 듯, 통제를 잃은 강인한 힘.

"서민영!"

그가 고함을 질렀다. 여자의 작은 몸이 분노로 제어를 잃어 마구 떨고 있었다. 그 몸을 붙잡은 그의 손아귀의 힘도 작은 팔목을 부서뜨릴 듯 완강하다.

상처 입힌다.

고아, 그리고 한 번의 파양 경험. 버려졌다는 사실이 뼛속으로 파고든다. 그것이 무엇인지 그는 안다. 자신을 봐주길 원하는 마음이 뭔지도 안다.

그러나.

설명할 줄을 모른다. 설명 따위 해본 적이 없다. 할 필요를 느끼지도 않았다. 왜 설명 따위를 해야 하는가, 이 여자는 뭐가 화가 나 이리 소리를 질러대나. 화가 났다. 이렇게 정신없을 정도로 화가 나본 적이 없다. 그럴 이유가 없었다. 이성이 날아간다.

상처 입힌다.

"아무도 널 대역으로 보지 않았어! 그만 해!"

선명한 발음. 민영이 숨을 흡 들이마시며 눈을 크게 떴다. 날뛰던 작은 몸이 멈춘 듯 정지했다.

"……한국말, 할 줄 알아요?"

그의 표정에 그림자가 드리워졌다.

제길, 제길, 제기랄.

"그래."

고요했다.

입을 딱 다물어 버린 민영, 그리고 그런 민영을 내려다보는 기아니스까지, 모두가 그대로 질식해 버릴 듯 고요했다.

민영의 얼굴에서 표정이 사라졌다. 그는 아프게 팔을 틀어쥐고 있는 남자의 팔을 쳐냈다.

상처 입힌다.

모순된 감정, 당장이라도 여자를 안고 울고 있는 눈에 입 맞추고 싶은 마음과 상처 입히고 싶은 마음, 희미한 배신의 향기, 선명한 집착의 파도, 이성은 흔적도 없이 녹아내린다.

그가 거칠게 그녀의 입술을 덮었다. 작은 몸이 흔들리는 것을 용서하지 않고 단단히 잡아 반항하는 여린 입술 사이로 거침없이 침범했다.

심플 정장의 재킷이 힘없이 바닥으로 떨어지고 발렌티노의 실크 블라우스가 힘을 견디지 못하고 찢겨져 나갔다.

"놔요!"

그녀가 격렬하게 반항했다. 몸을 강하게 뒤트는 바람에 그녀의 몸이 크게 원을 그리며 휘었다. 휘청하는 순간 벽의 장식 선반에 부딪혔다. 아니, 부딪힐 뻔했다. 뭔지 확인할 수 없는 장식물이 우르르 바닥으로 쏟아지는 걸 느꼈을 때는 이미 남자의 품

안이었다.

대리석 선반이었다. 부딪혔다면 뇌진탕을 일으켰을지도 모른다.

작은 머리를 자신의 가슴에 당겨 안은 채 기아니스는 거칠게 숨을 몰아쉬고 있었다. 그녀의 머리를 받쳤던 손등에 통증이 느껴진다 했더니 살갗이 터져서 붉은 피가 흐르고 있었다. 뜨거움이 손등을 타고 셔츠 안으로 흘렀다.

그의 품 안에서 민영은 격렬하게 요동치는 그의 심장을 느낄 수 있었다. 마음이 뭐라 말할 수 없게 저릿해졌다. 이유를 알 수 없는 눈물이 떨어졌다. 마치 바다 같았다. 뒤죽박죽, 온통 슬픔뿐인 바다.

아프도록 뒤통수를 누르고 있던 손이 천천히 떨어졌다. 그의 가슴에 손을 얹은 채로 민영이 그를 올려다보았다. 짙은 그림자를 드리운 눈이 깊이를 알 수 없이 깊어졌다. 그의 뜨거운 손이 그녀의 목덜미를 감쌌을 때 민영은 비릿한 피 냄새를 느꼈다.

그리고 눈물이 피에 섞여들었다. 그의 손가락이 그녀의 눈물을 닦아내도록 그녀는 허용했다.

터진 살갗 사이로 벌건 속살이 끔찍하게도 쓰릴 것 같은데 그는 눈 하나 깜짝 안 했다. 아니, 그의 시선은 그녀의 작은 이마, 그의 고통으로 찌푸려진 그녀의 이마에만 꽂혀 있다.

슬픔이 슬픔을 만났으니 슬픔일 수밖에 없었다. 민영은 그들이 그 바다의 어디쯤, 바람이 부는 어느 만큼에서 서로 마주친 것이라는 걸 깨달았다.

사랑한다.

그러나 온통 뒤죽박죽, 어디서부터가 시작인지 서로가 모르는 관계가 제대로일 리가 없었다. 정말이지 온통 뒤죽박죽. 그녀는 그가 자신을 속였기 때문에 화를 내는 걸까, 아니면 그가 자신의 상처와 정면으로 맞닿은 사람이라는 것에 화를 내는 걸까.

그의 커다란 손이 그녀의 얼굴로 올라왔다. 목이 뒤로 젖혀졌다. 그의 입술이 바르르 떨리는 그녀의 입술을 쓰다듬고, 커다란 손이 맥이 파닥거리는 목을 감쌌다. 깊은 키스, 숨결 한 올도 놓치지 않으리라 다짐하는 듯한 깊고 깊은 키스.

그의 손이 그녀의 팔 아래로 파고들어 허리께를 꽉 끌어안았다. 그의 팔 위에 어색하게 걸쳐져 있던 손을 올려 그의 어깨를 잡고, 발돋움을 했다. 그대로 입술을 겹친 채 서로의 호흡을 마신다.

일 초, 이 초, 삼 초, 시곗바늘이 째깍거리며 돌아간다.

이마와 이마가 맞닿고 뜨거운 숨결이 서로의 입술로, 코끝으로 흩어졌다.

마음이 가라앉는다.

그리고 희미하게 몽글대는 마음이 호흡을 흩뜨렸다.

다시 입술이 부딪쳤다. 그의 손이 그녀를 안아 올리는 것처럼 겨드랑이로 파고들었다. 어느새 블라우스가 벗겨졌다. 딘영이

손을 뻗어 셔츠의 단추를 풀고 단단한 근육을 어루만졌다. 손을
넣어 어깨를 쓰다듬자 셔츠가 등으로 흘러내렸다. 그의 입술이
목선을 타고 흘러내려 쇄골을 핥았다. 뜨거운, 숨결이 그의 입
술을 따라 번진다.

눈을 감는다.

남자를 느낀다.

뜨거움, 상처, 기억, 배반, 의심, 집착, 격정—

남자를 느낀다.

"으응."

등 뒤로 벽이 닿았다.

차가운 벽, 아니면 그녀의 몸이 뜨거운 걸까.

뜨거운 호흡을 내뱉었다. 열기, 몸이 붕 뜨는 것 같다. 마치
폭풍 한가운데에 있는 것처럼.

동그란 진갈색의 램프가 베이지 톤의 실크 벽지 위에서 주홍
색으로 물들어 있었다.

민영은 가만히 누워 숨을 몰아쉬며 왼쪽 어깨 위에서 거친 숨
을 토해내는 기아니스의 등 뒤로 팔을 올렸다. 넓고, 단단한 등.
부드럽게 손을 미끄러뜨리자 그의 커다란 손이 민영의 머리를
쓰다듬었다.

뜨거운 숨과 함께 기분 좋던, 영원이길 바랐던 압박감이 사라
지고 침대 시트가 남자의 무게로 기운다. 등을 드러낸 채 엎드

린 그는 눈을 감고 있었다.

폭풍 같던 공기가 의심, 그리고 뜨거웠던 그 무엇으로도 해결되지 않는 현실로 인해 무거워졌다.

[또 나에게 숨긴 게 뭐죠?]

그녀가 그리스어로 물었다.

"없어."

그가 한국어로 대답했다.

두 사람이 들이쉬는 무거운 공기, 건조한 그리스의 공기에 불안과 불신이 축축하게 감아들었다. 위화감, 늪 같은 위화감을 머금은 공기가 초침이 내는 소리를 삼켰다.

[돌아가겠어요.]

그녀가 그리스어로 말했다. 시선은 여전히 천장의 동그란 진갈색의 램프에 머문 채다. 나무의 문양도, 세피아 빛처럼 어두운 주홍색의 불빛도 이국적이라고 생각했다.

"안 돼."

그가 한국어로 대답했다. 여전히 눈을 감은 채, 미동도 하지 않는다.

[돌아가겠어요.]

그녀가 그리스어로 말한다. 작은 눈썹이 아주 미묘하게, 거의 보이지 않을 만큼 찡그려졌다. 마음속이 온통 어지럽다. 이국의 공기, 낯익은 절망…… 낯선 외면.

그가 눈을 떴다.

침묵.

차가운 침묵.

[그래.]

그가 그리스어로 대답했다. 그리곤 몸을 일으켰다. 침대가 흔들리고, 고요해졌다. 그의 뜨거웠던 몸이 빠져나간 자리가 시리다. 갑자기 검은 바다처럼 외로워졌다.

선 채로 그는 가만히 천장을 노려보고 있었다. 둘의 시선은 단 한 번도 마주치지 않았다.

민영은 눈도 깜빡이지 않고 동그란 램프를 바라보고 있었다. 아프도록 얼굴을 바라보고 싶었지만, 그의 모습을 새기고 싶었지만, 이를 악물고 버텨냈다.

긴 한숨 소리가 들린다. 피부에 닿은 공기가 저리도록 차갑다.

그가 그대로 몸을 돌려 욕실로 들어갔다. 잠시 후 샤워기에서 물줄기 쏟아지는 소리가 들렸다.

그제야 민영의 눈에서 눈물이 흘러내렸다. 소리 없이 흐른 눈물이 베갯잇을 적셨다.

7

귀로

바람이 시원했다. 후덥지근한 습기를 잔뜩 머금고 있던 바람이 어느새 건조하게 말라 있었다. 민영은 뺨을 간질이곤 어깨를 껑충 넘어선 머리를 흐트러뜨리고 달아나는 바람을 눈을 감은 채 맞고 있었다.

그 아래의 산책로, 말끔한 원 버튼의 슈트, 선천적으로 몸이 가벼운 듯 구두를 신고도 별 어려움 없이 오르막길을 따라 오르는 남자가 보였다. 단단해 보이는 어깨, 날씬한 허리선, 슈트가 잘 어울리는 남자다.

산책로를 따라 올라 돌계단 108개를 오르고 나서야 그는 찾아온 여자의 뒷모습을 본다.

“민영아.”

“응?”

난간에 기대 바람을 맞고 서 있던 민영이 자신의 이름을 부르는 소리에 뒤를 돌아보곤 익숙한 형체에 미소 지었다. 서준희, 땀을 훔치며 헝클어진 머리카락을 넘기는 그의 모습은 지나가는 사람의 시선을 한 번쯤은 잡아끌 만큼 근사했다.

뚜벅뚜벅 다가온 준희가 민영의 어깨를 감싸 안았다. 희미하게 미소 지은 민영이 준희의 어깨에 이마를 기댔다.

“너 그러고 온 거야? 당장 의사당으로 향한다고 해도 별로 이상하지 않겠는걸?”

“이 정도야 산도 아닌데 뭐. 퇴근하고 바로 왔어.”

“힘든데 뭐 하러?”

“동생 밥 먹는 건 챙겨야지.”

언제나처럼 쓸데없는 문답, 그리고 침묵이 이어진다. 하고 싶은 말이 있는데 못하는 사람들의 말은 자주 끊어지기 마련이다.

“괜찮아?”

준희가 물었다. 민영은 미소 지었다.

한국으로 돌아온 지 넉 달이 지났다. 준희는 숨 쉴 틈도 없이 바빴고, 민영은 다시 대학원으로 돌아갔다. 시간은 아무렇지도 않게 흘렀다.

넉 달 전, 알렉스가 그녀를 에브게니아로 데려다 주었을 때 준희는 아무것도 묻지 않았다. 정확히 육 일 만이었다. 그 다음

날 에브게니아는 니스 항에 입항했고, 그들은 귀국했다.

아무 말도 안 했고, 말하고 싶지도 않았다. 아니, 무슨 말을 해야 좋을지 모른다는 것이 정확할지도 모른다.

마치 한여름 밤의 꿈을 꾼 것처럼 모든 것이 아득할 뿐이었다.

"왜 툭하면 여기 와 있는 거야?"

나무라듯 말하는 목소리로 다정했다. 그래서 그저 웃었다.

산에 오르는 취미는 없었는데 어느 날 우연히 한 번 올라온 남산의 바람 속에서 그리운 향기를 발견하고부터는 기회만 닿으면 산에 올랐다. 이상한 일이다. 지구 반 바퀴를 돌아 온 곳에서 그를 느낀다는 것은. 그 바람을 느낀다는 것은.

준희는 가만히 서 있는 민영을 바라보았다.

기아니스 Y. 이아코바키스, 재계의 거인. 사생활도 깨끗하고 다른 취미 생활도 없이 오직 일만이 생활의 전부였던 사나이는 그의 예측대로 민영에게 반응했다. 그리고 어떻게 해낸 것인지 몰라도 일본과도 틀어지지 않은 채 그의 예측대로 한국의 크루즈선의 기반 기술을 인정했다. 아직 미비한 톱사이드 분야의 설계 및 시공능력을 확보할 시간을 주었을 뿐만 아니라 핵심 엔지니어링과 도면 판매, 자재 공급 등과 관련해 이탈리아의 피칸티에리 사(社)가 고문 역할을 할 수 있도록 중간 역할까지 해주었다.

그러나 기아니스 Y. 이아코바키스는 준희와의 면담을 정중히 거절했다.

지중해의 어디쯤, 속을 알 수 없는 남자의 심중을 훑던 그의 생각은 민영의 목소리 때문에 현실로 돌아왔다.

"나 담배 하나만 줄래?"

눈을 감은 채 가만히 바람을 맞으며 민영이 말했다. 잔머리가 바람에 흩어지는 모습이 그의 마음을 건드렸다. 준희가 아무 말도 않고 담배 하나를 꺼내자 가는 손이 담배를 쥐고 입가로 가져갔다. 화장기가 없는 말간 피부, 하얗게 긴 담배가 입술에 물리자 준희가 손을 뻗어 불을 붙여줬다.

그가 피운 담배는 어떤 종류일까?

손가락 사이의 하얀 담배를 한 모금 빨자 입 안에 매캐한 담배 연기가 가득 찼다.

굳이 미련이 남은 것은 아니었다. 그저 어쩐지 그 한 가지가 계속 궁금하다. 그 담배 향을 선명하게 기억하고 있지만 주변의 어떤 사람도 같은 종류의 담배를 피우지 않았다.

문득 옆을 보니 준희가 난간에 길게 등을 대고 기대 하늘을 바라보고 있었다. 남자치고는 떨리도록 예쁘게 생긴 입술에서 푸른 담배 연기가 새어나와 하늘에 섞였다.

민영은 다시 눈을 감았다.

시간이 지나면 잊어버린다고 할 때의 시간은, 얼마만큼의 시간일까.

시간이 지나자 뒤죽박죽 엉망이었던 머릿속은 가라앉았다.

정리된 것이 아니라, 가라앉았다. 여전히 뒤죽박죽인 채 점성이 높은 생각들이 결코 형상화되는 일 없이 끝없이 반복된다.

냉정했던 남자, 따뜻했던 남자, 거짓말을 한 남자, 그녀에게 웃어주었던 남자. 귀에 느껴지던 담뱃불의 온도, 어깨를 감던 커다란 손, 품에 안겼을 때 코끝에 스며들던 온기.

마리아.

"괜찮아."

어차피, 그와는 그녀가 원하는 삶을 살 수는 없었을 것이다.

그 말에 준희가 몸을 일으키고 그녀를 조용히 바라보다가 이 윽고 싱긋 웃고 그녀의 어깨에 팔을 둘렀다.

민영은 고개를 돌려 준희를 올려다보았다. 담배를 물었다가 떼는 손가락이 길고 섬세하다. 입술 사이로 흘러나오는 하얀 연 기가 추워 보인다.

추워지는 계절이 있는 나라에서 평생을 보냈는데 마음은 지 중해의 온도에 머물러 돌아오지 않으려는 듯 이 계절을 인정하 지 않는다. 고집스럽게, 마치 이 계절을 인정하는 건 그를 잊는 것이라는 듯 추워지는 계절에서 눈을 감는다.

잊혀지는 데 걸리는 시간은 얼마일까.

……영원히 오지 않았다면 좋겠다고 생각한다.

그래도 어차피 그와는 미래를 생각할 수 없었을 거다. 그에게 서 부는 바람을 그녀는 감당할 수 없다.

그러니까, 후회하는 건 아니다.

남은 건 그저 그리움—

민영이 떨리는 손을 입가로 가져가 담배 연기를 마셨다.

나란히 난간에 기댄 두 사람의 위로 가을 하늘이 청명했다.

"사이가 좋은 것도 좋지만 밥 차리고 기다리는 사람도 생각해
야지."

투덜거리는 정우를 보고 현관에서 신발을 벗던 민영이 웃었
다. 처음 봤을 때도 그랬지만 머리가 희끗희끗 명백한 로맨스그
레이인 지금도 정우는 몹시도 잘생겼다. 심지어 앞치마를 두르
고 있을 때도.

거실에서 TV를 보던 현영이 안경을 벗으며 아들과 딸을 맞았
다.

완벽한 가족, 민영은 생각했다.

정신과 의사인 정우는 좋은 남편이었고, 좋은 아버지였다. 주
식투자 관련 강의를 하고 다니는 현영은 좋은 부인이었고, 좋은
어머니였다. 마치 교과서와 같은 가족, 그 안에서 항상 어린 아
들 역할을 자처하는 준희가 있다.

"또 가위바위보 해서 이기신 거예요?"

소파에 책상다리를 하고 앉아 있는 현영의 곁에 앉아 어깨에
팔을 두른 준희가 붙임성 있게 현영의 뺨에 뺨을 비볐다. 귀찮
다는 듯 손을 내젓는 것이 현영의 성격, 달려나와 내 와이프에
서 떨어지라며 호통을 치는 것이 정우의 성격.

아직도 저녁 짓기 내기를 하는 부부는 정말이지 사이가 좋다.

그래, 민영이 꿈꾸는 것도 이런 것이었다. 사소한 것에 투닥거리고 사소한 것에 즐거워하는……. 언제나 작았던 그녀의 꿈의 모델은 정우와 현영이었다. 작은 집, 남편, 아이, 걱정할 거라고는 반찬거리뿐일 욕심 없고 조용한 생활. 그래. 하지만 어차피 그와는 이룰 수 없는 것이다. 그러니까 됐어.

"와 앉아. 왜 그러고 서 있어?"

현영이 돌아보지도 않고 민영에게 말했다. 민영이 또 웃고 가서 소파 아래 카펫에 앉았다. 현영은 오래전에 했던 연속극을 보고 있는 중이었다.

"저거 옛날에 안 보셨어요?"

"봤어. 그런데 또 봐도 재기있네. 요즘 연속극들은 다 재미가 없어. 뭐라 하는 건지도 모르겠고 소리만 지르고."

화면에서는 남자와 헤어질 거라고 생각도 못했던 여자가 눈물만 그렁해서 망연자실 서 있는 모습이 나오고 있었다. 아이도 있었는데, 사랑했는데. 여자는 자신의 현실을 믿을 수 없다는 듯 고개를 젓고 있었다.

"그냥 평범하게 가족을 만드는 게 정말 어렵나 봐요. 애까지 낳았는데 그래도 싫다고 하그 부잣집 여자가 좋다고 하는 걸 보면."

민영이 무심코 입을 열자 현영이 벗었던 안경을 다시 쓰며 대꾸했다.

"어렵겠지. 사실 세상에 평범한 가족이란 건 없다. 다 사연이 구구절절 다큐멘터리 24부작을 만들고도 남을걸? 그저 속 모르는 다른 사람이 보기에 저 사람들은 평범하구나, 하는 거겠지."

현영이 동의했다.

화면 속의 여자가 맹세한다. 남자를 부숴 버리겠다고. 기필코 부숴 버리겠다고 악을 쓰고 소리를 지른다. 그러나 남자 앞에서는 그리도 독살맞게 굴어놓고 남자의 뒤에서 한없이 가슴을 움켜쥐고 운다. 넋이 나간 것처럼 하늘을 보며 운다. 저리도 서러울까, 사랑을 잃는다는 것은.

민영이 힘없이 웃었다.

"왜?"

"웃기잖아요. 사랑했다가 마음에 변하는 건 어쩔 수 없는 건데 마치 강도라도 당한 것처럼 분노하니까요."

"얘는, 애가 있잖니. 그리고 함께 보낸 세월이 얼마인데 그래."

"하지만 결국 자신의 마음은 자신의 것이죠."

"그건 그래. ……넌 저렇게 울어본 적 없지?"

"네."

"못써."

현영이 혀를 쯧쯧 차며 화면의 볼륨을 내렸다.

"사람이 너무 냉랭하면 못쓴다. 속상하면 울기도 하고, 일이 잘못되면 남 탓도 하고 그랬다가, 또 미안하다고도 하면서 살아야지. 찰밥마냥 냉허 가지고 혼자 다 끌어안고 살면 못쓴다."

그러더니 옆에 앉아 낮은 목소리로 전화를 하는 준희의 등짝을 철썩 두드렸다.

"이 자식 봐라, 얼마나 남한테 폐 끼치고 사냐? 그래도 잘났다고 나라에서 좋아라 한단다. 나라 꼴이 어쩌려고 이러는지. 이래도 한 세상, 저래도 한 세상이야."

억울한 표정으로 입을 내미는 준희를 보며 민영이 입을 가리며 웃었다.

"이번엔 한국에 얼마나 머무르실 건데요?"

전화를 끊고 아픈 등짝을 어루만지며 준희가 물었다.

"삼 주."

"또 나가시는 거예요?"

"응. 친구네랑 유럽 가기로 했어. 그 친구 딸이 그쪽에 있어서 겸사겸사 가는 거야."

이것도 부러운 일. 육십이 넘은 어느 날부터 두 부부는 일을 줄이고 조용히 여행을 다녔다. 때로는 친구들과 때로는 단둘이. 그러면서 점점 한국에 있는 시간보다 해외에 있는 시간이 늘어났다.

조용한 생활.

집안 공기가 답답하다며 준희가 벌떡 일어나서 거실의 창문을 열었다. 열린 창 사이로 바람이 들어왔다.

어째서 이럴 때도 또 한 사람의 얼굴을 떠올리는 걸까. 이국의 바람에 어울리던 사람.

민영이 창밖을 바라보았다. 커다란 유리창 밖으로 바다 빛 하늘로 하얀 구름이 떠가고 있었다.

*

에브게니아(evgeneia, ευγένεια), 퍼스트 컨벤션룸.

[여기서 의견은, 세계 경제 포럼이 신자유주의의 세계화 이데올로기를 전파하는 데 그치지 않고 실제 발생하는 금융위기와 경제문제를 해결할 수 있는 방안을 제시할 수 있도록…….]

다리를 꼰 채 시트에 몸을 비스듬히 기댄 기아니스는 시큰둥한 표정으로 손에 들고 있는 자료를 넘겨보고 있었다. 같이 자리한 각국의 국가원수, 장관, 최고 경영자들과 국제기구의 대표들 사이에서 그는 단연 눈에 띄었다.

[계획성 없는 세계화의 추진은 이 시대 세계경제의 방향성에 역행하여 수많은 위험과 부작용을 야기할 뿐이라는 사실을 명시하고 1997년 아시아의 외환위기 문제, 그리고 원자재 공급과 수급의 불균형 사이에서 발생할 수 있는…….]

왼손으로 턱을 괸 채 그의 몸은 점점 더 흥미없다는 듯 기울어졌다.

기실 그는 자료를 넘겨보는 시늉을 하고 있긴 했지만 정신은 온통 밖에서 알렉스가 벌이고 있을 전쟁에 가 있었다.

마담 라리아나 G. 이아코바키스. 보통은 넘는 여자, 아니, 여자가 아니었더라면 꽤 위험했을 여자, 그리고 여자이기 때문에 여전히 위험한 여자.

무심한 표정으로 자료를 훑던 그의 표정이 순간 딱딱하게 굳었다.

서준희.

참석자 명단에서 낯익은 이름을 발견한 그의 얼굴에 불쾌한 기색이 번졌다.

그가 몸을 일으키려 할 때 뒤에서 소리도 없이 다가온 알렉스가 허리를 굽히고 그의 귓가에 뭔가를 속삭였다. 그의 눈썹이 꿈틀, 아무도 눈치 채지 못할 만큼 흔들렸다.

소리 없이 몸을 일으키는 그의 모습 위로 자연스레 여러 사람의 시선이 지나갔다. 그는 단연코 눈에 띄는 힘을 가졌으며, 눈에 띄게 위압적이었고, 그리하여 말할 수 없이 매력적이었다.

[마담이, 크루즈에 탑승했다고?]

컨벤션 문을 막 빠져나오면서 그가 낮은 목소리로 물었다.

[네. 오 분 전에 헬기 착륙 허가를 요청했습니다.]

알렉스가 그의 뒤로 바짝 따라붙으며 말했다.

청명한 지중해의 햇살 아래, 성큼성큼 데크를 가로지르는 남자의 검은 머리카락을 에테시아가 헝클이고 지나갔다.

[일본 시장 쪽은?]

[해결됐습니다.]

[그럼 됐어.]

기아니스는 입을 다물었다.

마담 쪽의 숨통을 죄는 것은 쉽지 않았다. 날 때부터 사업가의 집안에서 자란 라리아나 G. 이아코바키스, 멍청한 아들들이 아니었다면 아마 지금처럼 숨죽이고 살 필요도 없을 것이다. 아니, 적어도 그 멍청한 아들이 잔인하지만 않았더라도, 아니, 기아니스가 그 자리에 있지만 않았더라도—

[서준희가 참석했나?]

[아니요, 내일 승선 허가를 요청해 놓은 상태입니다. ……거절할까요?]

그는 좁은 나선형의 계단을 날듯이 내려갔다. 선천적으로 몸이 가벼운, 그래서 잘 움직이는 사내.

[아니. 그럴 필요 없어.]

무뚝뚝하게 내뱉은 기아니스가 하늘을 올려다보았다. 그곳에선 쾌청한 바람이 지중해의 하늘을 가로지르고 있었다.

방에 들어서자마자 기아니스는 푹신한 쿠션에 몸을 파묻으며 피곤하다는 듯 하얗고 긴 손가락으로 미간 사이를 문질렀다.

[다케하시 쪽에서는 이번 크루즈 선박의 수주를 포기하는 대신 관광 쪽의 이권을 얻길 원합니다. 저희 쪽의 호텔 라인이 일본의 홋카이도 지방 쪽에 진출하는 정도로 타협을 보고 있습니다만. 그렇게 되면 그쪽의 건설…….]

[아니, 내가 말하는 건 마담의 주식 관련해서야. 일본 가격이 어째서 이렇게 되는 거지?]

기아니스가 그의 앞에 선 채로 보고하던 알렉스의 말을 자르자 알렉스가 서류를 넘겨주었다. 그가 약간 인상을 찡그리며 서류를 몇 장 넘기는데 안색이 파리했다. 알렉스가 옆에 걸린 카디건을 집어 그의 어깨에 걸쳐 주었다.

[서준희는…….]

말을 꺼냈던 기아니스가 신음을 삼키려는 듯 말을 멈췄다.

[몸이 안 좋으신 거라면.]

그가 몸이 좋지 않은 건 하루 이틀의 일은 아니었다. 내내 피곤해 보이는 건 그렇다 치더라도 가끔은 멍하게 있을 때도 있어 알렉스를 거의 공포에 질리게 만들었다. 다른 건 몰라도 이 남자가, 기아니스 Y. 이아코바키스가 멍하게 정신을 놓고 있는 모습은 평생 볼 수 없을 거라 생각했기 때문이다.

[보험에 관해서는 변호사랑 이야기해 봐. 우리가 LNG선과 컨테이너선 몇 척을 포기한다면 그 이상의 것에 대해 한국과 의논할 수 있겠지. 크루즈선에서 눈감아준 부분을 이쪽에서 뜯어내라고.]

일의 감각은 여전하다. 딱히 더 너그러워진 것도 아니고, 유연해진 것도 아니다. 상대의 약점을 파고드는 잔인함, 한 조각의 손해도 용서치 않을 냉정함. 그는 머리끝부터 발끝까지 완벽한 사업가였다.

그러나 아주 미묘하게, 희미하게 달라졌다.

알렉스의 눈썹이 아주 약간 휘어졌다. 가장 가까이에 있는 그만이 느낄 수 있는 미묘한 변화. 이 피조차도 차가울 것 같았던 남자의 무언가가 희미하지만 확실히 달라졌다.

[알렉스?]

그가 인상을 찌푸렸다.

거만하게 찡그려진 이마 위로 검은 머리카락 몇 가닥이 흘러내려 있다. 침실 쪽에는 여전히 검푸른 어두운 조명, 커튼을 묶어놓은 거실에는 커다란 통유리를 통과해 온 햇살이 너울거리고 있었다.

[안색이 별로 좋지 않으십니다.]

[햇빛 탓이겠지.]

그게 아니라고 알렉스가 대답하려 했을 때였다.

똑똑—

눈이 마주쳤다. 잠깐의 간격, 기아니스가 눈짓을 하자 알렉스는 재빠르게 들고 있던 서류를 콘솔 위의 서류와 합쳐 들고 방을 가로질러 한쪽에 있는 스토리지(storage)에 넣었다. 그리고 그와 동시에 작은 몸이 방 안으로 쑥 들어왔다.

[오셨습니까?]

몸을 일으키며 먼저 인사한 것은 기아니스였다.

반백의 작은 몸, 허리를 꼿꼿이 세워 자신의 키보다는 훨씬 커 보이는 라리아나 G. 이아코바키스가 쯧쯧 혀를 차며 기아니스를 쳐다보았다. 기아니스가 턱짓을 하자 알렉스가 고개를 숙여 보이곤 나갔다.

[저 아이는 여전히 네 그림자 같구나.]

등 뒤로 문이 닫히는 소리가 들리자 그녀가 내키지 않는다는 듯이 말했다.

[어쩐 일이십니까, 크루즈까지?]

[불러도 오지 않을 거 아니니?]

권하지도 않았건만 라리아나는 기아니스와 대각선인 소파에 털썩 주저앉았다. 단 한 번도 어머니 노릇을 한 적이 없다 하더라도 명목상의 어머니니 상석을 요구할 만도 한데 그녀는 그러지 않았다. 잠깐 그런 그녀의 정수리를 내려다보던 기아니스는 그냥 그대로, 소파를 빙 둘러 미니 바 위의 글렌피디를 집었다.

[몸이 안 좋다면서…….]

[누가 그러던가요?]

기아니스가 빙그레 웃으며 술잔을 들어 마시겠냐는 제스처를 취하자 라리아나는 도도하게 고개를 끄덕였다. 적지 않은 나이, 그러나 이 여자는 술도 세다. 하긴, 못하는 게 없는 여자다.

[너만 내 주변에 사람을 심어놨겠니?]

뒷공작에도 능하다.

그는 스트레이트로 입에 한 잔 털어 넣고 온더락을 만들어 그녀에게 내밀었다. 손에 꽉 차는 크리스털 술잔을 받으며 라리아나의 손이 기아니스의 손 위에 얹어졌다. 털어내려면 그러지 못할 바도 아니었으나 기아니스는 그녀가 하는 대로 가만히 내버려 두었다.

시선과 시선이 허공 중에서 푸르게 엉겼다.

여전히 라리아나는 소파에 걸터앉은 채였고, 기아니스는 그 앞에 서 그녀를 내려다본 채다.

거북할 만한 거리. 기아니스도, 라리아나도 표정은 평온하기만 했다. 마치 한쪽이 다른 한쪽의 주식을 사들여 권리 박탈을 시도한 적이 없었다는 듯이, 그리고 다른 한쪽의 상대가 그런 시도를 했다는 것을 모른다는 듯이.

잠시 기묘한 침묵이 지나갔다.

[그 사람은.]

카랑카랑한 목소리, 그러나 어딘지 예전만큼 날카롭진 않았다.

[사랑에 빠지기 전까지는 약점 한 조각 없는 지독한 사람이었지. 난 과연 그 사람에게 감정이라는 게 있을까 의심스러웠어.]

그녀는 기아니스의 손을 놓아주었다. 그리고 온더락을 입에 가져다 댔다. 달그락거리는 얼음 소리가 몹시도 크게 들렸다.

[그런 사람에게 사랑이 어떤 영향을 미칠 것 같니?]

꼼짝도 않은 채 기아니스의 심장만 두 번 크게 흔들렸다. 조그마한 얼굴, 세월의 흔적이 묻은 입술이 희미하게 비틀어졌다.

[무슨 말을 하시는지 모르겠습니다.]

그는 마치 바람 한 점 없는 밤바다 같았다. 차가웠고 무표정했으며 정말 무슨 말을 하는지 모르겠다는 듯한 표정으로 그녀를 바라본다.

그런 그의 시선을 받아내던 조그만 얼굴 위의 작은 입술이 빙긋 웃었다.

[말을 바꿔볼까? 내가, 네 약점을 어떻게 할 것 같니?]

기아니스의 눈동자가 차갑게 빛났다.

[제가 어머니의 아들을 어떻게 했을 것 같습니까?]

순간 공기가 쨍 하고 소리를 냈다. 그리스의 본가(本家)가 아닌데도 비명 같은 폭발음이 들린 것 같았다.

[그래, 그러니까―]

[아드님이 두 분인 줄 알았는데 제가 착각한 모양이군요.]

라리아나의 푸른 눈도 서리가 내려앉은 듯 차갑게 빛났다. 갑자기 십 년쯤 나이를 더 먹은 것처럼 파리해 보였다.

[기아니스―]

푸른 눈동자에 설핏 바람이 스쳐 지나갔다. 끊어질 듯 날이 선 공기에 살갗이 아팠다. 조용했다. 숨을 들이쉬고 내쉬는 단순하고도 불가결한 작업만이 반복되었다. 무의미하게 그의 가슴께를 헤매던 푸른 눈동자가 천천히 올라와 그의 검은 눈을 응시하자 시선과 시선이 허공에서 태산 같은 무게로 마주쳤다.

그가 천천히 허리를 굽혀, 꼼짝도 않고 허리를 세운 채 앉아 있는 라리아나의 이마에 입을 맞췄다.

[모로코로 돌아가십시오.]

라리아나는 자신 앞에 우뚝 선 기아니스를 바라보았다. 피 한 방울 안 섞였는데도 그녀의 남편을 가장 많이 닮은 아이, 가을 밤처럼 차갑고 냉정한 고요.

예의 바랐지만 단 한 번도 그녀를 사랑하지 않았던 남편과 그를 전혀 닮지 않은 두 아들에게로 마음이 흐르자 한때 오만한 여왕이었던 그녀의 안색에 그림자가 드리워졌다. 그녀는 천천히 일어났다.

기아니스의 어깨에도 못 미치는 키, 그러나 라리아나는 허리를 한껏 펴고 아들이 아닌 아들을 바라보았다.

[모로코로, 돌아가십시오.]

그가 천천히 반복했다.

라리아나의 입가에 희미한 미소가 스쳤다. 부드러운 빛깔의 로즈 립이 세월의 무게만큼 갈라졌다.

그녀가 아무 말도 안 하고 몸을 돌려 나가는 동안, 기아니스는 그대로 서 있었다.

시계 소리가 바다 속에서 들리는 것처럼 묵중하게 들린다.

천천히 손을 들어 왼쪽 가슴 위에 가져다 댄다. 쿵, 쿵, 쿵. 이래도 되는 건가 싶을 만큼 느리게 심장이 움직이고 있었다.

그리고 손끝에서 심장박동이 점점 빨라졌다.

라리아나는 그녀를 그의 약점이라 불렀고, 그는 그것을 부정할 수 없었다.

그가 인상을 찡그렸다.

실제로, 심장이 아프다.

너를 생각하면 실제로 심장이 아파.

너를 생각하면, 웃기게도 말이지. 민영.

컨벤션 홀로 돌아가기 위해 방을 나오자 바깥 벽에 기대 있던 알렉스가 몸을 일으켜 그를 바라보았다. 가볍게 한숨을 내쉬고 기아니스는 천천히 걸음을 옮기기 시작했다.

[마담을 배웅해야 할까요?]

[알아서 갈 거야.]

[마담 쪽의 움직임을 살펴봐야 할까요?]

[왜?]

데크로 들어서자 강하게 일어난 바람이 그의 머리카락을 흐트러뜨렸다.

[그…… 서민영 씨 말입니다.]

걸음을 멈춘 기아니스가 알렉스를 바라보았다. 그 얼굴이 너무도 무표정해 알렉스는 그의 의중을 전혀 읽을 수가 없었다. 서민영을 언급한 건 넉 달 만에 처음이었다. 그녀를 돌려보내라는 지시 이후로 기아니스도, 알렉스도 그녀에 대해 아무 말도 하지 않았다. 무사히 귀국한 것을 체크하긴 했으나 보고하지 않았고, 그도 묻지 않았다.

그리고 조사…….

[그리고 그 조사 결과…….]

[됐어.]

기아니스가 알렉스의 말을 끊었다. 잠시 어찌할 바를 몰랐던 알렉스는 얌전하게 고개를 숙였다.

기아니스의 손이 하얀 난간을 짚었다. 다시 바람이 불어 머리카락을 흩날렸지만 그는 머리카락을 쓸어 올릴 생각도 않고 가만히 바다를 바라보고 있었다. 바람이 점점 강해지며 하얀 셔츠의 깃이 펄럭이기 시작했다. 그는 그 바람을 다 맞고 있었다.

바람.

누군가가 생각난다.

기대하는 걸 두려워하면서도 솔직하게 기뻐하던 얼굴, 눈을 감은 채 그를 느끼던 길고 아름다운 속눈썹, 손에 착 달라붙던 부드러운 피부. 마지막 날, 이를 악물고 울지 않으려 딱딱하게 굳어 있었다. 버텨내느라 작은 몸이 마구 떨리고 있었다.

제기랄.

그가 몸을 휙 돌리려는 순간 가슴을 타고 뭔가 뜨거운 것이 올라왔다. 그의 손이 가슴을 움켜쥐었다.

[이아코바키스님?]

알렉스가 의아한 듯 몸을 굽혀 기아니스의 안색을 살폈다. 기아니스는 괜찮다는 듯이 손을 뻗었다. 길고 하얀 손가락.

그리고 깊게 심호흡을 했을 때였다.

[컥!]

건조한 소리와 함께 기아니스의 장신이 비틀거렸다. 깜짝 놀란 알렉스의 팔이 그의 가슴을 휘감았다. 몸이 휘청, 흔들리며 팔에 기아니스의 무게가 실렸다. 동시에 올라온 기아니스의 팔이 알렉스의 어깨를 짚었다.

[괜찮아.]

그러나 입을 가렸던 손을 떼자 검붉은 피가 흘러내렸다.

[이아코바키스님!]

파랗게 질려 알렉스가 그의 이름을 부르며 그의 몸을 안은 팔에 힘을 주었다.

[괜찮아. 소리 지르지 마라.]

그러나 낮은 저음의 의미와는 달리 그의 얼굴에서 하얗게 핏기가 사라졌다. 머리를 쓸어 올리려다가 다시 비틀거리며 중심을 잃었다.

[의사!]

알렉스가 기우는 기아니스의 몸을 끌어안은 채 뒤를 보며 손가락을 튕기자 파랗게 질려 있던 직원 하나가 뒤로 돌아 뛰기 시작했다.

✳

딘영은 빨간색 표지의 책을 신문 사이에 숨겨 가지고 아무렇지도 않은 척 방 안으로 들여왔다. 밖에서는 뭐가 그렇게 기분이 좋은지 완전히 신난 준희가 정우, 현영과 이야기 중이었다.

찻잔이 테이블에 부딪히는 소리에 섞여 웃음소리가 크기만 했다.

눈치를 보며 신문을 치우자 표지에는 〈TIME〉이라고 쓰여 있었다. 집에 들어와서 제일 먼저 눈에 띈 건 스툴에 아무렇게나 올려져 있는 TIME지였다. 평소에는 관심도 없는 잡지이긴 하다.

문제는 표지.

심장이 두근두근거려 아플 지경이었다.

민영은 다시 흘깃, 단단히 닫힌 방문을 보고 표지를 손으로 훑었다.

기아니스 Y. 이아코바키스, 숨이 답답해졌다. 작은 방, 공기가 몽땅 사라져 버리기라도 한 것처럼 숨이 답답해졌다. 묵직한 통증.

TV에서는 잘 볼 수 없는 남자였다. 인터넷을 검색해도 스냅샷으로 파파라치가 찍은 듯한 같은 사진 몇 장만 돌아다닐 뿐, 잡지를 사들여도 언제나 같은 말들뿐, 갈증은 깊어졌다.

표지의 사진은 옆모습이었다. 남자다운 선, 잘 맞는 진한 감색의 슈트, 검푸른 눈은 렌즈가 아닌 어딘가 다른 곳을 보고 있었다. 손에 잡힐 듯 기억하고 있다고 여겼는데 그의 모습이 서러울 만큼 낯설었다. 숨 막힐 만큼 익숙한데 서러울 만큼 낯설었다.

웃긴 일이다. 선생님을 짝사랑하는 사춘기 소녀도 아니고 몰래 숨겨온 사진을 보면서 서러운 기분을 느낀다는 것은.

가슴이 아파. 그냥 사진일 뿐인데, 최근 그의 동향과 모습을 담은 기사일 뿐인데 가슴이 아프다.

민영은 허리를 굽혀 이마를 무릎에 댔다. 눈을 감으면 거짓말처럼 한 사람이 떠올랐다. 머리를 쓸어내리던 커다란 손, 그녀에게만 부드럽던 표정, 다정하게 이마에 와 닿던 입술.

마치 그릴 수 있을 것같이 선명하다.

처음 갈색 선글라스 아래 숨겨진 그 검푸른 바다 같던 눈을 보았을 때부터, 헬기의 바람에 날리는 머리카락을 쓸어 올리던 기품있는 하얀 손, 슈트 아래로 조금 나와 있던 셔츠 위의 커프스, 단정하고 우아한 움직임.

그러나.

뭐, 이걸로 됐어. 어쩌겠다는 게 아냐. 그냥, 생각이 나니까 생각을 하는 거지.

인상을 찌푸린 채 한참을 몸을 웅크리고 있던 민영은 크게 한숨을 내쉬며 몸을 일으켰다. 그리고 가만히 서서 못마땅한 표정으로 그런 그녀를 바라보고 있던 준희와 눈이 딱 마주쳤다.

"문…… 잠갔는데."

"안 잠겼어."

퉁명스럽게 이야기하는 그의 등 뒤로 방문이 닫혔다. 그는 팔짱을 끼며 방문에 기댔다.

자신의 얼굴이 어색할까 걱정된 민영은 두 손으로 얼굴을 문

지른 후 머쓱하게 웃었다.

"웃지 마."

준희의 목소리엔 화가 실려 있었다.

"웃지 마. 웃고 싶지 않을 땐 웃지 마."

팔짱을 낀 채로 준희가 깊게 한숨을 내쉬었다. 그러더니 몸을 일으키고 성큼성큼 다가와 침대에 걸터앉아 자신의 무릎 위에 팔을 기대고 민영의 얼굴을 들여다보았다.

"뭐야? 너 왜 그래? 나가."

민영이 인상을 찡그리며 몸을 뒤로 뺐다.

"얘기 좀 해."

그의 목소리는 이미 시비를 거는 것이었다. 안 그래도 분출할 데 없는 답답함을 품고 있던 민영의 호승심은 즉시 자극받았다.

"무슨 얘기? 할 얘기 없어. 나가."

"그래, 나도 별로 얘기하기 싫어. 하지만 이제는 해야겠어."

"무슨 소리야?"

"네가 그냥 알길 바랐는데 안 그럴 것 같으니까 이야기해야겠다고."

"너 지금 헛소리하는 거 들어줄 기분 아니거든? 나가."

민영이 벌떡 일어서려는 것을 준희가 잡아서 홱 끌어 앉혔다.

"들어!"

"싫어! 네가 뭔데 이래?"

"뭐냐하면 내 동생이 청승 떠는 거 보기 싫은 사람이야! 들어!"

민영이 씨근덕거리며 그를 노려보았지만 준희는 꿈쩍도 하지 않는 표정이었다. 아프게 그녀의 손목을 틀어쥔 채 그녀가 힘을 빼기를 기다리고 있었다. 마침내 민영이 포기하고 침대에 주저앉았다.

"넌……."

말을 꺼냈던 준희는 짜증난다는 듯 오만상을 찡그렸다.

"겁쟁이야."

"무슨 소리 하는 거야?"

"넌 나한테 싫다는 이야기 안 하지. 내가 좋다고 하면 네가 좋은지 어떤지 생각하기 이전에 일단 오케이 하고 시작해. 그리고 다른 일을 할 때도 그래. 네가 그리스어 전공을 선택하고 나한테 뭐라고 했는지 알아? '너한테 도움이 될 수도 있겠지?' 넌 네 인생에서 날 제외하고 생각한 적이 없어. 네가 원해서 하는 것도 그 안에 나에게 도움이 되는 부분이 없으면 안 되는 것처럼 날 끼워 넣으려고 해."

[동양 여자들의 특성인가, 아님 네 버릇인가? 말끝마다 준희, 준희, 준희, 준희……. 네가 원하는 것에 대해 이야기하는 쪽이 더 나을 거다.]

민영이 입술을 깨물었다.

"왜 그러는지 알아? 스스로에게 자신이 없거든. 스스로 원하는 걸 당당히 주장할 수 없거든.”

“그만 해!”

“아니, 그만 못하겠는데? 넌 내가 그만 하라면 그만 할 거지?”

“서준희!”

그녀가 소리를 지르자 준희는 벌떡 일어나서 방문을 잠가 버렸다. 깜짝 놀라 문을 열고 들어오려 했던 정우와 현영이 문고리 돌리는 소리가 들렸다.

“괜찮아요. 좀 싸우는 것뿐이에요.”

준희가 문에다 대고 소리치곤 민영을 노려보았다.

“너 스스로에게 상처 입히는 건 이제 못 봐주겠어.”

“웃기지 마. 네가 뭔데 그래?”

“아무 문제도 없었다면, 그걸로 좋아. 하지만 너 문제 많은 표정으로 돌아와서도 나에게 한 마디도 안 했지.”

“내가 왜 일일이 너에게 보고해야 하는 거야?”

“내가 거기 있었으니까!”

준희가 벼락같이 소리를 지르다 언성을 낮췄다. 화를 눌러참느라 목소리 끝이 조금 떨리고 있었다.

“네가 아무렇지도 않았다면? 그것도 좋아. 뭐, 너랑 그 자식이 무슨 일이 있었는지야 난 관심없는 일이고, 네가 나한테 할 말이 없다면 그걸로도 좋아. 하지만 너, 아무렇지도 않은 게 아니잖아!”

“아무렇지도 않아!”

“이 팔이 아무렇지도 않다고?”

준희가 팔을 뻗어 넉 달 전보다 한참을 여윈 그녀의 팔을 낚아챘다. 시선과 시선이 사납게 엉켜들었다. 민영은 단 한 치의 물러섬도 없이 똑바로 준희를 노려보았다.

“너, 할 말을 못하는 성격 아냐. 말이 없는 타입도 아냐. 그런데도 넌 나한테 아무 말도 안 했어. 왜 그랬는지 알아?”

“소용없으니까! 어차피 이야기해 봤자 달라질 것도 없는 일로 징징대서 뭐 해!”

“그래! 포기했으니까! 안 되는 거지, 아닌 건 아닌 거지. 주면 받는 거고 아니면 말아야지, 그렇게 생각하니까!”

“그게 뭐가 나빠!”

“나빠! 뭐가 어떻게 돌아가는지 알려고 하지도 않고, 아무것도 하려고 하지 않고, 넘어지지 않으려고 뛰지도 않는 건 나빠!”

“누구 맘대로!”

민영은 준희가 아프도록 틀어쥐고 있는 손을 뿌리치며 소리를 질렀다.

“네가 그렇게 말할 수 있는 건 네가 잘났기 때문이거든?”

말을 내뱉은 민영은 손에 잡히는 베개를 있는 힘을 다해 그에게 던졌다.

“넌 노력하면 다 이뤄진다고 생각하지. 이번에 손에 못 넣으면 다음에 넣을 수 있다고 생각해. 그게 안 된다는 거…… 너 경

험한 적 없는 애야. 그렇게 넌 잘나서 모르나 본데 사람은 마음
이 다치면 오래가. 그래서 마음 안 다치고 싶어하는 게 뭐가 나
빠?"

"그래서 마음이 안 다쳤어? 안 다쳤으면, 네가 아무렇지도 않
았으면 나도 좋아. 그대로 좋아. 하지만 그러면 식물처럼 비실
비실 다니지 말란 말야! 숨어서 징징 짜지 말란 말야!"

화가 머리 끝까지 난 준희는 좁은 방 안을 서성이기 시작했
다.

"다르게 말해볼까? 하나 더 있지. 너 머리 나쁘지 않으니까
분명 이상한 걸 눈치 챘을 거야. 그 자식이 너에게……."

"그만 해!"

"너에게 어디까지 말했는지, 왜 네가 그런 표정으로 돌아온
건지 모르겠지만."

"그만 해!"

준희는 정말 말을 뚝 멈췄다. 그리고 소리를 지르던 민영도
딱 멈췄다.

마치 시간이 정지된 것 같은 순간이었다. 책상 위에서 똑딱거
리는 작은 탁상시계의 소리가 아니었다면 정말로 시간이 정지
되어 버렸다고 생각했을 것이다.

"나한테 뭐라고 해야 할까 봐, 그럴 수 없으니까, 말을 안 하
는 거지?"

민영이 준희를 노려보았다.

"내가 정말 나쁜 놈일까 봐, 그래서 나에게 화내야 할 상황이 될까 봐 두려운 거지?"

"왜 아니겠어? 내가 왜 상대에게 내가 아무런 존재도 아니라는 걸 반복해서 확인해야 하는 거지? 그런 거 모르고 지나가면 안 돼?"

"날 안 믿는 거잖아!"

"어떻게 믿어!"

이제 민영도, 준희도 소리를 질러대고 있었다. 작은 방이 쩌렁쩌렁 울렸다.

"그 사람이 찾는 사람을 내가 닮았다더라. 그래서 날 만난 거라더라. 그런데 내 생각에 너 그거 몰랐을 사람 아니거든? 네가 느닷없이 나에게 함께 크루즈에 가자고 한 이유부터 모든 게 딱 아귀에 맞잖아!"

준희가 쾅, 하고 책상을 내려쳤다.

"그래서? 네가 그 상황에서 그 자식에게 관심이 없다고 했다면 난 그걸로도 좋았을 거야. 그 자식이 네게 관심 안 보이면? 아, 그걸로도 좋았을 거야. 내가 너한테 강요했어?"

"도대체 왜 이런 이야기를 하는 거지? 그래! 내 발로 걸어 들어갔어! 그 사람을 좋아했다고. 그게 뭐? 원하는 게 내가 아니라잖아! 그래서 돌아왔잖아! 그게 뭐! 이제 끝난 이야기야!"

그녀의 말이 끝나기도 전에 준희의 목소리가 겹쳐졌다.

"그 이야기가 아니잖아! 안 끝났어. 모든 건 네가 나에게 말했으면 그냥 간단히 끝났겠지. 아니면 내가 물었을 때 대답이라도 했어야지. 네 맘 안에 안 끝났는데 뭐가 어디서 끝났다는 거야? 요 넉 달간 네가 나한테 한 말 중에 제일 많이 말한 단어가 뭔지 알아? 괜찮아야. 뭐가 괜찮아? 하나도 안 괜찮은데 뭐가 괜찮냐고? 내가 맞춰볼까? 그 자식과의 관계도 그랬지? 원하는 게 네가 아니라고? 그 자식이 직접 그런 거야, 아니면 네가 상상한 거야?"

"네가 무슨 상관이야!"

"그 자식이랑 말은 제대로 해본 거야?"

"뭘 말해? 상황이 뻔한데 무슨 설명을 들어?"

"설명을 들어야 알지. 설혹 최악의 상황이라도 내일은 다를 수 있잖아. 부분에 문제가 있다고 해서 전체가 다 문제인 건 아니잖아! 넌 그냥 확인하기 싫은 거잖아!"

"네가 뭘 안다고 그래?"

"널 알지. 내가 너랑 하루 이틀 산 줄 알아? 솔직한 게 뭐가 그렇게 어려워? 좋으면 좋다, 싫으면 싫다, 원하는 건 원한다, 바꾸고 싶은 건 바꾸고 싶다, 이게 뭐가 어려워?"

민영이 그를 노려보았다. 화를 참지 못해 가슴이 거칠게 오르락내리락하고 있었다.

"어려워. 책에서도 그러더라. 무례할 정도로 당당히 요구하는 게 옳은 것처럼 그게 매력적인 것처럼 그러더라. 그런데 다 그러면 어떻게 하지? 어차피 누군가는 참게 되어 있어. 어차피 누군가는 손해 봐."

그녀가 차가운 목소리로 말했다.

"솔직히 말하는 거, 너한테는 쉬울지 모르겠는데 나한텐 어려워. 네가 아무리 아니라고 해도 부모님이 나 버린 거, 그리고 처음 양부모가 날 버린 거, 이유가 있지 않겠어? 노력해도 안 되는 게 있다는 거, 나에게 주어지지 않은 것은 끝끝내 가질 수 없다는 거, 나는 알거든?"

"서민영."

"솔직할 수 있는 거, 그거 자신에게 당당한 사람만 할 수 있는 거야. 넌 너 자신을 숨기지 않아도 사랑받을 수 있다고 생각하니까 솔직할 수 있는 거지. 자신이 원하는 게 옳다고 생각하는 거? 난 그게 어떻게 그렇게 되는 건지 알 수가 없어. 내가 착하게 굴지 않아도 상대가 날 좋아할 거라는 생각도 들지 않고. 그러니까 솔직히 말 못해. 물어서 확인받고 싶은 생각도 없어. 너무 많이 기대하면 상처도 크니까 그러지도 않아."

"그래서 주면 주는 대로, 아니면 마는 대로 그냥 살겠다고?"

"그게 왜 안 돼?"

준희의 얼굴이 화에 질려 창백했다.

"안 될 건 없지."

잠깐의 침묵, 시선이 오간 후에 그가 냉정하게 내뱉었다.

"그렇게 살아."

그리고 그는 닫힌 문을 열고 나가 버렸다. 잠시 후 현관문이

쾅하고 닫히는 소리가 났다.

온통 혼란스러운 채로 민영은 침대에 엎드려 엉엉 울었다. 문제가 있는 건 자신이라는 걸 안다. 그런데 어떻게 해야 좋을지 모르겠다.

마음이 온통 엉망이었다.

방울방울 떨어진 눈물이 흘러흘러 자꾸 한 사람에게로 고인다. 정말이지, 미치겠다.

✳

[심장이 과다하게 운동을 하면 폐에 피를 많이 보내게 되죠. 그럼 폐는 남은 피를 뱉어내는 겁니다.]

의사의 설명에 알렉스가 인상을 찌푸렸다.

[그 증상은 왜 일어나는 겁니까?]

[글쎄요.]

잘빠진 다리, 미니스커트를 입은 기아니스의 주치의 비비안은 난감하게 입술을 깨물었다. 의사다운 데라고는 청진기를 목에 둘렀다는 것밖에 없었지만 한창 풀에서 일광욕 중이었다가 갑작스레 불려온 것이니 어쩔 수 없다.

알렉스는 내내 그녀의 차림새가 불만스러운 표정이었지만 그녀도 마음에 안 드는 일투성이이긴 하다.

침대에 기대 있는 환자는 눈을 뜨자마자 서류를 들여다보고 있다. 아직 일을 하는 건 무리라고 했더니 마치 모욕이라도 당한 것처럼 짜증스러운 표정을 짓는 통에 하선해서 정밀검사를 받아보잔 이야기도 못했다. 겉으로 보기에도 건강이 넘치는 남자이니 그저 스트레스라고 봐도 무리는 없겠지만 주치의로 두어놓고도 자신의 말을 귓등으로도 듣지 않는 것은 분했다.

[보통은 스트레스라고 보는 의견도 있지만. 정확히 말하면 원인이 너무 많아 짐작할 수 없다는 쪽이 맞아요. 그러니까 정밀검사를 받아봐야 한다니까.]

정밀검사, 그런 걸 받을 만큼 한가하다면 좋겠다고.

알렉스가 콧방귀를 뀌었다. 말 그대로 스트레스의 탑의 정점에서 사는 사람이긴 하다. 특히 요 몇 달은 말 걸기가 무서울 정도로 살벌하기도 했다. 하지만 원래도 눈뜰 때부터 눈감을 때까지 일하는 사람이다.

[알렉스.]

조용한 저음, 알렉스가 자신을 부르는 주인에게 다가갔다.

[난 괜찮으니까 쓸데없는 짓 말고 일본 쪽의 반응을 말해봐.]

알렉스가 손가락을 들어 보이자 비비안이 입술을 삐쭉 내밀고는 뒤돌아 나갔다. 저 얼음 조각도 피는 뜨겁던데 자신 쪽으로 눈동자 한 번 돌리는 법이 없었다.

그녀가 문을 닫고 나가는 모습을 본 알렉스가 몸을 돌려 기아니스를 바라보았다. 집중 조명이 고개를 숙인 채 곰곰이 생각하고 있는 반듯한 이마를 비추고 있다.

낮은 한숨.

정말이지 처음이다. 알렉스는 그와 함께 일한 십 년이 넘어가는 시간 동안 처음 직면한 사태를 맞아 당황하고 있었다.

무슨 생각을 하는지 도무지 파악할 수 없는, 오래 기다려서 상상도 할 수 없는 방식으로 일을 뒤집어 버리는 이 일벌레가 처음으로 어떻게 대해야 좋을지 모르는 상대를 만나 망설이고 있다. 잊을 수도, 생각하지 않을 수도 없어서 망설이고 있다.

다른 누구도 아닌 기아니스 Y. 이아코바키스가.

알렉스가 소리 없이 한탄했다. 그는 기아니스의 건강상의 문제가 마음의 불균형과 그 불균형을 억누르려는 자제력 간의 힘겨루기 때문이라는 데 전 재산을 걸 수도 있을 것 같았다.

기가 막힌 일이었다.

마리아의 사망 후 숨죽인 채 십삼 년을 악몽 같은 냉기 속에서 버텨내고 마리아를 죽인 배후, 게리 G. 이아코바키스의 사고를 주도해서 벌레처럼 사지를 마비시켜 병원에 처넣은 남자가, 잔인하고 냉혹하고 얼음 같아 평생을 그럴 것 같은 남자가 아프다.

작은 여자 하나 때문에.

[뭘 보고 서 있는 거야?]

서류에서 눈을 떼지 않은 채 기아니스가 말했다.

그제야 알렉스는 콘솔에서 서류를 집어 들고 보고를 하기 시작했다. 하지만 일본 시장 쪽의 상황을 쭉 읽고 서류에서 눈을 떴을 때 기아니스의 시선은 다른 곳에 향해 있었다. 그의 시선을 따라간 알렉스의 눈에 스탠딩 라이터의 영롱한 호박빛이 비쳤다.

그로부터 열여덟 시간 후, 드문드문 떠 있는 조각 구름 사이로 작은 점 하나가 나타나나 했더니 귀를 찢는 헬기 소리가 에브게니아의 헬기장 위로 드리워졌다.

헬기에서 내리며 준희는 묘한 데자부를 느꼈다. 사 개월 전쯤, 그는 헬기에서 내리는 기아니스를 처음 보았다. 그리고 그때 옆에는 민영이 있었다.

"기아니스 Y. 이아코바키스라, 대단하군요."

그가 헬기 바람에 날린 머리를 잡고 있는데 옆에서 흥분한 기색이 역력한 통역사가 소리를 질렀다. 에브게니아에 탄다는 말에 너무 좋아 어젯밤에 잠도 잘 못 잤다는 남자는 통통하고 귀여운, 성실한 타입이었다.

"보통은 아니니까 잘 부탁합니다."

바다 냄새를 더금은 바람이 잘빠진 진은색의 슈트를 날리고 사라졌다.

"당연하죠. 잘될 겁니다."

과연 그럴까, 준희는 쓰게 웃었다.

헬기장과 데크를 연결하는 하얀 나선형의 계단을 내려가는데 마침 올라오고 있던 알렉스와 눈이 마주쳤다. 알렉스가 조용히 머리를 숙여 보이고 그대로 뒤돌아서 앞장서기 시작한다.

"객실로 가지 않고 바로 가는 겁니까?"

세컨 데크로 접어들었을 때 통역사가 물었다. 준희가 또다시 쓰게 웃었다.

세계를 마름모꼴이라고 그렸을 때 '상식'이라는 것이 통하는 것은 마름모의 중간 부분이다. 마름모의 양끝, 그러니까 최상위층과 최하위층은 완전히 다른 의미긴 하지만 양쪽 모두 상식이라는 것이 통하지 않는다. 상식의 세계에서 미덕으로 받아들여지는 것이 전혀 미덕이 아닐 때가 있고, 악덕으로 받아들여지는 것이 당연하기도 하다.

지금의 일만 해도 그렇다. 기아니스 Y. 이아코바키스와의 문제는 이제 국면을 달리하고 있었다. 순수하게 개인 대 개인의 문제도 아니고 국가 대 기업의 문제도 아니게 되어버렸다. 물론 국가 대 국가의 문제도 아니다. 어차피 저 이아코바키스는 명분으로도, 실리로도 잡아둘 수 있는 사내가 아닌 것이다. 순수하게 자신의 힘으로 다른 사람이 상상하지도 못할 만큼의 힘을 손에 넣은 자들은 대개 스스로의 논리 외의 어떤 것으로도 설득되지 않는 법이니까.

그를 칠 수 있는 것은 그의 칼뿐이었고, 준희는 그렇게 했다.

민영.

출장이라고 말하며 그녀의 방문을 두드렸을 때 그녀는 아무 대답이 없었다.

그는 입술을 깨물었다.

똑같은 길, 서드 데크로 들어서 복잡한 복도를 돌아 마침내 커다란 오크색의 문이 열렸다.

"……!"

준희가 들어가고 통역사가 바로 따라 들어가려는데 알렉스의 팔이 막아섰다.

"무슨 일이죠?"

통역사가 당황한 눈으로 준희를 바라보았다. 알렉스의 얼굴에서는 어떤 기색도 느낄 수가 없었다. 그러나 서준희는 알고 있다. 알렉스의 행동은 곧 기아니스의 의지다.

"여기서 기다리세요."

알렉스에게서 시선을 떼지 않은 채로 서준희가 통역사에게 말했다.

통역사가 한 걸음 물러서자 알렉스가 천천히 흐트러진 슈트를 정돈하고는 옆으로 섰다. 그리고 준희가 방 안으로 들어서자, 문이 닫혔다.

집무실은 조용했다. 준희는 눈을 가늘게 떴다. 많은 나이는 아니더라도 나름 산전수전을 다 겪었다고 생각하는 그이지만 긴장이 되는 것은 어쩔 수가 없었다.

어두운 방 안, 기아니스는 창틀에 걸터앉아 가만히 밖을 내다보고 있었다. 쏟아지는 지중해의 햇살이 그의 발 아래에서부터 긴 그림자를 만들고 있었다. 그는 마치 준희가 들어온 걸 모른다는 듯이 미동도 않았다.

[긴 여정이군요.]

그리스어, 준희의 입술이 비스듬히 올라간다.

[전 그리스어를 잘하지는 못합니다만.]

[그 정도면 훌륭하지요.]

기아니스가 몸을 돌렸다. 역광이 그의 얼굴을 가려 표정을 볼 수가 없었다. 하얀 태양이 그의 실루엣을 따라 수려한 회색 음영을 그린다. 침묵, 그리고 그가 몸을 일으켜 테이블 위로 허리를 굽혀 스탠딩 라이터를 집어 들었다.

그제야 준희는 기아니스의 얼굴을 제대로 보았다. 기억하는 것보다 조금 야위었다. 사람을 압도하는 그 위압감은 조금도 달라지지 않았지만, 차갑다 못해 시릴 것 같은 오만은 조금도 사그라지지 않았지만, 어딘지 희미하게 감정이 섞여 있다.

[라이터가 특이하군요.]

기아니스의 입술을 비집고 비웃음인 듯 애매한 소리가 흘러나왔다. 그가 담배에 불을 붙이고 손을 뻗어 준희에게 라이터를 건넸다. 얼떨결에 그가 내미는 라이터를 받아 든 준희는 호박 속에 갇힌 벌레를 보았다. 결이 고른 매끄러운 몸체, 아름다울 정도로 섬세한 다리와 더듬이, 철갑 같은 등껍질 속에 있는 건 뭘까.

[과연 남매인가, 비슷한 것에 흥미를 가지는군.]

문득 고개를 들었다가 준희의 얼굴이 확 붉어졌다. 알 수 없

는 감각, 남자는 그저 입에 담배를 문 채로 빙글거리고 있을 뿐
인데 준희는 자신이 어린애가 되어버린 것만 같은 기분이 들었
다.

준희가 한 걸음 내디뎌 테이블 위에 호박 빛의 스탠딩 라이터
를 놓았다.

[차관께서는……]

[흥미없어.]

기아니스가 그의 말을 자르고 머리를 쓸어 올렸다. 푸른 담배
연기가 창으로부터 투명한 선을 그리고 있는 태양빛에 수여든
다.

준희는 입을 다물었다.

방 안의 공기가 몸을 무겁게 감아든다.

[탈당할 생각인가?]

잠시의 침묵 후 기아니스는 물었지만 준희는 그가 묻고 싶어
하는 것이 그것이 아니라는 걸 알았다.

민영.

[네.]

[독자 노선?]

그는 재차 물었다. 그러나 얼굴에는 관심 한 조각 묻어 있지
않다. 검은 눈동자가 집요하고 서늘하게 준희의 피부를 파고든
다. 살갗이 팽팽히 당겨지는 것처럼 아프다.

[네. 그게 저희가 원하는 거니까요.]

준희는 아무렇지도 않게 대답했다. 공기의 밀도가 짙어지고 있었다. 깨달았다. 지금이 가장 큰 고비였다. 이 남자가 당장 그들 사이에 있는 테이블을 건너뛰어 목을 조른다 해도 그는 놀라지 않으리라. 기아니스 Y. 이아코바키스, 정재계를 통틀어 세계에서 가장 힘있는 사내 중의 하나가 지금 단 한 번도 선회하지 않았던 그의 바람 방향을 바꾸려고 하고 있었다. 그러나 지금 그의 주변은 온통 살기, 손에 닿는 무엇인가의 목을 비틀어 버리고 싶어하는 짐승이 그 안에서 날뛰고 있었다.

적막 속, 공기의 압력이 높아졌다가 천천히 침몰하듯 가라앉았다.

남자가 길게 담배 연기를 들이마셨다. 탄탄한 가슴이 크게 부풀었다가 제자리로 돌아갔다.

"……Nice try."

이윽고 기아니스가 선언했다.

준희는 그가 싱긋 웃었다고 생각했다. 아니, 착각일 수도 있다. 검은 눈에 푸른빛이 아주 잠깐, 호의적으로 스쳐 지나갔을 수도 있다고 생각했다. 아니, 착각일 수도 있다.

그가 한 걸음 다가왔다. 준희의 심장이 쿵쾅거리며 날뛰었다. 압박감, 마치 공기가 그를 밀기라도 하는 것처럼 기아니스가 한 걸음 옮길 때마다 준희는 버텨내기 위해 힘을 주어야만 했다.

거리가 가까워졌다. 준희는 보이지 않을 정도로만 숨을 들이마셨다.

"네가 이겼어."

그가 차갑게, 존재했던 어떤 항복 선언보다도 더 기품있게 그의 승리를 인정했다. 그리고 그대로 그를 스쳐 지나가 문손잡이를 잡았다. 준희가 다소 멍한 표정으로 그를 바라보았다.

"나와라. 원하는 걸 말해주지."

그가 문을 열었다. 바람이 들어왔다. 통역사는 어디론가 보냈는지 보이지 않고 홀로 벽에 기대 있던 알렉스가 몸을 일으켰다. 기아니스가 그를 지나쳐 성큼성큼 걷기 시작했다. 알렉스의 시선이 잠시 준희에게 머물렀다. 그가 약간 고개를 숙였다. 준희는 그제야 걸음을 옮겨 저만치 앞서 가는 기아니스를 따라가기 시작했다.

하늘이 지독하게 맑았다. 그대로 호흡을 멈춰 버리고 싶을 정도로.

기아니스 Y. 이아코바키스가 한국의 서준희와 걷고 있다. 이것은 상징적인 의미로도 간단히 간과될 수 있는 건 아니었다. 예를 들자면, 기아니스 Y. 이아코바키스가 그의 크루즈에서 미연방준비은행(FRB) 의장과 걷고 있는 모습이 목격된다면 그 다음날 달러시장은 흔들린다. 나란히 어깨동무라도 하고 있었다면 사태는 조금 더 심각해진다.

기아니스 Y. 이아코바키스, 쓸모없는 행동은 단 하나도 하지 않는다는 남자.

준희는 그가 걸음을 늦춰 자신과 나란히 걸으면서 미소 짓는 것을 보고 경악했다. 방금 전 집무실에서의 태도는 온데간데없다. 하긴, 자신의 태도 역시 아무렇지도 않다는 것을 부정하기는 어렵지만.

그런 관계들인 것이다. 차라리 준희는 조금 안심이 되는 듯한 느낌이었다.

바람에 부드럽게 저녁 빛이 섞여들고 있었다. 하얀 태양이 수평선 끝으로 기울어졌다. 바다는 황금빛, 하늘로부터 시작된 빛이 안개처럼 바다를 덮고 있었다. 파도가 반짝인다.

기아니스는 난간 앞에 섰다. 언젠가 민영이 서 있던 자리.

그렇게 한참 동안 바람을 맞고 있었다. 얼마나 지났을까, 바다를 향해 있던 준희의 시선이 기아니스에게로 움직였다. 바다로부터 불어온 바람이 그의 머리카락과 셔츠 깃을 날리고 있었다. 재킷이 펄럭이는 걸 아랑곳하지 않고 그는 시선을 바다에 고정한 채 서 있었다.

[원하는 걸 말씀하신다고 하지 않으셨습니까?]

준희가 물었다.

기아니스가 주머니를 뒤지더니 담배를 꺼내 천천히 입에 물었다.

바람이 불고 있었다. 준희가 라이터를 꺼내 불을 켜며 한 손으로 바람을 막았다. 기아니스의 손이 그의 손에 겹쳐졌다. 담뱃불을 붙여줄 때의 의례적인 예의였을 뿐이지만 준희는 주변에서 바짝 긴장하는 것을 느낄 수 있었다. 짜릿한 쾌감이 스쳤다.

[뭐, 그렇지.]

기아니스가 느긋하게 난간에 기댔다.

바다 한가운데서 저녁 빛에 물든 세상은 세피아 빛, 기아니스의 긴 손가락의 끝에서 붉게 타오르는 담뱃빛만이 선명했다.

✳

[아직 하선하지 않으셨습니까?]

알렉스의 목소리에 찻잔을 든 채 가만히 창밖을 노려보던 라리아나가 달칵 소리를 내며 찻잔을 내려놓았다.

[왜? 가는 걸 확인하라던가?]

[아니요.]

알렉스가 부드럽게 웃었다.

[달라졌군.]

데크 쪽을 바라보던 라리아나의 말에 알렉스가 쓰게 웃는다.

[이아코바키스님은 안 그러실 겁니다.]

[모르는 일이야. 야수들은 제 집을 짓고 나면 기운을 잃기 마련이지. 그 사람이 그랬던 것처럼.]

나이답지 않게 명쾌한 목소리였다.

[내 아들들이 그 사람을 닮는 것이 옳았을 텐데……. 내가 낳

지 않았다면 우체부의 아들인 게 아닌가 의심했을 거야. 도대체 누굴 닮았는지.]

딱히 자신에게 하는 말은 아닌 것 같아 그는 침묵했다. 라리아나의 시선은 여전히 창밖에 머물러 있었다.

그리고 뒤에서 흐음, 하는 헛기침 소리와 함께 이아코바키스 가(家)의 조종사 중 한 명이 공손하게 고개를 숙였다.

[왔군. 난 가네.]

[살펴가시길.]

알렉스가 빙긋 웃고 팔을 내밀었다.

라리아나 G. 이아코바키스는 피식 웃고 말았다.

[그렇다고 내가 봐줄 것 같은가?]

[아뇨. 이건 그냥 제가 마담을 모시는 예의입니다.]

다시 한 번 피식 웃고 라리아나가 그가 내민 팔에 손을 얹었다.

테라스를 나와 웨더 데크를 지나 헬기장으로 향하는 계단을 올랐다. 작은 몸이 별 어려움이 없다는 듯 또박또박 걷는 것을 보고 알렉스가 슬쩍 미소를 지었다.

[왜?]

그쪽을 쳐다보지도 않았으면 라리아나가 냉랭하게 물었다.

말 없이 알렉스가 부드럽게 미소 지었다. 라리아나의 눈썹이 치켜 올라갔다.

바람이 불고 있었다.

헬기가 야간 비행을 위해 항법 등을 깜빡이고 있었다.

기아니스가 자신의 방으로 돌아간 후 준희는 난간에 기대 보랏빛으로 물들기 시작한 바다를 바라보며 재킷 속에서 전화기를 꺼냈다. 그것은 일반적인 셀룰러폰이 아닌 이리듐 위성 휴대전화로 보안성이 문제가 되지만 780㎞ 상공의 위성을 컨트롤해 세계 어디에서도 통화가 가능한 문명의 이기이다.

"민영아?"

—……뭐야? 출장 간다고 하지 않았어?

전화기를 타고 그리운, 하지만 다툼의 여파가 남아 있는 퉁명스러운 목소리가 들리자 준희의 얼굴에 미소가 돌았다.

"아직도 화났어?"

—너랑 말 안 해.

검게 넘실대는 바다가 따뜻해진다.

"나랑 말 안 하면 누구랑 하려고?"

—무슨 상관?

싸워도 다퉈도 다시 돌아가는 것이 가족이라는 걸, 조금 늦게 깨닫는다고 해서 나쁠 것은 없다. 사람마다 학습의 속도는 다른 법이니까.

"민영아."

—왜?

"미안해."

―……뭐가?

"그냥. 너도 미안하다고 해."

―안 해.

목소리는 잔뜩 심술이 묻어 있었지만 준희는 그녀가 웃고 있다고 확신했다.

옳지 않아도, 강하지 않아도, 이기적이어도, 겁쟁이여도 상관없다.

준희가 넥타이를 느슨하게 늦추며 난간에 기댔다. 그리고 한 손을 청량한 하늘, 잡힐 듯 하얗게 보이는 구름을 향해 뻗었다.

"응. 사실 넌 안 미안해. 내가 미안해."

―말로만?

"그럼 어떻게 해?"

전화기 저편 쿡쿡 웃는 소리가 들렸다.

―요즘 내가 마음에 담아두고 있는 청바지가 있는데 말이야. 개가 자꾸 나에게 말을 시켜서 고민하는 중이거든?

준희의 눈꼬리가 길어졌다. 바람조차 따뜻해졌다.

"잘돼서 다행이다."

―응?

"가면서 선물 사갈게."

―응. 어디 간 건데?

"국가비밀."

수화기 저편에서 투덜거리는 소리가 들렸다. 준희가 하하 소리 내어 웃었다.

풀을 빙 둘러 계단을 올라 브릿지를 지나던 기아니스가 무심코 뒤돌아 그런 준희를 보고 난간 쪽으로 다가서서 고개를 기울였다. 준희의 웃음을 스치고 지나갔던 바람이 기아니스의 어깨에 내려앉았다.

그가 알렉스를 보고 다시 준희에게로 시선을 돌렸다.

바람이 불고 있었다.

바람이 분다. 바람이 분다. 바람이 분다.

사랑하는 사람의 목소리를 실은 바람이 사랑하는 사람의 마음에 분다.

사랑하는 사람의 기억을 실은 바람이 사랑하는 사람에게로 향하는 사람의 마음에 분다.

사랑하는 사람의 향기를 실은 바람이 사랑하는 사람을 기다리는 사람의 마음에 분다.

바람이 분다. 바람이 분다. 바람이 분다.

"아아, 너무 피곤해."

밤, 준희가 완전히 지친 표정으로 현관문을 들어서자마자 거실 바닥에 벌렁 드러누워 버렸다.

"내 바지는?"

"야! 넌 일하고 돌아온 사람한테."

준희를 내려다보며 바지부터 물어보는 민영에게 타박하는데 현영이 안방에서 고개만 빠끔 내밀고 잔소리를 했다.

"들어가서 누워. 거기 청소 안 한 지 이 주쯤 됐다."

결벽증이 있는 성격이라 즉효인 말이 될 것이라는 걸 알고 한 소리였다. 아니나 다를까, 준희는 그 말이 끝나기도 전에 벌떡 일어나 등을 탁탁 털었다.

"저 또 나가봐야 해요."

"나가?"

민영이 물어보다가 어쩐지 초췌한 꼴이 안돼 보여 부엌으로 가서 우유 한 잔을 따라 건네주었다. 우유를 받아 마시면서 그가 손짓했다.

"응. 샤워하고 옷 갈아입고 나가려고 왔어."

"무슨 일이 그렇게 많아? 너 아니면 대한민국 경제가 안 돌아가니?"

"실제로— 그래."

그가 씩 웃었다. 그리곤 컵을 싱크대에 놓고 목을 좌우로 풀어주며 욕실로 향했다. 욕실 문을 닫기 직전 나른하게 기지개를 켜던 그는 문득 생각난 것처럼 욕실 문을 잡고 민영을 불렀다.

"왜?"

"그 자식 온다."

"아얏!"

많이 자란 머리를 동그랗게 올려 묶으려 손을 올리고 있던 그녀가 비명을 질렀다. 고무줄이 그녀의 손을 때리고 튕겨 나갔다.

"다쳤어?"

여전히 욕실 문을 붙잡은 채로 준희가 뚱하게 물었다.

"아니."

약간 붉어진 엄지손가락을 접으면서 민영은 아무렇지도 않게 허리를 굽혀 고무줄을 집어 들었다.

"왜?"

"일이 잘됐어."

"다행이다."

"네 덕분인데?"

"그래. 나중에 논개 사당처럼 민영 사당을 세워줘."

"너도 잘돼야지."

민영이 가볍게 눈을 흘겼다. 그리고 얼른 고개를 숙였다. 준희는 그녀의 눈이 말갛게 부어 있는 것을 놓치지 않았다.

"만나게 해줄까?"

머리를 묶고 나서 그녀는 소파에 앉아 TV를 켰다. 와글와글, 버라이어티 프로그램에서 깔깔 웃는 소리가 들렸다. 민영은 채널을 돌리기 시작했다.

가요 프로그램, 뉴스, 버라이어티, 시사토론, 영화, 그리고 다시 뉴스.

"아니."

"왜?"

민영이 고개를 돌려 준희의 얼굴을 바라보았다가 다시 시선을 돌렸다.

"나랑 다른 사람이잖아. 난, 그런 거 싫어."

"흠, 그 잘난 작은 집, 남편, 아이, 강아지에 마당 얘기를 아직도 하는 거야?"

민영은 대답하지 않고 계속해서 채널만 돌렸다.

"……생각해 봐."

준희는 욕실 문을 닫았다. 그제야 민영은 욕실 쪽을 바라보았다. 닫힌 문, 잠시 후 샤워기에서 물이 떨어지는 소리가 났다.

그가 온다.

TV에서는 조선업의 활황에 한국 경제에 미칠 영향에 대해서 명사토론이 진행 중이었다.

그리고 일주일 후, 기아니스 Y. 이아코바키스, 이아코바키스 콘체른(concern)의 대표가 한국으로 입국했다.

원목 무늬가 선명한 넓지 않은 복도를 지나며 기아니스는 인상을 찡그렸다. 그러나 그는 이런 식의 '보이기 위한' 쇼를 좋아하지 않았지만 동시에 그 누구보다도 이런 쇼의 중요성과 필요성을 알고 있었다.

웅성거리는 소리, 마중을 나왔던 서준희는 그에게 한국이 처음이냐고 물었다. 여덟 살, 선명하지 않은 기억 속에서 비행기에 오른 후 처음이었다. 언론이 뭐라고 소란을 떨어댈지는 자명했으나 오히려 그에게 한국은 작은 여자밖에 생각나지 않는 나라였다. 작은, 여자.

경제부 장관과 제1차관이 기다리고 있는 기자회견실에 들어가기 직전 그는 잠시 걸음을 멈추고 허공에 시선을 던졌다.

민영.

아주 잠시였다.

그의 몸이 마치 미끄러지듯 유연하게 문을 통과했다.

[반갑습니다.]

장관이 내민 손을 기아니스가 가볍게 잡았다. 이어 차관, 그의 시선이 좀 더 의미있게 좀 더 길게 머물렀다. 카메라 플래시가 갈채처럼 터졌다.

"만족하십니까?"

질문 공세가 시작되자 기자석 뒤쪽에 서 있던 알렉스가 준희에게 말을 건넨다.

"네."

"고부가가치 선박 쪽으로 진출이 확정되어서?"

"아니요."

"이아코바키스님이 이준호 차관을 밀 것 같아서?"

"약속한 것도 아니잖습니까."

준희의 얼굴에 미소가 떠올랐다.

"그런데 일부러 그런 겁니까?"

"뭐 말이죠?"

"그 전화."

준희가 큭큭거리기 시작했다. 한참을 웃다가 음음, 하고 목을 가다듬고는 씩 웃는데 그 표정이 마치 장난꾸러기 소년같이 악의는 보이지 않았다.

"아, 계속 쫄아 있었던 게 화가 나서. 뭐, 진심이기도 하고요."

알렉스의 푸른 눈에 부드러운 기색이 돌았다. 확실히 매력적인 남자다. 유쾌하고 거침없고 위트가 있다.

"효과는 있었습니다."

알렉스가 일인용 소파의 팔걸이에 기댄 채 이준호의 귀에 무슨 말을 속삭이는 주인을 보며 말했다. 뭐라고 한 건지 이준호가 껄껄대며 웃기 시작한다.

"네?"

"크리스털 잔 하나가 깨졌거든요. 비싼 거였습니다."

"하!"

준희가 기분 좋게 웃기 시작했다.

그 수려한 옆모습을 가만히 보던 알렉스의 입에도 희미하게 미소가 돌았다.

같은 시각, 남산 자락의 어느 집.

"푸—!"

커피를 마시던 민영의 입에서 진갈색의 액체가 뿜어져 나왔다. 귀 끝까지 빨개져서 가슴을 치며 기침을 하기 시작하는데 눈물이 나도록 기침이 멈추지 않았다.

“뭐니?”

안경을 낀 채 신문을 보던 현영이 안경을 내리며 물었다.

“아, 아뇨.”

현영의 시선이 무심하게 TV로 향했다. 화면에서는 막 비행기에서 내린 기아니스 Y. 이아코바키스가 줄지어 선 기자들 사이로 태연하게 걷고 있었다. 한 걸음 뒤에는 언제나처럼 알렉스, 몇몇 경호원들이 그의 주변에 서 있는 모습은 마치 할리우드 영화의 한 장면 같았다. 언제나 뚜렷한 행보를 보이지 않던 사람이라 전 세계가 흥분해 있었다. 기자들 틈에 군데군데 다른 머리색이 보인다.

“잘생겼구만.”

현영이 중얼거린다.

“확실히 외모가 중요해.”

소파에 등을 느긋이 기대며 현영이 말했다.

“외모요?”

“그래.”

현영이 와 앉으라는 듯 툭툭 자신의 옆자리를 두드렸다. 민영이 아직도 좀 칼칼한 가슴을 치며 그녀의 옆에 앉았지만 도대체 눈을 어디다 둬야 할지 몰랐다. 화면에서는 난리가 났다. 클로즈업, 경호원에게 밀린 듯 화면이 흔들리고, 그리스어로 누군가 외치고, 한국말로 또 외친다.

“봐라. 저렇게 생긴 권력자라 하니 사람들이 이성을 잃고 덤

비잖니?"

현영이 혀를 쯧쯧 차는데 어쩐지 민영의 귀가 빨개졌다. 기쁜 것 같다. 잘생긴 권력자, 라는 아무렇지도 않은 말에 왜 자신이 칭찬받은 듯 기뻐하는지 생각하기 전에 이미 기뻤다. 그리고 밀려오는 저릿한 고통.

"차가워 보이는 놈이군."

"얼굴만 보고 아세요?"

"그럼, 산 세월이 얼마인데. 게다가 내가 사람 보는 눈이 좀 있잖니."

"맞아요."

"차가운 놈이긴 하지만, 원래 잘난 것들은 차가운 법이지. 네 아버지를 봐라."

표정 하나 안 바뀌고 자신의 남편을 '차갑고 잘난' 사람으로 규정한 현영이 허리를 굽혀 테이블에서 다 식어가는 커피 잔을 집어 들었다.

"저래 봬도 차갑고 못되기가 이루 말할 수 없는 사람이란다. 어렸을 때인데 내가 헤어지자고 했을 때 뒤도 안 돌아보고 가버렸어. 나는 계속 보고 있었는데 말이다. 계속 생각했는데 전화 한 통 안 하더구나. 원래 그래, 잘난 것들은."

"지금 아버지의 모습을 보면 그런 게 상상이 안 가는데요."

"원래 그런 거야. 또 그렇게 차가운가 하면 마음을 연 사람한 테는 한없이 약해서 쩔쩔매며 어쩔 줄 몰라 하지. 내가 이 사람을 만났을 때는 이 사람이 완벽하게 마음이 뺏긴 여자가 있었을 때였어. 문제는 자기가 그러고 있다는 것도 몰랐다는 거야. 웃기지 않니? 머리 좋은 것도 다 헛거야. 어쩔 줄 몰라서 멍하게 보고 있는 것도…… 귀엽지 않니?"

민영이 고개를 숙이고 낮게 웃었다. 저렇게 당당하게 사랑할 수 있는 힘은 어디서 오는 걸까? 준희는 확실히 어머니를 닮았다. 아무렇지도 않고, 태연하고, 그런가 하면 상상할 수도 없는 포용력으로 상대를 감싼다.

"준희는 날 닮았다고 생각했는데……."

현영이 말을 끊고 커피를 한 모금 마시더니 인상을 찡그렸다.

"커피 다시 내릴까요?"

"됐다."

그녀가 커피 잔을 내려놓았다.

"날 닮았다고 생각했는데 지 아비를 닮았어. 차갑지만 어수룩해. 멍청한 놈!"

현영이 빙긋 웃고 무릎 위에 얌전히 놓여 있는 민영의 손을 잡았다.

"남자들이란 말이다. 자기 마음을 들여다보려는 시도를 하지 않지. 그래서 모르는 거야. 아끼고 싶다, 소중하다, 울리고 싶지 않다, 이런 게 사랑이라는 걸 몰라. 남자들에게 여자는 모든 의미지. 엄마, 누이, 친구, 연인, 아내까지. 한 여자가 남자에게는 모든 의미란다."

민영의 손등을 덮은 현영의 손에 힘이 들어갔다.

"제 마음을 모르고 바보같이 있어서 귀엽지 않니. 사는 게 딱 경계가 있는 것도 아니고, 정해진 게 있는 것도 아니다. 우린 그냥."

현영이 웃었다.

"우린 그냥, 우리가 행복할 만한 일을 선택하면 되는 거야. 그건 정해져 있는 게 아니거든."

"어머니."

현영이 고개를 돌렸다. 화면에서는 이준호 차관과 악수를 하는 기아니스의 모습이 나오고 있었다. 그의 뒤로 비춘 밝은 주홍빛 조명이 마치 후광 같다.

"늘씬하구나. 네 아버지도 한때는 저랬는데……. 아니다. 암만 그래도 저 정도는 아니었나 보다."

현영이 키득거리며 웃었다. 민영이 그런 현영을 가만히 쳐다보고 있었다.

"왜?"

시선을 느낀 현영이 소파에 몸을 기대며 물었다.

"아버지가…… 다른 여자에게 빠져 있었다고 하셨잖아요."

"그랬지?"

"기분 나쁘지 않으셨어요?"

"아무려믄. 기분 나쁘다뿐이겠니? 그것 때문에 내가 헤어지자 말한 거잖니."

다시 생각해도 짜증난다는 듯 현영이 고개를 절레절레 저었
다.

"그런데 그래 봤자 내 거잖니. 사실 제일 중요한 건 끝이지,
나 만나기 전에 어땠다 라는 건 그냥 가끔 하늘 보면서 감상에
젖을 때 외에는 아무 쓸잘데기가 없는 거거든."

"……그럴까요?"

"얘는, 내가 틀린 말 하는 거 봤니?"

현영이 신문을 집어 들고 안경을 다시 코 위에 올렸다. 부스
럭부스럭 신문이 넘어가는 소리가 들리고 마침내 조용해졌다.

TV는 이제 청와대를 비추고 있었다. 사람들 사이로 그의 얼
굴이 보였다. 같은 하늘 아래 있다는 실감이 나지 않는데도 가
슴은 두근거렸다.

화면 속의 기아니스는 그녀를 보고 있지 않아도 숨 막힐 것같
이 매력적이었다.

"만나게 해줄까?"

다소 막막한 기분으로 민영은 한숨을 내쉬었다.

그로부터 이십 분 후, 결국 바람 좀 쐬고 오겠다는 말을 남기
고 민영은 카디건 하나 주워 들고 집을 나서고 말았다. 가슴이
답답하다. 가슴에서 바람이 부는데, 그 바람이 갈 곳을 잃은 듯

부딪치고 부딪쳐서 답답하다.

바람이 불고 있었다.
그때를 생각하면 언제나 나도 모르게 눈을 감게 된다. 바람이, 바다로부터 불어온 바람이, 창공의 대기를 내 안에 실어 보내고 있었다. 숨을 쉴 수 없게 된다. 내 안에 가득한 창공이, 내 안에 부는 바람이 나를 숨 쉴 수 없게 한다.

민영은 눈을 감았다.
찬바람이 피부에 스며드는 것 같아 옷깃을 여몄다. 몸 안 어딘가는 한없이 뜨거운데 피부는 차갑다. 사그라지지 않는 감정, 풀리지 않는 열망, 찬바람이 머리를 헝클어뜨리고 사라져도 마음은…….
Rrrrrr—
바람 소리에 섞여 핸드폰이 울었다. 민영이 눈을 뜨고 길게 한숨을 내쉰 다음 주머니를 뒤적거려 핸드폰을 꺼냈다.
"여보세요."
—어디야?
준희.
"집 근처. 산책 나왔어. 지금 산에 올라가고 있어."
—또?
전화기 저편에서 한탄의 소리가 들렸다.

"넌 어딘데? 집에 왔어?"

―응. 얼른 들어와.

전화가 끊겼다. 민영은 한숨을 내쉬고 걸음을 재촉했다. 산
쪽이었다. 돌아가기 전에 마음을 진정시켜야 한다. 이대로 들어
가면, 준희를 붙잡고 물어보게 될지도 몰라. 그 사람은 어떠냐
고, 잘살더냐고 물어볼지도 몰라. 그와 무슨 일이 있었는지, 그
녀가 그를 얼마나 생각하는지 다 물어보게 될지도 몰라. 아니
면, 만나게 해달라고 말할지도 몰라.

비식 웃음이 입술을 비집고 새어나왔다.

만나서, 만나면 뭐라고 해야 할까.

그때 화냈던 건 미안하다고, 사실 좀 얼토당토않았는데 그때
는 좀 뒤죽박죽이었었노라고 멋쩍게 웃어야 할까? 욕심 부리게
될 줄 몰랐는데 계속 곁에 있고 싶다는 생각이 들었노라고, 뭐
아닌 거 아는데 그냥 기분이 그랬다고 고백해야 할까?

"솔직한 게 뭐가 그렇게 어려워? 좋으면 좋다, 싫으면 싫다, 원
하는 건 원한다, 바꾸고 싶은 건 바꾸고 싶다, 이게 뭐가 어려워?"

아직도 모르겠는 것.

왜 그랬을까, 왜 곁에 있고 싶었는데 떠나겠다고 말했을까.

왜 그랬을까, 왜 그럴 수도 있는 일에 그렇게 절망했을까. 그
가 어떤 이유로 그녀를 안았든 그게 그렇게 큰 문제인 건 아닐

텐데.

……문제일지도 모른다. 그녀에겐.

단 하나, 온전히 자신만의 것.

작은 집, 남편, 아이, 작은 정원……. 꿈에 언제나 '작은' 이라는 단어를 붙이는 건 그단큼 절실해서였다. 그것만은 꼭 이루어졌으면 좋겠다는. 불투명한 건, 되지 않을 일을 기다리는 건 그만 하고 싶다는.

민영은 가볍게 한숨을 너뱉고 발걸음을 재촉해 여느 때와 같이 산을 한 바퀴 돌았다.

난간에 기대 잠시 기억하는 니스의 풍경과는 다른 올망졸망한 집들을 보고 노을이 막 펼쳐지기 시작한 서쪽 하늘을 보았다. 바람이 불어오고 있었다.

눈을 감았다. 이 공기를, 그가 마시고 있다. 가까이 그가 있다. 차를 잡아타고 달려가면 만날 수 있는 곳에 그 차갑고도 아름다운 남자가 있다.

민영은 팔로 자신의 몸을 감싸 안듯 끌어안았다.

보고 싶다.

자신을 속인 것을 용서하고 그 외로운 눈에 입 맞추고 싶다.

자신이 그에게 어떤 의미인지를 확인하지 않고 그 따뜻한 팔 안에 몸을 기대고 싶다.

그러나 그러면? 그런 다음에는 어디로 가는 걸까?

잠시 그대로 눈을 감고 서 있던 민영은 문득 불어온 바람에 천천히 눈을 떴다. 저 멀리 낮은 능선 위로 붉은 융단 같은 노을이 넘실대고 있었다. 마치, 붉은 바다 같다.

그녀는 고개를 치켜들고 크게 심호흡한 다음 산을 내려가기 시작했다.

맨발을 대강 운동화에 찔러 넣고 뛰쳐나온 터라 발이 아프기 시작했다. 정신없이 뛰어나올 때는 몰랐는데 치마 아래로 드러난 다리가 좀 춥기도 했다. 아니, 그보다 집에서 입는 면 원피스에 카디건 하나 두르고 산책로를 오른 그녀의 모습을 완전 무장한 아줌마, 아저씨들이 지나치며 힐끔거리고 있는 것이 신경 쓰였다.

민영은 쓰게 웃었다.

정신을 못 차리는군—

슈퍼에 들러 딸기를 좀 샀다. 준희는 딸기를 좋아한다. 어렸을 때도 싸운 적이 없는데 다 커서 싸우고 또 삐쳐서 인상 구긴 시간이 너무 길었다.

그가 왔다는 건 준희의 일이 잘되었다는 것, 축배라도 들어야지 싶어 딸기를 고르다 생각하니 과일로 축배를 든다는 게 좀 우습게 여겨졌다.

까만 봉투에 담아준 딸기를 휘적휘적 휘두르며 골목길로 접어들었을 때 어쩐지 가슴이 두근거렸다. 전신주 끝에 걸린 구름은 산 너머로 스러지는 노을에 물들어 있었다. 어디선지 그리운 향기가 흐르는 것만 같다.

왜인지 몰랐다.

그 감각이 선명해진 것은 어딘지 산만한 골목, 안 보이기 힘든 커다란 리무진 한 대가 주차되어 있는 것을 보았을 때였다.

심장 고동이 수직으로 상승했다. 숨이 턱 막혀 민영은 저도 모르게 그 자리에 멈춰 섰다. 비닐 부스럭거리는 소리가 시끄럽다고 생각했는데 손이 와들와들 떨리고 있었다.

그대로 한참을 멍하니 서 있는데 광택이 매끄럽게 이는 리무진의 문이 열렸다.

그녀의 가슴이 덜컥 떨어져 내렸다.

선이 깨끗한 팔이 문을 미나 싶었는데 깔끔하게 떨어지는 슈트를 입은 기아니스가 나타났다. 진짜 기아니스였다. 파란 하늘을 등에 이고 있는 그 모습이 기이할 정도로 비현실적이었다.

민영은 저도 모르게 뒷걸음질쳤다.

그는 그녀의 이름을 부르지도, 다가오지도 않았다. 그저 그대로 서서 단정하게 손목의 커프스를 만지작거리면서 생각이라도 하는 것처럼 시선을 그녀와 그, 중간의 어디쯤에 두고 있을 뿐이었다. 머리카락이 바람어 살랑살랑 흔들렸다.

얼마나 지났을까. 그리고 천천히 그가 고개를 들었다.

무표정한 듯 낯선, 바로 어제 헤어진 듯 당연한 시선이 마주쳤다.

툭.

손에 들고 있던 까만 비닐봉지가 떨어졌다. 물기를 잔뜩 머금은 신선한 딸기가 땅바닥을 데굴데굴 굴렀다.

그가 손을 내밀었다.

"이리 와."

기억하는 것과 조금도 다르지 않은 낮고 무게감 있는 목소리.

끼익, 하고 유난히도 큰 소리를 내며 대문이 열리고 준희와 현영, 정우가 나왔다.

시선은 세 번 움직였다.

기아니스, 준희, 현영과 정우, 그리고 다시 기아니스—

민영은 그대로 뒤돌아 뛰기 시작했다.

"민영아!"

뒤에서 준희의 목소리가 들렸다. 들렸다고 생각했다.

한국의 공기, 그 사이로 지중해의 바람이 불고 있다.

숨이 턱 끝까지 차올라 더 이상 버틸 수 없을 때까지 정신없이 뛰었다. 막 사람들을 밀치며 뛴 것 같아 걱정스러워 뒤를 돌아보았지만 사람들로 가득 찬 거리는 한없이 무심했다. 다들 자기 갈 길이 바쁜 사람들, 어깨를 잠깐 부딪치는 것만으로 돌아보지 않는다.

가쁜 숨을 고르는데 어쩐지 도로가 시끄러운 기분이 들었다. 설마, 하며 왼쪽을 바라본 민영의 입이 벌어졌다.

매끈한 검은 차체의 리무진 한 대가 비상등을 켠 채 차선 하나를 막아서고 있었다. 지금 시간은 일곱 시에서 여덟 시로 가는 길목, 가장 혼잡할 때다.

"타."

차 문이 열리고 그가 말했다. 머리끝까지 뜨거운데 심장이 두근거리는 건 반칙이다. 그녀는 입술을 꼭 다문 채 그를 쏘아보았다.

기아니스가 낮게 한숨을 쉬었다. 고집을 부리는 걸로는 절대 그 누구에게도 지지 않을 여자, 천천히 그가 차에서 내렸다.

어스레한 어둠이 깔린 거리, 도로에 하나둘씩 켜지기 시작한 네온과 가로등의 불빛이 고개를 약간 숙이고 있는 그의 얼굴에 그림자를 드리운다. 조금 긴 듯한 검은 머리가 저녁 바람에 부드럽게 흔들렸다.

거짓말처럼, 시끄럽던 경적 소리가 멈췄다. 도로를 웅성이며 지나가던 사람들도 시선을 돌렸다.

그가 싱긋 웃었다.

그 미소가 얄미울 만큼 대력적이라 민영은 다시 한 번 절망했다. 이를 악물고 돌아섰다. 떨어지지 않겠다고 항의하는 시선을 애써 보고 싶었던 사람에게서 떼고 눈을 감고 돌아섰다.

마음이 혼란스럽게 일렁거렸다.

왔다. 와주었다.

하지만.

머릿속이 텅 비어버린 것 같았다.

그러나 온몸의 신경은 한 사람에게만 향해 있는 듯, 소리도 들리지 않는데 그가 다가오는 걸 느낄 수 있다. 그것은 일종의 압박, 열기, 그가 태산 같은 존재감으로 그녀에게 다가오고 있었다.

뜨거운, 커다란 손이 그녀의 팔목을 쥐었다.

"……!"

거칠게 몸이 돌아가고, 눈과 눈이 마주쳤다.

안 그래도 눈에 띄는 남자다. 눈에 띄는 차를 눈에 띄는 길 한복판에 세워둔 채 눈에 띄는 행동을 하고 있다. 민영은 그가 꽉 쥔 손을 풀기 위해 손을 힘껏 비틀었지만 그는 꿈쩍도 하지 않았다.

"난 여기서 계속 이래도 좋지만."

그가 냉정하게 그러나 그녀만 아는 부드러움으로, 단호하게 그러나 그녀만 아는 다정함으로 말했다.

그녀의 팔목을 잡은 채로 기아니스가 어깨를 펴고 주변을 돌아보았다. 남자다운 선, 단 한 번도 웅크려 본 일이 없을 것 같은 넓고 당당한 어깨, ……그리고 옅은 향기. 도시의 회색거리를 스며든 바람이 그녀가 늘 궁금해했던 옅은 향기를 싣고 코끝에서 부서졌다.

다시 눈이 마주쳤다. 그의 눈에 부드러운 기색이 스쳤다.

다음 순간, 몸이 허공으로 붕 뜨는가 했더니 남자의 단단한 팔이 그녀를 안아 들고 리무진 쪽으로 성큼성큼 걷기 시작했다.

"놔요!"

그녀가 몸부림쳤다. 그러나 뭔가 어떻게 해볼 틈도 없이 몸이 커다란 리무진 안으로 밀어 넣어졌다. 곧이어 그가 올라타고 뒤로 차 문이 닫히는 소리가 들렸다. 뒤이어 커다란 차가 거의 아무런 진동도 없이 부드럽게 움직이기 시작했다.

“하지 마!”

어깨와 팔에 그의 손이 감긴다. 민영은 정신없이 그를 밀어냈다. 그녀는 비로소 그녀가 어째서 도망쳐야 하는지 이유를 기억해 냈다.

넉 달, 아물었던 상처가 다시 벌어지고 있었다. 또다시 끌려가면 안 돼, 상처 입을 거야.

민영이 도리질 치며 소리쳤다.

“안 돼! 싫어!”

어깨를 힘껏 밀어냈지만 꿈쩍도 안 하는 남자의 손이 그녀의 여린 어깨를 쥐고 진정시켰다.

“쉬이. 그만.”

어깨를 쥐었던 그의 손이 흘러내려 민영의 손끝에 입을 맞춘다. 뜨거운 입김이 손끝에서 부서졌다. 아이를 달래듯 그는 조용히 몇 번이고 입을 맞췄다.

“싫어! 하지 마!”

“알아.”

“뭘?”

이마에 뜨거운 입술을 댄 채 속삭인 기아니스의 말에 거친 숨을 몰아쉬며 민영이 날카롭게 물었다. 마음속이 엉망진창이었다. 보고 싶었던 것만큼, 아니, 보고 싶었지만 참았던 것만큼…… 포기했던 것만큼, 아니, 포기했으면서도 가진 미련만큼…… 그리워했던 만큼, 아니, 그리웠지만 선명했던 그 거리만큼. 아니, 아니, 아니, 아니.

그의 입술이 맥이 뛰고 있는 손목으로 흘러내렸다. 검은 머리카락, 반듯한 이마가 보였다. 심장이 있다고 짐작되는 부근이 아팠다. 천천히 물들이는 것처럼 머릿속을 가득 채우고 있던 생각들이 사라졌다.

뜨거운 키스가 몇 번이고 손목에 내려앉았다. 그리고 팔을 따라 입술을 조금 더 미끄러뜨렸다. 뜨거움이 심장에 가까워졌다.

민영은 필사적이었지만 스스로도 자신이 버텨낼 수 있을 거라고 믿지 않았다. 그의 다른 손이 등을 쓸어내려 와 다리를 쓰다듬었다. 그의 손길 하나하나, 숨이 막혀왔다. 이건, 비현실적이다. 원래 그랬다는 듯 그의 품 안에 갇힌 지금, 설명이 안 될 정도로 비현실적이다.

“날, 조용히 내버려 둬요.”

“안 돼.”

기아니스는 단호하게 대답했다. 그 대답의 끝, 그의 손이 민영의 운동화를 벗겨냈다. 툭 소리를 내며 운동화가 떨어지는 소리, 폐가 있을 것이라고 짐작되는 부근의 통증이 고동처럼 울린다. 그의 무게에 몸이 기울어 커다란 리무진의 창 쪽으로 반쯤 누운 자세가 되었다. 그의 몸이 그 위로 기울었다. 다리 사이로 그의 다리가 파고들었다.

체온과 체온이 엉겨든다.

"안 돼."

그가 한숨처럼 자신의 말을 반복했다. 감은 눈의 긴 속눈썹이 애처로울 만큼 섬세했다.

가슴이 두근거렸다.

천천히 입술이 뺨에 와 닿았다. 저도 모르게 눈을 감았다. 뜨거운 체온. 차갑게 식었던 몸의 온도가 높아진다. 36.5도, 적정 체온보다 조금 더 높게.

그의 커다란 손이 헝클어진 머릿속으로 파고들었다. 뜨거운 입술이 겹쳐지는 것과 동시에 목이 뒤로 부드럽게 젖혀졌다. 그의 입술이 닿은 곳부터 뜨거운 감각이 작은 파문을 그리며 퍼지기 시작했다.

말 한 마디 없어도 알 수 있는 것이 있다. 말 한 마디 안 하는 이 남자에게서 읽을 수 있는 게 있다. 그건 상상할 수 있는 모든 달콤함을 다 담은.

너를 그리워했어—

그의 손이 원피스 앞의 커다란 단추에 닿았다. 그녀의 눈보다 더 큰 인디언 핑크빛의 단추, 그의 입가에 미소가 돌았다.

"웃지 마요."

얼굴이 빨개졌다. 어쩜 이럴까. 담담해지기까지, 포기하기까지 그 많은 시간을 버텨놓고 어쩜 이렇게 쉽게 용서가 될까. 내리막길을 내달리는 어린아이처럼 어쩜 이렇게 쉽게 마음이 가 버릴까.

어쩜 이렇게 사랑스러울까.

손을 뻗어 그의 머리를 쓸었다. 그가 고개를 약간 들어 그녀의 얼굴을 보았다. 눈이 마주치는 순간 심장이 두근거렸다. 눈에 키스가 내려앉았다. 입술이 코끝으로 흘러내리고, 입술로, 턱으로, 그리고 쇄골로. 그의 입술이 지나간 곳에 붉은 꽃이 피어났다.

툭, 단추 끌러지는 소리와 함께 어깨 끈이 내려갔다. 반쯤 흘러내린 카디건이 손의 움직임을 봉쇄하는 역할을 했다. 한쪽 다리가 그의 긴 다리에 단단히 눌려 꼼짝도 할 수 없었다.

"기아니스."

커다란 손이 원피스 속으로 파고들었다. 뜨거운 감각, 저녁바람에 차갑게 식었던 몸을 부드럽게 쓰다듬는 그의 체온, 민영은 눈을 감았다.

단추가 하나 더 풀렸다. 벌어진 원피스 사이로 들어온 손이 브래지어를 밀어올리고 가슴을 부드럽게 쥐었다. 여전히 입술은 쇄골에 머무르고 있었다. 그의 체취와 그녀의 체취가 차 안에서 부드럽게 섞이는 것을 느꼈다.

"안 돼요."

"그래, 안 돼."

그녀의 말을 묘하게 바꿔 놓고는 그의 입술이 가슴의 계곡 사이에 파묻혔다. 뜨겁고 촉촉한 감각, 민영은 뜨거운 호흡을 내뱉었다.

차가 좌회전을 하는지 관성에 의한 부드러운 저항감이 느껴졌다.

그가 오른손을 뻗어 그녀의 왼쪽 머리 위를 짚었다. 왼손으로는 그녀를 단단하게 안은 채였다.

수천 번의 키스, 그녀가 그를 기다렸던 시간만큼의 키스가 온몸에 내려앉았다. 마치 그러기 위해 이 시간까지 기다렸다는 듯 절절했다. 맞닿은 피부에서 느껴지는 그의 체온에 낯익은 감각, 저릿한 자극이 몸을 따라 발끝까지 달렸다.

"으응."

그는 그녀를 온 품을 다해 안은 채 그대로 가만히 있었다. 눈을 감은 채 마치 무언가를 기다리듯, 기도하듯 그렇게 가만히 있었다.

체온과 무게, 둘 중 어느 쪽이 더 묵직한지 민영은 알지 못했다. 생각나는 단어는 하나였다.

그리움, 그리움, 그리움.

흐트러진 옷 사이로 그의 호흡이 스며들었다. 민영은 팔을 뻗어 그의 어깨를 잡았다. 그 상태로 밀어내지도, 당기지도 못하고 그녀는 망설였다. 뜨거운 호흡에 살갗이 촉촉하게 젖어들고, 농밀해진 호흡과 호흡이 섞여 차 안에 차올랐다.

그의 손이 부드럽게 움직이기 시작했다. 둥그런 가슴 선을 훑아 내리는 입술, 녹을 듯 부드러운 감각이 신경을 지배한다. 그녀는 다리를 굽혔다. 머리를 젖히자 다른 차보다 훨씬 높은 베이지 빛의 차체의 천장이 보였다. 짙은 선팅의 창문 너머와 공기의 농담(濃淡)이 달라진다. 눈을 감았다. 온몸에서 그가 느껴진다.

언제나 하나가 되는 꿈을 꾸었다. 그 달콤한 열망, 몸을 열고 하나가 되고 싶다는 순수한 바람.

차가웠던 몸이, 지중해의 온도만큼 올라간다.

남자의 온도만큼.

흐트러진 옷차림 그대로 기아니스는 민영의 허리를 안은 채 눈을 감고 있었다. 어느새 차는 멈춰 있었다. 어딜까, 몸을 들어 창밖을 내다보고 싶었지만 감히 그럴 용기가 나지 않았다. 이 남자를 만나고 나서는 부끄러움을 모르는 여자가 된 것 같다. 이런 곳에서 남자를 받아들이다니, 생각하는 것만으로도 머리 끝까지 빨개졌다.

이상한 일이다.

남자의 체취를 느끼면서 민영은 눈을 감았다. 또다시 어제까지 완전히 다른 세상이었던 남자의 품에 당연한 듯 안겨 있다.

"뭘 원해?"

낮은 목소리에는 무감동한 듯 어떤 기색도 느껴지지 않았다.

무뚝뚝한 목소리라 어딘지 화가 난 것 같기도 했다.

"한국에 와서 광대놀음도 했어. 서준희를 위해 못해줄 것도 없지. ……너만 원해."

"난."

민영은 말을 멈췄다. 어디서부터 어떻게 설명해야 할까. 아니, 그녀도 모르는 걸 어떻게 설명할 수 있을까?

"당신이, 이렇게 지독하지 힘있는 남자가 아니길 원해요."

눈을 감은 채로 기아니스가 인상을 찡그렸다. 잠시의 간격, 그의 손이 부드럽게 헝클어진 옷 사이로 파고들어 그녀의 배를 쓸기 시작했다. 언제나 차가운 남자의 성정(性情)에 비추어보면, 그리고 방금 그녀가 한 말을 생각하면 놀랄 만큼 부드럽다.

"어째서."

기아니스는 여전히 눈을 감은 채로 물었다.

"간극에 익숙해지지 않을 것 같아."

그는 마치 그녀의 심장 소리라도 들으려는 것처럼 머리를 기대고 있었다. 민영은 그런 그의 머리를 쓰다듬고 싶은 충동을 억눌렀다.

"당신을 좋아하지만 당신이 날 좋아하는 건 내가 좋아하는 거랑 다를 거 아니에요. 떠나는 순간 후회했지만, 그래도 안 되는 게 있는 거잖아요. 나는 그걸 된다고, 아무것도 아니라고 우기고 싶지 않아요."

그가 눈을 떴다. 검은 눈동자 위로 밤바다 같은 파도가 일렁인다. 매혹적인 빛깔.

"내가 그때 당신 방으로 갈 수 있었던 건, 그 후에도 당신과 시간을 보낼 수 있었던 건 당신이 선을 그어줬기 때문이에요. 그냥 한 번쯤은, 그래도 좋은 거잖아요. 하지만 한 번이 아니라면 난 어느 방향으로 불지 모르는 바람에 올라타는 일 같은 건 할 수 없어요. 난 작은 집, 남편, 아이…… 뭐 이런 게 좋아요. 어렸을 때 이런 신데렐라 스토리를 꿈꿔보지 않은 것도 아니지만 음, 당신은……."

민영은 결국 손을 뻗어 그의 머리카락을 쓸어내렸다.

"그냥 그런 생각은 안 해봤잖아요. 그냥 지금 내가 마음에 든 거죠?"

민영이 손을 뻗어 남자답게 단단한 그의 얼굴을 감쌌다.

기아니스는 마치 대답할 말이 없다는 것처럼 그녀의 눈동자를 들여다보고 있었다.

"결혼…… 을 얘기하는 거야?"

"아니아니, 결혼해 주면…… 그런 이야기를 하는 게 아니에요. 내가 말하는 건 당신은 그런 생각을 하지 않을 사람이고, 생각할 필요가 없는 사람인데 난 아니라는 거예요. 그 차이예요."

눈물이 날 것 같아 그녀는 울지 않기 위해 힘을 주었다. 여기서 울지는 않을 거다.

그는 이해 못할지도 모른다.

"그런 건 없어."

그가 신랄하게 뱉어냈다.

"그럴지도 몰라요."

그녀가 인정한다.

"하지만 여전히 당신은 날 불안하게 하는 사람이죠. 난 바람이 불 때마다 무서워질 거예요. 내가 할 수 있는 게 아무것도 없으니까."

"왜 네가 할 수 있는 게 없지?"

"내가 당신과 함께하면, 당신을 떠나는 일 말고 내가 당신에게 영향을 줄 수 있는 일이 뭐가 있죠?"

기아니스의 얼굴에 기묘한 충격이 번졌다.

"돌아와서 후회하지 않은 것도 아니고, 보고 싶지 않았던 것도 아니지만 결국에는 맞는 일을 했다는 생각을 할 거예요."

민영은 그녀가 미래 시제로 말했다는 것을 기아니스가 모르길 바랐다. 그러니까 지금은 그렇게 생각하고 있지 않다는 걸 머리로만 계산해 냈다는 것을 그가 모르길 바랐다.

"그냥 여기까지. 그게 좋아요."

후, 그가 길게 한숨을 쉬고 그녀를 놓았다. 몸을 일으켜 시트에 제대로 앉자, 그의 다리 위에 다리를 올려놓았던 민영도 몸을 제대로 추슬렀다. 흘러내린 카디건을 올려 입고 단추를 잠그는데 찰칵, 하는 라이터 소리가 났다.

하얀 담배 연기가 어두운 차의 공기를 그었다. 민영은 마치 홀린 것처럼 허공으로 흩어지는 담배 연기를 바라보았다.

창틀에 기댄 팔이, 입가로 담배를 가져오는 동작이 오만하리만큼 귀족적이다.

그는 아마 그녀를 이해 못할 거다.

"말도 안 되는 소리야. 만약 마리아가 신경 쓰이는 거라면……."

"아니에요. 그때는 그랬지만 정말 문제는 그게 아니에요. 그건 떠나는 이유였지, 돌아가지 못하는 이유는 아니거든요."

민영은 고개를 가로저었다. 그는 아마 그녀를 이해 못할 거다.

"말도 안 돼."

"알아요."

그는 아마 그녀를 이해 못할 거다.

그가 담배 연기를 다시 한 번 깊이 마셨다. 뺨을 가린 손가락, 남자다운 콧날과 깊은 눈. 민영은 천천히, 그 모든 것을 마음에 새기려는 듯이 바라보았다. 정말 후회하지 않아?

그가 견딜 수 없다는 듯 손으로 턱을 쓸었다.

"안 돼."

"제발."

민영이 작은 손을 그의 다리 위로 올리며 애원했다.

"와줘서 고맙지만…… 돌아가요. 고맙지만 그래야 해."

기아니스의 관자놀이께의 힘줄이 꿈틀거렸다. 눈이 마주쳤다. 본디의 그라면 그녀의 말 따위, 무시했을 것이다. 말도 안 되는 이런 이야기, 어째서 이런.

그러나.

그가 신음했다.

"정말 내가, 이대로 돌아가길 원해?"

고개를 끄덕였다. 눈물이 그렁한 채로.

"어째서?"

내가 감당 못할 것 같으니까.

처음에는 그가 그녀를 사랑하지 않았다고 생각했고, 시간이 지나자 그건 아닐지도 모른다고 인정했다. 또 시간이 지나자 사랑이 뭔가에 대해 생각하고, 그리고도 또 시간이 지나자 아무것도 알 수 없어졌다.

사랑은 알 수 없고 그녀의 미래, 작은 집, 남편, 아이, 어쩌면 작은 마당—은 선명하다.

바람은 언제나 두려웠다. 그 바람 안의 무엇은 언제나 그녀를 통제 불능의 상태로 몰고 갔다. 그 바람이 부는 내일이 오늘보다 나았던 적. 적어도 그녀에겐, 없었다.

충분하다.

그를 다시 한 번 보았다. 그러니까 이제 됐다. 그래, 충분하다.

민영은 그의 눈에 똑바로 시선을 맞춘 채 천천히 고개를 저었다. 늘 차갑기만 하던 그의 검은 눈동자에 날카로운 고통이 스쳤다.

한 번도 생각해 본 적이 없었다. 그녀가 무슨 이야기를 하는지 모르지 않았다. 그러나 아는 것도 아니었다. 그는 정말이지 단 한 번도 생각해 본 적이 없다.

감정은 언제나 현재에 머물렀고, 그가 그녀를 원하게 되었다는 것이 너무나 선명했으므로 다른 것은 생각하지 않았다.

그러나 그녀는 그렇지 않았다. 화가 난 것도 아니고 원하는 것도 없다 한다. 그저 좋아하지만 함께할 수는 없다고 이야기한다.

물론 그도 마음대로 되지 않는 것이 있다는 것을 안다. 이것이 온전히 그녀의 선택이라는 것을 안다.

생애 처음, 기아니스는 부술 수 없는 벽을 만난다. 너무나 소중해 부술 수 없어 그저 고통으로만 남는 완고하고 고집 센, 너무나 사랑스러운 벽. 모든 것은 정말이지 온전히, 그 벽의 선택일 뿐.

"그래."

그가 말했다.

"네가 원한다면."

그녀가 원한다면. 설혹 자신을 이해할 수 없어도 이해하지 못해도, 그래야 한다고. 이해해야 한다고.

버튼을 누르자 소리도 없이 재떨이가 튀어나왔다. 그는 담배를 비벼 끄고, 마지막 연기를 내뱉었다. 그리고 난감하게 턱을 쓸고는 한참 동안 시선을 허공에 띄우고 있었다.

어두운 차 안, 창밖으로 차가 지나갈 때마다 헤드라이트의 옅은 불빛이 그의 얼굴에 스쳐 지나간다. 하나, 둘, 셋……

저 멀리서 경적이 울었다. 마치 꿈속에서 들리는 것처럼 아득했다.

그가 고개를 돌려 그녀를 바라보았다. 아주 조금, 몸을 움직였을 뿐인데 눈물이 흐를 뻔했다.

그가 손을 뻗어 작고 보드라운 뺨을 어루만졌다. 느릿느릿, 그의 손끝이 지나가는 자리에 선명한 각인이 그려졌다. 눈을 감았다. 입술이 내려앉는다. 이마에, 코에, 뺨에, 입술에.

입술 사이로 뜨겁고 부드러운 남자가 느껴졌다.

또르르 흘러내린 눈물이 헤드라이트의 불빛에 반짝인다.

집에 돌아가는 길, 그는 한 마디도 하지 않았고 그녀도 그랬다.

조용히 차가 움직여 가는 길, 창밖으로 스쳐 가는 야경은 눈물이 날 만큼 아름다웠다. 낮이 아니라서 다행이라고, 그녀는 그렇게 생각했다. 선명한 태양이 내리쬐는 낮의 거리였더라면 그를 보내기 어려웠을지도 모른다. 소음과 매연, 어슴푸레한 도시의 어둠에 마음을 가릴 수 있어서 다행이었다.

그는 시트에 가만히 기대 그녀의 손을 꼭 잡고 있었다.

"고마워요."

작게 말해보았지만 그는 미동도 하지 않았다. 단지 잡은 손에 힘이 더해졌다. 놓지 않기라도 할 것처럼.

그러나 차가 그녀의 집 앞에 정지했을 때, 담벼락에 기대 있던 양복을 입은 사람들이 몸을 일으켜 그들을 맞았을 때, 마법은 깨졌다.

소리도 없이 차 문이 열렸다.

알렉스였다.

허리를 굽혀 차 안을 들여다보는 알렉스의 그림자가 차 안으로 길게 드리워졌다.

왈칵 눈물이 날 것 같은데 그는 그대로 눈을 감고 있었다. 그러다 그녀가 손을 빼려 하자 그가 손을 묵직하게 잡아당겼다.

숨이 멈췄다. 시간도 멈췄다. 공기의 흐름이, 바람이, 모두, 멈췄다.

그녀가 무언가 말하려고 했을 때 손이 허전해지며, 비로소 피가 통하기 시작했다. 민영은 알렉스의 손에 의지해서 차에서 내렸다.

참고 참으며 몇 걸음 걷다가 뒤돌아보았을 때 닫히는 문 사이, 여전히 눈을 감고 있는 남자의 반듯한 옆모습이 보였다.

탕.

문이 닫혔다.

어색한 표정으로 집에 들어오자 식탁에 앉아 커피를 마시던 준희가 몸을 일으켰다.

“뭐래?”

“아까 전화했을 때 말해주지.”

타박하듯 말하며 몸을 길게 폈다.

“뭐라더냐고.”

“피곤해. 씻고 싶어.”

재촉하듯 바짝 붙어 서는 준희를 밀어내며 방으로 들어갔다. 방문을 닫자마자 도로 연 준희에게 나가라고 말했지만 그는 악착같이 문에 기댄 채 민영의 반응을 기다렸다.

“나 씻을 거야.”

“너 그놈 좋아하잖아.”

“그래—”

“근데 표정이 왜 그래?”

그녀는 인상을 찡그리고 잠깐 움직임을 멈췄다. 서준희는 언제나 심플하고 직선적이다. 그런 그가 얼마나 부러웠는가. 온갖 구실을 다 대가며 걱정 많고 소심하기 그지없는 그녀의 성격을 비하하며 그를 얼마나 부러워했던가.

“머리 복잡해. 나중에 얘기해.”

“아니, 복잡할 게 뭐 있어?”

짜증이 왈칵 솟아 이해가 안 된다는 듯 말하는 준희를 노려보곤 갈아입을 옷을 챙겨 욕실로 들어갔다. 욕실까지도 따라올 작정이었던 듯한 준희의 코앞에서 문을 쾅 닫자 억 하는 신음 소리가 났다. 그러거나 말거나, 수도꼭지를 비틀자 뜨거운 물이

콸콸 쏟아져 내렸다. 멍하니 김이 피어오르는 것을 보다가 몸이
바닥으로 스르르 미끄러졌다.

"……너만 원해."

민영은 무릎에 얼굴을 묻고 숨을 몰아쉬었다. 그때도 눈물을
참아냈으니 지금은 울지 않을 수 있다.
나를 원한다고 했다. 여기까지 와주었다.
아아, 그래, 충분해. 그도 나를 사랑해. 그러니까 이제 충분
해.
거울이 뿌옇게 흐려지기 시작했다.

"민영아!"
기아니스가 내일 일곱 시에 출국한다는 전화를 받은 준희는
욕실 문을 두드리며 소리 지르기 시작했다.
"서민영, 그 자식 내일 일곱 시에 출국한다는 거 알아? 서민
영! 서민영!"
"시끄럽다!"
현영이 준희의 뒤통수를 아프게 후려쳤다.
"아, 어머니! 왜요!"
"정말 사내새끼들이란!"
쯧, 하고 혀를 찬 현영이 휘적휘적 걸어 소파에 앉아 TV를

켰다.

"어머니!"

"하여튼 넌 EQ가 부족혀도 한참 부족해."

"제가 뭘요?"

"사람이 머리만 좋으면 뭐 하니? 사는 법을 알아야지. 잘난 놈들은 사람들이 다 자기 같은 줄 알아서 사는 법을 모른다지만 너 정도 되면 병이다. 사람 사는 법이란 산이 있고, 또 계곡이 있고 그런 거야. 네가 사는 것처럼 기면 기고, 아니면 아닌…… 일이 항상 그렇게 돌아가는 건 줄 알아? 밀어붙이면 다 된다니?"

"쟨 아예 말을 안 하잖아요! 뭐가 그렇게 복잡해요?"

"그래그래, 피는 못 속인다고 네 아버지도 복잡한 거 싫고 단순해서 삶이 편하다더구나."

준희가 이해하기 어렵다는 듯 여러 감정이 뒤얽힌 표정으로 닫힌 욕실 문을 바라보다 커다란 손으로 얼굴을 덮고 긴 한숨을 내쉬었다.

"너 나가라."

"네?"

채널을 돌리며 현영이 한 말에 준희가 문득 고개를 들고 모친을 바라봤다.

"나가라고. 민영이 너 꼴 보기 싫을 거다."

"엄마!"

"나가서 오피스텔에서 자든 아님 차관실에서 자든 맘대로 해! 어쨌든 나가!"

"어…… 그냥 방에서 안 나오면 안 돼요?"

"안 돼!"

현영의 서슬에 준희가 불만 가득한 얼굴로 일어섰다. 민영과 할 말도 많은데……. 그러나 그의 모친 성격도 한성격 하는지라 일단 명령이 떨어지면 별다른 방도가 없다. 그리고 결정적으로 그의 모친이 틀린 말을 하는 성격이던가.

여자들은 뭐가 이렇게 복잡한 거야.

그는 한숨을 내쉬고 입속으로 투덜거리며 재킷을 움켜쥐었다.

"핸드폰 켜놔."

현영이 경고한다.

"왜요?"

현영이 인상을 팍 찌푸렸다.

하늘을 향해 두 손을 치켜들었던 준희는 순순히 고개를 끄덕이고 현관을 나서려다 문득 멈춰 섰다. 잠시 뭔가를 생각하듯 머뭇거리던 그는 신발을 다시 벗고 욕실로 가 기도하듯 욕실 문에 잠시 이마를 기댔다. 그리고 허리를 펴고는 마음의 혼란 따위는 없다는 듯 반듯하게 걸어 현관을 빠져나갔다. 그 모습을 보고 현영이 혀를 쯧쯧 찼다.

잠시 후 민영이 젖은 머리를 싸매고 욕실에서 나왔다. 현영은 TV를 보고 있었고 잠시 그녀의 옆모습을 보던 민영은 그대로 방으로 들어갔다. 그리고 아무런 생각도 없이 잠이 들었다. 죽음처럼 깊은 잠.

눈을 뜬 건 뿌옇게 새벽이 밝아오고 있을 때였다. 커튼도 치지 않고 자서 불투명한 창을 통해 햇살이 새어들어 오고 있었다. 천장을 보고 반듯하게 누운 채로 민영은 가슴 위에 손을 얹었다. 자고 있는 동안 내내 심장이 터질 듯 뛰고 있었던 것처럼 덜컹이고 있었다.

그래서 알았다. 머리는 잊어버리려 했지만 가슴은 그러지 않았다는 것을.

다섯 시—

그대로 눈을 감고 얼마간 잠을 청해보던 민영은 결국 포기하고 몸을 일으켰다. 계속되는 답답증에 찬물이라도 마실까 싶어 문을 열고 나왔는데 의외로 현영이 소파에 기대 TV를 보고 있었다. 대개 일찍 일어나는 타입이긴 해도 오늘은 너무 이르다 싶다.

"어머니, 일찍 일어나셨네요."

"응, 그래."

민영 쪽으로 고개도 돌리지 않고 현영은 채널을 바꿨다. 그 단아한 옆모습을 가만히 보다가 몸을 돌려 부엌으로 들어갔다. 찬물을 따르다 생각하니 옷이 바뀌지 않은 것도 같아 어쩌면 일찍 일어난 게 아니라 잠들지 않은 걸지도 모르겠다고 생각했다.

정신없어 챙기지 못했는데 어제 샤워하고 나왔을 때 준희도 없었고, 정우도 보이지 않았다. 걱정하는 걸까.

물 한 잔을 빠르게 들이켜자 가슴 부위에 찌릿한 통증이 일었다. 그런데도 여전히 가슴께가 답답했다. 뭔가가 얹혀 있는 것 같아 탕탕 두드리며 다시 찬물을 따르는데 현영이 부엌으로 들어왔다.

"물 드려요?"

"아니."

그리고 식탁 의자를 빼 앉았다.

"물 말고 술 마시자."

"네?"

주전자와 컵을 든 채로 민영의 얼굴에 의아한 기색이 떠올랐다. 흘깃 시계를 보니 새벽 다섯 시가 갓 넘은 시간 맞다. 이 시간에, 술?

"술 마시자고. 김치냉장고에 소주 있을 거야. 너 두부김치 잘하지 않니? 나 그거 해줘."

민영이 한쪽 눈을 찡그리며 머리를 긁적였다. 그야 가끔 준희와 정우가 대작할 때 안주로 해준 적이 있긴 하다. 현영도 술을 꽤 마시는 건 알지만 술을 별로 즐기는 타입은 아닌지라 함께마시는 건 굉장히 드문 일이었다.

무심하게 신문을 펼쳐 든 현영을 잠시 바라보던 민영은 낮게한숨을 내쉬곤 김치냉장고를 열어 두부와 김치를 꺼냈다.

또각또각, 나무 도마에 식칼 부딪치는 소리가 새벽 공기를 타고 정갈하게 퍼지기 시작했다. 온통 번잡했던 마음이 두부를 썰고, 김치를 먹기 좋게 자르는 동안 차분하게 가라앉았다. 내친 김에 프라이팬을 꺼내 자른 김치의 절반을 볶았다. 기름을 약간 두르고 김치를 볶자 보글보글 맛있는 냄새가 올라왔다.

하얗고 동그란 접시의 한가운데에 생김치와 볶음김치를 반반씩 담고 주변에 두부를 두르니 제법 먹음직스럽게 된 것 같았다.

민영은 접시를 식탁 위에 올려놓고, 냉장고를 열어 소주를 꺼내왔다. 현영이 신문을 접고 별다른 절차 없이 술을 그녀의 잔과 자신의 잔에 따랐다. 맑은 액체가 작은 잔에 돌돌 청량한 소리를 내며 차올랐다.

쨍.

현영이 내미는 대로 잔을 부딪치니, 잔 속의 액체가 찰랑거렸다. 현영이 단숨에 술잔을 비우는 걸 보며 민영은 몸을 반쯤 돌리고 술을 입에 털어 넣었다. 알싸한 알코올의 향이 목구멍으로 넘어갔다.

"어렸을 때는……."

현영이 혼잣말하는 것처럼 입을 열었다.

"잠에서 깨면 꿈이 생생이 기억나곤 했어. 꼭 진짜인 것처럼 그 감각이 온몸에 남아 있는 거야. 그래도 곧 잊히는 게 대부분이었지만, 안 그런 꿈도 있었지."

잔에 다시 술이 채워졌다.

현영은 젓가락을 들어 김치에다가 두부를 싸 입에 넣었다. 그리고 으음, 하고 탄성을 내뱉는다.

"맛있네."

민영이 마주 웃었다.

"넌 손끝이 야무져서 잘살 거야."

현영이 잠깐 말을 끊었다.

"언제나 그렇게 생각했지."

그녀는 굳이 민영에게 권하지 않고 자기 몫의 술잔을 비웠다. 민영이 다시 술잔을 채우려 하자 손으로 막고는 스스로 술을 따랐다. 그것을 가만히 보고 있던 민영이 고개를 돌리고 자신의 술잔을 비웠다.

"잘 마시네."

현영이 기분 좋게 웃고는 그녀의 술잔을 채워주었다.

그러나 민영은 술을 잘 마시지 못하는 타입이었다. 특히 내내 빈속이었던지라 두 잔을 연거푸 들이부으니 단박에 얼굴이 화끈하게 달아오르기 시작했다. 귓가에서 빨라지는 심장 박동이 북소리처럼 울렸다.

"내가 네 아버지랑 헤어지겠다고 결심했을 때는 그랬다. 난 고집도 세고 소유욕도 엄청났었어. 네 아버지가 좋았는데 멍청하게도 다른 여자를 좋아하고 있어서 짜증이 났지. 그것도 날 안 좋아하는 것도 아니었다. 남자들이란, 사실 그렇게 생각이 많은 종족이 아니지.”

그녀가 또 한 잔을 입 안으로 털어 넣는다. 그리고 두부를 김치에 꼭꼭 싸며 말을 이었다.

“불완전할 바에는 없는 게 낫다고 생각했어. 그냥 좀 성생한 꿈인 것뿐이라고, 그래도 어차피 지나고 나면 잊어버리는 것처럼 그냥 또 다른 누군가를 만날 수 있을 거라고. 그리고 실제로도 그랬다고 생각한 적도 있다. ……근데 아니더라.”

현영이 김치에 싼 두부를 꼭꼭 씹어 먹는 것을 민영은 가만히 바라보았다.

불완전할 바에는 없는 게 낫다고 생각한다. 완전히 그를 소유하고 싶다. 내 것이었으면 좋겠다. 내가 그의 전부였으면 좋겠다.

“그때 나는 사랑이 가버려도 남는 게 있다는 걸 몰랐지. 네가 안 그랬으면 좋겠다.”

현영이 눈가에 희미하게 웃음이 스쳤다.

“서툰 놈이더라. 네가 뒤돌아 뛰기 시작하니 어쩔 줄을 몰라 우리 쪽을 쳐다보는데……. 하긴, 눈앞에 놓고 놈이란 말이 안 나올 정도로 잘난 놈이긴 하더라만. 세상에, 절로 존댓말이 나오지 뭐니? 강적이더라.”

웃음의 기색이 큭큭거리는 소리가 되었다. 현영이 재미있다는 듯 식탁을 탁탁 두드린다.

“인사를 꾸벅하고 다시 차에 올라타는데 그 긴 리무진이 잘도

후진하더라. 운전사가 운전을 잘하는 건지 멍하게 보고 있던 네 아버지가 차가 부러워서 죽으려고 하더라고.”

한참을 그렇게 웃다가 뚝 그친 현영이 그녀와 눈을 마주치곤 씩 의미심장하게 웃었다. 그리곤 손을 뻗어 자신의 빈 술잔에 술을 채웠다.

“난 널 단 한 번도 딸이라고 생각한 적이 없다. 너도 그렇지?”

술잔을 기울이던 민영의 손이 딱 멈췄다.

“딸이 아닌데 딸이라고 거짓말하는 건 무의미해. 넌, 가족이지. 난 널 사랑한다.”

“알아요, 어머니.”

“뭘 망설이니? 그 남자는 굳이 관계에 이름 같은 거 붙일 필요 없이 너에게 빠져 있더라. 그건 여자의 자랑이지. 이유 같은 것이 중요한 게 아냐. 그 남자가 너에게 정신 못 차리고 빠져들었다는 게 중요한 거야.”

“하지만…….”

민영이 망설이듯 말을 끊었다.

“그 사람하고는 아버지랑 어머니처럼 살 수 없을 거예요.”

현영의 얼굴에 의아하다는 기색이 스쳤다. 그런 현영의 표정을 본 민영이 귀 끝까지 빨개져 어렵게 부연설명을 했다.

“전, 어머니와 아버지처럼 살고 싶어요. 언제나 그랬어요.”

“안 되는 핑계만 생각하면 될 일도 안 된다. 사람이 대개 그러지. 온갖 구실 다 붙이며 이리저리 생각해 보지만 사실 별 의미

없는 일이거든. 얘! 난 이렇게 살고 싶지 않았다. 돈 많은 놈한
테 시집가서 공주님처럼 사는 게 꿈이었어! 어떻게 사람이 꿈대
로 사니? 살다 보니 이게 꿈이구나, 하는 게 인생이야."

현영이 즐겁다는 듯이 웃으며 덧붙였다.

"게다가 사람이 은혜를 알아야지. 그 남자, 널 위해서는 대한
민국의 땅을 몽땅 사들이기라도 할 셈인가 보던데? 나한테도 요
트 하나쯤은 주려는 것 같고."

"어머니."

현영의 눈가에 있는 자글자글한 주름이 사랑스러웠다.

"얘! 나 너 키우기 힘들었어."

"어머니……."

가슴이 벅차올랐다. 혈관을 타고 감정이 흘렀다. 눈물도 함께
흘렀다.

이유 같은 게 중요하지 않다는 건 진작 알고 있었다. 두려워
도 손 내밀어 잡아야 한다는 것도 알았다. 버림받았었다고 해서
또 버림받는 건 아니라는 걸 몰랐던 게 아니다.

자신이 필사적으로 핑계만 찾고 있다는 걸 모르지 않았다.

아아, 그러나 언제나 말은 쉽고 가슴의 상처는 쉬이 낫지 않
는다. 두려워한 시간이 너무 길었다.

민영이 벌떡 일어섰다.

술기운이 갑자기 머리끝까지 올라 휘청거리자 현영이 일어서
며 손을 뻗었다.

"택시 타라."

신난 현영이 먼저 거실로 나서며 핸드폰을 집어 들었다. 그 모습을 멍하게 보고 있던 민영이 서둘러 현관으로 향했다. 여섯 시가 넘고 있었다.

"민영아, 옷!"

현영이 카디건을 건네는데 손과 손이 닿았다. 약간 거친, 세월의 흔적이 묻어 있는 손을 가슴 저미게 사랑한다. 민영이 팔을 뻗어 현영을 끌어안았다. 뭉근한 어머니의 냄새.

한순간 깨닫는다, 벅찬 사랑 속에서 자랐다는 것을.

민영은 뒤돌아 뛰기 시작했다.

—이놈! 얼른 일어나라! 지금 민영이 공항으로 출발했어. 도와줘!

잠결에 전화를 받은 준희는 현영의 호통에 소파에서 굴러 떨어졌다. 시계를 보니 여섯 시 반, 조금 있으면 러시아워가 시작될 참이다.

"고, 공항요? 어떻게?"

—택시!

"차 번호는요?"

—31가 XX13!

준희는 전화를 끊고 몸을 일으켰다. 아, 제길. 어쩐다?

초조하게 발을 구르던 준희가 굳은 표정으로 수화기를 들었다.

✳

손에 꽉 쥔 카디건의 끝자락이 늘어날 대로 늘어나 있었다.

양화대교에 접어들 때까지만 해도 그럭저럭 뚫렸던 길은 강변북로에 접어들면서 처참할 정도로 막히고 있었다. 발을 동동 구르는 것 외에 할 수 있는 일이 없었다. 정신을 차리고 보니 핸드폰도 챙겨오지 않았다는 걸 깨달았다. 하긴, 핸드폰이 있다고 해도 그의 번호를 모른다. 그런 사람이었고, 그런 사이였다.

"아가씨, 오늘은 특히 더 막히는데……. 사고 났나 봐."

아직 뿌연 하늘을 헬기가 가르고 지나가는 것을 목 내밀고 구경하던 기사 아저씨가 안타깝게 혀를 찬다.

"어떡해요. 아저씨, 부탁드려요."

"아니, 뭐. 나라고 막힌 길 뚫는 재주 있나."

그때였다. 뒤로부터 다가오는 시끄러운 사이렌 소리.

"이런, 사고 난 게 맞나 보군."

사이렌의 성화에 못 이긴 차들이 비상등을 켜고 차를 양쪽으로 붙이기 시작했다. 검붉은 경광등, 귀를 찢을 듯한 소음이 가까워지더니 검은 세단이 그 사이를 아슬아슬하게 질주해 그들의 차 바로 옆에 바짝 붙어 섰다.

“……?”

짙은 선팅을 한 차창이 내려졌다.

“이리 와!”

운전대를 잡고 있는 건 준희였다.

“서준희!”

“얼른 와!”

뭐라고 말할 겨를이 없었다. 차 문을 열 틈도 없었다. 차 간격이 3㎝는 될까. 황망해하는데 준희가 차를 약간 뒤로 뺐다.

맙소사!

민영은 멍한 기사 아저씨를 바라보다가 창문을 통해 검은 세단의 조수석으로 들어갔다. 얼굴이 빨개지며 심박수가 높아졌다.

“맙소사.”

“나 잘리면 책임져야 해.”

준희가 액셀러레이터를 밟았다.

“맙소사!”

민영이 재차 비명을 지르며 안전벨트를 붙잡았다. 허리에 바짝 힘이 들어갔다. 길을 내준 차들도 머리가 쭈뼛 설 만큼 믿어지지 않는 속도와 간격, 차로 가득한 왕복 6차선의 도로가 마치 홍해의 기적처럼 갈라졌다.

무선장비를 통해 찌지직거리는 목소리가 들렸다.

―됐습니까?

“네. 고맙습니다.”

민영이 인상을 찌푸린다. 이건 또 뭐야?

“뭐야?”

“내가 널 어떻게 찾았겠어? 차관님의 이름을 썼어. 난 이제 죽었다고. 교통통제센터도 구워삶았어. 난 정말 죽은 거야. ……안전벨트 매. 인천공항이 아냐. 성남 서울공항이라고.”

헬기가 시끄러운 소리를 내며 크게 선회해서 멀어진다. 놀라 하늘을 바라보던 민영이 앞을 바라보았다.

아슬아슬, 부딪친다고 해도 조금도 이상하지 않게 겨우 보이는 좁은 길을 달린다. 그건 마치 지금 민영의 상황 같다. 당장 부딪쳐서 전복되어 가지 못한다고 해도 하나도 이상하지 않지만, 이대로 넘어져 성큼 달려가 버린 사람을 따라잡지 못하는 것이 당연할 것 같지만 아직은 부딪치지는 않았다. 아직은 넘어지지 않았다. 손만 내밀면 잡을 수 있는 거리, 아슬아슬하지만 딱 그만큼에 그가 있다.

그러나 첩첩산중, 성남으로 가는 길은 러시아워 시간에는 고속도로에만 진입하면 되는 인천공항보다 더 막힌다. 아두 말도 하지 않고 갓길로 접어든 준희가 액셀을 밟은 다리에 힘을 주었다. 교통통제센터를 구워삶은 덕에 그들이 가는 길마다 신호등이 푸른색으로 옷을 갈아입고 있었다. 속도는 130km/h를 넘어가고 있었다. 그러나 마음이 그보다 더 앞서 달리고 있다.

[기아니스!]

소파에 몸을 파묻은 채 서류를 보고 있던 기아니스가 문득 고개를 들었다. 그리고 실소를 흘렸다.

미쳐 가는군. 여자의 목소리가 들린 것 같았다.

그는 탁 소리가 나게 서류를 접어 테이블 위에 올려놓고 몸을 진녹색의 벨벳 소파에 더 깊게 파묻었다. 이륙 허가가 지연되고 있었다. 눈이 피곤했다. 하룻밤쯤 자지 못하는 것이야 일도 아니라고 생각했는데 피곤이 마치 등에 달라붙은 것처럼 몸이 무거웠다.

이건 어쩌면 미련일지도 몰라.

그의 입술을 비집고 누구를 향해서인지 알 수 없는 비웃음이 새어나왔다.

미련. 정말이지 그와 어울리지 않는 단어.

[이아코바키스님, 이륙 허가가 떨어졌습니다.]

알렉스가 전화를 끊으며 말했다.

[그래.]

그가 그대로 눈을 감고 있다가 이윽고 몸을 일으켰다. 그리고 가벼운 걸음으로 망설이지 않고 문을 빠져나갔다. 넓은 비행기 계류장이 커다란 통유리 저편으로 보인다. 가장 가까이 보이는 비행기는 그의 전용기다.

바람처럼 진자줏빛의 카펫을 가로지르는 기아니스, 막 뜬 새 태양이 그의 검은 머리 위로 반짝반짝 부서졌다. 그의 뒤로 대여섯 명의 남자들이 그와 속도를 맞췄다.

✳

끼이이이이익!

거친 마찰음과 함께 차가 멈춰 섰다. 인상을 찌푸리며 군인 몇 명이 뛰어나왔다.

"경제부 제1차관실 서준희입니다."

군인들에게 막혀 머뭇거리는 민영과 군인 사이에 아무렇게나 차를 세우고 뛰어내린 준희가 끼어들었다.

"연락 받은 것이 없습니다만."

딱딱해 보이는 표정의 군인이 곤란하다는 표정으로 준희와 그녀를 번갈아 바라보았다.

"가!"

준희가 민영의 등을 떠밀었다. 어쩔 줄 몰라 망설이던 민영이 뛰기 시작하자 당황한 군인이 그녀를 잡으려 손을 뻗었다. 준희가 가볍게 몸을 놀려 간단히 그 손을 차단했다. 그리고 부드럽게 웃어 보였다.

"여자는 내버려 두십시오. 제가 책임지겠습니다."

"그, 그러나……."

그가 신분증을 건네자 이마에 주름을 잔뜩 잡은 채로 대나무 한 개가 그려진 계급장을 단 군인이 난감한 표정을 지으며 뒤를 돌아보았다.

"그리스 쪽의 VIP는 이륙했나요?"

"막 이륙 허가가 떨어졌습니다."

준희가 입술을 깨물었다.

그가 그의 신분을 조회하는 동안 준희는 핸드폰을 꺼내 들었다. 뿌연 하늘, 구름 사이로 스며든 햇살이 반듯한 선을 그리고 있었다.

"차관님, 기침하셨습니까? 서준희입니다."

민영은 정신없이 뛰었다. 중간중간 지나가는 군인들과 직원들이 이상하다는 표정으로 그녀를 바라보았지만 이번에는 딱히 막아서는 사람은 없었다. 지나가는 사람을 붙잡고 이륙장소를 물어보았지만 다들 고개를 저을 뿐이었다. 인천공항과는 많이 다른 실내 풍경이 당황스러웠다. 물결 모양의 색이 다른 대리석이 번갈아 그려진 플로어를 지나 카펫이 깔린 이층으로 올라가니 커다란 로비가 나타났다. 잠시 혼란스러워 주변을 돌아보았다. 이쪽 길이 아닌 것 같다. 게이트를 찾아야 할 텐데. 가슴에서 몽글몽글 절망이 끓어오르려는 것을 민영은 필사적으로 억눌렀다.

처음으로 원한다는 감정에 솔직하다. 원하지만 많이 원해서 상처 입을까 봐 걱정하지 않고 너무 사랑해서 실수할까 봐 두려워하지도 않고 간극도, 상식도 모두 잊고 미래를 들여다보려 애

쓰지도 않고 그냥 원한다.

그가 그녀를 사랑하니까 충분한 게 아니었다. 그래서, 그래서 그와 좀 더 함께할 수 있으니까 충분한 거였다.

"이쪽이야."

뒤에서 갑자기 나타난 준희가 그녀의 손을 낚아채 붙잡고 뛰기 시작했다. 얼떨결에 다시 그를 따라 뛰기 시작한다.

심장이 미칠 것처럼 요동치고 있다.

[이륙합니다.]

기아니스는 시트에 몸을 깊이 묻은 채 한쪽 손으로 턱을 괴고 창밖을 바라보고 있었다. 넓은 활주로, 비행기 몇 대가 서 있는 것 외에 움직이는 사람이 없는 풍경은 마치 사진 같았다. 하늘이 낯설 정도로 높아 보였다.

[이아코바키스님?]

[그래.]

그는 짜증스럽게 대꾸하고 자세를 바로 하며 눈을 감았다. 망막에 각인처럼 새겨진 얼굴이 떠오른다. 눈을 감으면 항상 같은 얼굴, 같은 표정이 떠오른다.

알렉스가 단단히 눈을 감은 주인을 가만히 바라보다가 들리지 않게 한숨을 쉬고 창밖으로 시선을 돌렸다. 창밖의 풍경이 아주 느릿느릿 움직이기 시작했다. 그가 자리에 앉아 안전벨트를 채웠다.

낮게 울리던 공기압 소리가 점차 높아졌다.

기아니스는 깊게 숨을 들이마셨다.

"벌써 출발했습니다."

게이트 앞에서 군인이 그들을 막아섰다. 민영이 가쁜 숨을 몰아쉬며 가슴에 손을 댔다. 심장이 터질 것 같았다. 머리끝이 뻐근할 정도, 아무 생각도 할 수 없다.

출발했다고?

군인의 머리 위 벽에 달린 시계를 보니 일곱 시가 훨씬 넘었다. 아, 그렇구나. 그렇구나.

민영이 손을 아프게 쥐고 있는 준희의 손을 털어내고 무릎을 짚었다. 목 끝에서 비릿하게 피 냄새가 올라왔다.

"이륙 허가만 떨어졌고, 아직 이륙하지 않은 것으로 보고 받았습니다. 관제탑을 불러주십시오."

같이 전력을 다해 뛰어놓고도 호흡 한가닥 흐트러지지 않은 준희가 강력히 주장하자 난감한 표정을 짓던 군인이 뒤돌아 수하에게 무선을 치도록 지시했다.

민영은 막막한 심정으로 꽉 닫힌 게이트를 바라보았다.

심장 고동이 두근두근, 평소보다 조금 더 빠르게 울리는 소리가 마치 초침처럼 마음을 불안하게 한다. 커다란 통유리 밖으로는 찬란한 햇빛이 쏟아지는데 꽉 막힌 문의 안쪽, 고여 있는 공기는 어딘지 어둡다.

어지럽다.

수하와 머리를 맞대고 뭔가를 의논하던 군인이 이쪽을 바라보고 고개를 저었다. 하, 하는 탄식이 입에서 절로 새어나왔다. 준희가 맥이 탁 풀린 표정으로 민영을 바라보았다. 잠시 그대로 멍하게 서 있던 민영이 헝클어진 머리를 쓸어 올리며 그를 마주 보았다. 웃어주려고 했는데 되지 않았다.

"일단 집으로 돌아갔다가, 연락해 보면."

준희가 입술을 깨물며 안타깝게 중얼거렸다. 그런 그의 목소리가 어딘지 멀게 들렸다. 머릿속에서 바다, 아니, 바다 위를 스치는 바람 같은 소리가 들렸다.

아득하게 뭔가가 멀어졌다.

"민영아?"

"안 돼."

그녀가 허리를 일으켰다.

"안 돼."

"민영아?"

"나 지금까지 되는 일 하나도 없었어. 그래서 욕심 안 내고 살려고 노력했어. 욕심내지 않고 하지만 열심히…… 할 수 있는 일 하면서 그러다 보면 분명 좋은 일이 생길 거라고 그렇게 생각했어."

버림받고, 또 버림받고, 손 내밀어준 사람은 믿지 못했다. 그 그림자 안에서 평생 숨을 즉이고 살려고 했다. 그리고 그 사람을 잃는다.

"괜찮은 척했는데 사실 단 한 번도 안 괜찮았어."

아니, 이번에는 안 돼.

"이번에는 안 돼. 그렇게 안 살아."

준희의 시선이 다부지게 이야기하는 민영의 이마를 훑었다.

"오케이."

그가 쾌활하게 대답했다.

"인천공항으로 가자. 늦긴 하겠지만 바로 따라가는 거야. 출국 절차는 내가……."

민영이 고개를 끄덕였다.

그리고 그때였다. 바람이 불었다.

덜컹.

심장이 내려앉는 듯한 큰 소리를 내며 문이 열렸다.

좀 더 강한 바람이 등을 훑었다. 머리카락이 흩어지듯 날아올랐다가 천천히 어깨 위로 드리워졌다.

바람이 불고 있었다. 그 바람에 지중해의, 그 햇살의, 그 남자의 향기가 섞여 있다. 그녀는 눈을 감았다. 바다의 기억을 묻힌 그 바람이, 그녀를 숨을 쉴 수 없게 한다.

"민영?"

기아니스는 다소 멍한 기분으로 인상을 찌푸린 채 뒤돌아 서 있는 여자와 놀란 표정을 짓고 있는 서준희를 번갈아 쳐다보았다.

등 뒤에서 바람이 불고 있었다.

"이건 또."

낮게 중얼거린 그의 시선이 주변을 한 바퀴 훑었다.

바랜 듯한 풀색 옷을 입은 당황스러운 표정의 군인들, 한 걸음 뒤에 선 알렉스의 놀란 듯한 얼굴에 물방울이 떨어지듯 미소가 번지기 시작했다.

바람이 불고 있었다.

넓은 창공을 달려온 바람이 그의 어깨를 스치고 날아가 그녀의 머리카락을 흐트러뜨렸다. 그는 잠시 기다렸다. 무언가를 생각하기라도 하듯, 습관적으로 오른손이 왼손의 커프스를 만지작거리고 있었다.

이윽고 그는 성큼성큼 사람들을 제치고 걷기 시작했다.

바람이 불고 있었다.

마치 인력처럼 다가오는 그가 느껴진다. 민영은 천천히 뒤를 돌아보았다. 자신을 향해 곧장 다가오는 그가 보인다. 꿈이 아니다. 아니, 꿈이라도 좋다. 호흡을 가다듬은 민영은 망설이지 않고 그를 향해 뛰기 시작했다.

바람이, 불고 있었다.

한쪽 벽면을 가득 채운 통유리를 통과한 빛이 커튼처럼 너울거리고 있었다. 넓은 활주로, 그림처럼 멈춰 있는 비행기들의 뒤로 탁 트인 창공이 끝도 없이 펼쳐져 있다.

그리고 바람이 불고 있었다.

그녀가 그의 품에 뛰어드는 것을, 그가 온 힘을 다해 끌어안는다.

바람이 불고 있었다. 그리고 그 바람에서 시작된 관계가 막, 이름을 찾는다.

입술이, 입술을 구한다. 몸이 깊게 숙여졌다. 길게 드리워진 하나같은 그림자 끝에서 동그란 태양이 반짝 빛났다.

바람이 불고 있다. 어디에서도 부는 바람, 어디로도 통하는 바람.

에테시아, 그 바람이.

[그러니까 장난도 아니었죠. 갑자기 '세워!' 라고 소리치는데 이건 뭐 차도 아니고 세우란다고 세워집니까?]

[어머!]

기아니스의 경호원 중 한 명이 눈을 빛내며 민영에게 그때의 이야기를 하고 있었다.

[결국 알렉스님이 막 조종석으로 달려가서 간신히 비행기를 멈춰 세웠죠. 이런 건 또 처음이었습니다. 비행기를 멈추다뇨.]

[아포스톨로스 페트리디스.]

[앗!]

알렉스가 비행기 뒷좌석에서 톡톡 아직 어린 아포로스의 머리를 두드렸다. 깜짝 놀라 몸을 일으킨 아포로스가 꾸벅 고개를 숙여 보이고는 얼른 자리를 비켰다.

[죄송합니다. 저 녀석은 아직 훈련이 덜 되어 있어서.]

[난 좋은데요.]

민영이 웃었다. 그 얼굴을 가만히 보고 있던 알렉스도 마주 미소를 지었다.

[그건 그렇고.]

그가 말을 꺼냈다.

[그건 진짜입니다.]

[네?]

[정말이지 처음이었습니다. 이아코바키스님이 자신이 한 말을 번복하는 것도, 어쩔 줄 몰라서 화를 내시는 것도 신기한 경험이었습니다. 다신 하고 싶지 않지만.]

그가 씩 웃었다.

[알렉시스 콘스탄티노스.]

저음의 목소리, 기아니스가 머리를 짚은 채 난감한 표정으로 서 있었다. 알렉스가 씩 기분 좋게 웃고는 고개를 숙여 보이고 물러났다.

"왜 그래요? 재미있게 이야기하는데."

"이건 갑자기 온통 수다쟁이가 되어버렸군."

그가 그녀의 옆에 앉으며 이마에 입을 맞췄다.

"그게 그렇게 신기한 일이에요?"

“뭐가?”

그녀의 머리카락에 코를 묻고 한껏 숨을 들이쉬면서 그가 물었다. 거짓말처럼 그녀에게서는 바람 냄새가 났다.

“당신이 이륙을 중지시키고 되돌아온 거.”

“응.”

“어쩔 셈이었어요?”

“서울로 쫓아가서 애원해 보다가.”

그의 손이 그녀의 양다리를 잡아 자신의 다리 위로 올렸다. 민영이 소리 없이 웃었다.

“안 되면.”

기아니스가 몸을 기울여 어깨에 키스했다. 머리카락이 그녀의 뺨을 간질여 민영은 결국 쿡쿡거리는 소리를 내고야 말았다.

“납치하려고 했지.”

“납치?”

민영이 눈을 커다랗게 뜨며 셔츠 안으로 파고들려는 그의 손을 막았다. 그가 깊게 한숨을 쉬며 여자의 목덜미에 입술을 묻었다. 부드러운 키스가 어깨선을 따라 수천 번, 수만 번 흘렀다.

“그건 범죄예요.”

“나도 살고 봐야지.”

“뭐가?”

“그런 게 있어.”

설명을 참으로 못하는 남자라고, 민영은 생각했다. 설명하는

데 전혀 능숙하지 않다. 아니, 설명 같은 걸 할 필요가 없어서 못하는 걸지도 몰랐다.

남자는 하루를 더 서울에서 머물렀다. 정우와 현영, 그리고 준희와 함께 식사를 했다. 흔한 대화가 오갔다. 그리고 민영은 현영이 말했던 '서투름'이 뭔지 깨달았다.

아주 평범하고 당연한 일상이 낯선 사람이었다. 설명하는 데 익숙하지 않고 명령하는 데 익숙하다.

뭐든 이해하려고 노력하자 의외로 그것은 간단했다. 그녀가 서툴렀듯이 그도 서툴렀을 뿐이었다. 표현하는 데도, 대하는 데도.

이번 출국 건만 해도 그랬다. 원래 며칠 더 머무를 예정이었는데 갑작스레 출국해야 한다며 별다른 설명 없이 준비하라는 말에 민영은 당황하고 말았다. 어설프게 부모님께 설명을 하고 준희에게 전화를 하자 준희는 그런 법이 어딨냐고 차관실이 떠나가라 고함을 질렀다.

그러나 그걸로도 좋았다. 그러니까, 그런 사람이라고 생각하고 그냥 받아들이자 그걸로 좋았다.

그녀에게 설명하지 못하는 것도, 말보다는 행동이 먼저인 것도.

"다른 생각 하지 마."

그의 입술이 어깨선을 따라 올라 귓불을 부드럽게 물었다. 뜨겁고 촉촉한 입김이 귓가를 간질이자 민영은 눈을 막고 그의 어깨에 손을 올렸다. 그의 손이 녹을 듯 셔츠 안으로 파고들어 가슴을 쥐었다. 그녀가 손을 그의 머릿속으로 밀어 넣었다. 부드러운 머릿결의 느낌이 손끝에서 느껴졌다. 마치, 바닷물 같다. 아니, 투명한 바닷물 사이로 보이는 하얀 모래를 손으로 쓸어내는 것 같은 느낌이다.

그의 혀가 귀의 바로 뒤, 동그란 선을 따라 올랐다. 뜨거운 선이 그의 입술이 스친 자리에 그려졌다.

누군가가 몸을 만진다는 것이 이렇게 기분 좋은 것인 줄 몰랐다.

"으음."

민영은 약간 인상을 찌푸렸다. 좋긴 하지만, 아니, 너무 좋아서 문제다. 때와 장소를 가리지 않는 남자가 그녀는 언제나 당황스러웠다.

"하지 마요."

민영이 어깨를 세게 밀어내자 그가 떨떠름한 표정으로 몸을 일으켰다.

"왜?"

"아무 데서나 이러는 건 옳지 않아요."

"여기가 왜 아무 데서나야? 여긴 내 전용기고, 전에도 한 번……."

"그건 그거고!"

민영이 귀 끝까지 빨개져서 항의했다. 이 남자는 왜 이렇게 부끄러움을 모르는가.

"어쨌든 난 싫어요."

"그럼 가만히 있어보든지."

그가 다리를 내리려고 하는 그녀를 제지하고 왼손으로 단단히 그녀를 잡아 눌렀다.

"반응 안 할 거예요."

그녀가 심술궂게 말했다. 그러나 그녀의 얼굴은 벌써 웃고 있었다.

"그래 보라고."

그가 허리를 굽힌다. 턱 끝에 그의 부드러운 머리카락이 와 닿았다. 셔츠 위로 뜨거운 그의 호흡이 느껴졌다. 천천히, 애 태우듯 그의 입술이 셔츠 위를 흘러내렸다. 왼손으로는 여전히 그녀의 다리를 단단히 잡은 채, 오른손을 좌석의 팔걸이에 놓아 몸을 지탱하고 입술을 천천히 미끄러뜨린다. 반쯤 걷어붙인 셔츠 아래로 푸른 힘줄이 보였다. 문득 민영은 그 푸른 강에 입 맞추고 싶다는 생각을 했다.

민영은 가만히 눈을 감았다. 몸에 흐르는 그의 손길, 그의 호흡, 그의 체온, 이대로 녹아들어 그의 일부가 되고 싶다.

"이대로 네가 내 일부였으면 좋겠어."

같은 생각, 다시 한 번 심장이 두근거렸다. 그가 이마를 그녀의 이마에 마주 대었다. 그녀의 체온보다 뜨거웠던 그의 체온이 느껴지다가, 사라졌다. 이제 둘의 온도는 같다.

둘 다 누구의 것인지 알 수 없는 심장 소리가 여운을 남기며 느리게 반복되는 것에 한참을 귀 기울이고 있었다.

틱톡.

그의 손목시계가 거슬리는 쇳소리를 냈다. 일정한 속도로 움직이던 그의 손이 딱 멈췄다. 민영이 의아하게 고개를 들었다.

"일어나 봐."

"응?"

"보여줄 게 있어."

그의 재촉에 몸을 일으켰다. 그리고 조심스레 몸을 빼 진회색의 카펫이 깔린 바닥으로 내려섰다. 어쩐지 서운한 느낌이 들었다.

"보여줄 게 뭔데요?"

헝클어진 옷매무새를 가다듬던 그가 빙긋 웃었다.

"이리 와."

그가 손을 내밀었다.

"조종실은 아무나 못 들어가는 거 아니에요?"

그의 손에 이끌려 통로를 지나며 질문하자 기아니스는 별소릴 다 한다는 듯 대수롭지 않은 태도를 보였다. 조종실의 문이 열렸다. 단정한 옷차림의 기장과 부기장이 나란히 앉아 있다가 고개를 돌려 인사를 했다.

[아직 멀었나?]

[아뇨. 곧.]

부기장이 대답하고 그녀를 바라보며 웃었다. 얼떨결어 마주 웃고 나니 뭐가 멀었나 싶어 물끄러미 기아니스의 얼굴을 올려다보았다. 그녀의 손을 단단히 쥔 채로 그는 초조하게 너른 조종석의 창을 바라보고 있었다. 직경 3mm의 얼음을 공기총에 장전하여 쏘아도 깨지지 않는다는 조종석의 창밖으로 하늘이 고요하게 펼쳐져 있다.

"……?"

고요했다.

숨소리도 들리지 않게 고요해 민영은 그저 창밖만 바라보고 있었다.

그리고 그때, 비행기가 기수를 틀었다. 긴 파노라마 같은 조종실의 창밖의 풍경이 흐르는 것처럼 움직였다.

"……!"

빛의 홍수. 민영이 눈을 찡그리며 손을 올렸다. 뒤돌았던 그의 손이 선글라스를 끼워주더니 그대로 내려와 민영의 양팔 위에 단단히 감겼다. 등 뒤에 단단한 그의 가슴이 느껴졌다.

"봐."

하늘 위에서 보는 태양은, 말할 수도 없이 커 보였다.

백일(白日).

이글거리는 태양은 눈부신 흰빛이다. 그리고 천천히, 아주 느린 속도로 달그림자가 백일 위에 겹쳐진다.

"기아니스."

"쉬이."

그의 입술이 귓가에 키스를 남겼다. 호흡을, 심장박동을 놓쳤다. 그가 뜨겁게 잡고 있는 팔부터 전율이 휘달린다.

그건 상상할 수 있는 가장 큰 반지. 인간이 볼 수 있는 가장 가까운 거리에서 마주치는 일식(eclipse).

세상에서 가장 달콤한 언어가 귓가에 머무른다.
"σ'αγαπω, εύθυμooς εγ'ω."
붉은 태양빛이 말간 이마를 물들인다. 따뜻한 호흡, 어깨에 닿는 남자의 단단한 가슴, 마치 영원할 것만 같은 순간, 잊지 못할 세상 가장 달콤한 언어.

σ'αγαπω, εύθυμooς εγ'ω.
사랑한다, 결혼하자—

그의 입술에 뺨을 스친다. 고개를 돌려 차갑고도 따뜻한 그 입술에 입 맞춘다. 가벼웠던 키스가 깊어진다.
"σε με, είστε μόνο ένας."
내게 유일한 그대.
바람을 타고, 창공을 넘어, 그 시절을 지나 내게로 온 그대.

σ'αγαπω—
날 놓지 마—

Epilogue #2

[**신**났군.]

어딘지 심통 부리는 듯한 목소리로 기아니스가 말했다. 민영이 그의 팔짱을 낀 채 키득거리며 웃었다.

[미워하지 마요.]

[안 미워해. 어쨌든 저 녀석이 아니었으면 널 못 만났을 테니까.]

기아니스가 그녀의 이마에 입술을 내리눌렀다. 그러면서도 눈에는 영 못마땅한 기색이 역력했다.

준희는, 말 그대로 신나 있었다.

기아니스 Y. 이아코바키스의 결혼 소식은 세계를 들썩이게 했다. 정계, 재계, 언론, 그리고 기아니스는 알지도 못하는 그를 마음에 두고 있던 각국의 미혼 여성들까지. 그리고 별다른 해명도 없이 일사천리로 추진된 결혼식은 그의 크루즈 에브게니아(evgeneia, ευγενέια) 위에서 진행되었다.

각국의 명사와 이아코바키스 가(家)의 지인(知人)들로만 구성된 초대객들은 단순히 훑어봐도 엄청났다. 대개 TV 경제 포럼이나 국제 경제회의, 혹은 이코노미스트 종류의 잡지에서나 볼 만한 사람들이었다. 그리고 그 안에서 서준희는 신났다.

붙임성 있기로는 둘째가라면 서러운 그라 이미 사람들 사이
를 종횡무진 날아다니며 웃음을 뿌리고 있는 중이었다.

[남자라서 다행이야.]

그늘이 드리워진 테라스의 의자에 느긋하게 기대며 그가 말
했다. 그의 팔을 베고 나란히 기댄 채 민영이 쿡쿡 웃었다.

[여자였으면, 반했을 것 같아요?]

[글쎄.]

그가 인상을 찌푸리고 곰곰이 생각하는 시늉을 하더니 민영
의 관자놀이에 입을 맞췄다.

[그만두지. 안 그래도 충분히 인기 많은 놈인걸.]

민영이 낮게 웃었다. 그의 긴 속눈썹이 이마를 간질였다. 바
람이 부드럽게 불어오고 있었다.

[저 녀석이 아직도 좋아?]

[응. 가족인걸요.]

[내가 좋아, 저 녀석이 좋아?]

그는 눈을 감은 채, 그녀의 뺨에 이마를 대고 있었다. 따뜻한
숨결이 목덜미를 간질였다. 그의 이런 태도가 사람들을 놀라게
하고 있다는 것을 알 수 있었다. 그리고 동시에 느껴지는 선망
과 부러움의 시선, 부끄럽기만 하던 것이 기묘하게 기뻐졌다.
이 오만한 남자가 아이처럼 칭얼대기도 하는 모습을 보는 것은
자신뿐이리라.

[가족인걸.]

[나도 이제 가족이지. 넌 아까 서약했어.]

에테시아의 쾌청한 바람 속, 검은 눈에 일렁이던 한없이 다정하던 빛깔, 그라데이션이 선명한 장미꽃들이 흐드러지게 핀 한가운데에서 그들은 내일을 맹세했다.

[자, 얼른 말해봐.]

그의 목소리에 장난기가 어리며 그녀의 허리를 안아 자신의 무릎 위로 올렸다.

[사람들이 봐.]

[보라고 하는 거야. 저 녀석도 열 좀 받아야지.]

그가 그녀의 입술에 키스했다. 슬쩍 눈을 돌려보니 준희가 잔뜩 못마땅한 표정으로 이쪽을 노려보고 있었다.

[한국에서는 원래 오빠들이 여동생에 대한 집착이 강하대요.]

[그게 아니고, 단순히 저 녀석이 눈치가 없는 거라는 데 내 전 재산을 걸겠어.]

그가 입술을 그녀의 뺨으로 미끄러뜨리며 말했다. 민영이 그의 목에 팔을 두르며 하하 기분 좋게 웃었다.

따뜻한 바람이다.

라리아나는 가만히 난간에 기댄 채 민영의 귓가에 대고 속삭이는 기아니스를 보고 있었다. 새삼스러운 기분이다. 저 아이가 저런 표정도 지을 줄 아는구나.

[어머니.]

뒤에서 메릭이 그녀를 부른다. 아버지와 달리 경제적인 감각
도, 그녀와 같은 치열한 전투심도 없지만 착하기는 한 아들. 아
니, 좀 멍청한 거던가? 그녀가 아들의 팔짱을 끼고 어깨를 기댔
다.

[넌 도대체 누굴 닮은 거니?]

[내가 왜요?]

[이상도 하지. 피 한 방울 안 섞인 저 애가 네 아버지를 더 닮
았으니 말이다.]

기아니스가 처음 보는 얼굴로 민영의 어깨에 팔을 두르고
껄껄 웃고 있었다. 정말 즐거워 보이는 얼굴이었다. 늘 냉랭하
여 무기질 같았던 얼굴에 순수한 표정이라는 것이 떠올라 있
었다.

[어머니, 그런데 말이에요.]

난간에 나란히 기대며 메릭이 묻는다.

[이상한 이야기를 들었어요.]

[뭐 말이냐?]

첫째 아들은 욕심만 많았다. 해도 되는 일, 안 되는 일을 구별
못하고 몽땅 자기 것이라는 것에만 광분하여 잔인하게 구는 놈
이었다. 그리고 둘째 아들은 그런 형의 위세에 눌려 욕심도 없
고, 뒷심도 없는 놈으로 자라고 말았다.

기아니스에게 자기 몫의 지분을 몽땅 빼앗기고도 그는 분한
기색도 없다. 아마 앞으로도 그리 살 것이다. 기아니스는, 나쁜

놈은 아니니 아마도 그가 편히 살 수 있도록 돌봐주겠지. 그리고 어쩌면 그걸로도 좋겠지. 아들이 편안하고 행복하다면.

[제가 우체부 아들이라는 이상한 소문이요. 도대체 왜 그런 이야기가 나왔는지 모르겠는데…… 정말 이상해요.]

라리아나의 눈이 커다래지더니 큭큭거리기 시작했다. 한참을 그리 웃던 그녀는 이윽고 허리를 잡고 기분 좋게 웃기 시작했다.

[어머니?]

[아니, 그럴 리가 없잖니. 나는 안타깝게도 그 영감탱이를 사랑했거든.]

그래, 예의 바르지만 단 한 번도 그녀를 사랑하지 않았던 이아코바키스. 그 우아한 냉정함을 그녀는 사랑했었다.

[저 조그만 동양 여자는 마리아를 닮지 않았어요?]

[얘, 너는 동양 여자만 보면 다 마리아를 닮았다고 하지 않니?]

라리아나가 아들의 등짝을 철썩 두드렸다.

[이제 정신 차리고 공부도 좀 하고.]

[네.]

메릭이 머리를 긁적인다.

그렇다. 아직 끝나지 않았다. 사람 일은 모르는 법, 전사(戰士)가 짝을 만나 안온한 왕국을 지었으니 분명이 어딘가 그녀가 파고들어 갈 만한 자리가 있을 터. 혹은 그녀의 아들이.

서두를 필요는 없다.

지금은 이렇게 바람이 좋고 따뜻하지 않은가.

라리아나는 눈을 감았다. 단정한 반백의 머리는 바람이 불어도 흐트러지지 않는다. 그렇긴 해도, 좋은 바람이다.

한쪽에 누워 따뜻한 햇살을 받고 있던 현영와 정우가 킥킥 웃었다.

"내 생각에 난 다들보다 꼴을 더 잘 됐어."

"내 생각에도."

현영의 말에 정우가 동의했다.

"저 녀석은 내 생각에 고생 좀 할걸?"

"왜?"

정우가 고개를 갸우뚱하자 현영이 눈을 감는다.

"당신을 닮았으니까."

"뭐?"

눈썹을 찡그린 정우가 반듯하게 누운 현영을 보고 사람들 틈에서 잔을 부딪치랴, 웃으려 허리를 굽혀 속삭이랴 정신이 없는 준희를 바라보았다. 저 오두방정맞은 놈이 어딜 봐서 나를 닮았다는 거야?

"당신처럼 물색도 모르고, 사람만 좋아하고, 자기가 잘생긴 줄 알잖아."

"……잘생긴 건 맞잖아. 어?"

구겨지는 정우의 목소리에 현영이 눈을 떴다. 정우의 시선이 멈춘 곳을 확인한 현영이 낮게 한숨을 내쉬었다. 저 멀리 정우의 첫사랑, 그리고 그녀의 신랑이 걸어오고 있다. 아니, 정확히 말하면 걸어오다가 말고 서빙 되는 케이크를 발견하고는 마시고 있다. 케이크를 마시고 있다. 여전히 잘 먹는, 둘만 있으면 아무것도 보이는 것이 없는 커플이었다. 그리고 여전히, 뼈다귀 묻어놓은 강아지처럼, 물가에 내놓은 딸을 돌보는 아버지처럼 안절부절못하는 서정우였다.

"이리 와봐."

현영이 손을 뻗어 정우의 양 뺨을 잡아당겼다.

"정말이지 남자들이란."

현영이 아프게 정우의 뺨을 꼬집고 도로 누워버렸다.

"왜애?"

정우가 그녀의 옆에 나란히 누우며 그녀의 머리카락을 만지작거렸다.

"사람마다 다 사랑하는 방법이 다른 거지. 사랑하는 대상도 다르고, 살아가는 방법도 달라."

"응?"

"나랑 결혼해서 다행이라고 생각해?"

"응, 너무 좋아."

"그럼 됐어."

그럼 됐다. 행복하면 그만. 그리고 그녀의 딸도 행복하길.

가능하다면, 그녀의 아들도.

모든 첫사랑도. 알지 못하고 지나가는 바람 같은 첫사랑, 폭풍처럼 와서 바람으로 머무는 첫사랑. 그리하여 마지막 사랑이 되어버리는 첫사랑까지. 그렇게 모든 마지막 사랑이, 행복하길.

✳

"어딜 가는 건데?"

"신혼여행."

민영이 눈을 가늘게 뜨며 환하게 웃었다. 예쁘다, 고 생각하면서도 준희는 어쩐지 심통이 나는 기분이 들었다.

"신혼여행? 어디로 가는데? 왜 나는 못 들었지?"

"그러게. 어머니는 아시는데 말이지."

"아우!"

준희가 고개를 절레절레 흔들었다.

"어머니는 날 아주 나쁜 놈 취급이야. 결국 다 나 때문에 잘된 거잖아."

"뭐가?"

민영이 배실 웃으며 은식기 위에 소복이 담겨 있는 딸기를 하나 집어 입에 넣었다. 달콤한 과즙이 입 안에 퍼져 나갔다. 그녀는 딸기를 하나 더 집어 그의 입에 넣어주었다. 뭐라고 불평을 하던 준희가 입 안에 딸기가 쏙 들어오자 입을 다물었다.

"구래도 내가 만나게도 해줬고, 나중에 공항에도 사이렌 켜고 데려다 주고, 신호도 통제하고, 그때 권력 남용이라고 차관님께 얼마나 혼났는데……. 혼나기만 해? 감봉 조치까지……."

웅얼웅얼 딸기를 씹으며 말하는 폼이 얼마 전 TIME지 선정, 한국의 제4세대 정치인의 선두 그룹으로 분류되는 서준희와는 어울리지 않아 민영은 웃고 말았다. 그 사진은 어찌나 엄숙하게 나왔는지 거의 기아니스 뺨치게 냉정해 보이지 않았던가.

"난 운이 좋아."

민영이 웃는다.

"뭐가?"

손을 뻗어 딸기를 집어 입 안에 넣으며 준희가 말했다.

"글쎄, 난 평범한데 주변에는 온통 대단한 사람뿐이잖아."

"네가 평범하다고? 아서라."

그가 손을 젓고는 다시 딸기 하나를 집어 공중에 던졌다가 솜씨 좋게 받아먹었다. 그 여유만만한 태도, 그녀가 몹시도 사랑했던 부드럽고 유연한 동작이 마음에 스며든다.

"그렇게 쳐다보지 마."

준희가 말했다.

검은 머리, 검은 눈동자, 날씬하고 다정한 표정. 그의 손이 민영의 뺨을 건드렸다.

"행복해야 해."

"그래."

“미안해.”

“아니.”

“사랑해.”

“……나도.”

[나라면 안 그럴 텐데.]

뒤에서 갑자기 들린 목소리에 준희의 손이 멈칫하고 멈췄다
가 심술궂게 그녀의 어깨를 감쌌다.

[그러니까, 나라면 안 그럴 거라고.]

무뚝뚝한 목소리, 민영이 미소 지었다.

[설마 남매 간의 마지막 인사를 방해하려는 건 아니겠죠?]

준희가 악착같이 민영의 어깨에 손을 두른 채 말했다.

[마지막 인사는 무슨…….]

그리스어의 발음법이 허락하는 한 가장 터무니없다는 뉘앙스
를 실어 기아니스가 답했다. 그리고 그들에게 다가가 준희의 손
을 아프게 떼어내고 민영을 끌어당겼다.

[다들 나만 못살게 구는데 나에게도 지분이…….]

준희가 저릿한 손을 흔들며 항의했다.

[있지.]

기아니스가 말을 끊었다.

[그러니까 내버려 두는 ㄱ야. 얼른 햇살 아래의 미녀들에게
돌아가시지. 내 아내는 잊어버리고. 응? 처.남.]

그는 말 한 마디 한 마디 힘을 주어 발음했다. 그리스어로 들

리지 않을 정도로 강한 악센트였지만 어쨌든 알아들었다.

"와서 연락해. 알았지?"

준희가 민영의 뺨을 쓰다듬었다. 안 돌아봤지만 기아니스의 눈에서는 불이 튀었을 것이다.

그는 얼른 방을 빠져나갔다.

데크를 따라 내려오며 준희는 이상하게 속이 쓰리다고 생각했다.

기아니스 Y. 이아코바키스, 그가 인정하는 사내였지만, 꼭 그러기를 바랐고 바란 대로 모두 잘되었으며, 그러므로 불만은 전혀 없다고 생각하지만 어쩐지 속이 쓰렸다. 우리 민영이는 정말, 정말, 착한데…….

어쩐지 눈이 시린 것 같아. 그는 먼 파란 하늘을 쳐다보았다. 하늘이 너무 푸르러 눈물이 날 것 같다.

[아무리 생각해도…….]

기아니스가 고개를 들었다.

[……?]

그들은 크루즈에서 하선해 1823마력짜리 요트에 옮겨 탄 참이다. 두 사람만 시간을 보내자며 작은 요트로 옮겨 탄 것이 40m가 넘는 날씬한 은색의 선체를 자랑하는 Pershing 72다.

스파클링 샴페인에 딸기를 먹으며 흔들리는 파도에 몸을 싣고 있었는데 어쩐지 내내 말이 없던 기아니스가 분하다는 듯이 몸을 일으켜 민영의 얼굴을 똑바로 바라보았던 것이다. 결이 고운 나무 바닥을 왼팔로 지탱하고 그녀를 내려다보는 눈빛이 민영은 한없이 즐거웠다.

[뭐가요?]

손을 뻗어 남자다운 두 뺨을 감싸자 그는 거만하게 고개를 뺐다. 민영의 입가에 슬그머니 미소가 돌았다가 사라졌다.

[왜?]

[아무래도 들어야겠어.]

[뭘요?]

[내가 좋아, 서준희가 좋아?]

기아니스가 팔을 굽혀 콤에 딱 달라붙는 하얀 민소매 티에 반바지 차림의 그녀의 목덜미에 입을 맞췄다. 그리고 입술을 가는, 처음 보았을 때는 볼품없다고 생각했던 비쩍 마른 팔로 미끄러뜨렸다.

민영이 꺄르르 웃었다.

[유치해요.]

[유치해도 들어야겠어.]

그가 그녀의 손끝 하나하나에 입을 맞췄다. 그녀가 눈을 감았다. 파도의 움직임이 기분 좋았다. 깜빡 잠이 들 수도 있을 것 같은 나른함이 온몸에 스며들었다. 오늘은 몹시도 피곤한 날이었다.

"아얏!"

까무룩 잠이 들 뻔했던 그녀가 기겁해서 눈을 떴다. 기아니스
가 그녀의 손가락 끝을 깨문 것이다.

"무슨 짓이에요?"

대답도 하지 않고 그가 그녀의 손가락을 입 안으로 집어넣었
다. 말랑말랑하고 기분 좋은 따스함이 손끝을 감쌌다. 입술이
손바닥으로 흘러내렸다. 그녀가 손을 뻗어 헐렁한 흰색의 면바
지만을 입고 있는 그의 단단한 어깨를 밀었다. 그리고 도망이라
도 치듯 한 바퀴 굴러 그로부터 멀어졌다.

놓칠 그가 아니다.

그는 손을 뻗어 덥석 그녀의 허리를 쥐어 당겼다.

"나 목말라요."

입술이 겹쳐졌다. 뜨거운 혀가 부드럽게 입 안으로 침범했다.
커다란 손이, 시원한 바닷바람에 식은 어깨를 감쌌다. 깊은 키
스의 끝에는 장난스러운 웃음이 묻어났다.

키득키득, 이마와 이마가 마주 닿았다. 서로 달랐던 체온이
하나로 섞였다.

그가 입을 맞추려고 몇 번이나 시도했지만 그녀는 고개를 숙
여 도망갔다. 팔을 쥔 그의 손에 점차 힘이 들어갔다.

"목말라요."

그녀가 그의 뺨에 입을 맞추며 아이에게 말하듯 속삭였다.

기아니스는 한숨을 푹 쉬곤 그녀의 이마에 입을 맞추고 일어
났다. 성큼성큼 걸어 캐빈으로 가며 그는 주먹으로 마스트를 툭

건드렸다. 그 불만 가득한 동작에 민영은 또 웃었다.

차갑게 쿨링된 맥주 두 개를 가져온 그는 그녀의 뺨에 맥주를 가져다 대었다.

"아, 차거!"

그녀가 벌떡 몸을 일으키자 그는 심술궂게 큭큭 웃었는데 그것이 또 숨 막힐 듯 매력적이라 민영은 잠시 넋을 놓고 그를 바라보았다. 어느새 어두워진 하늘 위로 별이 하나둘씩 빛을 밝히고 있었다.

그는 샴페인 통의 얼음을 갈고 물을 휙 바다로 버렸다.

"요트, 운전할 줄 알아요?"

"대강."

"그럼 어떻게 해?"

"근처에 알렉스가 있어. 내일 데리러 올 거야."

그가 맥주를 한 모금 마시고 팔을 뒤로 짚어 지탱하며 하늘을 바라보았다. 역시 바다와 어울린다고, 생각한다. 어디까지 바다인지 하늘일지 모르는 망망대해. 바다에 하늘의 별빛이 비쳐 반짝반짝 부서지고 있다.

민영이 손을 뻗어 뒤로 짚은 그의 손 위에 올려놓았다.

커다란 손. 마치 단단하게 그녀를 지켜줄 것만 같은 커다란 손.

그녀는 생각한다. 굳이 전부가 아니라도 괜찮을지 모른다. 이 손 안에 들어가는 것은 셀 수 없을 만큼 많을 테니까, 그 일부라도 괜찮다고 생각한다. 그만큼 사랑한다.

그는 생각 같은 건 하지 않았다. 생각할 필요도 없는 일을 생각하는 취향은 없다. 다만 그의 요트에 팔베개를 하고 누운 여자가 행복한 듯 웃고 있어서 만족스러웠다. 장난스럽게 그의 손가락 사이로 자신의 손가락을 끼우는 그녀가 웃고 있었다.

그는 맥주를 한 모금 더 마셨다.

바람이 불고 있었다. 얇게 이는 파도에 배가 부드럽게 흔들렸다.

그가 갑작스레 허리를 굽혀 그녀의 이마에 키스했다. 그리고 잠깐 고개를 들었다가 아쉽다는 듯 눈을 찡그리고 다시 코끝에, 그리고 입술에.

키스가 깊어지는 만큼 고개가 뒤로 젖혀졌다.

"앗!"

민영이 깜짝 놀라며 몸을 뺐다. 한 손으로 들고 있던 맥주 캔이 기울어지며 옷을 적셨다. 하얀 거품이 옷 위에서 보글보글 끓고 있었다.

"이런."

그가 어딘지 나른하게 한탄하고 옷이 젖은 부위에 입술을 가져다 댔다. 그리고 그 부위는 아주 우연히도, 가슴이었다.

민영이 싫지 않게 몸을 비틀며 쿡쿡 웃었다. 그의 입술이 부드러운 능선을 그리고 있는 가슴 선을 쓸었다. 차가운 느낌, 그리고 그의 입술의 감각, 얇은 민소매 티셔츠를 지나 그의 숨결이 부서졌다.

기아니스는 낮게 신음했다.

그가 그녀의 가슴을 감싼 옷 위로 뜨거운 숨을 토해냈다. 다른 감각, 얇은 천을 사이에 두고 느껴지는 그의 뜨거운 혀의 감각에 그녀가 눈을 감고 그의 머리를 끌어안았다. 당연한 듯 옷 아래로 파고들어 온 그의 손이 배를 쓸고, 조금 더 올라와 가슴의 능선이 막 솟기 시작하는 경계를 부드럽게 따라 움직였다. 천천히, 느릿느릿, 감질나게. 온전히 그녀를 느끼려는 것처럼.

그녀의 다리가 저도 모르게 그의 다리를 감았다.

그가 다시 신음을 내뱉었다.

바람이 분다.

그녀는 그가 셔츠를 벗겨 내기 쉽도록 손을 들었다. 그리고 재빠르게 노출된 가슴을 가렸지만 그는 쿡쿡 웃고는 가슴을 안은 양손에 차례로 키스했다. 아프지 않게 그의 손이 그녀의 손목을 잡아 머리 위로 고정했다. 그리고 손이 가렸던 곳에 입술이 내려앉았다.

뜨겁게.

"아!"

민영은 눈을 떴다. 하늘에 별이 많아졌다. 온통 별들뿐.

단단히 잡힌 손의 구속감이 묘한 쾌감을 불러온다. 눈을 다시 감았다. 별들은 사라지고 감각만이 남는다.

기아니스는 눈을 감은 그녀의 가지런한 속눈썹, 벌어진 입술을 보고 있었다. 자신의 입술이 지나는 자리는 하얀 살결 위 붉은 꽃이 피어났다. 뺨은 발그레하니 홍조를 띠고 있다.

캐빈에서 흘러나온 뿌연 빛에 비친 풍만한 가슴이 매혹적일 정도로 아름다웠다. 계속 바라보고 싶을 정도로.

"기아니스."

민영이 속삭였다. 그녀가 반쯤 몸을 일으켜 그의 목에 손을 감았다.

볼 사람은 아무도 없는 바다의 한복판. 하얗게 엉겨드는 나신에 별빛이 부딪쳤다.

입술이 녹을 듯 움직여 입술을 찾았다. 몇 번이고 몇 번이고 코끝으로, 뺨으로, 턱으로, 다시 입술로. 맞닿은 어깨와 어깨, 가슴과 가슴 사이에서 기분 좋은 불길이 일어난다. 엉긴 팔과 팔, 다리와 다리에서 서로의 체온을 느낀다. 그리고 마침내 입술과 입술이 마주치는 순간, 호흡이 하나 되는 순간 그는 그녀를 안은 팔에 힘을 주었다.

바람이 불고 있었다. 그 바람에 요트가 부드럽게 흔들리고 있다.

그런 요트의 흔들림은 마치 요람 같다. 캐빈에서는 작게 틀어 놓은 트랜지스터 라디오에서 어느 나라의 것인지 알 수 없는 음악이 흘러나오고 있다.

고요한 바다. 그 밤바다에는 오직 그들 둘뿐이었다.

어쩌면 세상에도.

Epilogue #3

바다가 푸르다는 건 누가 말한 걸까. 바다 속은 까맣다. 밀도 높은 어둠.

민영은 천천히 팔다리를 움직였다. 몸이 조금 떠올랐다. 물의 저항이 어깨를 뻐근하게 미는 것을 느끼며 그녀는 위를 올려다보았다.

아!

민영은 속으로 낮게 탄성을 질렀다. 그렇구나, 이래서 푸르다고 하는구나.

눈을 뜰 수 없이 화려한 코발트블루, 투명하니 하늘이 얼룩지는 코발트블루는 숨이 막힐 것처럼 아름다웠다. 그리고 서릿발처럼 외로워지기 시작했다. 넓은 바다 속, 빛이 빗줄기처럼 쏟아지는 바다 속에서 그 빛에 닿지 못한 듯 외롭다. 그럴 리가 없는데도 차가운 바닷물의 온도가 네오프랜 재질의 드라이수트(dry—suit) 사이로 스며드는 것 같다. 부력을 상쇄하기 위한 웨이트 벨트가 그녀를 심해로 끌어당겼다. 민영은 고개를 저으며 손을 뻗었다.

그리고 마치 응답하듯 블랙 글러브가 그녀의 팔목을 잡았다.

눈과 코를 보호하기 위한 커다란 마스크 때문에 서로의 표정은 거의 볼 수 없었다. 몸매를 그대로 드러낸 날씬한 은색의 선이 그어진 블랙 슈트가 그녀의 손을 끌어당겨 자신의 품에 안았다.

믿어지지 않게도, 따뜻함을 느낀다. 절대로 그럴 리가 없는데.

분명히 그가 웃고 있다고 생각했다.

그가 손을 뻗어 그녀가 입고 있는 부력조절기(BCD)를 조절했다. 몸이 상승하기 시작했다. 그녀의 손을 잡은 채 그가 힘차게 물을 찼다.

그의 손을 잡고 있었기 때문에 민영은 눈을 감았다.

안전하다.

빛 속으로 녹아든다.

"하아!"

압력이 사라졌다. 민영이 장비를 떼어내며 크게 숨을 내뱉었다. 고개를 젖히자 페일 블루의 하늘이 펼쳐져 있었다. 옅은 태양빛이 곱게 흩어지고 있었다.

모자를 벗어낸 기아니스가 머리를 털어냈다. 마구 뻗친 머리카락도 매력적이기 쉽지 않은데 젖은 검은 머리카락이 반짝반짝 빛나는 것이 근사했다. 민영이 그를 올려다보며 웃었다. 그가 그녀의 뺨을 톡 건드리고는 허리를 잡아 요트 위로 올렸다. 기운이 쭉 빠진 그녀가 요트 위에 길게 드러눕자 그가 가볍게 몸을 놀려 요트 위로 올라왔다. 그리고 이마에 입술을 내리누르고 같이 누웠다.

하늘이 쨍하니 높게 느껴졌다. 바람이 불어온다. 눈을 감고 그 바람을 맞았다.

커다란 손이 젖은 머리를 쓰다듬더니 딱 달라붙어 불편한 옷을 풀어주었다. 손가락의 흐름, 지퍼가 내려가고 반질한 속살에 바람이 와 닿았다. 차가운 해방감.

남자의 입술이 목 아래, 쇄골 사이에 옴폭 들어간 사이에 입을 맞췄다. 뜨거운 숨이 축축한 살갗에 감아들었다.

꼬르륵.

그의 몸이 멈칫 허공에서 정지하더니 큭큭 어깨가 흔들렸다. 젖은 머리카락에서 물방울이 똑똑 떨어져 내렸다. 소리 죽여 웃던 기아니스가 마침내 기분 좋게 머리를 젖히며 하하 웃었다.

[웃지 마요.]

[귀엽잖아.]

[아침을 안 먹었으니까 글치.]

[오케, 근사한 아침을……. 이런.]

몸을 일으키던 기아니스가 난감하게 인상을 찌푸렸다.

[왜?]

[냉장고를 안 채운 것 같아.]

[에?]

민영도 상체를 일으켰다. 젖은 검은 잠수복 사이로 하얗고 둥근 가슴 선이 눈부셨다. 잠시 시선을 빼앗겼던 기아니스가 그런

자신을 물끄러미 바라보는 민영의 시선에 화들짝 놀라 흠흠 헛
기침을 했다.

[일단 해변으로 돌아가자.]

그가 고개를 돌려 요트의 컨트롤 로프로 손을 뻗었다. 어쩐지
그의 귀 끝이 빨개진 것 같아 민영은 다시 한 번 확인하려고 몸
을 숙였지만 그는 잽싸게 허리를 굽혀 포트로 사라져 버렸다.

시원한 바람이 지중해의 공기에 섞여들었다. 파랑이 반짝반
짝 빛난다. 날씬한 흰색 요트가 물을 가르는 소리가 청량하다.

요트의 옆면에 은색의 화려한 필기체의 이름은 $E\,\lambda\acute{\alpha}\chi\iota\sigma\tau\varepsilon\varsigma$
$\nu\varepsilon o\lambda\alpha\acute{\imath}\varepsilon\varsigma$, 민영.

선착장에 요트를 정박시키고 해변으로 내려왔을 때는 중천에
떴던 해가 막 기울기 시작했을 때였다. 아무도 없는 개인 해변
을 따라 걷다 민영은 키득대기 시작했다. 짙은 검은색의 선글라
스, 무릎 조금 아래까지 오는 하와이언 무늬의 바지는 그에게
의외로 어울렸지만 그녀가 그 바지를 그에게 입히는 일은 쉽지
않았다.

[나 좀 봐요.]

[……?]

한 걸음 앞서 가던 기아니스가 무표정하게 뒤를 돌아보고는
손을 뻗어 그녀의 어깨를 끌어당겨 안았다. 팔이 감긴 아래 얇
은 하얀 민소매 티 사이로 그의 체온이 그대로 느껴졌다. 여전

히 뜨거운 느낌. 이상하지만 남자는 언제나 뜨거웠다. 말할 수 없이 서늘한 눈을 가진 남자인데 그녀를 닿는 매 순간, 남자는 언제나 뜨겁다.

[요트도 조정할 줄만 알고, 챙겨야 하는 것은 하나도 모르고. 의외로 못하는 게 많네요.]

[그럼 내가 뭐든지 할 줄 알 거라고 생각했어?]

[응. 뭐든지 할 줄 아는 얼굴을 하고 있잖아요.]

그녀가 까르르 웃었다.

[그런데 아무라도 실세는 알렉스였던 것 같아요. 알렉스 없으면 뭐가 어디 있는지도 모르고. 나 속은 건가 봐.]

어깨를 안은 그의 팔에 힘이 들어갔다. 그가 허리를 굽혀 그녀의 귓가에 대고 속삭였다.

[웃지 말라고. 자꾸 웃으면.]

[웃으면?]

그녀가 눈가에 부드러운 주름을 잡은 채 물었다. 기아니스가 잠시 그런 그녀의 얼굴을 바라보다가 눈가에 키스했다.

[후회할걸?]

[왜요?]

손이 흘러내려 허리에 감겼다.

[배고플 테니까.]

[응?]

그가 그녀의 허리를 바짝 당겨 안았다. 몸과 몸이 밀착되었다. 이마에 내려앉은 입술이 묵직했다.

[나 진짜 배고파요.]

[알아.]

그의 입은 아는 것 같았는데 손은 전혀 모르는 것 같았다. 섬세한 손가락 끝이 살결을 쓸었다. 그녀가 몸을 비틀었다.

[하지…….]

그의 입술이 목덜미로 미끄러져 내렸다. 여린 살, 그는 그녀가 목덜미와 어깨선에 키스하는 것을 못 견뎌한다는 것을 안다. 뜨거운 숨결, 민영의 호흡이 흐트러지기 시작했다. 그의 입술이 집요하게 그녀의 가는 어깨를 쓰다듬었다.

"정말!"

민영이 그의 어깨를 밀었다. 잔뜩 홍조가 올라 엄한 표정을 지어봤자지만 어쨌든 화난 표정을 지어보려 했다. 그러나 그녀를 내려다보고 있는 그의 눈이 너무나 부드러워서 시도조차 무색해져 버렸다. 그는 웃고 있었다. 사랑스러워서 어쩔 줄 모르겠다는 듯이.

그의 손이 허리에 감기더니 몸이 붕 떴다.

[내가 밥 먹는 것보다 더 급한 게 생겼다고 하면 화낼 건가?]

그가 그녀를 아이 안듯 안아 올리며 물었다. 그녀가 웃으며 몸을 틀자 그녀가 트는 방향으로 몸을 빙글 돌렸다. 주변의 풍경이, 이제는 익숙해진 이국의 정취가 빙글빙글 가까워진다.

[어지러워요!]

[더 급한 용건을 인정해 준다면 내려주지.]

[싫어!]

그녀가 웃었다. 그리고 그의 팔을 밀어내곤 도망치기 시작했다. 아니, 그러려고 했다. 그러나 공중에 뜬 채 한 바퀴 돌았던 여파로 안 그래도 걷기 힘든 모래사장을 헛짚고 말았다.

“……!”

그가 팔을 뻗어 그녀의 가슴을 안았다. 그러나 그 바람에 둘 다 중심을 잃은 꼴이 되고 말았다. 넘어지는 서슬에 모러가 사라락 일어났다. 하얀 모래, 두 사람의 몸이 하얀 모래 사이로 파묻혔다.

[이게 뭐야?]

[내가 할 말이지.]

그녀를 품에 안은 채 그가 말했다.

[안 다쳤어요?]

[설마.]

몸을 일으키려는 민영을 그가 당기곤 빙글 돌려 자신의 품 안에 가뒀다.

“한국 속담에, 엎어진 김에 줍고 일어난다. 이런 게 있지 않아?”

“없어요.”

민영이 쿡쿡 웃었다. 등 뒤로 모래알이 간지러웠다. 발가락 사이로 작은 모래 알갱이가 파고든다.

"그럼 만들지 뭐."

그의 입술이 겹쳐졌다. 그의 팔의 온도가 귀 옆에서 느껴졌다. 아무도 없는 해변이 마치 낙원 같다. 이국의 나뭇잎들이 부딪치는 소리가 녹색 빛으로 반짝였다.

어깨를 쓰는 그의 손끝에 묻었던 모래가 그녀의 몸으로 옮겨졌다. 그녀의 가슴에 붙어 있던 모래가 그의 입술로 자리를 바꿨다. 하얀 민소매 끈 아래로 파고든 손이 끈을 내리고 얇은 옷 아래로 파고들었다. 뜨거운 감각 끝 까칠한 모래의 느낌, 텅 빈 하늘과 넓게 달리는 바다가 지켜보고 있었다.

[정말?]

그녀가 요염하게 손을 뻗어 그의 어깨에 팔을 걸었다.

[응.]

그가 착한 아이처럼 대답하며 가슴의 부드러운 능선에 입술을 내리눌렀다. 왼손이 가슴으로 올라왔다. 단단한 그의 몸이 그녀의 몸을 덮고 있었다. 다리와 다리가 교차되어 엉겨 있다.

바람이 불고 있다.

다이닝룸, 도저히 더 못 먹겠다고 고개를 젓는 민영에게 기아니스는 조금만 더 먹어보라며 매쉬드 포테이토를 덜어 건네주었다. 그녀가 굉장히 좋아하는 음식이지만 오늘은 너무 많이 먹

었다. 아까 해변에서 뒹굴다가 식사 시간을 훨씬 넘겨버리고 만 것이다. 배고픔도 잊고 시시덕거리다가 별장으로 돌아오니 네 시가 넘어 있었다. 그러고도 온몸에 스며든 모래알갱이를 씻어 내려 샤워부터 하느라 식탁에 앉은 것은 다섯 시가 훨씬 넘은 시간, 식은 빵 한 조각이라도 간절할 때라 요리사가 내온 갓 구운 빵, 로스트비프와 유러피안 샐러드, 매쉬드 포테이토는 진수성찬이었다.

[언제나 느끼는 거지만…….]

그가 덜어준 매쉬드 포테이토를 한입 먹던 민영이 그에게 말을 걸었다. 그는 식사할 때 많은 말을 하는 타입이 아니다. 사업상의 디너에 몇 번 동행하고 나서 알게 된 것은 그는 말을 해야 할 때는 거의 먹지를 않는다.

[당신은 식사 매너가 상당히 좋아요.]

[아아.]

그가 단정하게 대꾸하며 샐러드를 디쉬에 덜었다.

[가정교사한테 배운 거예요?]

당황한 기색까지는 아니더라도 멈칫할 줄 알았는데 그는 아무런 반응도 보이지 않고 샐러드를 입에 넣었다. 아삭하는 파프리카의 소리가 조용한 다이닝 룸에 들렸다.

[더 안 먹을 건가?]

[마리아가 가르쳐 준 거예요?]

[그래.]

그는 매쉬드 포테이토를 입에 넣으며 말했다. 가끔 그가 말이 없어질 때면 사람을 압도하는 기운 대신 뭔가 차갑고 우아한 에너지가 느껴진다. 약간 숙인 고개, 긴 속눈썹이 말할 수 없이 단아하다. 그래, 남자에게 이런 말이 어울린다면.

그의 포크와 나이프가 멈췄다.

[그 얘기, 하고 싶어?]

[글쎄.]

민영이 말끝을 흐렸다.

마리아에 대해 알고 싶은가, 대답은 물론 예스다. 그녀가 민영의 친어머니든 아니든 어쨌든 기아니스에게 의미있는 사람이므로 물론 알고 싶다. 기아니스가 저렇게 안타깝게 발음하는 이름을 가진 사람이므로.

[알고는 싶지만.]

머리가 다시 복잡해졌다.

알고는 싶지만 친어머니라면 어떻게 되는 걸까?

그가 냅킨으로 입을 닦고 그녀를 똑바로 바라보았다. 검고 푸른 눈, 시간이 아무리 흘러도 식상해지지 않을 것 같지 않은 그의 눈동자.

[알고 싶다면 뭐든 말해주지. 하지만, 난 그게 중요하다고 생각하지 않아. 이제— 상관없다고 생각해.]

낮고 부드러운 목소리. 민영은 잠시 망설였다.

[나를 많이 닮았어요?]

그의 커다란 손이 식탁을 톡, 톡, 답답하리만큼 느리게 두드
렸다. 빵이 담긴 바구니에 둔 시선은 실제로는 아무것도 보지
않고 있는 것 같았다.

그리고 마침내.

[그래, 처음 봤을 때는 깜짝 놀랐지. 내가 처음 마리아를 본
게 지금의 네 나이 근처여서 더 그럴지 몰라.]

[사진 같은 거 있어요?]

그가 고개를 끄덕였다.

빛 같은 여자였는데 나 때문에 죽었다. 내가 아니었더라면,
살아 있었을 수도 있었겠지.

[혹시…….]

그녀가 무슨 말을 하고 싶은지 안다. 그러나 그건 그도 모른
다. 알렉스는 알고 있다. 조사를 시켰지만, 열어볼 엄두가 나지
않았다. 만약 정말 마리아의 딸이라면, 그는 어떻게 해야 하는
걸까. 마리아의 딸이고, 마리아는 자신 때문에 죽었다면. 그는
민영을 사랑한다.

그의 손이 멈췄다. 고개를 들자 자신을 바라보고 있는 그녀와
시선이 마주쳤다.

언젠가는 짚고 넘어가야 할 일이라면.

[조사 결과 알고 싶어?]

민영은 침을 꿀꺽 삼켰다. 그는 말했다. 그런 건 상관없다고
생각해. 그가 옳다. 상관없다. 지나간 일은 지나간 일일 뿐. 그

리고 그가 자신을 사랑한다는 것은 민영도 안다.

그러나.

그의 눈동자에 시선을 고정한 채로 민영은 천천히 고개를 끄덕였다.

그의 시선이 아래로 향했다. 긴 속눈썹이 가늘게 떨린다고 생각했다. 낮은 한숨, 그가 몸을 일으켰다. 민영도 따라 몸을 일으켰다.

그가 말 없이 그녀의 손을 쥐고 걷기 시작했다. 그랜드 피아노를 지나 나선의 계단을 따라 올라 처음 니스의 별장에 왔을 때와 같은 길을 걸어갔다. 그리고 그때처럼 불안해졌다.

커다란 오크 문을 연 기아니스는 그녀의 손을 놨다. 민영은 그의 손이 감겼던 부분이 축축하게 땀으로 젖어 있다는 것을 깨달았다. 그녀는 기아니스를 바라보았다. 그의 표정은 한없이 고요했다.

[기아니스.]

그는 말 없이 벽에 걸린 고흐의 그림을 떼어내고 금고의 다이얼을 돌리기 시작했다. 아테네의 본가와 다른 그림이다.

[당신이 싫다면.]

[계속 궁금해할 거라면 지금 보는 게 낫지.]

금속성의 태엽 소리, 그리고 철컥, 하는 이음새가 맞물리는 소리. 다시 태엽이 돌아간다. 그 소리에 머리가 뻐근해지는 것 같았다.

덜컹, 하는 묵직한 소리와 함께 그가 손을 떼자 금고가 입을 벌렸다.

[기아니스.]

그의 손가락이 마치 물속에서 움직이는 것처럼 무겁게 서류 다발을 훑었다. 그리고 오래된 빛바랜 사진 하나를 집어냈다.

[난 괜찮아.]

그가 그녀를 바라보지 않은 채 말했다.

[그때 생각했다. 비행기가 이륙하려고 할 때, 뭐든지 주겠다고. 네가 전부이게 하겠다고. 시작부터 끝까지 네가 원하면 그걸로 충분하다고. 그렇게 말하겠다고 생각했다.]

그가 천천히 몸을 돌렸다.

[가끔은 생각하지. 네가 날 싫어하게 되면 어쩌나. 내가 너 없이 살았던 시간이 네 마음에 들지 않으면 어쩌나.]

그가 한 걸음씩 천천히 다가왔다.

[너를 만날 줄 알았으면 그렇게 살지 않았을 텐데……. 내가 할 수 없는 일이, 바꿀 수 없는 일이 네게 상처가 되면 어쩌나.]

그와의 거리가 가까워졌다. 그의 눈동자로 똑바로 마주하기 위해 민영의 고개가 꺾어졌다.

[……사랑한다. 그 생각밖에 못하겠어.]

그의 입술이 그녀의 눈에 내려앉았다. 뜨거운 손이 그녀의 손을 붙잡았다. 그리고 바스락거리는 종이의 감촉 끝이 손가락에 닿았다. 몇 장 되지도 않는 것 같았다. 심장이 손에서 뛰는 것 같았다.

　기아니스는 몸을 돌려 그대로 방 밖으로 나가버렸다. 민영은 그대로 서 있었다. 그의 뜨거움이 아직도 눈가에, 손끝에 남아 있다.

　"사랑한다. 그 생각밖에 못하겠어."

*

　피아노 소리를 좋아하는 사람은 대개 바다를 좋아한다. 흐르는 듯한 선율의 바이올린보다 피아노의 음색은 좀 더 바다 빛에 가깝다. 투명한 푸른빛.

　커다란 문을 열고 나와 아라베스크 문양이 그려진 카펫을 밟고 나선형의 계단을 따라 내려가며 민영은 귀를 기울였다. 조용하고 맑은 음색. 심해에서 바라보는 코발트블루, 점점이 흩어지는 입자들, 바닷물에 섞여드는 더 이상은 슬프지 않은 눈물.

　커다란 샹들리에가 반짝이는 아래 검은색 그랜드 피아노에서 say you love me가 흘러나오고 있었다. 부드럽게, 다정하게, 스타카토, 아첼레란도, 아템포, 달콤한 피아노 음색이 가슴으로 뛰어들었다.

　민영은 천천히 걸어 그의 옆에 앉았다. 하얀 건반 위를 긴 손가락이 튕기듯 날고 있었다.

　터치가 조금 무거워진다. 아마도 레가토, 마주쳤던 시선이 아무렇지도 않게 돌아갔다. 섬세한 옆모습이, 검은 머리카락이 부드럽게 흔들렸다.

　칸타빌레(cantabile:노래하듯이), 콘브리오(con brio:싱그럽게), 그리고 돌체(dolce:부드럽게, 달콤하게).

　say you love me—

　부드러운 화음 끝, 관자놀이에 입술이 닿았다. 그의 팔이 감긴 어깨, 그녀는 느낄 수 있었다. 그가 얼마나 자신을 소중하게 생각하는지, 그래서 두려워하는지, 기아니스 Y. 이아코바키스, 이 남자가.

　[사고는…….]

　[안 봤어요.]

　그의 손이 움찔, 하고 흔들렸다.

　[당신 말이 맞아. 중요하지 않아요.]

　그가 그녀를 가만히 내려다봤다. 검푸른 눈에 희미하게 따뜻한 빛이 스쳤다. 그 빛은 어쩌면 그림자의 빛을 닮았다. 그에게는 그림자일 뿐인, 그가 드러낼 수 없는 감정들, 드러내 본 적이 없어 드러낼 줄 모르는, 설명해 본 적이 없어 설명할 줄 모르는, 그저 어쩌면 아주 평범한 남자.

[설명 안 해도 돼요.]

그녀가 손을 뻗어 기아니스의 뺨을 감쌌다.

[미안해요.]

그의 손이 민영의 손을 덮었다. 그리고 고개를 돌려 손바닥에 입을 맞춘다. 뜨거운 입술이, 감은 두 눈이 저릿하게 가슴을 아리게 했다.

누구나 다른 사람이 모르는 길을 걸었다. 그 길을 건너 서로를 만난다.

[내가 누구였는지는 별로 안 중요해요.]

[그래.]

[당신이 누구였는지도 별로 안 중요해요.]

[……그래.]

[고마워요.]

[그래—]

입술이 손목으로 흘러내린다. 옅은 박동이 느껴졌다.

춥고 어두운 길을 걸어 마침내 서로에게 닿는다. 어떤 길을 걸었더라도 상관없어 하는 사람을 만난다. 그리고 같이 걷기 시작한다.

그녀가 손을 뻗어 기아니스의 목을 끌어안았다. 그의 팔이 등 뒤로 따뜻하게 감겼다. 그렇게 서로의 체온을 느낀다. 36.5도와

36.5도가 만나 따뜻해졌다.

누가 먼저랄 것도 없이 서로의 호흡을 찾았다. 입술과 입술이 겹쳐지고 부드럽게 서로의 숨결을 느꼈다. 서로의 기억을 읽는다. 서로의 마음을 나눈다. 그렇게 하나가 된다.

기아니스가 그녀의 허리를 감아 안아 자신의 무릎에 올렸다. 따뜻하기만 했던 키스가 깊어졌다. 단단한 손이 그녀의 등을 부드럽게 쓰다듬었다. 기울어진 고개가 점점 뒤로 젖혀졌다. 그의 입술이 그녀의 턱에 키스하고 흘러내려 목덜미를 맴돌았다. 뜨거운 숨결.

[기아니스.]

고개를 뒤로 젖히자 반짝이는 샹들리에가 보였다. 크리스털이 우아한 빛을 뿌리고 있었다. 민영은 눈을 감았다. 몸의 중심이 옮겨지며 그녀의 등에 눌린 피아노 건반이 화성이 맞지 않는 소리를 냈다.

기아니스의 한 손이 그녀의 등 뒤로 감아드는 것과 동시에 다른 손이 피아노 건반을 짚었다. 조금 더 요란한 낮은 불협화음이 울렸다. 민영이 그의 검은 머리카락 속에 손을 파묻었다. 그의 손이 그녀의 하얀 셔츠를 벗겨내는 것을 그녀는 허락했다.

그는 말했다.

"사랑한다. 그 생각밖에 못하겠어."

그리고 그녀도 그랬다. 그 생각밖에 나지 않았다. 다른 무엇이 어떻게 중요했는지는 이미 마음속을 떠났다.

둥근 곡선을 그린 가슴 끝이 그의 입술 사이로 사라졌다. 민영은 옅은 신음을 내뱉었다. 허리를 잡은 그의 손에 힘이 들어갔다. 가슴의 정점을 부드럽게 어루만지는 그의 뜨거운 입술의 느낌은 돌체(dolce). 그의 품 안에서 그녀는 악기가 된 듯하다.

허리를 잡고 있던 그의 손에 힘이 들어가나 싶더니 몸이 번쩍 들려 그랜드 피아노 위로 올라갔다. 그가 그녀를 올려다보았다.

"σας αγαπώ. (I love you)."

그가 속삭인다. 고개를 숙여 그녀의 발끝에 키스한 기아니스가 다시 그녀를 바라보았다. 희미하게 웃고 있었다. 그래서 그녀는 울고 싶어졌다. 사람이 행복해도 눈물이 난다더니, 거짓말이 아니었다.

그가 그녀의 가는 다리에 키스했다. 뜨거운 숨결이 무릎에 닿았다가 허벅지를 간질인다. 체온이 올라가고 있었다.

[기아니스.]

그의 입술이 점차 허벅지 선을 따라 올라오자 호흡이 가슴 가득 차오르기 시작했다. 폐가 한없이 부풀기만 하는 것처럼 숨쉬기 힘들어진다.

[기아니스.]

그는 마치 그녀의 목소리가 안 들린다는 것처럼 그녀에게 열중했다. 뜨거웠던 그의 입술의 온도가 더 이상 느껴지지 않았다. 그건 아마 그녀의 몸도 아마 그의 온도와 같아서일 것이다. 댕그랑. 몸을 들어 올리느라 짚은 건반의 소리가 요란했다. 기아니스가 미소 지었다. 눈이 마주쳤다. 둘은 동시에 가볍게 웃고 말았다. 민영이 허리를 굽혀 그의 이마에 키스했다. 그가 빙그레 웃고는 그녀의 여윈 어깨에 키스하고 손으로 허리를 잡아 부드럽게 뒤로 밀었다. 그의 손이 이끄는 대로 그녀는 몸을 뒤로 기댔다. 안온하고, 평화롭다. 팔을 짚으니 체온 때문에 매끈한 검은 그랜드 피아노에 뽀얀 김이 어린다.

"으응."

크리스털이 반짝였다.

그녀는 그에게 온전히 몸을 맡기고 있었다.

사랑이다.

Epilogue #4

기아니스를 기다리는 동안 민영은 소파에 몸을 기댄 채 호박 빛의 스탠딩 라이터를 들여다보고 있었다. 요즘 그는 그녀 앞에서 담배를 피우지 않는다. 그 독특한 향기도, 푸른 연기가 검은 공간을 긋는 나른한 감각도 느껴본 지 오래다.

[기다렸나?]

　서재에서 나온 그가 거실에 앉아 있는 그녀를 발견하곤 상냥하게 웃더니 다가와 이마에 키스했다. 따뜻한 숨결. 뒤에서 알렉스가 눈으로 인사하고는 서재 문을 닫았다.

　[이 라이터요.]

　[응.]

　그가 그녀의 옆자리에 앉더니 겨드랑이 사이로 팔을 집어넣어 번쩍 들어 자신의 무릎에 앉혔다. 그리고 가슴 부위에 슬쩍 키스했다. 민영이 웃으며 눈을 흘겼다. 몸무게가 꽤 늘어버렸는데 그는 전혀 상관하지 않았다.

　[예뻐요.]

　[응. 넌 처음부터 그걸 신기해했지.]

　[꼭 나 같아.]

　그녀의 목덜미에 코를 묻고 희미하게 느껴지던 향기를 들이마시던 기아니스가 고개를 들었다.

　[당신이 그랬잖아요. 완전한 형태로 남으려면…….]

　민영이 그의 어투를 흉내 내자 기아니스의 입술에 미소가 떠올랐다.

　[깨닫지도 못했을 때, 갇혀 버려야 한다.]

　[내가 언제 그런 말투로 말했다는 거야. 혼나야겠군.]

　그는 그녀의 입술에 슬쩍 입술을 내리눌렀다.

　[그리고…….]

　코끝에서 그의 향기가 맴돌았다.

[그 가엾은 벌레를 닮은 건 나야.]

[응?]

[처음 보는 순간부터 정신을 못 차렸으니까.]

좀 화가 나긴 했지만 말이야.

민영이 피식 웃었다. 엄청 성질을 부렸던 주제에 틈만 나면 주장했다. 처음 반한 건 자신이라고. 아니다. 처음 반해서 말도 안 되는 걸 알면서 그를 찾았던 건 그녀였다. 그 후로도 계속 양보했던 건 그녀였다. 하지만 그가 반한 걸로 하기로 하자. 그게 더 낫게 느껴지니까.

민영의 눈가가 길어졌다. 그녀가 그의 어깨에 팔을 둘렀다.

[그리고 나 없을 때 아프고?]

기아니스의 도자기 같이 하얀 이마가 찡그려졌다.

[누가 그래?]

[당신 주치의 비비안, 저번에 왔을 때 말해줬어요. 당신이 내가 없을 때 피를 토하고 쓰러졌다면서?]

그가 한숨을 내쉬었다.

[어쩐지 당신 앞에 서면 모두들 수다쟁이가 되어버리는군.]

[내가 보고 싶어서?]

민영이 빙글빙글 장난치듯 말하며 그의 가슴에 머리를 기댔다. 두근두근 낮은 심장 소리.

[정말로, 심장이 아팠어. 그때는.]

그가 그녀의 어깨를 단단히 감싸 안고 정수리에 입 맞췄다.

[다시는 도망가는 걸 용서하지 않겠어.]

민영은 그제야 그가 말한 ‘나도 살아야지’의 의미를 깨달았다. 가슴이, 따뜻해진다.

그때였다.

[어머!]

[왜?]

[발로 찼어!]

[응?]

그의 눈이 둥그레졌다. 민영이 그의 손을 잡아 둥그런 배에 가져다 댔다. 그가 쭈뼛쭈뼛 망설이는 기색이 역력한 채로 그녀의 손에 이끌려 배를 쓰다듬었다. 표정이 묘해졌다.

[페드야.]

그가 말한다.

[네?]

[지금 발로 차는 거, 페드라고.]

[어떻게 알아요?]

[그냥 알아.]

그가 말했다. 그리고 허리를 굽혀 배에 대고 속삭였다.

[페드, 암만 그래도 난 네 엄마를 놔주지 않을 거야. 이대로 안고 식당으로 갈 거라고.]

민영은 큰 소리로 웃고 말았다. 지금 배에 대고 진지하게 말하는 저 남자가 기아니스 Y. 이아코바키스, 세계 최대의 크루즈

선의 소유주이자 아시아 쪽 고급 호텔 라인을 한 손에 쥐고 흔
든다는 그 남자 맞는가.

　[자아!]

　그가 그녀를 안아 들었다.

　[어머!]

　민영이 깜짝 놀라 그의 목에 팔을 둘렀다.

　[아들에게 한 말은 지켜야지.]

　그가 빙긋 웃었다.

　[우리 딸은 얌전한데 말이야.]

　[어떻게 알아요?]

　그가 조심스럽게 그녀의 이마에 입술을 내리누르고 말했다.

　[알아.]

　이상한 일이었다. 말도 안 되는데 그가 말하면 꼭 정말 그런
것만 같으니.

　그래, 알아차리지도 못한 채 빠져든 거다. 정신을 차렸을 때
는 온통 그의 색, 그의 절대적인 빛깔에 몸을 담가 버렸다.

　그렇게 시작되었다.

　그의 품에 안겨 계단을 내려가며 민영은 둥그렇게 부푼 배를
쓰다듬었다. 쌍둥이라고 했다. 두 사람이 일주일 내내 머리를
맞댄 끝에 아들과 딸의 이름을 지었다. 이상한 경험이었다. 그
의 표정 역시 기묘했다.

　그녀는, 그들을 볼 날을 기대하고 있었다.

삼 개월 후, 민영은 의사가 이야기한 대로 이란성 쌍둥이를 낳았다. 2.87kg, 그리고 2.97kg. 건강한 아기들이었다.

＊

기아니스의 반듯한 이마 위 물방울 모양으로 빛나던 땀이 점점 부피를 늘이더니 톡 소리를 내며 떨어졌다. 민영이 호흡을 길게 내뱉자 한껏 부풀었던 가슴이 수그러들며 바짝 긴장했던 허리도 나른하게 이완했다.

옅은 실내등의 희미한 빛이 비추는 남자의 나신은 아름다웠다. 그녀의 손을 단단히 옭아맨 채 손가락 사이를 파고든 그의 손은 지극히도 강건했다. 그의 몸이 움직일 때마다 깍지 낀 손에 힘이 들어갔다. 움직일 수 없는 손, 끊임없는 키스, 그의 몸과 같은 속도로 흔들리는 둥그런 가슴의 감각이 쾌락을 증폭시켰다.

"애앵."

아주 찰나, 거의 느끼지 못할 만큼 기아니스는 망설였지만 곧 무시하기로 마음먹고 하던 일을 계속하기 시작했다. 민영이 느낀 건 들리지도 않을 만큼 작은 소리가 아니라 기아니스의 반응이었다.

[기아니스.]

그는 안 들리는 척했다. 손을 붙든 힘이 강해졌다.

[기아니스.]

움직임이 빨라졌다. 민영이 인상을 찡그렸다. 그리고 손목을 비틀어 그의 손을 털어내자 그가 하느님 맙소사! 라는 표정과 함께 움직임을 멈췄다.

[저리 비켜봐요.]

그가 불만 가득한 표정으로 몸을 비켰다.

민영이 그의 어깨를 가볍게 쓰다듬다가 부족하다 싶었는지 살짝 입 맞추고는 옆에 있던 로브를 걸쳐 입고 서둘러 나갔다. 기아니스가 여전히 하느님 갑소사, 라는 표정으로 뒤로 팔을 집은 채 그녀의 뒷모습을 보고 있었다.

민영은 서둘러 사이드도어를 통해 아기 방으로 들어섰다. 아니나 다를까 페트로스 S. 디아코바키스, 이제 막 육 개월에 접어드는 어린 아들이 잠에서 깨 바동거리고 있었다.

[페드.]

민영이 아기를 안아들며 어르자 바스락거리던 아이가 금방 순한 표정으로 그녀의 가슴에 뺨을 기댔다.

[날 믿어봐.]

어느새 쫓아왔는지 느슨한 자줏빛 로브의 기아니스가 다가와 그녀의 귀에 입 맞췄다.

[그 녀석이 뭔가 아는 게 틀림없어. 날 싫어한다고.]

[기아니스, 아직 아기예요.]

[스텔라는 안 그래.]

[아기마다 다 달라요.]

그는 옆에 누워서 곤한 표정으로 자고 있는 페드의 쌍둥이 여동생 스텔라를 바라보았다. 훨씬 예쁘다. 스텔라는 자야 할 때 잘 줄 아는 미덕을 갖추고 있다. 맘에 든다.

민영이 잠이 완전히 깬 표정을 페드를 다시 재우는 동안 기아니스는 할 수 없이 스텔라가 누운 요람을 가만히 들여다보고 있었다. 처음 보았을 때는 인간 같지 않고 꼬물거리는 외계 생명체 같더니 날이 갈수록 예뻐지긴 했다. 얼마 전에는 민영을 닮은 표정으로 그를 바라보기도 했다. 커다랗고 검은 눈동자를 치켜들고 뭔가 알기라도 하는 것처럼 그를 쳐다봤었다.

기아니스는 미소 지었다. 그는 커다란 손을 뻗어 한 줌도 안 될 것 같은 아기의 뺨을 톡하고 건드렸다. 뭔가 아는지 스텔라는 옹알거리며 입술을 오므리더니 다시 조용해졌다. 기아니스의 눈에 흥미가 스쳤다. 그는 스텔라의 반대쪽 뺨을 건드렸다. 다시 입술을 옴쭉거리기 시작한 아기, 귀여웠다. 얇고 빨간 입술이 오물오물 뭔가를 이야기하고 싶은 것처럼 움직였다.

[이것 봐.]

그가 기분 좋게 웃으며 민영을 불렀다. 그리고 방금 한 행동을 그대로 다시 되풀이해 보였다.

민영도 웃었다. 아기와 기아니스라, 상상이 안 가긴 했었다. 아니나 다를까, 아기를 처음 보는 그는 난감해 보였고, 어색해 보였고, 심지어 무서워하는 것 같기까지 했다. 처음 안아준 것도 거의 일주일이 다 되어서니.

세상에, 이 남자가 아기를 무서워하다니!

기아니스는 방금까지의 엄청난 불쾌함도 잊은 채 아기를 들여다보고 있었다.

[난 스텔라가 더 마음에 들어. 예뻐.]

직선적이고 솔직한, 그리고 더불어 철없는 그의 말에 민영은 웃고 말았다.

[자, 페드도 안아줘요.]

그녀가 가물가물 막 잠이 들려는 페드를 내밀자 기아니스는 눈썹을 크게 찡그리더니 옅은 한숨을 내쉬고는 그냥 받아 안았다. 꼬물거리던 페드가 그의 품으로 파고들었다. 억울한 건 그가 어색해하는 것과 무관하게 아이를 안아 든 그의 모습조차 몹시도 기품 있고 자연스러워 보인다는 것이다.

얼마 전 파파라치가 찍은 듯한 스텔라를 안고 있는 기아니스의 사진은 인터넷에 센세이션을 불러일으켰다. 별장의 비치에서 나란히 누워 있는 부부와 스텔라를 포터블 크래이들에서 안아 드는 기아니스의 옆모습을 찍은 것이다. 도대체 망원렌즈의 성능이 얼마나 좋은 것인가?

[그거 물어봤어요?]

[뭐?]

아기를 안고 달래듯 몸을 움직이던 기아니스가 물었다.

[그 잡지에 실린 사진, 나 갖고 싶은데.]

몹시도 근사하게 실린 사진이라 '냉혹의 여유'니, '세계에서 가장 우아한 부정(父精)'이니 하는 매스컴의 호들갑이 아주 이해가 안 가는 것은 아니라 민영은 그 사진의 원본을 받아 액자에 끼우기로 맘먹었다.

[아아, 그거. 알렉스가 알 거야.]

[응? 물어본 거예요?]

[응. 알렉스가 원래 언론 통제를 하거든.]

페드가 꼬물거리다가 눈을 꼭 감고 잠잠해졌다. 잠이 든 걸까? 기아니스의 눈썹이 의구심으로 휘었다.

[언론 통제?]

민영이 눈을 휘둥그렇게 떴다.

[응. 전에 쇼핑 갔을 때도 찍히긴 했어. 그리고 레스토랑 앞에서도. 그런데 그건 통제했지.]

민영은 알렉스가 고개를 들지 말라고 했던 걸 떠올렸다. 그리고 얼굴이 붉어졌다. 커다란 남자 가운 하나만 걸친 채 매장으로 들어가던 자신의 모습을 찍은 사람이 있단 말이야?

[그런 게 가능해요?]

[대부분은.]

그는 아무렇지도 않게 말하며 요람 속에 페드를 눕혔다. 조금 칭얼거리던 페드는 기아니스가 부드럽게 작은 이마를 쓸어주자 곧 조용해졌다.

[그럼 이번에는?]

[난 관여 안 해. 알렉스의 생각에 노출되어도 된다고 판단했나 보지.]

[흐응.]

민영이 콧소리를 냈다. 이거 은근히 질투가 나기도 한다. 기아니스의 알렉스에 대한 신뢰는 절대적이었다. 게다가 가끔 알렉스와 둘이 일을 할 때 보견 자신을 까맣게 있고 있는 것 같기도 하다.

[솔직히 말해봐요.]

[응?]

페드의 뺨을 톡톡 건들이며 아까 스텔라와 똑같은 반응을 보이는 걸 재미있어하던 기아니스가 고개를 들었다.

[전에 말했었잖아요. 목욕 준비를 혼자 해본 적이 없다고.]

[응.]

[그럼 누가 목욕 준비를 해줘요?]

기아니스의 눈동자가 오른쪽으로 기울어졌다.

[……알렉스?]

[알렉스?]

둘이 동시에 말했다. 그리고 풋 웃고 말았다.

[아아, 내 경쟁자는 알렉스였군요.]

민영이 일부러 길게 기지개를 켜며 말했다. 이렇게 하면 희미한 조도의 실내, 헐렁한 로브 사이로 그녀의 흰 젖가슴이 드러나게 된다. 아니나 다를까, 기아니스의 시선이 그녀에게 못 박혔다.

[아니야.]

여전히 시선은 느슨한 가운 사이에서 떼지 못하는 채로 기아니스가 말했다.

[경쟁자는 스텔라라고.]

그는 아주 힘겹게 시선을 돌렸다.

[나 이 아가씨한테 심하게 반할 것 같거든.]

기아니스가 허리를 굽혀 곤히 잠든 스텔라의 보드라운 뺨에 키스했다.

[나에겐 페드가 있어요.]

민영이 지지 않고 말했다.

[이 녀석은 어디 기숙학교라도 보내야겠어.]

기아니스는 심술궂게 말했다. 눈가에 잔뜩 웃음이 담겨 있다.

[뭐요?]

[강하게 키워야지. 에이햅처럼. 고래를 잡아오라고 하는 건 어떨까?]

[뭐어?]

민영이 짐짓 화난 척 목소리를 높이자 기아니스가 검지를 입술에 가져다 대며 조용히 하라는 시늉을 했다. 갑자기 세상 제일 사려 깊은 아버지인 척하는 기아니스의 태도.

[그러지 않길 원한다면.]

그가 진지하게 말을 이었다. 그리고 손을 뻗어 그녀의 손을 잡아 손등에 키스했다.

[아까 하던 걸 마저 하겠어?]

민영은 풋하고 웃고 말았다. 그가 고개를 비틀어 그녀의 입술에 키스한다. 그의 향기가 입술에 머물렀다. 달콤하다.

눈과 눈이 마주쳤다.

그가 다시 입 맞췄다. 조금 깊은 키스였다.

[애들 있는데.]

그녀가 몸을 조금 빼자 그가 그녀의 허리를 감아 당겨 자신의 몸에 밀착시켰다.

[어때. 애들도 알아야 해.]

[뭘?]

[우린 가족이잖아.]

[응?]

[가족끼리는 비밀이 없어야 해. 그러니 당신은 내 것이라는 걸 애들도 알아야 한다고. ……특히 페드.]

그가 다시 입 맞췄다. 짧았던 키스가 길어지고 그의 향이 온몸을 채운다. 나른한 안온함.

가족.

아가들의 옅은 숨소리가 들렸다.

가족이었다.

　내일은 산책을 가야겠다고 생각한다. 멀리 나갈 필요도 없이 별장의 정원, 그리스식 미로를 지나 펼쳐진 잔디밭에 작은 돗자리를 펴야지. 요리사에게 샌드위치를 싸달라고 해야겠다. 아니, 요리사는 좀 불평하겠지만 직접 하는 게 낫겠다. 기아니스가 좋아하는 튜나 샌드위치에 머스터드를 듬뿍 넣어서 돌아오길 기다려야겠다.

　바람이 불겠지. 아가들의 옹알거림이 그 바람을 타고 날아가겠지. 그리고 바람에 실린 세월 따라 아이들은 자랄 것이다. 많은 웃음이 있겠지. 많은 눈물이 있겠지. 그렇게 행복하겠지.

　민영이 까치발을 들어 기아니스를 끌어안았다. 뜨거운 체온. 행복하다. ……그리고 행복할 거다.

　더 이상은 내일의 바람이 무섭지 않다고 생각한다.

　바람을 기대한다.

　내일은 어떤 바람이 불까. 절대로 멈추지 않을 그 바람이, 그녀에게 무엇을 가져다줄까.

　에테시아, 그 바람이—

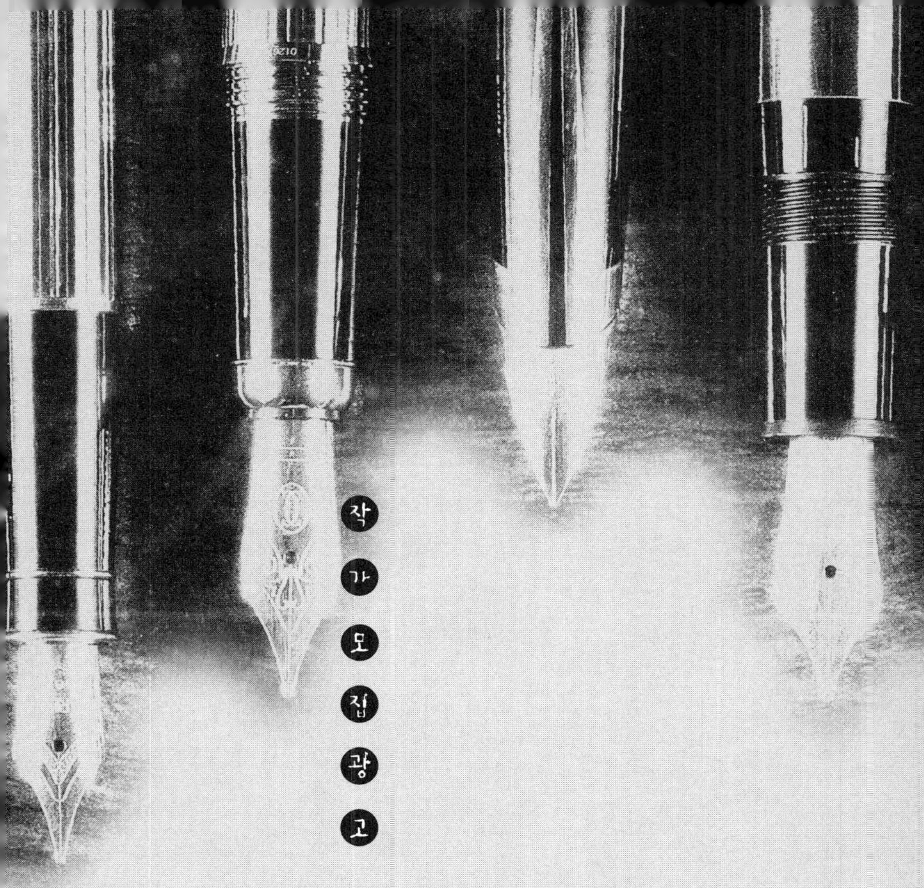
작

가

모

집

광

고